中國當代少數
民族文學文庫

中国当代西部文学文库

开着坦克去唐朝

葛林 著

黄河出版传媒集团
宁夏人民出版社

图书在版编目（CIP）数据

开着坦克去唐朝 / 葛林著. — 银川：宁夏人民出
版社，2011.12
（中国当代西部文学文库）
ISBN 978-7-227-04881-7

Ⅰ．①开… Ⅱ．①葛… Ⅲ．①短篇小说—小说集—中
国—当代 Ⅳ．①I247.7

中国版本图书馆 CIP 数据核字（2011）第 248417 号

中国当代西部文学文库——开着坦克去唐朝　　　　　　　　　葛 林 著

责任编辑 唐　晴　勉向进
封面设计 项思雨
责任印制 李宗妮

黄河出版传媒集团
宁夏人民出版社　　出版发行

地　　址　银川市北京东路 139 号出版大厦（750001）
网　　址　http://www.yrpubm.com
网上书店　http://www.hh-book.com
电子信箱　renminshe@yrpubm.com
邮购电话　0951-5044614
经　　销　全国新华书店
印刷装订　宁夏锦绣彩印包装有限公司

开　本　720mm×980mm　1/16　　印　张　17.25　字　数　250 千
印刷委托书号（宁）0008443　　　　　印　数　3500 册
版　次　2012 年 4 月第 1 版　　　　　印　次　2012 年 4 月第 1 次印刷
书　号　ISBN 978-7-227-04881-7/I·1266

定　价　34.00 元

目 录

MULU

开着坦克去唐朝

1.来自唐朝的唐玉

唐玉来自唐朝，我说这是不是有点儿过于荒诞了，唐玉你可以来自月亮、可以来自太阳、可以来自银河系的任何一个地方，你怎么能来自唐朝呢？唐朝离我们很远你知道吗，那不是用公里用海里以及用英里可以计算的。唐玉说，我不是来自月亮也不是来自太阳，我不知道啥是公里也不知道啥是英里，我说我来自唐朝就是来自唐朝，你咋就不信我呢？我说，唐玉我不是不相信你，这事情有点儿太离奇了，让我自己都有点儿不相信我自己了。说真的你像唐朝过来的人，我看过不少唐朝人的画，我好像在哪儿见过你呢，你是从唐朝的哪一幅画中走来的吗？唐玉说我非画中之人又咋能从画中走来呢。我说唐玉你既然来自唐朝，那你就给我说说你来自唐朝的哪一个时期。唐玉说是开元。我说唐玉你幸福了，开元盛世那是中国历史上最鼎盛最辉煌的时期，一般老百姓的生活水平都在小康之上，衣食丰足国泰民安。那一个时期的美女如云，而女子又多呈丰满之态，她们雍容华贵举止高雅，在她们的身上充分体现了一种良好的社会素质。听了我的话唐玉便羞赧地说，你是不是说我生得太胖了？我也可以减肥的啊。我说唐玉你不要多心，我觉着女子还是丰满些的好，一个健康的社会必定产生的是一群身心健康的人，只有病态的人才要求减肥哩。

唐玉的确是一个古典美人，每当我和唐玉在一起的时候，总有一种梦幻般的感觉。我常疑心唐玉的真实身份，桃花岛上的奇花异木太多了，说不定她就是哪一棵有灵性的草木，受了日月精华的孕育，幻变成形，要来尘世享受一番为人的乐趣的。有关这样的故事，古人的书中可就多了。

我曾有意对唐玉作过一番测试，想看看她到底是唐朝的一块美玉呢，还是这百花丛中的一朵有灵性的花仙。我说唐玉，你说你来自唐朝，你可知道一个名叫杨玉环的女人吗？唐玉说我咋能不知道她呢，她是贵妃娘娘啊。我说关于这位贵妃娘娘她是一个什么样的人呢？唐玉说那是一个好娘娘，不仅人长得好，她的心肠也好，所以才能得到皇上的千金万金的宠爱啊。我说你见过这位贵妃娘娘的花容月貌吗？唐玉说她见过的，每年的上元之夜，贵妃娘娘都要陪着皇上出宫来看灯的，那时候长安城里才叫热闹呢。那些来自扶桑的年轻学子，那些来自波斯的商人以及西域各国的友好使者和长安城的百姓们一起，争先恐后地追着皇上的车辇前行，目的就是想一睹贵妃娘娘那倾国倾城的芳容。就有一个醉汉扯着嗓子喊着说，贵妃娘娘啊，贵妃娘娘，给咱一个千金之笑吧。贵妃娘娘果真就回头笑了一笑的，哎呀，贵妃娘娘的那回头一笑才叫美呢。我插话说，那一笑就被诗人写到诗里去了，叫"回眸一笑百媚生，六宫粉黛无颜色"是不是啊？唐玉拍着手说这诗写得好唉，谁写的？我说是出自唐朝诗人白居易的手笔。唐玉想了一想说，既然是唐朝诗人，我怎么就不知道呢？我说唐朝有几百年的历史，有名有姓的诗人灿若群星，你生活的那个时期还没有他呢。若是按辈分来讲，白居易是应该叫你老奶奶的哩。唐玉闻说便笑了，唐玉的笑灿若桃花。我问唐玉说，那个醉汉是什么人啊，竟然有这么大的胆子，他就不怕惊了銮驾是要被杀头的吗？唐玉说，娘娘仁慈，皇上宽厚，太平盛世，皇上不会轻易就杀人的。再说那个醉汉也不是一般，他就是诗人李白啊。我说，也只有李白喝醉了酒才敢这么喊的，换了别人，谁敢啊。

　　我说，唐玉你知道不知道啊，或许是你的那位贵妃娘娘生得太美了，太纯情了，弄得皇上整日里不思朝政，只知道花前月下谈恋爱去了。人在恋爱的时候心情是最好的，他能宽容好人的错误，也能包庇坏人的罪恶，赏罚不明，乱了纲纪，结果导致了安禄山和史思明的叛乱，繁华的长安城被叛军攻破。皇上携贵妃娘娘仓惶逃往四川，途经马嵬坡时，六军不发，皇上无奈，只好把贵妃娘娘赐死了，你知道不？

　　唐玉闻说吃惊地睁大了眼睛，一连声地说，不会的不会的，皇上是那么的宠爱贵妃娘娘，他咋就能忍心把她赐死了呢？再说大唐基业稳固、国势强大，岂能是两个乱臣贼子说乱就乱得了的呢。我不相信，我不相信。唐玉说着眼泪就流了下来。望着唐玉那着急伤心的样子，我说唐玉，这下你可露了马脚了吧，你说你来自唐朝，你怎么就不知道"安史之乱"呢？唐玉说，我真的不知道什么是"安史之乱"，我不是算命先生，又怎么能知晓未来所发生的事件呢？不仅是我一个普通的小女子不知道，就是那些在朝中为官的王公大臣们也是不知道的啊。要不然提前给皇上说一声，让皇上罢免了安禄山史思明的官职，削了他们的兵权，唐朝不就可以避免这场灾难了吗？贵妃娘娘也不会死得那么惨了。

唐玉的话或许是对的，唐玉之所以不知道那场重大的历史事件，那是因为历史还没有发展到那一步，或许唐玉所处的那个时期，也正是安禄山史思明受宠的时候。那时，恐怕连安禄山史思明本人也未必就想到将来要制造一场叛乱的。

2.桃园诗会

我们居住的这个岛叫桃花岛，桃花岛太小了，地图上你是找不到的，桃花岛太美了，现实的生活中你也是找不到的。古人说，海上有仙山，常在虚无缥缈间，说的就是桃花岛了。记得小时候读《桃花源记》，便觉着陶渊明写的是一个梦幻世界。我们的桃花岛和陶渊明的那个桃花源竟然有许多相似之处。一脉溪水从后山上流下来，经过山下的一片坡地时，那里就有了一处桃园了。绿树掩映之中，露出了几处红砖绿瓦的房舍，是一个小小的村落。村子里居住了我们三户人家，我的左邻是岳光，右舍是赵晋。我们常戏称我们的这个小小的村落为"桃园三家村"。正是春天的时候，桃花开得像一团团绚丽的云彩，风儿轻轻吹过时，便有许多粉红的花瓣纷纷落下，把那一条小溪都染红了。在这美好的春光里，我们三家村的人相邀一处，在桃园里踏青赏花。唐玉原本就是个才女，见那漫山遍野的桃花开得万紫千红，由不得一时激动起来，就随口吟道：山上层层桃李花，云间烟火是人家。唐玉的诗的确是好，可惜只有两句，还缺两句。岳光和赵晋就鼓动我把唐玉的诗接续下去，来一个珠联璧合。我说我不行的，唐玉是唐朝来的，唐朝可是个诗歌帝国啊，一般的山野村夫都会作诗的，更何况是唐玉这样的才女呢。我虽然也写过诗，并且出过两本诗集，可那都是新体诗，不像唐玉的诗，一出口便如珍珠玉盘，让人的整个身心都沉浸在那美好的境界里去了，这就是唐诗的好处啊。

　　唐玉受到大家的赞扬，兴致更高了。唐玉说这样的好景致，一年之中也很难看到几回的，我们不妨就此赏花论诗的好，旧体新体各自随意，只要能畅抒胸臆就好，可不要辜负了这美好的时光啊。大伙一致说唐玉的提议很好，可要论起作诗来，我们哪有那个水平啊。我说这不妨事的，古人的名诗佳句很多，写春天写桃花的也很多，我们可以借用古人的诗句来抒发自己的胸臆，这叫古为今用，他为我用，也是可以敷衍过去的。赵晋说这样好，我们虽然不会写诗，但对于古人的诗我们还是记得几句的。不然就会凉了场子，把我们都晒下了。岳光说赏花论诗是要有酒的，酒助诗兴，那才有情致呢。岳光说着就回家提了酒来，岳光的妻子绿珠说，只是还缺少下酒的菜肴，空口白喝怕是要醉人的。唐玉说这有何难，她识得一种白桃花是可以下酒的，说着便满桃园里跑着去找那种白桃花去了。一会儿就听唐玉在桃园深处喊着说，我找到白桃花了，你们快过来啊。一群人闻声就跑了过去，果真就看到那一树神奇的白桃花了。细看那花儿则又和其他树上的花儿大有不同了，不仅那花朵色如洁玉般的白，而且那花瓣儿似乎也比其他树上的花瓣儿多少要显得肥腴一些。我说唐玉，这白桃花怕也是从唐朝来的吧，我咋看这花开得也像唐朝的女人一样呢，说着就随手摘了一朵放在鼻子下面闻着，就闻到了一股沁人心脾的清香。我说，唐玉这花儿果真能吃吗？唐玉说，这白桃花原本不是桃花，它也不结桃子，只是样子像桃花而已。传说古时候那些求仙得道的人们多不食人间烟火，就以它为食。据说陶渊明曾经用它宴会过宾客的，不知是否属实，但我却知道这花儿的确是可以吃的，而且食之有驱除百病强身健体的功效。不信，你们可以试试啊。

　　听了唐玉的话，一群人都惊奇不已。我说，此花只应仙界有，人间哪得几回闻啊，我等今天是有福了，我要尝先了。说着把那朵花放到嘴里嚼着，就嚼出了一股清清淡淡的甜味儿。唐玉说，用酒就着吃那才有味儿呢。我从岳光手里拿过酒瓶，试着抿了一口，果真就异香满口了。岳光和赵晋急着问，咋样啊？我说味道好极了，两人便学着我的样子，各自试着吃了一口，细细地品了一会儿，然后便一齐伸出大拇指，说果真是好。于是，几个人便一起动手采起花来。唐玉用一方丝帕铺在地下，让大伙把采下的花儿都放在丝帕上，一会儿地上就有了一个锦绣的花团。唐玉又让大伙围着那花团席地坐了，唐玉说，今天咱们就来一个"神仙会"。神仙到一起也是要有个头儿的，不然就没有规矩了，你们说这诗会盟主谁来当啊？我说，赵晋是我们当中的酒仙，诗也写得不错，这盟主之位非他莫属。赵晋说，今天咱们能有这样的一个聚会，全是唐玉的功劳，要论起作诗，我们又都在她之下了，这盟主还是由唐玉来当吧。岳光说，唐玉当令我们都没意见，可按规矩当令的是要首饮三杯酒的，不然的话，就不能以令服人了。唐玉说，谢谢大家这么推崇我，这三杯酒我是一定要喝的，自古诗酒相应，缺一不可，这规矩是不能破的，你们说是不是啊？唐玉说着便一连饮了三杯，然后歪着头看着那满园的桃花，略作思索便出口吟道：

萦梦是清溪，桃花染春衣。
戏蝶香欲醉，飞过小桥西。

　　唐玉的诗激起了一片掌声，大伙一连声地喊好。岳光说，唐玉，你就行令吧，我们都服了你了。唐玉便正襟坐了，说，咱们今天喝的是桃花酒，那就行个桃花令吧。

　　所谓桃花令，就是把一枝桃花用线绳系了悬在半空，行令的时候，就让那枝桃花旋转起来，转到末了，就在那枝桃花欲停未停，回头旋转的那一瞬间，花的枝头指向谁，谁就得吟诗一首，并且喝酒一杯，唐玉说这叫花神指令，乃是天意，谁也没得说的。唐玉说着便折了一段桃枝，用一根丝线系了，就拴在头顶的树枝上。唐玉用手拨动了那枝桃花开始行令，那桃花果真似有神助，旋转得时缓时急，舒缓有度。那一时，大伙的心也随着那枝桃花开始旋转起来。谁也没有料到，第一令时，那桃花指向的竟然是赵晋的夫人春容。春容愣怔了一下，便懒懒地站起身来，说，我不会作诗，我就念一首唐人写春天的绝句吧，说着就念道：

　　春眠不觉晓，处处闻啼鸟。
　　夜来风雨声，花落知多少。

　　春容的诗刚念完，由不得大伙都笑了起来。春容原本就是一个懒美人，那头上的鬈发多带了些自来卷儿，仿佛永远也梳不顺永远也没有梳一样，她人又贪睡，常常就显出了一副永远也睡不醒永远也没有睡的慵懒之相。这首诗虽是唐人所作，但对她来说倒是极贴近的。春容见大伙都在笑她，就羞红了脸，待重又坐下后，悄悄地问赵晋说，我没有念错吧？赵晋说没有错，这是大家在赞扬你呢。果真就听唐玉评判说，春容能巧用前人诗句，抒自己情怀，且合情合理，也算一绝，赏酒一杯。春容双手接过酒杯，放在嘴边抿了一点，对赵晋说，这酒太冲，你替我喝了吧？赵晋说，夫人美意，岂敢推辞，说着接过酒杯一饮而尽，把一个空杯子又还给了唐玉。

　　那枝桃花重又旋转起来，不知道是出于神意还是人意，反正是第二令指的是我。那时我看唐玉，唐玉没有说话，却俏皮地笑了一笑。我说，我刚才说过的，我是写新诗的，对旧体诗弄不来，还请大家原谅。我的话还没说完，就听赵晋说，你就别谦虚了，你要说你弄不来，那我们岂不是都成了诗盲了嘛。我说刚才春容借用的是一首唐诗，我能不能也向唐人借一首来用一用啊？大伙一哇声地反对说不行。我说既然大伙不能容让我，那我也就只好献丑了，刚才唐玉的那首诗对我启发很大，我就用唐玉的韵，也来一首绝句吧。于是我也就吟道：

　　风吹桃花花满溪，村女对镜试新衣。
　　繁忙最是堂前燕，衔泥飞过小桥西。

大伙又一哇声地喊好，赵晋又说，你们这才真正是天生的一对呢，一唱一和，天衣无缝，是不是你们昨天晚间就商量好的，今天要来压我们一头的。赵晋这一说时，唐玉的脸越发艳如桃花，唐玉说，这首诗虽然平仄不工，但意境优美，也算是一首好诗吧，赏酒一杯。

接下来的第三令是岳光，岳光说他不会作诗，他就给大家表演一段花剑吧。唐玉说，你没有剑，你用什么表演啊？岳光说这不难，有一根树枝也可以的。岳光说着便到远处找了一根荆条回来，那荆条有五尺长短，拇指粗细，去掉了枝丫，恰就是一把剑的长度。岳光把那根荆条拿在手里作了一个式子，就开始舞动起来。只见他跳跃腾挪，批砍穿刺，把一根荆条舞动得如蟒蛇缠身，煞是好看。舞到得意处时，只听他发一声喊，竟把一根比他手中的那根荆条粗得多的树枝给砍了下来。大伙又一次拍手叫好，唐玉走过去，把那根树枝拣起来，惊奇地说，岳大哥，这一根树枝比你手中的那一根要粗得多，你怎么就能把它砍断呢？岳光说，看起来那根树枝要比我手中的这根荆条要粗得多，但是，当这根荆条在我手中的时候，它就不再是一根单纯的荆条了，我把我的生命之气灌输其中，它也就成了我身体中的一个部分了。这就叫剑人合一，以有生命之剑去砍无生命之木，焉有不断的道理啊？

岳光的这一剑，把所有的人都惊呆了，和岳光相处多年，还不知道他竟然有这么好的功夫，这可就正应了那句真人不露相，露相非真人的话了。唐玉更是一连声地赞叹着说，有这么绝世的武功，应当为国家效力才是。赵晋说，唐玉，你这么赞赏岳光，你若是再回唐朝的时候，就把他也带了去，岂不是为唐朝又添了一员大将吗？没准儿在平定"安史之乱"的时候，能派上大用场呢。绿珠急忙说，岳光要是去了唐朝我也是要去的，我还没有见过唐朝是个啥样子呢。我说，那又不是去旅游，你去干什么？岳光去了那是要带兵打仗的，若是仗打胜了没准儿他哪一天就又回来了，你若是这么也随了去啊，那可真就回不来了。绿珠说，我去了为啥就回不来了呢？我说，你这么漂亮，若是让那个荒淫无道的唐朝皇帝李隆基看到了，那还不把你抢到宫里当妃子去啊。绿珠一时就红了脸的，说，你胡说，看我不打你的，说着就抓起一块小石头打了过来。我一伸手就把那块石头接住了，说，你这抛的该不是一个红绣球吧？大伙又是一阵哄笑。

行令又开始了，第四令是赵晋，赵晋也是作了一首诗的。赵晋的诗是这样写的：

> 桃源新雨后，万紫又千红，
> 问取花间事，婉转黄鹂鸣。

赵晋的诗也是获得了一片掌声的，唐玉就评判说，赵大哥的诗能巧取新意，好一个"问取花间事，婉转黄鹂鸣"颇有玄机之意啊，是我等众人所不能及的，赏酒三杯。赵晋笑着接过酒杯一口一个地喝了个痛快淋漓。接下来第五令就到了绿珠，绿珠说她也念一首唐诗吧。大伙说不行，你念也是不算数的，你是会唱歌的，你就唱歌吧，你不唱歌这一关你是过不去的。绿珠见推脱不了，只好站起身来，唱了一首唐人刘禹锡的《竹枝词》。绿珠的歌声虽然没有古人所形容的那种"绕梁三日，余音不绝"的艺术效果，但她却清亮得像山涧流淌的一条小溪，让人的一整个身心都明快起来。

> 杨柳青青江水平，闻郎江上唱歌声。
> 东边日出西边雨，道是无晴却有晴。

绿珠的歌声未落，就听背后有人喊着说：哥儿几个携美人赏花，喝酒作乐，真过的是神仙日子，咋就不想着叫兄弟一声，这太不够意思了吧。众人闻声回头看时，见是海边上住着的光棍汉里柱，便一时就失了兴趣了。

3.关于里柱闹出国的故事

里柱原本叫李柱子，上学时多读了几个洋字码儿，就嫌弃了自家祖宗传下来的这姓儿太土气。美国曾经有过一位总统叫里根的，那可是个了不起的大人物。李柱子就想着要跟那位美国总统靠的近乎些，就给自己改名儿叫里柱，一个叫里根，一个叫里柱，这就近乎得很了。再大的柱子也是从根上发出来的你说是不是？咋一看起来这里根里柱似乎就是一家人了。里柱给自己改名字就是为了出国，但没想到出国也并不是一件容易的事，人家外国要的是人才，里柱自然知道自己不是人才，凭本事出国无论如何那是出不去的。但李柱子还知道，没有本事有个洋亲戚也行，只要那个洋亲戚在国外给你出资给你担保你仍然也是可以出去的。但里柱运气不好，他绞尽脑汁上寻八代也没有寻着一个和洋人有过关系的人，于是就气急败坏地跟他娘发火说，当年八国联军进北京的时候，来了那么多的洋鬼子，你就没有去找一找他们，多少也给咱家土窝窝里留上一颗洋种子，那咱今天也就用不着费那么大的劲了你说是不是？他娘一听就火了，骂着说，放你娘的屁，八国联军来的时候还没你娘呢。里柱又说，八国联军你没赶上，那日本鬼子来的时候你总赶上了吧，小日本也算是优良品种呢，那时候你要是和他们来上一手，那你就是咱家的有功之臣了。我说你们这些人，口口声声说要为子女着想，可该想的时候你们咋就不想了呢？里柱的话还没说完，脸上就重重地挨了他爹的一巴掌。他爹用一根断指指着他的鼻子骂道，你这畜生，说的这是人话吗？我们老李家哪一辈子人做下了缺德事了，才生下了你这样的孽种，我今天要为我们老李家清理门户了，我今天要是不灭了你这个畜生我就不是你爹。老头儿说着便抄起一根棍子，朝着里柱劈头盖脑打来，幸亏里柱躲闪得快，那根棍子没有打在头上也没打在身上，但却打在了腿上。里柱一声尖叫，便狗子一样瘸了一条腿跑走了。

里柱出走之后，便从此再没回家，家里人也不找他，因为家里人都知道，像他这种人自然是不会跳井卧轨喝农药寻死的。于是，这狗东西便染了头发染了眉毛，把自己造作成了一个假洋鬼子模样。但不知道为什么，他竟然就跑到我们桃花岛来了，这似乎正应了一句话的，仙界虽美，有凤凰但也有乌鸦。

里柱曾说，如果能让他出国，他宁愿当汉奸。赵晋说，历史上凡是当了汉奸的，都没有好下场。里柱说，有没有好下场他不管，只要能出国就行。

赵晋又说，像你这种人出国去能干什么？里柱说，造卫星造火箭造飞机大炮咱不行，咱就去给人家洗碗刷盘子。岳光嘲讽地说，除了洗碗刷盘子还倒尿盆不？里柱说，要是倒尿盆比洗碗挣的钱多，那我就专门去倒尿盆。

里柱做梦都想着出国，出不了国时就想出了歪主意。有一天，里柱一梦醒来就说，咱能不能把桃花岛也成立一个国，到那时咱不动窝儿也就出国了。里柱的话还没说完就挨了岳光的一顿臭揍，岳光说，你们老李家怎么净出卖国贼。当年李鸿章和日本人签订条约出卖了台湾，前一向李登辉闹"台独"，如今你李柱子又要成立什么"桃花岛王国"，老子现在就把你扔到海里去见王八，你出国你就到王八国里打工吧，再给你找一个王八女子，生一窝小王八蛋，到时候你就成了老王八蛋了你就满意了。岳光说着，抓起里柱抡圆了就扔了出去。那时候的里柱就像一只断了翅膀的大鸟一样，在空中飞行了一段时间后，只听扑通一声，就头朝下扎到海里去了。

4.一群来自一九四二年的日本兵

里柱要当汉奸的愿望最终还是实现了，原因是那一天桃花岛上来了一群不明身份不明来历的日本兵，他们一来就把一面膏药旗插到桃花岛最高的那个山顶上，他们说他们胜利了，他们把桃花岛占领了。

这群日本兵来的的确有点儿怪，他们穿着的是那种狗屎黄的军装，头顶上戴的是那种尖顶军帽，脖子后面还挂着几片布帘儿，他们手里拿着的是一种上了刺刀的长长的步枪，我们从电影上认得这种步枪叫做三八大盖儿，为首的那个名叫原田一郎的是他们的小队长，他的腰里一边挂了一把王八盒子，另一边挂的是一把东洋战刀，他们气势汹汹不可一世，浑身上下都充满了一种兽性的杀气。看他们的装束，俨然是一九三七年进攻卢沟桥的那一群鬼子兵。

自从第二次世界大战以后，日本是战败国，是没有军队的，但它却拥有一支规模强大的武装集团，叫做国民自卫队。由于日本经济发达，有的是钱，可以到世界任何发达国家购买最先进的武器，他们的士兵的装备配置也是极先进的，绝对不是眼前的这一群日本兵所能比及的。这样看来，这一群落伍的日本兵既然不属于现代的日本，那么他们又是从哪里来的呢，难道他们果真是从一九三七年来的吗？这真让人不可思议。

赵晋说，这不奇怪，在桃花岛，什么样的怪事都可能发生，既然唐玉能从唐朝来，那么这群日本鬼子为什么就不能从一九三七年来呢？一九三七年距今也不过只有六十年的历史嘛，还不到一个世纪呢。等着瞧吧，没准儿哪一天秦始皇还来了呢。我说秦始皇最好别来，我们现在盼望的是八路军。

那群日本兵一来就在里柱家住下了，里柱就像一条狗子整天摇头摆尾地侍候着。日本兵看里柱忠实可靠就让他当了保长，狗仗人势的里柱就时常耀武扬威地来我们三家村催逼粮款，有最好的米面要交给日本人去吃，有最好的酒要交给日本人去喝。他妈的个日本人，他妈的个李保长。

在那些日子里，我们一直在酝酿着要在桃花岛打一场抗日游击战争，可大家又觉得在桃花岛打游击困难很多，首先是桃花岛到处都是石头不能挖地道，用地道战的方法那是不可能的；再一个是桃花岛太小，它不像冀中平原，既有铜墙铁壁般的人民群众，又有广阔无边的青纱帐，打时可以痛快地打，藏时也可以痛快地藏，不打不藏时还可以用麻雀战来迷惑敌人。这就达到了既有效地消灭敌人，又有效地保存自己的战争目的。而桃花岛的面积总共还不满两平方公里，你在岛的这边放一枪，很快就可以在岛的那一边抓到你。再说我们手里也没有枪，赤手空拳地和这样一群武装到牙齿的日本兵对打那后果可想而知。尽管我们是正义的一方，正义的战争注定是要胜利的，可正义的战争要想取胜也必须要有强大的物质基础做保障。台儿庄之战中国军队之所以打胜了，那是因为在那个局部的战场上，正义的一方所投入的力量要比侵略者多得多。南联盟之所以没有打败北约集团那是因为在强大的北约集团面前南联盟的力量太薄弱了。由此看来，要打败这群日本兵，不用智用谋是不行的了。

5.不战而胜的战争策略

古代的军事家们曾经说过，战争的目的不在于杀人放火，不在于劫城略地，战争的最高境界则是攻心为上不战而胜。

自从那群日本兵上了桃花岛以后，他们每天都要全副武装地绕着桃花岛走那么一圈，他们的目的无非就是要借巡逻之名，向我们炫耀他们武力征服的法西斯威势。他们走路的时候，腿抬的很高，以至于他们那打着铁掌的大头皮鞋踏在地面上的时候，便发出一种咔嚓咔嚓的响声。什么是帝国主义的铁蹄啊，这就是帝国主义的铁蹄，他们所践踏的不仅仅是我们的土地，更重要的是我们的民族尊严。那一时，用怒发冲冠来形容我们的愤怒真是恰如其分啊，我们把岳飞的诗词改了几个字，叫"壮志饥餐倭寇肉，笑谈渴饮鬼子血"。

我们的作战计划已酝酿成熟。

那一天早晨，太阳已经升起来了，可岛上的雾还没有散去，正丝丝缕缕地漂挂在树梢上。那些日本兵起床之后，照旧是绕岛一周的武装巡逻，他们依然是那样骄横傲慢，耀武扬威，他们枪上的刺刀，在太阳的照射下，闪烁着刺眼的光芒。就在他们的队伍行进到我们三家村边的时候，不由自主地就停了下来，他们发现在村边的一片草坪上，有一人竟然示威似的在那里舞剑。这些崇尚武勇的日本士兵，由不得就围在那里观看起来。这时，我们三家村的人也走了过去，我们站在另一边，就这样，在我们和那些日本兵之间就自然形成了两个敌对的阵营。那个舞剑的人就是岳光。

终于，那个为首的日本士官原田一郎再也按捺不住了，竟然提出要和岳光比武，这似乎正是我们所事先预料到的事情。岳光看了我和赵晋一眼，我和赵晋同时都点了点头，表示这场交战可以开始了。要知道这是经过我们精心策划的一场交战啊。

原田一郎拿着他的东洋战刀上场了，这个不可一世的东洋武士一上来，便使出阴毒的夺命招数，非要置对手于死地不可。岳光看来者不善，便也不敢懈怠，只见他一会儿腾越空中，一会儿翻卷于地上，把对方的攻势一一化解开去。十几个回合过去之后，原田一郎突然感到他那把锋利的东洋战刀被岳光的剑缠绕住了，就仿佛岳光的剑上有一股强大的磁力似的。原田一郎由不得暗自吃惊，就在他一愣神的工夫，手中的刀竟然脱手而去，

中国当代西部文学文库

飞到空中去了。原田一郎急忙向空中跃去，他是想夺回那把刀的，可是他毕竟迟了一步，那把刀被岳光夺走了。原田一郎扑了一个空，当他从地上翻身站起的时候，就看到岳光正一手剑一手刀地站在他的面前。原田一郎只好认输了，原田一郎输的面红耳赤羞愧难当。原田一郎说他想看一看对手是用了什么样的宝剑把他打败的，岳光笑了一笑就把手中的剑递了过去，原田一郎接过那把宝剑一看，由不得大吃一惊，那把剑竟然是把木剑。那是一把桃木做成的剑，桃木剑可以驱除邪恶斩杀妖魔，作为日本人的原田一郎大概也是知道的。但让原田一郎心理上受到巨大打击的并不在于这些，一九四二年的日本军人，受当时日本军国主义思想和武士道精神的影响，他们自认为自己是天下最能战斗最强大的军队，他们不仅要征服中国征服亚洲征服太平洋，他们的最终目的是要征服世界。但让他们没有想到的是，他们那武运长久不可战胜的美梦，却被一把木剑给打破了，这岂不是日本军人的奇耻大辱吗？

原田一郎哇哇地大叫着，扔了那把木剑，从岳光手里夺过那把东洋刀，跪到地下就要抛腹自杀，那群日本兵一拥而上，把原田一郎给按住了，并夺下了他手中的刀。这时，一个名叫武男的日本士兵心里不服，就走上来要和岳光比试拳术。岳光看了看那个武男，便不屑于和他交手。岳光看得出来，那武男虽然有着一身的蛮力，但他并没有什么真功夫的。岳光的目的就是要用最强有力的手段，把他们从心理上彻底打败。岳光指着不远处的一块石头对武男说，你看到那块石头了吗？你说是你的头硬还是那块石头硬，你要以为你的头比石头硬，你就去用你的头去撞那块石头，你要能把那块石头撞碎了，这场比武就算你胜了，你要觉着你的头不如那块石头硬，那么你就看着我是怎么把那块石头打碎的。岳光说着就把那块石头搬了过来，那块石头团团扁扁多少有点儿像个海王八的样子。岳光把那块石头放在另一块石头上，人就摆了一个弓马步的姿势，只见他一手按了那石头，另一手在空中摆动着开始运气，那一时，像有一股微风向四周吹去，使得周围的花草树木都簌簌地抖动起来。待气运足了，只听岳光发一声喊，那一掌便疾如闪电般向那块石头劈去，啪的一声，那块石头便碎成了一堆渣子。

岳光的这一掌，把那群日本兵镇得半天没有喘上气来。我的天啊，这能把石头打碎的这一掌，该有多大的神力啊，这幸亏打的是石头不是人头，这要打在人的头上，人的头还会有吗？这要打在人的脸上，人的脸还会有吗？这没头没脸的还怎么见人啊。

原田一郎和那群日本兵灰溜溜地败走了。

6.丢失了膏药旗的日本兵

自从上次比武以后，那群日本兵就像一群斗败了的公鸡，再也威风不起来了。过了两天，紧接着又发生了一件事，他们的那面插在炮楼顶上的膏药旗，不知道怎么就丢失了。这件事发生的多少有点儿怪，据汉奸保长里柱说，他们睡觉的时候，还见着那面膏药旗在炮楼顶挂着的，晚上他们的哨兵就在那炮楼顶上站岗，听到头顶上一阵风响，抬头一看，那膏药旗就不见了，只剩了一根光棍旗杆了，吓得那哨兵差一点儿没从炮楼顶上摔下来，这事儿，你说怪不怪？这个里保长，显然是替日本人来打探消息的，末了，只听他又说，哥们儿，你说那面膏药旗，咱即便见着了，不是也没用不是？不就是几尺破布嘛，那东西我看也只能做个裤衩，做个裤衩穿上据说能壮阳的，但千万不能做包脚布，那玩意儿火大，穿在脚上烧脚，还闹脚气，那些日本人都有脚气，晚上一脱鞋，哇，满屋子臭不可闻。咱既然要那块破布没用，咱就把它拿出来还给日本人算了，免得他们动刀动枪的，说要到咱们三家村搜查呢。

里柱的话还没说完，首先岳光就火了，岳光说，里柱你他妈的是中国人还是日本人？里柱说，我当然还是中国人了。岳光说，你是中国人你怎么净给日本人说话？里柱说，我现在给日本人干活，我就得给人家办事嘛。岳光又说，你现在就回去，给日本人传个话过去，就说，他们的旗帜丢了，那是在他们的头顶上丢的，是在他们哨兵的眼皮子底下丢的，这和我们三家村的人没有关系。如果他们硬要到我们三家村来搅扰，那我们就只有和他们血战到底，来保卫我们的三家村，保卫我们的桃花岛。

丢失了膏药旗的那群日本兵的确是惊慌了几天的，他们把自己关在炮楼里，好几天也没出来。当他们再次从炮楼里走出来的时候，人已是变了一副模样了，刚上岛时的那种耀武扬威趾高气扬的样子再也看不见了，他们神情很沮丧，常常望着炮楼顶上的那根光棍旗杆发呆，嘴里头嘀里咕噜不知说了些什么，似乎那面膏药旗上像是被什么人施了魔法似的，以至于把他们的灵魂都吸附在那个鲜红的膏药芯上了。当那面膏药旗在他们面前飘扬着的时候，他们就像中了邪似的疯狂，而一旦失去了那旗子的召唤，他们便又恢复到了一种平常人的状态，一种人的心性重又回到了他们的躯体之中。

那些日本兵终于能坐下来和我们对话了，通过交谈，我们对他们有了进一步的了解。原田一郎原本是长崎那地方的一名中学历史教员，武男和另一名青年是来自北海道的矿业工人，还有两个则是伊豆那地方的农民，其中有一个名叫清水的小兵，个子不高，也就是十六七岁的样子。我说，我读过川端康成的小说《伊豆的舞女》。我知道伊豆不仅是一个美丽的地方，而且还有许多像熏子那样心地善良的女孩儿。我这一说，那小兵便笑起来了，小兵笑起来的时候，便越发地像个孩子了。

赵晋问原田说，原田先生，你有家室吗？原田便从贴胸的衣袋里掏出了一张照片，那是一张三人的合影。原田怀里站着一个男孩儿，孩子手里抱着一个苹果，笑的很幸福的样子。原田身后站着的女人则是他的妻子，女人挽着高高的发髻，穿着和服，可以看出那是一个性情温顺的女子。赵晋说，原田先生，你的妻子很漂亮孩子很可爱，你有一个很幸福的家庭啊。原田便笑了，笑着从身上掏出一盒香烟出来，让大伙抽。一九四二年的日本香烟味儿很冲，苦辣辣的，似乎还有一股火药味儿。我把那烟掐灭了，又把我的烟拿出来让他们抽，我说，你们还是抽这个吧，这个烟比你们的烟好抽。原田果真把我给他的香烟点着抽了一口，就伸出大拇指说，大大地好。他又问我这是什么烟，我便把整盒儿的阿诗玛给了他，他看着烟盒上的那个阿诗玛的头像，神情很激动的样子，说，这个阿诗玛很像他那远在东京的妹妹樱子。赵晋则说，原田先生，你是历史教师，你应该知道，中国和日本在历史上就是友好邻邦，追溯起来我们应该同属于一个族源的人啊。原田说，是这样的，不仅中国和日本同属一个族源，朝鲜越南和诸多亚洲国家应该都属于同一个族源的。我说，我们既然都是同一个族源的兄弟，你们为什么要用战争的手段来对待这些兄弟国家呢？原田说，先生你们误会了，日本发动战争的目的并不是针对亚洲兄弟国家的，而是针对西方列强的。近一个多世纪以来，西方列强国家对亚洲国家的侵略已经到了让亚洲人忍无可忍的地步了，他们奴役亚洲的人民，掠夺亚洲的经济资源，如果让他们这样长期在亚洲待下去，那么亚洲又将会是个什么样子呢？我们日本就是要把西方列强从亚洲赶出去，让亚洲真正成为亚洲人的亚洲。赵晋则接着说，原田先生所说的让亚洲真正成为亚洲人的亚洲，其本意就是要让亚洲真正成为日本人的亚洲。在那场长达八年的战争中，你们的确是让全世界的人民都知道了你们日本国的强大，但是，你们的军队所到之处，烧杀抢掠，无恶不作，你们不仅拼命掠夺被占领国家的物质资源，还大肆屠杀无辜的平民百姓。原田先生，有关南京大屠杀的惨案你不是不知道吧？在这一点上，你们的罪行和西方列强相比，更是有过之而无不及。说到这里，原田和那群日本兵都低下了头。过了一会儿，赵晋又说，中国有句古话，叫做多行不义必自毙，原田先生，你们来自一九四二年，那是日本发动太平洋战争最疯狂的时候，你们不可能知道这场战争的结局，你们也不会知道什么叫原子弹。事实上，就在太平洋战争爆发后不几年的时间，日本就失败了，而且败得很惨，最终，你们的天皇不得不被迫下令宣布无条件投降……赵晋的话还没说完，原田一郎和那群日本兵就哇哇地大叫着说，这不是真的，日本决不会失败的，日本过去从来没有失败过，日本现在也不会失败的。

看着这群日本兵冥顽不化的样子，作为现代人的我们，就感到他们是那么的幼稚可笑了。我说原田先生，你们所说的那个"现在"早已成为了过去，眼下已经不再是一九四二年了，现在是公元一九九九年，旧的一个世纪即将过去，新的世纪就要开始，我们是站在历史的角度跟你们说话的。历史是无情的，历史也是最公正的，这是不能够任意歪曲和篡改的。或许在过去的历次对外战争中，日本没有失败过，可这一次你们的确是失败了。

原田先生，你是长崎人，你大概还不知道吧，早在五十年前的一九四五年，也就是日本投降的那一年，作为对日本海军袭击珍珠港的报复，美国人对日本进行了更为惨烈的打击。他们在广岛和长崎投放了两颗威力巨大的原子弹，把那里炸成了一片废墟，你的妻子和你的那个可爱的儿子以及众多的亲人，可能早就不在人世了。如果你们还能回到日本的话，对于这一历史事实，你们自然会了解的。

当我说完这段话以后，那群日本兵便都顿足捶胸地哭叫起来，一副悲痛欲绝的样子，但他们对于自己亲人的生死存亡似乎并不在意，他们更为关心的则是战后的日本和有关整个大和民族的生存问题，日本人的国家和民族意识是如此之强烈，这的确是我们所没有意想到的。

7.唐玉说，日本语中有许多唐朝人的语音习惯

在我们和日本人的交往中，有两个人能为我们作翻译，一个是里柱，另一个则是唐玉。里柱懂一点儿日语这并不奇怪，因为他这些年一直在作着出国的准备，要出国你就得懂一点儿外语，要不然到了国外，语言不通，你就寸步难行了。但让我们疑惑不解的是，唐玉原本来自唐朝，她怎么也能听懂日本人说话了呢，这真是一个谜啊。我说，唐玉，你不是来自唐朝吗？你既然来自唐朝你怎么还懂得日本语呢？唐玉说，不是我懂日本语，而是这些日本人说的话，有许多语音跟我们唐朝人说的话很相似，所以我能听得懂。

听了唐玉的话，只见赵晋两手一拍，一副恍然大悟的样子说，我明白了。我说，你明白什么了？赵晋说，唐玉的话是对的，并不是唐玉会说日本语，而是如今的日本语中仍然保留着许多唐朝人说话的语音成分，所以，唐玉能够听懂那些日本人说的话。岳光说，这怎么可能呢，连我们中国人自己都不知道唐朝人怎么说话了，那些日本人又怎么会说唐朝的话呢？赵晋说，要解释这个问题并不难，唐朝原本就是一个繁荣昌盛的强大帝国，当时，它在世界上正处于一个辉煌的中心地位，它的先进的科学文化对周边国家的影响是巨大的。他们派了许多的留学生到中国来学习，这其中，

来自日本的留学生最多。那些年轻的日本学子在中国学习多年，他们把汉字带回了日本，自然也把唐朝人的语音习惯带回了日本。日本人对于汉字的认知，自然是按照唐朝人的语言习惯进行的，这大概就是日本语中有许多唐人语音的原因吧。岳光又说，你说的好像是这么个理儿，但是我还是不明白，既然眼下的日本人还说的是我们唐朝人的话，那么我们中国人自己为什么就不会说唐朝人的话了呢？赵晋说，这个问题很复杂，这是需要我们的历史学家和语言学家专门来进行研究的。中国是一个多民族的国家，各个民族原本都有自己的语言习惯。自唐朝以后，在长期的历史变迁中，北方的游牧民族曾多次入主中原，这些游牧民族进入中原以后，不同程度地要受到中原民族语言的同化，而中原民族也要受到他们的语言习惯的影响，于是，一种新的语言习惯便产生了，而旧的语言习惯也就逐渐消失了。在日本就不一样了，无论是南方还是北方，对于汉字的读音都用的是原声，在唐朝以后一千多年的历史变革中，基本上没有受到其他语言的侵扰，这就保持了汉字读音的纯净性。在眼下的日本，他们不仅在语言上保持了汉字的唐声读音，而在日常生活方面，竟然还保留了许多唐人的生活习惯，这就让人很难以置信了。

赵晋到底是学识渊博，一番话说得我们口服心服。我说，好个赵晋，你行啊，你这一套理论若是写成文章发表出去，保准能引起学术界的轰动哩。赵晋则谦虚地说，过奖了过奖了，这只是我的主观猜测而已，不值一提，真的不值一提。

8.里柱去了一九四七的日本

赵晋说他曾经看过一本书，那书上说，一九四二年日本人发动太平洋战争的时候，有一小队日军被派往太平洋的一个名叫瓜达厄尔的小岛上驻防，那个小岛好像就在所罗门群岛的附近。当这支日军上岛以后不几天，那个小岛和那队日军竟然就神秘地失踪了。后来日本人就派出军舰在那里搜寻了好多日子，也没能找到那个神秘的小岛。

听了赵晋的故事，让我们很自然地就联想到了原田一郎他们这一群不明来历的日本人。如果他们果真来自一九四二年的话，那么他们很可能就是那支失踪了多年的日本士兵。我又一次问原田一郎，原田先生，你说你们到底是从哪里来的？原田一郎说，从日本。我说我知道你们是从日本来的，你们不从日本来，难道你们还能从火星上来吗，我是说你们是怎么就到我们这儿来的？原田一郎说，我们接到上级的命令说要占领这个岛屿，就这样我们就来了。我说你还记得你们来的时间吗？原田一郎说，是一九四二年的三月二十日。我们回忆了一下原田一郎他们踏上桃花岛的时间，恰好也是三月二十日，这让我们都由不得大吃了一惊，如果这不是一种偶然的巧合，那一定就是这个宇宙间出了什么问题。我问原田一郎说，原田先生，你们受命驻防的那个岛是不是叫瓜达厄尔？原田一郎点头说是。我们几个人相互看了一眼，直觉着这真是个难解的谜了。岳光则火了，说，你们他妈的是一伙混蛋，你们不好好在瓜达厄尔待着，你们跑到我们这儿来干什么？原田一郎迷惑不解地说，我们也不知道是怎么一回事，我们分明是上的瓜达厄尔岛，不知怎么就到你们桃花岛来了。赵晋则严肃地说，原田先生，你是日本军人，你们的军纪是很严厉的，像你们这样违抗军令，擅离职守，那是要按军法惩处的。赵晋接着又说，你们应该及早地返回瓜达厄尔岛去，因为不久那个地方就要打一场大仗的，你们要是能在战场上立功，将功补过，或许你们的上司会减轻对你们的处罚的。

一听说要打仗了，原田一郎立刻神情亢奋地说，你们的意思我们的明白，我们的打仗的去了，我们的大日本皇军，立刻开路开路的，前线的去了。

原田一郎和他的那群日本兵终于走了，他们是在夜里走的。

最早发现那群日本兵消失了的人是岳光。一大早，岳光就跑来说，日本人走了。我们听说后便都急忙跑到海边上看，果真那群日本兵是消失得无影无踪了，海边上只留下了一座空空的炮楼和里柱的那两间茅草屋。日本人走了，汉奸保长里柱和日本人一起走了，这狗日的终于圆了他那个出国的梦了。

我对赵晋说，你把那些日本兵哄上走了，让他们到瓜达厄尔去打仗了，那不是让他们去送死吗？赵晋则笑了，说，或许那个瓜达厄尔岛根本就不存在，他们是到不了那个地方的，他们无处可去。唐玉说，那他们能到哪儿去呢？赵晋说，那就只能回到日本了。我说，是回到一九四二年的日本吗？赵晋说，也许是吧。我说，这一下里柱可就惨了。赵晋接着说，是够他受的。唐玉说，怎么会呢？我说，一九四二年，日本发动了太平洋战争，大批的青壮年都应征入伍到前线打仗去了，国内生产劳力缺乏，他们就从中国的东北抓了许多的人去作劳工，这其中有一多半的人不堪忍受那非人的折磨而含恨死去了。你说里柱他过去，还能有他的好日子过吗？

9.唐玉讲说的有关唐朝诗人的爱情故事

自从那些日本人走了以后，桃花岛又恢复了原有的宁静。在那些平静的日子里，我们常常要制造一些故事出来，以此来丰富我们的生活。但我们最喜欢听的，还是唐玉讲说的有关唐朝的故事。那些故事大多都是史书上所没有的，尤其是她讲的那个关于诗人李白和贵妃娘娘的故事，让我们听起来就感到既新奇又有趣。李白是一个伟大的诗人，他的感情经历也必定是丰富多彩的，可在所有的史书中，对于他和女人的故事，均没有只字记载。在我们以往的印象中，李白就是一个纪念碑式的人物，而塑造这个纪念碑的，又是一方洁白无瑕的汉白玉石，那是不能有丝毫的瑕疵和污点的，所以李白给我们的也只能是如霜的月光和深秋的江水那样冷冰冰的感觉了。而事实上，李白不是一个圣人，他是诗人，诗人是不能没有爱情生活的，他在宫廷里待了那么多的日子，和皇上酬酒应答，和贵妃娘娘作诗吟唱，这其中的故事就十分的美好了……

唐玉的故事果真就像一首诗，让我们感动不已，尤春容和绿珠，更是要打破砂锅问到底，缠着唐玉说，唐姐姐，你说李白和贵妃娘娘他们后来又咋样了呢？唐玉说，我离开唐朝已经有许多日子了，至于后来发生的事情我还不知道呢。赵晋则说，有关李白的故事你们应该问我，我对于唐朝的历史是做过专门研究的，恐怕我知道的要比唐玉更全面一些。唐玉是唐朝故事的亲历者，那她的历史局限性就大了，比如唐玉说李隆基是个圣明的好皇帝，这就不全面了。唐玉生活在开元盛世时期，她所看到的是一个繁华向上万民乐业的唐朝，这个时期的李隆基的确是一个圣明贤达的好君主。可人终究是会变的，后来他生活糜烂，闭塞视听，任用了一批像李林甫杨国忠安禄山史思明这样的官员，最终导致了唐朝历史上最大的一次叛乱，这个历史的责任，完全应该由他来负的。倒是那个贵妃娘娘，的确是很值得让人同情的，她刚进宫的时候，还是个纯情的少女，她天真烂漫美丽多情，也并不乏有一颗善良之心。尽管在她的身上也有许多的缺点，可这些缺点也都是人们可以原谅得了的，她贪图奢华的享受，就有失了检点，她身为贵妃，却又不善心计，是她的单纯最终把她害了，以至于在马嵬坡那棵大树下面，当赐死的白绫系到她的脖子上的时候，她竟然还温顺的像一个绵羊一样，连挣扎一下的想法都没有。她把世间想的太美好了，她把男人们想的太美好了，其实，置她于死地的，还正是她所爱过的那些男人。当然这里面并不包括李白，李白是诗人，他有着黄河瀑布般激荡的热情，但手中缺少的是权力。当贵妃娘娘大难临头的时候，那些有权有势的人，竟然没有一个人肯站出来为她说一句公道话。就这样贵妃娘娘成了那场战争那场动乱的牺牲品，把一场战争的灾祸完全归罪于一个女人的身上，这是有失于历史公正的。

赵晋的话说得慷慨激昂，很有点儿女权主义思想。春容说，赵晋你行了，我们不是来听你上历史课的，你快说说，李白和贵妃娘娘的事到底咋样了？赵晋说，关于这个故事，史书上是没有记载的，据我推测，他们的恋情也只能是一件悲剧而已，事实上，不多日子李白就离开长安走了。我说，李白的出走，不仅对贵妃娘娘是一个悲剧，乃至对整个唐朝都是一个天大的悲剧。千百年来，天下的读书人，对于李隆基没有能重用李白而都深感不平。在当时，李白被人们公认为是天下第一才子，他不仅诗文俱佳，而且还精通几门外语，若按眼下的标准来说，如果给他评职称的话，说什么也应该是个正教授或者是一级作家。像这样的人才你李隆基不用，却用的是李林甫安禄山，你大唐的江山不乱那才怪呢。所以，李隆基在知识界一直口碑不好，这大概是很重要的原因吧。岳光接着说，李隆基之所以没有重用李白，那一定是他的嫉妒心在作怪，李隆基是一个轻江山而重美人的皇帝，你李白竟然敢和他平分秋色，那不是要了老头儿的命吗？老头子没有找茬儿除掉你李白就算是你天大的造化了，赶出京城永不录用也是情理中事。赵晋说，李白的没有出仕这似乎还不能全怪李隆基，这是命中注定的事，李白的才分太高了，一个人的才分高了，这天底下就没有他的位置了，所谓大而无位，就是这个意思。再说李白他是个典型的诗人，在他的身上充满了诗人的品性，他为人坦诚，缺少政治家的韬晦，他好感情用事，动辄便锋芒毕露，缺少的是宽厚中庸的精神。试想如果让他担任一个部门的领导，就他那恃才傲物目空一切的性格，对上他不尊重领导，不会讨上司的欢心，对下他疾恶如仇爱憎分明。他的眼光太锐利了，看问题总是明察秋毫入木三分，属下但有个芝麻绿豆大的差错，他便重杖责罚绝不放过，这样一来，他就必然失去了群众的基础。他上无领导的赏识下无群众的拥护，既不得天时也不得地利，天地不合，你们说他这个官儿还怎么当啊？唐朝的时候做官是很辛苦的，要想做一个好官更辛苦，单是那每日的五更早朝李白他就受不了。李白一向是自由散漫惯了，夜里不睡觉，早上不起床。唐朝的早朝那也是要签到的，迟到早退那是绝对不行的，你李白的诗写得再好，名气再大，可你总是不遵守纪律，不能按时上班，长期下去，那就要被开除公职的。李白最致命的缺点就是爱喝酒，一见了酒他就什么都忘了，他曾写诗说，五花马，千金裘，呼尔将出换美酒，与汝同消万古愁。五花马千金裘那是多么贵重的东西啊，他竟然就能拿出去换酒喝。唐朝的时候，一般政府官员的俸禄并不是太高的，像李白的这种生活方式，有多少钱也不够他喝酒的，自己的工资花完了，谁能担保他就不会挪用公款呢？用公款吃喝那是要犯错误的，弄不好那是要被杀头的。李白的没有入仕，这正说明李隆基还是了解李白的，正是因为他把李白看的很透彻，所以他让李白成了中国历史上第一个（也是唐朝唯一的一个）专业性诗人，在这一点上，充分说明李隆基还是很明智的。

公元736年的秋天，秋风萧瑟万木凋零，李白站在灞桥之上，回望长安，一腔悲凉万千愁绪，想前路漫漫忧情难禁，由不得潸然泪下……

当我们正在为李白的离开长安叹息不已的时候，一抬头，却看见去了日本的里柱，不知怎么他又回来了。

中国当代西部文学文库

10.关于里柱在日本的遭遇

里柱出了一趟国，带回来的不是钱财，而是一身的伤痕，那一颗脑袋被人打得凸凹不平，像一颗发了芽的马铃薯，走起路来一瘸一拐的，显然是腿也有了毛病了。里柱一见着我们就满脸羞愧地哭了起来，岳光说，里柱你男子汉一个你哭什么？里柱说，我被人打成这样，我苦大仇深我咋能不哭呢？赵晋说，你这是被谁打的，咋就打成这样了呢？里柱抹了一把眼泪又说，是被两个狗日的美国兵打的。我说，里柱，你不是去的是一九四二年的日本吗？那时候的日本怎么会有美国士兵呢？里柱懊丧地说，屁啊，我他妈的走错了地方，跟着原田他们稀里糊涂就到了日本。到了日本一看才知道坏了事了，那时候的日本已经不像是日本了，城市不像城市乡村不像乡村，到处是残垣破壁，人们流离失所，无家可归，那可真是苦惨了。我一看时间才知道出了差错了，我去的不是一九九九年的日本也不是一九四二的日本，而是一九四六的日本，你说我他妈的怎么这么倒霉呢？

要说这个里柱也真是够倒霉的，这些年来他一直梦想着出国，好不容易逮着一个机会出了国了，可没想到去的却是一九四六年的日本。那时的日本已经投降已经是战败国了，由于连年的战争，已经耗尽了它近百年的资本积累，经济的崩溃如同冰山倒塌一落千丈，连日本人自己的日子都很难过了，他里柱一个扒分的，哪里还会有什么好日子过呢？

唐玉说，里柱，你们到了日本以后，原田一郎他们又咋样了呢？里柱说，我们一到日本，迎面就碰到了一群美国大兵，此时的原田他们还不知道时间已经到了一九四六年，他们的思想意识还是一九四二年的思想意识，一九四二的日本，哪里会有美国士兵呢？他们并不知道自己是回到了日本，还以为他们又回到了达瓜厄尔岛了呢。他们迅速地卧倒向美国兵开了火，那群美国兵一下子就被打懵了，他们怎么也不会想到，在一九四六年的日本本土，他们竟然会受到一群来自一九四二年的日本士兵的袭击，待他们反应过来的时候已经迟了，他们被打倒了一大片。那一仗打得很激烈，日本兵的枪打得很准，可以说是百发百中弹无虚发，后来美国兵不得不开来了几辆装甲车前来助战。那情景可就惨了，美国人的炮火太猛烈了，美国人就是凭着猛烈的炮火来打仗的，原田一郎他们的阵地被炸得天翻地覆血肉横飞，结果是原田一郎和那个名叫清水的小兵身受重伤成了美国人的俘虏，其他的几个人都被打死了。

岳光说，里柱，原田一郎他们和美国人打仗的时候你干啥呢？里柱说，我藏起来了，咱是一个中国人，咱犯不着跟那些日本人一起去送死你说是不是？所以，仗一打起来，我一看情况不好，就藏起来没敢露头儿，要不然，我还能活着回来吗？赵晋说，那后来的情况又咋样了呢？里柱又接着说，美国人俘虏了原田一郎和清水，把我也当成俘虏抓去了。美国人审问我的时候说，你是中国人？我说我是中国人。美国人又说，你是中国人你为什么和这些日本人在一起来和我们打仗？我说我没有和你们打仗啊，我连枪都没有我怎么和你们打仗啊，我是被这群狗日的日本人抓来给他们干活的，一九四六年的中国和美国还是同盟国呢，我们的国家是同盟国，那我们就是盟友了，你说我这个人再混蛋说什么我也不能打我们的盟友啊，你说你们再混蛋你们也不会打你们的盟友是不是？我这个人再没文化，一九四六年的历史情况我还是知道的。我这么一说，那些美国人就笑了，美国人喜欢幽默，我一幽默他们就把我给释放了。从美国人的拘留所出来，我又去看了一次原田一郎，原田一郎就托我去寻找他的亲人，说如果他们还活着的话，就让他们到拘留所来一趟，跟他们再见上一面，就是死了这心里也没有什么牵挂了。我答应了原田一郎，几个月里，就到处奔波着去寻找他失散的亲人。你们大概也是知道的，原田一郎的妻子和女儿是住在长崎的，长崎早在一年前就被美国的原子弹炸平了，能够在那场大劫难中侥幸生存下来的人是很少的。从长崎回来，我就到了东京，去寻找原田一郎的父母和他的妹妹。东京曾经是日本最繁华的大都市，此时刻也变成了一片焦土，一九四五年年初的那场大轰炸，其惨状比广岛和长崎还要厉害。由于在这场大轰炸中，美国人大量地使用了凝固汽油弹，从而使这座木质结构的城市成了一片火海，大火燃烧了数日，使得附近的河流和湖泊里的水都成了热的。在这场大火中，有数十万的日本人不是被炸弹炸死的，而是被火烧死的。原田一郎的父母也葬身于这场大火之中，幸运的是他的妹妹原田樱子却奇迹般地活了下来。当樱子听说她的哥哥还活着并且从国外回来的时候，这个被悲痛和苦难折磨得身心破碎的少女竟然不相信这是真的，因为自从一九四五年八月十五日日本政府宣布投降以后，它在国外的侵略军很快都被解除了武装回到了国内。在那些日子里，樱子真可以说像盼星星盼月亮一样地盼着她的哥哥能够回来，一个月过去了两个月过去了半年都过去了，和哥哥一同入伍的人大多都回来了，即便没有回来的，也有阵亡通知书寄回来也有骨灰盒送回来，可哥哥什么也没有，这给在痛苦中等待的樱子又增加了许多的痛苦，樱子万没想到，事隔一年以后，哥哥他竟然又回来了。我带着樱子到拘留所看望了原田一郎，兄妹俩一见面，就抱头痛哭起来，那情景才叫感人呢。

赵晋说，日本帝国主义发动的那场罪恶的侵略战争，不仅给世界人民带来了无尽的战争灾难，也让日本人民饱尝了难以承受的战争恶果。这历史的教训是不能忘记的。

岳光说，里柱，你刚才说你的腿是被美国人打的，你不是都跟美国人认了盟友了吗，怎么又被美国人打了呢？

里柱说，我的话还没说完呢，你先别着急嘛。接下来里柱又说，从拘留所出来以后，我送樱子回家，哪里还有什么家啊，只不过是一个仅能遮风挡雨的草棚而已。我们走在路上的时候，没想到就有两个美国兵跟了上来，他们看樱子长得好看，就兽性大发，要污辱樱子，于是我就和他们打了起来。那两个美国大兵长得人高马大，我一个人打不过他们，我没有能保护住樱子，结果我自己也被他们打成这样了，后来，我就又回来了。

我说，里柱，你长这么大，恐怕只做了这么一件事多少还是件人事，你出了一趟国，没挣上钱，却弄了一身的伤残回来，你说你回来的时候为啥就不把樱子也带回来呢？把樱子从那水深火热之中救出来，不也是你的一件好事嘛。里柱说，我咋就不想把她带回来呢，如果她要是活着说啥我也要把她带回来的。樱子是个烈性女子，她不堪忍受污辱，出了那件事以后她就上吊自杀了。

听说樱子死了，一群人便发出了一阵唏嘘之声。接下来岳光又说，里柱，你还出国吗？里柱说待他把伤养好了他还是要走的。我说你还去日本啊？里柱说他这次不去日本了，他要去美国。赵晋说美国的钱也不是那么好挣的。里柱说他到美国不是去挣钱的，他是去找那两个杀害樱子的美国人报仇雪恨的。岳光说，你知道那两个美国人叫什么名字啊？里柱说他知道的，一个叫斯密斯，另一个叫约翰逊。赵晋说，里柱你就算了吧，你眼下即使到了美国也未必就能找到那两个美国人，你前一次去的是一九四六的日本，现在已经是一九九九年了，半个世纪都过去了，即便他们还活着的话，也已经是七八十岁的老人了，你说你再过去把他们揍一顿，那还有什么意思啊？里柱说，我等的就是这一天啊，他们年轻力壮的时候我打不过他们，我就是要等他们年老体弱没有劲的时候才去揍他们呢，有一句话说有仇不报非君子，像我这样的血海深仇，别说过去了五十年了，就是再过五十年，我也不会忘记的。

11.为唐朝人制订的一个营救计划

唐玉一觉醒来，便惊慌失措地说她做梦了。我说你梦见啥了？是不是又梦见你的贵妃娘娘了？唐玉说她梦见长安城了，长安城里是一片血光之色，城头上火光冲天，城墙下血流成河。那好像又不是梦，是真真实实地看见了的，甚至连护城河里那血水的腥味儿都闻到了，那情景真是可怕啊。我说如果那不是梦境，便是幻觉了。唐玉说即便是幻觉，那也是有缘由的啊，莫不是安禄山真的造反了吗？莫不是叛军真的攻占了长安了吗？我说根据时间的推算和你梦中所看见的景象，这完全是有可能的事情。唐玉闻说便急忙翻身坐起，一边穿衣一边说她要回唐朝去了。我说唐玉，眼下唐朝正处于兵荒马乱之时，你一个文弱女子，既不能盘马弯弓驰骋疆场，又不能献计献策谋划于朝堂之上，你说你回到唐朝又有什么用呢？唐玉说我知道我不能救唐朝于水火之中，但我可以尽我的微薄之力去救助贵妃娘娘，我现在知道贵妃娘娘在马嵬坡必定要有一死，我知道她有一死而不去救她，这让我于心何忍啊。我说唐玉你好好想一想，在那六军不发的危急时刻，连李隆基都没有办法救她，你又怎么能救得了她呢？唐玉说，正是因为连皇上也救不了她了，所以我才要去救她的，如果皇上能救她，我们也就没有必要再冒这个险了，如今事情已经发展到了这个份儿上了，我们再不去救她，那她只有死路一条了。

唐玉要回唐朝的决心已经下定，这是任谁也无法再说动她的。平日里那个温柔秀媚的唐玉，没有想到她竟还有一副侠肝义胆的火热心肠，相比之下，我们这些男人却又不如她了。

我说，唐玉，眼下叛军刚刚攻破了长安，四方贼寇也乘机作乱，形势十分危险。在朝廷方面，由于贵妃娘娘的哥哥杨国忠专权误国，积怨甚深，长期以来，人们把对杨国忠的仇恨，大多都归结到贵妃娘娘的身上去了，皇上忍痛赐死贵妃娘娘，那也是迫不得已的事情。我们现在要去救她，那是要有一个周密的营救计划的，否则的话，那是救不了贵妃娘娘的，你说是吗？

唐玉满含热泪，点了点头说，天下大乱，江山不保，此时刻不知道贵妃娘娘又咋样了呢？我安慰唐玉说，唐玉你不要心急，我现在就把赵晋岳光他们叫来，我们在一起好好商量一下，以我们现代人的智慧，来处理一千年前的历史事件，总会有一个万全之策的。

那一天，居住在桃花岛的人全来了，连里柱也来了。一听说唐玉要回唐朝去营救贵妃娘娘，里柱就急着说他不去美国了他要去唐朝，他不去寻找那两个美国大兵报仇雪恨了，他要和我们一起去营救贵妃娘娘。赵晋则严肃地说，里柱你不要张狂，我们这里的人，谁都可以去唐朝唯独你不能去。你这个人心地不善，一向贪图荣华富贵，为了个人的生活享受，你连父母都可以不认，你要是生在乱世之时，你肯定是要做土匪的。现在的唐朝烽火连天贼势正旺，你去了唐朝若是认贼作父投奔了安禄山那我们就谁也挡不住你了。长安失陷以后，李隆基的转移路线安禄山是不知道的，而你里柱多少还是懂得一点历史知识的，就是那一点历史知识对当时的安禄山来说都是天大的军事秘密，若是安禄山知道了李隆基的准确位置，再派你率领一支叛军突击队直插马嵬坡，杀了李隆基抓走了贵妃娘娘，那事情就不好办了。赵晋的话说得里柱面红耳赤的，他自知没趣就一个人蹲在墙角不说话了。我替里柱解围说，里柱去唐朝也不一定就去投奔安禄山，他的心事我知道，唐朝的女人很漂亮，尤其是那些宫女就更好了。长安城失陷以后，李隆基只顾着自己逃命了，那些宫女就没人管了，里柱是想趁火打劫，抢上个宫女回来给他做老婆，里柱你说我说的对不对？

我这么一说大伙都笑了，连里柱也笑了。接下来我们就开始研究那个营救计划问题，岳光首先发言，岳光毕竟是行伍出身，他主张用武装营救的方案，他说如果能给他一辆坦克，他就能把安禄山的几十万叛军赶回到大漠以北去。岳光这样说着时，我们的眼前立刻就出现了这样的一幅场景：一辆设计先进装备精良的国产主战坦克正从远方开了过来，车轮滚滚，马达轰鸣，它以排山倒海的威势，风驰电掣般冲向叛军阵营，那些气焰嚣张的叛军，面对这样的一个庞然大物惊慌失措束手无策，他们摆成一个巨大阵势对这辆坦克进行了围攻。开始是步兵的弓弩齐射，接着是骑兵的疯狂冲击，可那辆坦克却左冲右突如入无人之境，坦克所到之处，叛军便鬼哭狼嚎溃不成军，坦克追赶叛军的骑兵如同追赶受惊的狼群，于是叛军便被赶出了长安赶过了黄河赶到漠北去了。

叛乱平息了，唐朝得救了，贵妃娘娘也得救了，一辆坦克竟然就改变了唐朝的历史，可话又说回来，我们到哪里去弄那样的一辆坦克呢？岳光说，没有坦克有一架武装直升飞机也行，他可以驾驶着那架直升飞机直飞马嵬坡，从戒备森严的唐军手中救回贵妃娘娘，也可以说是一件易如反掌的事情。于是，我们的眼前立刻又出现了另一番情景：马嵬坡，唐军营中，由于战争的接连失利，唐军士气低落，他们疲惫不堪，军官和士兵们怨声载道，一人喊道，杀了杨国忠，一呼百应，杨国忠的住处便被愤怒的士兵包围了，经过一番短暂的交手，杨国忠被乱剑砍成了肉泥。士兵们尚不罢休，又包围了李隆基的住处，他们要求皇上下旨，赐死贵妃娘娘。于是，一条长长的白绫高高挂在树上，那是一棵大树，枝叶茂盛绿阴如云，贵妃娘娘站在一条木凳上，两手抓住了那条白绫子，两个士兵就站在贵妃娘娘的旁边，他们只等贵妃娘娘把头伸进那个白色的绳套以后，就立刻把那条木凳从贵妃娘娘的脚下抽走，那时候，贵妃娘娘的身子就会像一朵金钟子花般地悬挂在空中了。就在这千钧一发之际，那架想象中的武装直升机从天而降，立刻马嵬坡上刮起了一股旋风，飞沙走石遮天蔽日，数万唐军被这一只绿蜻蜓似的怪物惊吓得目瞪口呆魂飞魄散。他们两手抱紧了脑袋趴在地上不敢动弹，当那场怪风停止以后，他们这才抬起头来，那只巨大的绿蜻蜓不见了贵妃娘娘也不见了，贵妃娘娘就那么轻而易举地就被那只绿蜻蜓救上走了。

幻想毕竟只能是幻想，当我们从那虚幻的场景中清醒过来的时候，我们不得不面对现实，我们的现实就是我们没有那种装备精良的坦克和武装直升机，即便是有，我们也没有办法通过那狭窄的历史隧道把它们运送到唐朝去。

在仙人崖的下面有一个奇妙的山洞，那个山洞被掩映在一片茂密的桃树丛中，那情景多少有点儿像《桃花源记》中所描写的那种样子，所以，我们就叫它桃源洞。看着我们眼前的这一个桃源洞，常让我们想起《桃花源记》中所描写的那个桃源洞。其实，陶渊明所记述的那个桃源洞并不是一处神仙的洞府，而是一条能够连通过去和未来的神秘的时空隧道，没准儿，我们的这个桃源洞和陶渊明的那个桃源洞还是连通着的哩。最初，唐玉就是从这个桃源洞中走出来的，随后原田一郎的那群日本兵也是从这个桃源洞中走出来的。桃源洞幽深而狭窄，狭窄的仅能容一人通过，这就让我们用不着去担心那些白垩纪的恐龙和宋朝景阳冈的老虎会从洞中窜出来害人，可我们的坦克和武装直升机也同样无法通过这个隧道开到历史的那边去，所以，我们不得不另想办法。

赵晋到底是研究唐史的，他对马嵬坡事变的每一个细节似乎都了如指掌，兵书上说，知彼知已，百战不殆。我们站在现代人的高度，俯瞰唐朝"安史之乱"那一段历史，就如同站在一个巨大的沙盘前，清楚而又明了。所以，我们在制定起我们的营救计划的时候，就如同一个技术高超的医生对症下药一样，准确无误。一个绝妙的营救方案就这样产生了。我们所有的人都觉得这个方案严密的无懈可击，如果不出现意外情况的话，把贵妃娘娘从马嵬坡救出来，那还是十拿九稳的事。

我们的营救方案定下来以后，紧接着我们就开始酝酿去唐朝的人选问题，在我们的方案中，去唐朝不需要更多的人，有两个人就够用了。当然唐玉首先是要去的，在我们的这场戏中，她是主角儿，没有她也就没戏了；

再说呢，唐玉来自唐朝，对唐朝她是很熟悉的，诸如唐朝人的语言以及生活习惯，我们现代人是不知道的，如果冒冒失失地闯过去，恐怕到不了马嵬坡，就会被多疑的唐军当作探子给抓起来。唐玉去了那就不一样了，唐玉可以扮做唐军的模样，去接近贵妃娘娘，出入于唐军营中那是很方便的。除了唐玉之外，另一个合适的人选就是岳光，岳光有一身的好功夫，他有在千军万马之中取上将首级的本领，有他来配合唐玉行动，可以说是万无一失的了。

那一晚，整个桃花岛都充满了一种神秘的气氛。子夜时分，高挂在天空中的那轮月亮突然间暗了下来，我们抬头看月亮时，却惊奇地发现那月亮已发生了变化，一个黑色的球状物体出现在月亮的中间，就如同在那银镜般的月亮上打开了一个幽深的洞穴似的。我说是月蚀了，大伙也都说是月蚀了。与此同时，仙人崖的上面出现了一团奇妙的云，一阵风吹动着，那团云便飞速地旋转起来，根据那团云旋转的轨迹，我们可以看出它是顺着一个逆反的方向旋转的。

时候到了，我们为唐玉和岳光送行。尽管我们拥有一条通向唐朝的历史隧道，来去似乎是很方便的，但去唐朝毕竟不同于到今天的西安去旅行。唐朝离我们太久远了，况且又是那个动乱中的唐朝，这其中的危险是可想而知的。那一时，我们的心情都很沉重，尤其是绿珠，抱着岳光的脖子就哭成了一个泪人儿。而我的心情则更糟，凭一种直觉，我预感到我和唐玉的此次分别，将是一次永久的别离，于是我把唐玉紧紧地抱在怀里不忍分开，我说唐玉，让我也和你们一起去吧，多一个人就多一份力量啊。唐玉说，我们不是都已经说好的吗？你怎么就又变卦了呢？我说我是担心你啊。唐玉说，我的家原本就在唐朝，回到唐朝就是回到我的家了，你放心吧，待我们救出了贵妃娘娘，少则三日五日，多则十天半月，我们就会回来的。这时候的唐玉已没有了往日的柔情，从她的眼睛里，我看出了一种义无反顾的刚强与坚毅。

唐玉和岳光他们上路了，一颗巨大的流星，从仙女星座飞出，向银河的另一端飞去，那流星光焰四射，把整个天空都照亮了。

12.唐玉又回到了唐朝

　　唐玉和岳光走了以后，紧接着里柱也走了，里柱是偷着走的，我们不知道他是去了美国还是去了唐朝，如果他真的去了唐朝，那将会对唐玉和岳光他们的行动带来很多麻烦。关于里柱这个人我们前面已经讲过，他一味地追求个人的生活享受，从来不讲人的道义和尊严，试想一下，他若是被安禄山的叛军俘获了，给他一点儿金钱美女的诱惑，他就会立马投降过去；反过来说，他若是被唐军抓住了呢，根本用不着上老虎凳灌辣椒水，一个巴掌打过去，他就会把我们的计划全招出来。一想到这些，我们都后怕起来，这个里柱简直太可怕了。我们懊悔当初为什么就没有想到把里柱用绳子给拴起来，像拴一条狗一样地把他拴在树上，让他动不了身，待我们的计划完成了以后再把他放出来。让我们忧心如焚的是，我们没有办法及时地和唐玉岳光取得联系，即使是最现代化的通信工具，也无法把这一意外情况送到唐朝去。

　　在那些日子里，我一直是茶饭不思度日如年，整夜整夜地坐在桃源洞前的那片桃树林里，等待着唐玉岳光他们回来。夜晚的桃花岛很美，明月高悬，万籁俱寂，一脉溪水潺潺流过，月光的影子映在溪水里，那溪水便涮金漱玉般明亮起来。由于坐得时间久了，我似乎也有了一种特异的功能，我能够听见从桃源洞深处传出的许多奇妙的声音。有一时，我竟然听见了一位村姑在唱"杏花三月天"的歌了，透过那歌声，我看到了一片春天的田野了，田野上麦苗青青，天暖暖的，有农人们三三两两地在田野里劳作，那位唱歌的村姑则在田边桑树下采摘桑叶，桑叶很嫩，村姑的歌声也很嫩……突然间村姑的歌声中断了，紧接着便是一片杀伐之声，千军万马风暴般卷过田野，战马的嘶鸣和人的呼唤惊心动魄……这惨烈的声音立刻把我的心又揪紧了，正当我的情绪极度地惊恐不安时，赵晋来了，我对赵晋说，我听到安禄山的叛军又在进攻了。赵晋则吃惊地看着我说，你是不是又做梦了？我说那不是梦，是我真的听到了。赵晋说那是风声，赵晋坚持说那是夜风穿过石穴时所发出的响声，我便不和他争论，但我坚信我所听到的声音是真实的。我对赵晋说，唐玉他们已经走了半个月了，眼下不知唐朝的那场战争怎么样了，唐玉和岳光不知怎么样了，他们能把贵妃娘娘从马嵬坡救出来吗？赵晋安慰我说，你放心吧，我们的计划不会有错的，如果他们行动顺利的话，现在他们应该正在回返的路上了。

也就是从这一天开始，我们桃花岛的人便整日整夜地守候在桃源洞口，我们等的很苦，尤其是绿珠，就如同大病了一场似的，人已经失了形了。五天过去了，十天过去了，二十天过去了，我们等待了一整个秋天，这才把岳光等回来。岳光穿了一身唐朝军官的服装，因为我们对唐朝的军服没有做过研究，不知道他穿的是叛军的服装还是唐军的服装，他风尘仆仆疲惫不堪，从桃源洞中一走出来，人就昏死了过去。绿珠见状，惊叫了一声就扑了过去，抱着岳光就大哭起来。我们费了很大的劲，才把岳光身上的盔甲脱下来，那盔甲十分笨重，足足有三十公斤，我不知道唐朝的军人穿着这样的军服是怎样打仗的，岳光却是被这身盔甲折磨得精疲力竭了。

岳光一直昏睡了两天两夜这才苏醒过来，他醒过来的第一句话就是，我没有能救出贵妃娘娘，也没有把唐玉带回来，我辜负了大家对我的期望，岳光说这话时那心情是十分沉痛的。我们安慰岳光说，你已经尽了力了，古人有一句话说，谋事在人，成败在天，我们没有救出贵妃娘娘，那只能说明贵妃娘娘命该如此，你也不要太难过了，你能回来就是最大的胜利了，你快说说你们去唐朝的经历吧。

岳光的身体依然很虚弱，但他还是强打着精神说，按照我们原先的计划，我们是要在皇上和贵妃娘娘撤出长安之前到达长安的，这样我们就能尽快地接近皇上接近贵妃娘娘，然后在撤退的途中采用瞒天过海偷梁换柱的方法把贵妃娘娘救出来，贵妃娘娘一旦离开皇上离开唐营她就安全了。尽管我们的计划十分周密，可事实上我们的行动总是赶不上唐军撤退的步伐，当我们进入长安的时候，长安已经成了一座空城，皇上和贵妃娘娘早在两天前就已经撤走了。我们沿着唐军撤退的路线直追了七天七夜，才在首阳山那地方追上了唐军。首阳山是一座不大的山，从山下到山顶只有半天的路程，那时候唐军就在山上而我们则在山下，眼看着皇上和贵妃娘娘就近在咫尺我们却没有办法追上他们，一场大雨冲断了上山的道路，我们在山下耽搁了一天，等我们上到山顶的时候，唐军又走远了，让人不可思议的是，那一场雨只下在了山的这边而山那边却只下了很少的几滴，阴云遮日凉风习习，这一天唐军的行军速度很快，这也是自他们撤出长安后走的最远的一天。此时刻距马嵬坡还有五天的路程，我们必须在五天之内赶上唐军并且救出贵妃娘娘，要么就让唐军改变他们的行军路线不走马嵬坡这条路。马嵬坡对于贵妃娘娘来说就是一个天定的死劫之地，就如同蜀汉争霸时期庞统要死在落凤坡而诸葛亮要死在五丈原一样，这是谁也改变不了的定数。事实上我们没有办法改变唐军的路线，那么我们只有在贵妃娘娘到达马嵬坡之前就把她救出来，让她避开马嵬坡这片灾难之地，否则，一旦让她到了马嵬坡这个地方，你就是有天大的本事也救不了她了。为此我们马不停蹄日夜兼程，终于在第四天的晚间又一次追上了唐军，这对于我们来说是最后的一次机会了。正当我们就要进入唐军大营的时候，意外的事情又发生了，我们和一伙叛军的探子遭遇了。这伙叛军探子是安禄山派来的，他们每个人都武功高强身怀绝技，他们也是奔着贵妃娘娘来的，安禄山对贵妃娘娘的美貌垂涎已久这是大家都知道的事，他率军攻破长安以后却没能得到贵妃娘娘，于是便贼心不死派人循着唐军撤退的路线一路跟踪而来。我们就和那伙叛军对打起来，叛军到底是人多势众，就在万分危急的时候，皇上的御林军来了，经过一番混战，那伙叛军被拿获了，而我们也被唐军关押了起来。我们当时就想这下好了，我们终于可以见到皇上见到贵妃娘娘了，当唐军审问我们的时候，我们便如实地说，我们不是来行刺皇上的，我们是来保护贵妃娘娘的。那几个军官在听了我们的申诉以后，相互看了一眼，便凑在一起嘀咕了一阵，而后就不由分说又把我们关押了起来。就这样我们被他们关押了整整一天，也就在这一天当中，唐军中发生了惊天动地的变乱，关于这次变乱大家都知道我就不细说了。可让我们始终弄不明白的是，自打我们到了唐朝以后，可以说没有一件事是顺利的，我们处处被动，虽拼尽全力可总也赶不上事态发展的步子，你们说这是为什么啊？

听了岳光的话我们都感到十分吃惊，我对赵晋说，赵晋你是历史专家又是我们桃花岛的智多星，我们的那个营救计划并不是不周密，用我们现代人的智慧来对付一千年前的唐朝人应该是胜券在握的，可结果为什么会是这个样子的呢？赵晋低着头，经过了一番深思熟虑之后，这才说，事情发展到这一步，的确是我们所没有料到的，应该怎样来解释这件事情呢？我想我们的那个营救计划是没有问题的，问题大概就出在我们在制订这个计划的时候犯了一个天大的错误，那就是我们违背了一个历史发展的根本规律。历史是严肃的是无情的，是不能够任意篡改的，我们应该尊重历史的本来面目，任何亵渎历史的行为都是不允许的。历史就如同一列在预定的轨道上高速运行的火车，随意更改它的运行轨道，势必会造成一种时空悖乱，那是很危险的。唐朝距今已经有一千多年的时间了，它离我们太久远了，它所有的历史事件都是已经发生过的，现在让我们回过头来去追寻那一段历史，我们是不可能超越那些历史时间的，这大概就是唐玉和岳光他们到了唐朝以后处处被动总是走在时间后面的根本原因吧。

　　赵晋的话说得很有道理，但我却无心和他探讨那些玄妙的历史问题，我更关心的则是唐玉。我说，岳光，你回来了，那唐玉呢，唐玉她怎么没回来呢？岳光从脖子上取下一件玉石钥匙，说，这是唐玉托我交给你的，她说让你好好保重自己，她说她会永远记住你们在一起的那段美好的日子，想念她的时候，就把这钥匙放在你的心口上，让它打开你的思念之门，你就可以到一千年后的那个时间空间里找到她。我把那件钥匙捧在手里，细看时，果真是唐玉之物。这件玉石钥匙有一种神秘的力量，唐玉说这是终南山的一位道士送给她的，那位道士送给她这件宝物的时候，是让她到桃花岛来和我了结一段情缘的。我很相信缘分这东西，但凡人与人之间的缘分，那也是有定数的，有一句话说百年修得同船渡，千年修得共枕眠，我不知我和唐玉在一千年前是谁，我们因何会有这样的一段生死之缘，以至于唐玉她要越过一千多年的历史时空到今天来寻找我，而我又不得不到一千年后的未来世界去寻找她，这真的有点儿让人不可思议了。当时唐玉就是凭借这把钥匙，从唐朝的京都长安来到我们桃花岛的，如今，她又把这钥匙送给了我，那一时，我的眼泪就不由自主地流了下来。

岳光就安慰我说，你也不要太难过了，唐玉说了，在这国破家亡的时候，她是无论如何也不能躲到桃花岛来享清福的，她是有一件惊天动地的大事要做的，那件事尽管很难，不过，她让我告诉你，不要为她担心，她一定会成功的。我说，她没说她要做的是一件什么事吗？岳光摇了摇头，说唐玉是个有心计的人，没有做成的事她自然是不会说的，我只是听她说她有个表兄在安禄山的儿子安庆绪部下做副将，深得安庆绪的赏识，不知道她所做的那件事是不是和她的那位表兄有关？说到这里赵晋恍然大悟地说，我明白了，唐玉这是要策反她那位表兄的啊！我担忧地说，她会成功吗？赵晋说，事实上她已经成功了，这件事还没开始的时候她就已经成功了，这一切都是记录在案的历史事实，是谁也无法改变的。就在安禄山攻破长安以后的不长时间里，叛军内部就发生了内讧，开始是安禄山想杀他的儿子安庆绪，而最终没有成功，反过来，却被他的儿子把他杀掉了。这次内讧分化了叛军的队伍，瓦解了叛军的斗志，从而加速了叛军的灭亡。了不起，真的了不起，唐玉这是为唐朝立了一大功了。

话虽然是这么说的，但让我始终放心不下的是，唐玉要做成那样的一件大事，在她的身边必定还存在着许多的危险，这其中最大的一个危险隐患便是里柱。如果里柱真的去了唐朝，他又真的投奔了安禄山，那么唐玉的危险可就大了。我问岳光在唐朝的时候见没见到里柱，岳光说没见到，唐朝那么大的，谁知道他去了哪里啊，没准儿他还可能去了安西了呢。我说但愿他去了安西，安西离长安很远，那样的话，唐玉也就少了许多麻烦了。赵晋说，关于唐玉的事情你就放心吧，虽然在她的身边依然有许多危险，但安禄山的失败已是历史的必然结局，天伐无道，从者顺之，那么唐玉她也一定会化险为夷的。

听了赵晋的话，我便如释重负，那一时，感觉到头顶上的那一片天空立时就明亮起来了。

我期待着和唐玉的再次相会，我不知道，在一千年后的那个未来时空里，唐玉她又会是个什么样子的呢？

太阳山谷

1　引子。星星的香味美妙而幽远。

天就那么蓝着，星星就那么灿烂着。

星星在最灿烂的时候便有了一种香味儿。

星星还会有香味儿啊？这似乎是不可能的，谁闻到过啊？

你没有闻到过说明你压根儿就没有在太阳山谷的转角楼上待过。你若是待上一年半载，你就知道星星是什么香味儿的了。

半夜的时候，你站在山顶上，就感到星星离你很近了。那时刻，山野里一片寂静，寂静得连一丝风儿也没有。你抬头看天，星星就在你的头顶上，是那么大那么亮。有的星星是圆的，身上还长着一层茸茸的毛，就像森林里雨后衍生出的马蹄泡子；当然更多的星星似乎都长着几只尖尖的角，有的是四角，有的是五角，还有的是六角。星星灿烂之极，这让人就想起山坡草地上的那些盛开着的满天星花来。这时就有一缕特别的香味幽幽而来，那香味美妙之极，让人难以言表。

这是阴历五月上旬的下半夜，没有月亮，所以，那星星的香味就特别地醇。

2　故事。猎手抱着他的那杆老枪像抱着他那漂亮的女人一样乐得满脸欢笑。

山顶上的夜是很凉的，我们没有敢多停留，便急匆匆地赶路了。星光照耀着的山间小路，迷茫而缥缈。好在猎手是一个老山里通，他熟悉这山谷里每一条山路，就如同熟悉他手掌上的那一道道掌纹，那我就不用担心会迷路了。

是昨日的后晌，山林队的王队长上山来给猎手下达了一个命令，队长让猎手明天早晨去摸一只青羊送到队上去，那青羊最好要大一点的，最好是骚户，最好是那种三齿四齿的骚户最好。猎手一听立时就兴奋起来了，自从上个月禁猎以后猎手的枪再也没有响过了，一个猎手不能打猎了你知道那是个啥滋味吗？一听到又可以打猎了他就高兴地把他的那杆老步枪抱在了怀里，像抱着他那漂亮的女人或者是他那个心爱的儿子一样笑得一脸子的快乐。猎手笑着问队长说，怎么你上个月刚来宣布了禁猎的命令，这么快那命令就又收回去了？队长说做梦去吧你啊，谁说我把那个命令收回去了，那个命令是上级的命令我怎么敢收回去呢，不过那个命令是那个命令，这个命令是这个命令，不是一回事。猎手说听你这样说我就不好理解了。队长说，命令嘛都是上级下达的，理解的要执行不理解的也要执行，让你摸一只羊你就去摸就行了，你问球那么多干什么？猎手说该不是场里那个人的蔽嘴馋了要开荤吧？队长说，场里的人谁有这么大的牛蔽啊，是省上林业厅的领导要来检查咱们的森林管护情况，场里的领导说就破个例弄个野物来招待一下上级领导也不算个啥事情嘛。猎手说那来的那个领导到底是个什么官儿，让咱们的领导这么上心？队长说，好像是林业厅一个姓杨的副厅长吧。猎手说是不是那个杨万仁杨胡子啊？队长说好像就是他吧。不料猎手一听就变了脸子，把手里的枪往地上一墩说，要是换个别人来咱就没有啥说的，是这个杨胡子来了，那老子就不伺候他了。队长闻说一时就怔住了，队长说，老歪（猎手的绰号就叫老歪）你这是那根筋又抽住了？你对我有意见可以但这是场里的命令你不能不执行啊。猎手气狠狠地说，我对你有什么意见啊我对你没意见，我就是不尿杨胡子他那一壶，我不信他能来把老子的球来咬个牙印子我瞧一瞧？说到这里队长又笑了，队长说，老歪我知道你对那姓杨的有意见，可那是过去的事情了，你总不能记恨一辈子吧，人家现在说什么也是革命领导干部嘛。再说这个命令是咱场里铁政委下的铁命令，是铁政委亲自打电话让我来找你的，你说你的怨气再大，那政委的命令你还是要执行的吧？

政委的命令当然是要执行的，一个大军马场的政委能亲自关照到他就已经是给足了他天大的面子了，你说你要再耍牛蔽你就实在不是东西了。

猎手说什么也是个明白人，到了这时候你说他还能再说什么呢。

队长传达完命令并没有立时下山，他对猎手多少还有些不放心就在我们转角楼住了下来，刚睡过半夜他就像周扒皮一样把我们叫醒了，他让我跟着猎手一起走。让我跟着猎手去，一方面是让我监督猎手而另一方面则是让我去背羊的。猎手一般都是很牛蔽的，猎手打了猎物从来不自己背，就如同那些傲慢的汽车司机，汽车司机只管开车从来不管装货卸货，你装卸工人再苦再累和他司机无关，这就是司机的高贵处了。我跟着猎手走我只能是一个下等的搬运工的角色，但我依然很高兴，因为跟着猎手出去打猎，毕竟是一件很有意思的事情啊。

我跟着猎手迎着一天的夜色上路了，我们是直奔着青羊沟去的。据说青羊沟那地方还是有一群羊的，而青羊沟距离我们的转角楼有三十多里的山路呢，所以，我们不得不及早起身，赶在青羊入林之前就进入狩猎地带。青羊的生活习性是很奇特的，它们总是在太阳还没有出来的时候到山坡上去吃草，那时候的青草上带着很浓的露水，草就鲜嫩得很，青羊吃起来那口感就好极了。当太阳渐渐升得有箭杆高的时候，草叶上的露水稀薄起来，青羊们就不吃了，它们就会回到那浓密的林地里去了。青羊一旦回到林地里，再高明的猎手也是很难找到它们的。所以，我们必须在太阳出来之前就赶到青羊沟，在青羊必经的路上或者它们吃草的地方埋伏起来。

3 故事。猎手说狼怕的是枪和火，一泡尿水是赶不跑它们的。

山路伸进了一片森林，这是一片针叶松和云杉相交的林地，也是太阳山谷最大的一片林地。树林茂密，遮天蔽日，白天的时候，即便是在晴朗的天气里，这林地里也很难见到阳光，到了这时刻便更加黑暗起来，就仿佛从一个黑夜里走进一个更深的黑夜里来了。林子里水汽很重，不时有水珠从树叶滴落下来，滴落在脖子里，清凉清凉的，把一个懒梦就赶跑了。

我紧紧地跟在猎手的后面，林地里太黑，黑得让我无法看清猎手的身影，我是循着猎手的那轻捷的像山猫一样的脚步声和他身上的那一种特有的气味走路的。森林里充满了神秘，你不知道那林地深处会隐藏着什么，其实，这时刻的森林里应该说是最安全的，那些兽物们都还在酣睡之中，连树们都睡着了，哪里还会有什么东西出来作祟呢。树林里宁静得很，唯有这宁静，便越发地让人要生出一些莫名其妙的恐惧来。

或许是我过于紧张了些，一不留心被一棵裸露在地面上的树根绊了一下，我的身子往前猛地一扑，就顺着山坡滚了下去，好在一棵树把我及时挡住了，如果不是那棵树我可能就滚到山坡下面去了。我趴在地上大声地喊道，我说郑师傅等我一下，我摔倒了。猎手在前面回答说，你摔倒了就爬起来啊。我说我爬起来了，我的脚扭了一下。猎手说还能走路吗？我说可能还能行。猎手说那就再坚持一下吧，出了这片森林我给你拿一拿。

我只好咬着牙又重新上路了，我担心被猎手拉远了，就忍着疼痛紧跑了一阵，直到看到了猎手的身影了这才放下心来。猎手回过头来埋怨着说，早知道带你出来有这多麻烦就不带你来了。我说早知道跟你出来是这个样子我就不来了。猎手说你后悔了，那你现在就回去吧。我说天这么黑，我不认识回去的路了，要回去也得你送我回去。猎手听了我的话多少有些生气了，他气着用骂山里野兽的话骂了我一句。猎手可以骂我但我不能骂猎手，我生怕猎手真的生气了，他不要我了把我甩在这深山老林里，到时候你哭都来不及了。

树渐渐稀疏起来，我终于又看到天了，又看到那花朵一般美丽的星星了。我们终于从森林里走了出来。在山梁上，就着一处石崖，有采蘑菇人用松树枝搭的窝棚，我们就在那窝棚边坐了下来。刚才在树林里走得太急，身上出了许多的汗，一停下来，那汗珠便都变成冰凉的水珠了，身上立时就冷了起来。猎手就把那窝棚上的树枝扯下来，折断了，地上就有了一堆柴火。那树枝都是干透了的，一近火，便就噼噼啪啪地燃烧起来。我凑近火堆，把一双手放到火上烤着，其实，那时手并不冷，冷的是前胸和后背，但不知道为什么，人的身上一冷着时，首先烤着的便是手，是手离人的身子最远，可手又和人的心最亲近的缘故吗？

猎手把一个军用水壶从身上摘下来，晃了一晃，就放到嘴上仰着脖子美美地灌了两大口，然后把水壶抱在怀里，说你也来一口？我说我冷我不喝。猎手说你喝上一口就暖和了。我知道那是酒，就把水壶接过来抿了一小口，那酒太冲了些，刚一下肚，立时嗓子里便火辣辣地烧了起来。我咳嗽了两声，把水壶又还给了猎手。猎手看着我的样子笑了，说，在山里，要想当猎手，就要会喝酒，要不然的话，就这树洼里的风，就能把人吹日塌了。猎手说着又举起壶来灌了两口，这才用一只手指着我的脚问我，哪一只伤了？我把那只扭了的脚伸过去说，就这只。猎手伸手把我的那只脚捉住，另一手上来就把鞋给扒掉了，立刻就有一股很难闻的气味在周围弥漫开来，那味道比酒味还冲，我知道那是我的脚的臭味。我们住的转角楼那地方缺水，所有的生活用水都是从山下用一匹骡子运上去的，为了节约用水，每天早上只配给一茶缸子水，半缸子漱口，半缸子洗脸，至于脚嘛只好受委屈了，我已经半个月没洗脚了，你说那脚能不臭嘛。

猎手并没有嫌弃我的那只臭脚，他那两只手在我的那只臭脚上用力地工作着。他掐着捏着，还把我的脚指头一个一个地都拽了拽，然后便喝了满满一大口的酒，他用右手就那么在火里一过，紧接着噗地一口酒往火里喷去，只见那火头猛地一爆，猎手的那只过火的手再从火中出来的时候，就抓着了一手蓝色的火苗了。猎手急忙把那团火苗按到了我的脚上，急速地揉搓着，立时，那脚伤处便有了一股热辣辣的灼烫的感觉。到了这时刻我真的很感动了，我想对猎手说些什么，但又不知道该说些什么好，我一感动就不知道该说什么好了。

那时我就跟猎手无话找话地说，郑师傅，我们在这里宿营，如果来了那么一只狼你说该怎么办呢？

猎手说那还能怎么办？我们有枪打它狗日的。

我说如果我们没有枪呢？那又该怎么办呢？

猎手说有这堆火烧着它就不敢到跟前来了，狼怕火。

我说如果我们睡着了火灭了那又该怎么办呢？

猎手便愣住了，就那么愣愣地看着我说，那你说你有什么好办法呢？

我没有想到就这么一个很简单的小问题，竟然就把一个老山里通给考住了。我说我有一个办法，就是在我们睡着之前把我们睡的地方用尿水围起来，狼来了它就不会再到我们跟前来了。

猎手听到这里由不得哈哈大笑起来，猎手笑着的时候肩膀是一抖一抖地，猎手说你以为你那球头子是孙悟空手里的金箍撸棒啊，就那么厉害？就能把狼吓跑了？

我说不是我一泡尿能把狼吓跑，我是说动物们都是讲规矩的，比如说老虎和狮子他们占山为王各有各的地盘，它们就是用尿来划定边界线的，它们在自己的边界上那么一尿，其他的动物来了一闻到那尿味不对，就自动走开了。

猎手说老虎和狮子是野兽中有德行的人，狼不行，狼是地痞流氓土匪那一类的人，它们从来就没有规矩。再说老虎和狮子它们也只是在它们之间才讲规矩，它们对人也不讲规矩，首先是人对它们不讲规矩，它们自然对人也就没有规矩了。

我失望地说闹了半天我们人类的尿它们不认？

猎手说它们当然不认了，它们认你干什么啊？猎手说着便又喝了一口酒，右手还是那么在火里一过，噗地一口喷去便又抓出一把火来按到了我的脚上，如此反复三次，我那脚伤便自感是好得多了。

4 故事。他曾经当过多年土匪，可他又是志愿军战斗英雄。

我很早就认识猎手了。那还是我上小学三年级的时候，我曾经听他给我们讲过志愿军在朝鲜打美国鬼子的故事，那时候的我们觉得他是那么的英雄，那么的伟大。可过了不长时间，他却又被关了起来，说他在解放前当过几年的土匪，并让他交代当土匪时杀人放火强奸妇女的问题。那时候我真的不明白，像他那样的人怎么就又成了土匪呢？可他就真的当过土匪，这是有人证明了的。

猎手的枪就打得好，这在我们太阳山谷是没有人能比得了的，他是凭着他的那杆枪受到人们的尊重的。我一直就想跟猎手学打枪，一旦有了机会，我就不失时机地向猎手请教打枪的技巧。猎手听了我的话后，一面不停地搓着我的脚，一面抬起头来说，这没有啥，枪打得多了，自然也就有了准头了。我说你是从啥时候开始学打枪的呢？猎手说，也就是你现在这个年龄，十六七岁吧。我说就是你在山里当土匪那时候学下的吗？谁料到就是我的这句话却把猎手惹火了，他立时就停止了手上的工作，把我的脚往地上一扔，气狠狠地说，你说啥？你说我当过土匪了？你狗日的再敢说我是土匪，老子就把你扔到山下去你信不信？我是土匪？我们那能算是土匪吗？是兄弟会，兄弟会你狗日的懂不懂？猎手说着的时候，用他那一大一小的眼睛恶狠狠地盯着我，那时候我们面前的火堆燃烧得正旺，火光映在猎手的眼睛里，猎手的眼睛里便也有了两团燃烧着的火了。

我把脚收回来，又急忙向前探着身子伸长了手，把我的那一只鞋子抢了回来，我怕猎手真的匪性发作了，把我的鞋扔到山下面去了那我可真就惨了。猎手发起火来，什么样的事情都能干出来，有一次他和我们山林班的班长吵架，竟然敢把班长的帽子揪下来扔到山下去了，他敢扔班长的帽子就能扔我的鞋。

我慌手慌脚地把鞋子穿上，就见猎手又灌了一大口的酒，往手上噗地一口喷去，把两手都喷湿了，然后在山坡上抓了两把青草反复地在手里搓了几搓，就算是洗过手了。我万没有想到猎手会发那么大的火，一时间我就愣住不知道该说什么好了。

关于一九四九年秋天太阳山谷的那次剿匪战斗，平阳县的县志上是这样说的，一九四九年五月平阳县获得解放，随即平阳县人民政府宣布成立，多年盘踞于太阳山谷的匪首李文虎等迫于解放大军的压力，于六月三十日率其匪部下山向人民政府投诚，被改编后驻扎平阳县城维持地方治安。李文虎等虽然接受了人民政府的改编，但其匪性不改，时时怀念旧日的土匪生活，不久就率其匪部发动叛乱，抢劫了平阳县城之后蹿回太阳山谷。他们依仗太阳山谷山高林密险要的地理优势负隅顽抗，与我进山剿匪的部队巧妙周旋，打死打伤我剿匪部队官兵多人。经过两个多月的艰苦战斗，终在一九四九年十月三日新中国成立后的第三天，全歼了这股顽匪，匪首李文虎在垂死挣扎中坠崖而死……

但凡志书，是对一个地方历史的真实记载，可是从猎手的嘴里我所听

中国当代西部文学文库

到的就完全不一样了。

猎手说你见过不杀人放火不抢东西不坏女人的土匪吗？

我说没见过。

猎手又说你见过上山给老百姓砍柴下地给老百姓种地跟老百姓亲如一家的土匪吗？

我说没见过。

猎手说兄弟会就是这样的一些人。

猎手说着就在胸前的衣袋里掏摸着什么，掏着掏着就掏出一个巴掌大的布口袋，接着又掏出了一页纸片。他把那纸片折叠了一下，然后用舌头在纸棱上飞速地一舔，就从那纸片上撕下了指把长的一张纸条儿。他用三根指头捏住了纸条的一头，放平了，那上面的食指稍稍往下一压，那纸条就形成了一个凹槽儿，他又用另一只手的三根指头，从那小布袋里捏出一捏烟丝出来，均匀地撒在那个纸槽里。接下来是六根指头相互帮助，很快地就拧出一支喇叭筒来，他把细的一头放在嘴里用牙咬去了半截空余的纸头，呸地一口吐了，然后又重新放嘴上叼着，把粗的一头用火点着了，接着就有两股烟子从他的鼻子里喷出来。那烟味很好闻，有一股特别的香味儿，我知道那一定是掺了麝香草了。麝香草也只有这太阳山谷的大岭上才有，我们就常采一些麝香草，阴干了，放在衣服箱子里，能防虫，也能让衣服保持一种健康的香味儿。那些老山里人常把那干了的香草捻碎了，拌到烟丝里头抽，据说能长精神，口也不臭。

这真是一件新鲜的事了，这世界上竟然还会有不贪财劫色的土匪呢，这些土匪竟然会和老百姓和睦相处亲如一家，你说你相信吗？

我问猎手说郑师傅，你说你们兄弟会的人不偷不抢那你们当初吃什么喝什么啊？据我所知像你们这种绿林队伍，其生活来源大多都是靠抢劫财物来武装自己的，不抢穷人的，那就抢富人的，梁山好汉你是知道的吧？他们除了夺取朝廷的生辰纲外，还抢夺官军的草料场，个别的人还去剪径，要不然他那么多的人，没有生活来源他们怎么过日子啊。毛主席他们当年在井冈山闹革命的时候，还靠打土豪得来的钱财来补充自己呢。那你们总

开着坦克去唐朝

不能就靠山吃山吧？那山上都是石头你们总不会吃石头吧？

猎手骂了我一句说你狗日的才吃石头呢，我们说靠山吃山那山上除了石头就没有别的了？我们兄弟会四十多个人都是好劳力，我们可以搞生产啊，可以上山放树，打猎，采药嘛。麝香鹿茸都是名贵的药材，是可以卖钱的啊。那时候，我们隔几天就有兄弟赶着大车，拉着木头药材猎物下山去买，有时候一去就是四五挂大车，十几匹马，呼隆隆地，那个威风啊。

我心里说，那当然了，一群土匪下山来做生意了，能不威风吗？不过这话我没有敢说出口，我只是问猎手说，你们去做生意，不会欺行霸市吧？

猎手说我们绝对是买卖公平。

我说这和"三大纪律八项注意"那首歌里唱的"公买公卖"差不多了嘛。

猎手说，做生意，不就讲的是个信义嘛。

我说，你们的队伍平时是住在山里的吗？是不是就像威虎山里的那个威虎厅一样了，一群人住在一个很大的山洞里，一到晚上就点起松树明子野猪油灯什么的，大碗的喝酒大块的吃肉，吆五喝六的像一群魔鬼。

猎手说，大碗喝酒大块吃肉的事也有过，不过那不是在山洞里，咱这太阳山谷哪有那样大的山洞让我们住啊。我们是在山口上盖了自己的房子的，不过也有不少的兄弟是住在老百姓家里的，一家多的住上三四个，少的住上一二个，住的久了，就和老百姓成了一家人一样了。家里的地里的活我们都是要干的，尤其是春耕秋收这些大忙季节，我们便停了自己的活，全都去帮助老百姓种庄稼收庄稼，你说老百姓，他能不对我们好吗？

我说，听你这么一说，你们兄弟会都快成了八路军新四军了。

猎手便笑了，说我们是没有八路军新四军那样的政策的，可我们也知道，如果不跟老百姓搞好关系，那你的日子也不会好过的。再说我们兄弟会的大当家的李文虎也是个读过书的人，读过书的人和那种二杆子人是不一样的，他知道该怎样做事才能顺乎民意，顺乎民意也就顺乎天意了，顺了民意顺了天意你的日子就好过了。说到这里，猎手便激动起来了，他说最好的日子，那就是过年了。过年的时候，我们就把附近几个山口里的乡亲们都请了来，在场子上点上几个大火堆，酒啊肉啊地管够了吃，那才叫热闹呢，按现时的说法就叫军民联欢吧。

我说什么军民联欢，应该叫匪民联欢。

猎手又瞪起了眼睛，说你狗日的怎么又说我们是匪了呢？

我急忙对着猎手笑着说，我是说你刚才的话说得不对，只有八路军新四军才能叫军民联欢的，你说你们也是军民联欢，那你们是属于哪路军呢？

这一次猎手是被我问住了，他涨红了脸，脖子憋得老粗，吭吭哧哧地说，我们虽然不是什么哪路军，但我们也绝不是什么土匪！

5 故事里的故事。一九四七年的太阳和一九七七年的太阳原本就是一个太阳。

我问猎手说，你是什么时候参加兄弟会的？

猎手仰着头，看着遥远的天边上的一颗很亮的星星回忆说，那是三十多年前的事情了。按说是一九四六年吧，也可能是四七年，我记不清了，那时候庄稼人过日子，是不在意是什么年份的，反正是过了两三年就解放了，就算是四七年吧。那年我十六岁，在一个名叫芦花的村庄上小学。咋？你笑什么，是笑我十六岁才上小学吗？那时候的人普遍上学晚，庄户人家的孩子上学嘛，就为的是学认几个字，又不去考状元，也不像你们现在的娃娃上学，要考初中哩上高中哩，都有个年龄限制，那时候没有限制，一个班里头，有十岁的也有十八岁的，还有已经娶下婆姨的也来上学的。芦花是我们那里的一个大村，也是一个很美丽的村子，它的旁边是一个很大的湖，湖里生满了芦苇，一到了秋天，芦苇就干了叶子，风儿一吹，芦花便漫天飞扬，这大概就是芦花村得名的原因吧。我们在那里上学，最快乐的日子就是夏天，夏天里芦苇长起来了，芦苇丛里就来了很多的鸟，有野鸭有长腿鹭鸶还有野鹅，那鸟就多得数不清了。我们坐在教室里就能听到苇叶鸟清脆的叫声，我们常常利用下课的时间，到湖里去捡野鸭蛋，去捉鱼，那时候那湖里的鱼就多多了。

那一年我十七岁，刚刚从军马场子弟中学高中毕业，被分配到山上来管护森林，我对旧社会的认识，只是从贫下中农的忆苦思甜会上或者是书本和电影上得到的。在我的意识里，旧社会是暗无天日的啊，我们从电影上看到的，一演到旧社会的时候，天就是阴沉沉的，连太阳也没有，地上荒凉的寸草不生。荒冢连片的路边，一株枯树，树上蹲着一两只乌鸦，一群群背井离乡的人，从路上凄惶惶地走过……而这情景，和猎手说的完全是不一样的嘛，旧社会的孩子还能有那么多的快乐吗？旧社会还会有那么美丽的地方吗？我疑心猎手这是在美化旧社会了，美化旧社会就是反动的啊。他还说他没有干过土匪，不是土匪他能怀恋旧社会吗？我打断猎手的话说，郑师傅，你说的那是旧社会啊还是新社会？猎手说四六年嘛，当然是旧社会了。我说你们家是地主啊还是穷人？猎手说当然是穷人了。我说旧社会穷人的孩子还会有快乐吗？旧社会还会有那么美好的地方吗？

听了我的话猎手一时倒愣住了，他眨巴眨巴眼说，你说的那是电影上的事情，其实一九四六年的日头和现在的日头还不就是一个日头嘛！要是说旧社会就没有日头了，天永远是阴的，那庄稼人还怎么种庄稼，没有了庄稼人不早都死光球了。

猎手的话也确实不无道理，可我对旧社会的印象依然还是没有改变。关于一九四七年太阳和一九七七年的太阳是不是一个太阳的问题我不想再多费口舌，我想听的还是猎手那个关于兄弟会的故事。

猎手说，不管怎么说我们那时候上学的日子还是很愉快的。我们那学校有两个老师，都是男的，一个姓李，叫李文虎，另一个姓朱，叫朱伯达。两个人都是二十多岁的样子，李老师性情直爽，他教我们算术和体育，他常在体育课的时候教我们几路拳脚，他说一个人会一点功夫就不会受气了。朱老师比李老师个子稍稍矮了一点，他说话不多，人就显得很稳重了。有一天从县上来几个穿黑衣服的警察，把朱老师给抓走了，说朱老师是共产党，那时候我们都惊得呆了，可以说整个芦花村的人都惊呆了，说像朱老师这么好的人怎么就是共产党呢，其实，也只有像朱老师这么好的人也才能是共产党啊。我们眼睁睁地看着我们所尊敬的朱老师就这样被人五花大绑地给抓走了。朱老师走了以后只有李老师给我们上课了，可令人意想不到的是，过了几天，还是那些警察他们又来了，这一次他们来把李老师也抓走了。他们抓走李老师的原因是他们怀疑李老师也是共产党。朱老师是共产党，他在敌人的严刑拷打下什么也没有说，那些警察尚不死心，说这个朱伯达既然是共产党，在他的周围肯定还有共产党，那么这个李文虎和朱伯达在一起做事，不可能不被赤化了的，就这样李老师也被他们抓来了。令那些警察意料不到的是，李老师被他们抓来以后也是什么也没有说出来。朱老师什么也没有说那是因为朱老师是真正的共产党，他要保守党内的秘密便视死如归，李老师什么也没有说那是因为李老师不是共产党，他不是共产党他就不知道党内的事情你让他说什么？后来那些警察就又想了个办法，他们把朱老师和李老师关到了一个房子里，派人监听他们到一起后会说些什么，如果他们是共产党，那他们到一起后就不可能一点口风也不漏。那一天，朱老师见到李老师后就拉着李老师的手，很抱歉地对李老师说，李老师真是对不起了，因为我的事情把你也牵连进来了。李老师说，朱老师我们在一起共事那么长时间，你怎么就没有跟我说过你是共产党呢，我要知道你是共产党我也就加入了。李老师说完这些话他们的手握得更紧了，朱老师很高兴地对李老师说，你要有这个思想等你出去后你就到省城去找那个谁谁谁吧，朱老师说着就用手指头在李老师的手心里写了三个字，朱老师说你找到他就说是我让你来的他就知道了。朱老师和李老师说这些话的时候声音是很小的，这让那些趴在墙外偷听的警察把耳朵拉得很长也没有听出什么秘密来。朱老师和李老师在一起被关了几天后，警察没有得到他们所需要的东西就把朱老师押解到省城监狱去了，又过了些日子，那些警察觉得李老师确实不是共产党就把李老师给取保释放了。李老师出来以后果真就去省城找那个谁谁谁了，可不巧的是，自从朱老师被捕之后，省城的地下党组织也遭到了严重的破坏，李老师要找的那个人早已不知去向了。李老师离开省城之后，没有再回我们芦花就上山去了，李老师和朱老师在一起的最后那几天里，虽然没有能加入党的组织，但却从朱老师那里听到了许多革命的道理，于是他就在山上和几个逃避壮丁的人就把兄弟会组织起来了。

　　猎手讲到这里，缓了一口气，便又开始撕纸掏烟丝做他的喇叭筒，待把新的一根喇叭筒卷好，我急忙从火堆里抽出一根燃着的树枝递过去。猎手接过树枝把烟点着，抽了一口这才又接着说，我是在李老师走了后的第二年被抓了兵的，和我一起被抓了丁的有十几个，都是我们芦花那一带的人，其中有两个还是我们一起上过学的。我们被几个兵丁押解着往县城里送，说来那一天也日了怪了，我们从芦花起身的时候还是个大晴天，天上的日头明晃晃的，可走着走着天就黑下来了，全黑了，黑得星星也出来了，你说大白天的出星星这是个什么道理？你没有见过吧？大伙心里一时都害了怕了，这时候就听有人喊着说是天狗吃了日头了。村庄里的人也都乱了起来，敲着铜盆子说能把狗日的天狗吓跑了，让它把吃到肚子里的日头再吐出来。

我说那不是什么天狗吃太阳，是日食了，那是自然界里的一种自然现象。

猎手说现在说是日食，那时候就是天狗吃日头。天狗吃了日头天下就要大乱了，老百姓就要遭灾了。

我说那时候也没有天下大乱嘛，要乱也就是个别土匪出来作乱祸害百姓。

猎手说放你奶奶的个屁，你说那时候怎么就不叫乱了，解放军正和国民党的军队打仗，东南西北打成一锅烂粥了，你说那不叫天下大乱那叫什么？

挨了猎手的骂我没有吭气，我知道我又让猎手生气了，那时候我们面前的火堆逐渐弱了下来，我又拿了些树枝加到上面，只听几声爆响之后，那火就又燃烧起来，红红的火光把一个山坡都照亮了。

猎手又接着讲道，趁那黑暗，我们十几个人一嘀咕，呼啦一声都钻到路边的芦苇地里跑了，那几个兵朝着我们放了几枪也没有打着我们，后来他们也就走了，他们到哪里去了我们不知道，反正我们跑了之后不敢回家，就上了山了。那时候我们的李老师已经在山上有了十几个人十几条枪了，李老师见我们来入伙就高兴得很，立时就派了几个兄弟到山上摸了两只青羊回来，酒是现成的。那一晚，兄弟们聚在一起吃啊喝啊真是痛快极了，到了这时候，我才明白李老师当初为什么不肯回去继续教书而要到山上来，原来这山上的日子是这样的快活啊。

我插话说你们后来又是怎么参加革命队伍的？

猎手说，那是四九年的年夏天吧，咱们这个地方就解放了，咱们这个地方是和平解放的。人民政府刚一成立，他们就派人来找我们联系，要我们下山参加革命队伍，一开始我们大多数人还不大情愿。你是不知道，那时候我们在山上的日子确实是快活得很，我们做生意弄来的钱，除了一部分留作公用之外，大部分地都给众兄弟们分了，官兵平等，谁也不多谁也不少，那时候不仅是我们兄弟会的人在山上的日子过的好，我们的家里人也因为得到了我们的接济也还都不错。听说解放军的生活是很艰苦的，只怕是一下山就没有这么快活的日子了。可我们的李大哥却坚持要带我们下山，李大哥到底是有文化的人，他看得比我们要远多了，他说如今大势所趋，九九归一，天下已经是共产党的天下了，过去我们找共产党没有找到，现在共产党来到我们身边了，我们只有跟着共产党走才是我们的出路啊。就这样我们就跟着政府派来的杨县长下山了，也就是从那时起，我就算是参加革命了。

我说后来你们兄弟会的人怎么又搞了叛乱，返回到山上去了呢？

说到这里猎手低下了头，只顾抽烟去了，半天没有吭气。这的确是一件让猎手很不好开口的事情，我想如果猎手不想说那就不说了吧，旧的疮疤毕竟还是疮疤，一旦揭开了也还是让人挺不好受的，但猎手沉默了一会儿还是继续讲了下去。

猎手说，我们下山以后，立刻就换了装，穿上了那种多少带些灰色的军服，那军服的布料不太好但人穿上却很精神，穿上那军服后我们弟兄们都很高兴。我们就驻扎在平阳县城里面，维持地方治安，我们那个部队的名字就叫警备一中队，我们的李大哥也当了副中队长。对于这样的安排我们兄弟们都很满意，直觉得政府对我们是很关照的了。至于后来兄会的众兄弟们脱下了军装重又返回山上，那也是被逼无奈的事情。那时候县城里发生了这样一件惊天动地的大事情，县城西街李家药铺的李掌柜一家三口一夜之间被人杀害了，李掌柜有一个女儿叫做宝莲的则是先奸后杀。那李掌柜原本就是我们兄弟会的生意朋友，在过去的那些年里，我们的那些山货药材都是通过他向外卖出去的。我们之间的来往一直是很勤的，我们下山进驻县城之后，来往就更多了一些，尤其是我们的李大哥，则更是李家座上的常客。李掌柜的那个独生女儿宝莲，那一年也就是十六七岁吧，刚刚长成身量，个儿就那么高高的，小腰细细的，小脸儿是白白净净的，说起话是慢声细语的。那孩子一见了我们兄弟会的人就亲得很，叔叔呀伯伯呀地叫得可甜了。你说就这样好的一个女子被人就那么狠毒地杀害了，你说咋不让人心疼的嘛。可更让人料想不到的是，那警备中队的姓苟的中队长到现场查看了一番之后，便立刻下令把我们兄弟会的兄弟们都关了起来，把李大哥也抓了起来。理由是那些天里我们兄弟会的人出入李家药铺最是频繁，在他们眼里，我们兄弟会的人毕竟都是一些匪性未改的人，是最有可能贪色杀人的人，而他们最有力的证据是在现场找到了一把行凶作案的刀子。那是一把漂亮的蒙古腰刀，银子做的刀鞘，野牛角做的刀把，刀把上还镶嵌着两颗红色的玛瑙石。那姓苟的队长拿着那把刀子让我们辨认，一看那把刀子我们都惊呆了，我们都认识那把刀子，那是一把宝刀，它是一个名叫宝音的蒙古朋友送给我们李大哥的，不知道它怎么就成了杀人的凶器了呢？看着这把刀子我们只好承认说这是我们李队长的刀子，那姓苟的队长说既然是李文虎的东西你们还说些什么呢？面对着那把沾满鲜血的刀子我们真的是无话可说了，可我们直觉得我们是冤枉的，李大哥是冤枉的，我们都坚信李大哥是一个很正派的人，他绝不可能做那种鸡鸣狗盗的事情。那把刀子虽然是李大哥的心爱之物，它跟随了李大哥多年，可遗憾的是那宝物它不会说话，如果它能说话，它一定会仗义执言，为李大哥洗清这不白之冤的。那把刀子虽然不能为李大哥洗冤，但我们兄弟会的兄弟不能眼睁睁看着李大哥被冤枉被判刑被枪毙。于是，我们的兄弟们就在那天夜里起事了，他们冒死把李大哥从监狱里抢了出来，一路返回山里去了。

　　说到这里猎手就沉默着不说了，他原本还想再卷一支烟的，可那手却抖着把一捏烟丝也抖落到面前的火堆里去了。我知道下面的事情就是剿匪开始了，起初是那姓苟的中队长带领着他的警备中队首先打进山里来了，可没有想到，十几天的仗打下来，他就感到很吃力了，这才回头要求援兵。于是解放军从省城调了一个团过来，把几个山口都封住了，拉网捉鱼般缩小包围圈，最终把李文虎的人围困在半个缸的那个山头上了，这才算是最后结束了这场剿匪战斗。

我问猎手说在那场最后的战斗中你们兄弟会的人是不是都被消灭了。

猎手说没有，有十几个人还是活下来了。

我说这十几个人现在都还在吗？

猎手说还在，活得好好的。

我说在那样的情况下你们怎么都又活下来了呢？是不是你们又向解放军投降了？

猎手说是他们向解放军交了枪了。

我说早知如此，何必当初你们又返回到山上去了呢？

猎手说那不一样，我们当初是为了救李大哥才上山来的，你说当时李大哥受了那样的冤枉，我们众兄弟都窝着头不吭气，那我们还他妈的算人吗？

我说那你们怎么又缴枪投降了呢？

猎手说那是李大哥把我们赶下山来的，没有办法，我们只有下山来了。猎手说到这里便低下了头，好半天再没有吭气。

6 故事。猎手说世上最厉害的叫声还是人的叫声。

火已经熄灭了，地上只留下了红红的一堆余烬，猎手用一根棍子扒拉了一下，问我说你有尿没有？我说有，你要尿干什么？猎手说不是我要尿，你有尿就把这火浇灭了。

山里人的规矩，在林子里可以留下尿水，但不能留下火。

我站起身来，猎手也站起来，把他的烟袋装在口袋里，把那个装了酒的军用水壶重又背在身上，退后了两步就那么站在那里看着我撒尿。我说郑师傅你能不能背过身去，你那么看着我我尿不出来。猎手说你又不是个女娃你还怕羞吗？我说我不是怕羞我就是尿不出来。猎手说球毛病，猎手说着还是背过身去了。

我把一泡尿水猛烈地向那火堆扫射下去，随着噗噗噗的一阵爆响，一团熟尿气呈蘑菇云状蒸腾而起，我直觉着那时我是放了一颗小型原子弹了，空气中弥漫着的是一股很特殊的尿臊味儿，烧熟了的尿味却原来是这般的强烈这般让人刺激啊。

我把一泡热尿放出去，身上便一连打了两个冷颤。猎手转过身来，看看那堆火确实是灭了，说了声走吧就前头走了。我依然是紧跟在猎手的后面，那时的天似乎也亮了一些，脚下的路也清晰了，经过猎手的捏拿之后，我的那只伤了的脚便感到十分的轻松了。心里一高兴，就由不得亮嗓子叫了几声。山里人大多都会一种奇异的叫声，那叫声高亢而又嘹亮，他们在召唤远方的人或者在哄赶野兽的时候就用这种叫声，他们在走路尤其是走夜路的时候，常常也是要叫上几嗓子的，这样叫着走路，人自己就不害怕了。

在那样的黑夜里这样叫过以后，人就会有一种很舒畅的感觉。在我叫过之后，猎手也随着叫了几声，猎手的叫声比我的叫声要嘹亮得多，那声音在山野和峡谷之间久久地回荡着。听到猎手的叫声我就想起了狼的叫声，其实狼的身体并不大，可它在有月亮的夜晚站在山头上仰着脖子那么一叫，整个山谷都会颤抖起来，这就是狼的威力。

我问猎手说你会学狼叫吗？

猎手说你为什么要学狼叫呢？

我说在山里就数狼最厉害，狼一叫，所有的野兽都逃避了。

猎手说狼那算什么叫声，最厉害的还是人的叫声。

我说刚才我们的叫声难道就不是人的叫声吗？

猎手说当然是人的叫声，但不是最好的叫声。

我说难道还会有比你的叫声更高级的叫声吗？

猎手说那当然了，我这叫算什么叫啊，真正会叫的人一叫起来就天地都会有回应的，那些凶猛的豺狼虎豹听到那叫声就会俯首低头，那些妖魔鬼怪一听到那叫声都会退避三舍。

没有想到猎手这话说得是挺有文化的，我记得好像是哪本书上说过的，说孔子到一座山上去拜访老子，孔子在老子那里呆了一天老子一句话都没有跟他说，后来孔子下山去了，到了山下以后听到老子在山上就那么叫了一声，那叫声美妙之极让孔子叹服不已。我不知道猎手说的那种叫声是不是就是老子的那种叫声，遗憾的是老子的那种叫声我们现代人是再也听不到了。

我说郑师傅你这话好像不是你的话你是听谁说的？

猎手说他是听石和尚这么说的。

我说石和尚他会那种人的叫声吗？

猎手说石和尚当然会了，猎手说他是听过石和尚叫过一声的。

我说好听吗？

猎手说是很好听，猎手说石和尚叫了以后连山林里的蓝马鸡鹿啊也都跟着叫起来了，你说那声音能不好听吗？

我说我进山也有好多日子了，石和尚的面也见过好多次了，怎么也没有听他叫过一声的？

猎手说你以为那一声就那么好叫的，那是要耗费人的好多精力的。

我说石和尚怎么就会那种叫声呢，他是跟谁学下的？

猎手说他当然是跟着他师傅学下的了。

我说他师傅现在在哪里？

猎手说很远，好像是在山西那个什么五台山吧。

我说那他师傅也一定是个和尚了？

猎手说当然是个和尚了，不是和尚谁会那种叫声啊。

7　故事 。　太阳出来的时候，树也会唱歌呢。

猎手说太阳就要出来的时候，连树木也会发出一种叫声的。我说树又不是鸡，难道它也会像鸡一样叫鸣吗？猎手说树虽然不是鸡，但它对太阳却是有灵感的。那时候我们正行走在一片山杨林中，猎手说着就停下了脚步，猎手说你仔细听一听你就听到了。

我便侧着耳朵听了听，那时候没有风，而有些树叶却无风自动，发出一种轻微的沙沙拉拉的响声。我说我听到了，是虫子在吃树叶呢。

猎手说那不是虫子在吃树叶，那是树在唱歌呢。

这真是一件奇妙的事情，这是我过去从来也没有听说过的，树是用这种方式在迎接着那一颗新的太阳的吗？

这时刻，在那树林的深处，不知道是什么鸟儿最先鸣叫起来，在这寂静的山野里，那叫声便显得格外清脆而明亮，像一颗晶莹的露珠。起初是这里那里，远处近处，一声两声地叫，紧接着便有许多鸟儿便都放开了歌喉，那是一种多声部的合唱。在那百鸟齐鸣的歌声里，你能够听出树莺和红尾鸲的歌声是最美丽动听的。

东方的天际上现出了一抹曙色，那曙色的上方，有两三片暗云，随着那曙色不断地增强，那云的下面便有了一层淡淡的晕红。当那晕红逐渐成熟为一片片灿烂的朝霞的时候，路便清晰起来，山也失去了它朦胧的轮廓，变得真切起来。这时刻，你会看到那轮新鲜的太阳终于从地平线上冒出来了，可不知道为什么，那些鸟儿们似乎也感受到了什么，它们几乎是在同一个时间里，突然就静了下来，就好像指挥它们歌唱的那位指挥家的指挥棒在这时刻有意地打了一个休止的动作似的，它们就都同时静了下来。大概就是静了那么几秒钟的时间吧，它们又都同时放开了歌喉，而且这一次的歌唱要比先一次的更加响亮。

我问猎手，刚才那些鸟儿为什么就不叫了呢？

猎手说可能是它们叫累了吧。

我说一只鸟叫累了两只鸟叫累了难道是它们一起都累了吗？这里面一定有什么秘密吧？

猎手多少有点儿不耐烦地说，那你就去问那些鸟儿去吧。

8　故事。那精灵的獐子对和尚说，我要是个女人我就去给你当老婆。

接下来我们这个故事中的另一个人物就要出场了，这个人物在我们这篇小说中尽管亮相的机会不是太多，但他却是一个非常重要的人物，他重要到什么程度我先不说，等你看完这篇小说以后你自然就会知道了。

说到这个人物的时候，我必须先讲一讲生活在我们太阳山谷里的一种美丽活泼的小动物，这种动物的样子有点儿像鹿，但却没有鹿头顶上的那两支树枝样的茸角。鹿的宝贵处是在头顶上，这种动物的宝贵处则在它的腹下，那就是麝香。能产麝香的动物当然是麝，我们太阳山谷的人却习惯叫它为獐子。麝香是一种极名贵的药材，也是雄獐子维护它家庭地位的法宝。夏天里，山中的气候温和，百花竞放，这是雄獐子养精的季节。这有灵性的动物，会找一个幽僻的地方，仰面躺下，朝着太阳张开它的香脐。那一种奇异的香气，迷惑了那些在花丛中采食的昆虫们，它们便成群结队地飞来，附着在那花朵一样的香脐上，吸食着那美妙的汁液。就在那些采食者都迷醉了时候，雄獐子就会合上它的香脐，把那些昆虫都包裹在里面了。一整个夏天里，雄獐子都会极尽精力为它的麝香而辛勤努力着。到了秋天，山崖上的柁褐树叶变红的时候，雄獐子的工作就完成了。那时候，它兴奋之极，或者是被它自己的香所迷醉，它会迎着风从这个山头跑向另一个山头，整个山野里都飘荡着它的体香。那些母獐子和小獐子都会追随在它的身后，分享着那一种美好和幸福。

　　但凡百兽之物，都是血肉之躯，受四时节气的变化，都会生病的。青羊和鹿是靠山上的药草来医治自己的，而獐子则靠的是那脐下的麝香。如果是母獐子和小獐子有了病，就到雄獐子腹下去舔一舔，舔一舔那病就好了。那香是獐子的命，雄獐子把自己的香囊看得比命还重要。雄獐子也知道，因为有了那香，便给自己招来许多凶险。比如那些可恶的猎人，到了这个时候，便会拿着猎枪来猎杀它们，在它们行走的路上埋夹子下套子来捕捉它们。獐子尽管是聪明的动物，总还是要上猎人的当的。獐子的腿再快，总是跑不过飞速的枪弹，獐子的警惕性很高，却常常被白马尾做的绳套所迷惑。但獐子也有它舍生保香的手段，比如中了猎人的枪弹，只要不是一枪毙命，在生命的最后关头，它就会把那宝贵的东西吞食到肚子里面去，或者把它抛了，让猎人能得到它的肉体，却得不到它的麝香。

　　这一个早晨，一对獐子出来觅食，这是一对年轻的夫妻，雄獐子显得身体高大一些，雌獐子的身体就很娇小，是属于窈窕淑女的那一种。或许因为它们都还太年轻，还缺少一种生活的经验，或许它们是沉醉在爱情里面了，爱情可以让人忘记痛苦，也可以让人忘记凶险。那漂亮的雌獐子在路过一片灌木丛的时候，就误入了猎人设下的圈套，那圈套设得很巧妙，以至于它的脖子被套住了它还没有发觉。那时，它只感觉好像被一根藤条缠住了似的，在山里，这样的藤条是很多的。它用力往前一挣，只听刷地一声，一棵弯着腰的树弹回空中去了，随之它的身体就离开了地面，悬挂在空中了。它想叫，可是却喘不上气来，那口气被堵在喉咙下面上不来，它只有用四只蹄在空中拼命挣扎着，渐渐地它的眼睛便模糊了，头脑里成了一片空白，它想它可能要死了。雄獐子看到这情景，由不得大吃一惊，到了这时候，它才知道是上了猎人的圈套了。猎人原本是来捉他的，因为他的身上，有猎人所渴求的麝香。按往常的习惯，它总是要走在前面的，可是今天却偏偏让它的爱妻先走了一步，就是这一步之差，竟酿成了这样的悲剧。要不然这吊在空中的将是它而不是它的爱妻。雄獐子懊悔不及，悲愤地叫着，它跳跃着，想去把那可恶的白马尾编制的绳子咬断，就是这该死的绳子，下在灌木丛里，就如同一根普通的荆条一样，那马尾所散发出的气味，完全是一种动物身上的气味，这就把很多种没有经验的动物都迷惑住了。獐子毕竟是有灵性的动物，在它无计可施的时候，它就走到雌獐子的身子下面，好让他的爱妻能够把脚踩在他的身上，以减轻那根绳子对它脖子上的压力。这方法果真有效，渐渐地雌獐子从昏迷中醒了过来，尽管它无法把那根要命的绳子从脖子上取下来，但它终于能够呼吸了，它又活了过来，它又看到了绿树和蓝天，活着真是很美好的。可它知道，这美好的山野将不再属于它了，尽管它那可爱的丈夫在作着艰苦的努力，想让它的生命在这世界上多停留一会儿，可这一会儿过去之后，它还得死，看来它无论如何是逃不过这一劫了。

那一时刻终于来了，一个人从远处的一条小路上走了过来。是那可恨的猎人来收获他的猎物来了吗？首先是它身下的丈夫感到了一种极大的恐惧和绝望，它能感觉它的身体在发抖，当它们看到那个人从远处的一丛山杨树后面出现的时候，雄獐子便以极快的速度跑开了，它又重新被吊在空

中国当代西部文学文库

中了，死亡的感觉又一次来临了，那一时，它是极悲哀地叫了一声的。

当它又一次醒来的时候，它发现它是躺在那一个人的怀里的，它心里一惊，本能地挣扎了一下，它的蹄瞪在了那人的胸口上了，它意识到它是把那人蹬疼了，奇怪的是那人非但没有急恼，反而望着它笑了，那人的笑慈祥极了。看着那人的笑，它不再恐惧了，它想这难道就是人吗？这是个什么人呢？在它的意识里，人是一种比狼和豹子都要可怕的动物，狼和豹子在捕杀猎物的时候，用的是一种野性的力量，而人更多的是用计谋，他们人和人之间争斗的时候用的是计谋，他们捕杀猎物的时候也用的是计谋，这就比其他嗜血动物要阴险得多无耻得多。可眼前的这个人就和其他的人不一样了，他尽管也穿了一身人的衣服，可在衣服里面，跳动着的是一颗善良的心；他尽管上了年纪，可面色红润，状如儿童，只是他没有留头发，是一颗光亮亮的脑壳儿。

那光着头的人看着她活了过来，就把它轻轻地放在了地上，用一只手充满爱抚地在它的头上在它的脊背上反复地抚摩着，他的嘴里还不停地说着什么，因为他说的是人类的语言，作为一只獐子是不可能听得懂的。但后来它还是弄明白了，他是要让它走，让它回到山林里面去，重新享受生命的美好和快乐。

那一时，它感动极了，它用一双泪眼看着那人，这真是世间最好的好人了，它用獐子的语言说，如果我是一个女人，我就要去给他作老婆……

9 故事里的故事。猎手说等你和女人好过一回你就知道女人是怎么一回事了。

那时候，我一直在思考着关于兄弟会的那些人是不是土匪的问题。在我的印象中，他们和那种打家劫舍的土匪是有着根本区别的，和那种杀富济贫的绿林好汉也不一样。据猎手说他们兄弟会的人既不抢穷人也不抢富人，他说很多富人也都是很好的人，他们并不都是那种为富不仁的人。他们兄弟会就有很多穷人亲戚但也有很多富人朋友，逢年过节啥的，那些有钱人的朋友就会用大车拉着酒啊肉啊地来看望他们，有时候他们也请他们到他们的家里去做客。因为他们不扰乱社会安定所以官家也不来招惹他们，他们的日子过得安闲而又宁静。猎手说那时候他们还发工资呢，他说那时候他每个月的收入算下来比现在他在军马场当工人的工资还要多呢。他们卖木头贩药材赚来的钱，除了留出一部分作为公用金去购买一些枪支弹药和生活必需品外，剩下的就分给大伙了，平均分配，连李大哥也不多拿一个子儿。我说那你们不就成了生产合作社了吗？猎手说也就和合作社差不多了吧。我说那时候你们的家里生活咋样？猎手说那时候我们兄弟们家里的日子比一般人家里的日子要好得多，就为这我们服李大哥，李大哥对兄弟们好，兄弟们也都把他当成一个亲亲的大哥了。我说照你说的你们的那个李大哥快赶上梁山泊的那个及时雨宋江了？猎手说那个什么宋江咱没见过，反正李大哥是很讲义气的人。

　　我和猎手只顾了低头说话，不料一抬头就撞到半个缸的那面石壁上了，我说的当然不是我的头撞在那石壁上了，我说的是我的眼睛，我是说那时候我们看半个缸已经是很近的了。

　　半个缸是太阳山谷最陡峭的一个山峰，那形状就如同被打破了的半个缸面似的，整个崖面立陡如刀削斧琢，据搞林地测量的马良才说，半个缸的实际高度是三千三百四十二米。别看这山峰阳面上奇险无比，可它阴坡上的森林却是最好的。两个月前我跟着马良才曾经上去过一回，老马要对那片林地进行测量，就让我给他扛那个白色的写着很多黑字的测量杆子，所以我就上上下下地跑遍了那山峰的每一处角落，待测量完了，我们就上到了那山顶上去了。令我感到惊奇的是，从山下看那山是那么高那么陡，而山顶上却有着那么一大片平坦的草地，那草地的面积总有两三个篮球场那么大吧，绿草如茵，繁花似锦，人走在上面那脚下的感觉就特别的好。我那时就想，若能在这里建一个足球场那该有多好啊，可又一想如果哪个家伙一不小心把球踢出了边界，从那悬崖边上掉下去，那可就惨了。我曾小心翼翼地趴在那悬崖的边上，伸着头向下看了一眼，就那一眼，一种剧烈的恐惧感使得我腿上的肌肉都酸麻着颤抖起来。后来我的腿就酸疼着站不起来了，是老马拉着我的双腿离开了那悬崖，在草地上躺了好大一会儿

中国当代西部文学文库

这才恢复过来，我的恐高症大概就是从那时候得下的。

我对猎手说郑师傅，你们那最后的一仗就是在半个缸上面打的吗？

猎手说什么最后一仗，那一仗根本就没有打，一枪也没有响，我们是主动下山的。

我说开始你们打得那么英勇顽强，怎么后来又主动缴枪投降了呢？

猎手说开始我们是和苟金贵的警备中队打，我们当然是不怕他们的了，后来就不一样了，正规的解放军来了，他们来了一个团，还有骑兵，一下子来了一千多号人，再打下去，那只有死路一条了。

我说那是什么时候的事情啊？

猎手说是一九四九年阴历的八月十五，我之所以对这一天记得这么清楚，那是因为八月十五这个节，对咱们中国老百姓来说可是个大节啊。出门在外的人都讲究着在这一天回到家里去，和家里人团聚一起，吃月饼看月亮，一家人在一起欢欢乐乐的，你说那日子有多好。往年的这一天，我们都是要回家过的，可今年就不行了，解放军来了那么多的人，把山前山后的路都给堵死了，把我们围困在半个缸这个前无出路后无退路的绝壁上面了。都说解放军是很善于打夜战的，可他们从来不在夜间进攻我们，我们知道是他们对山里的地形不熟，所以他们并不急于在夜间进攻我们，他们有的是时间，他们把所有进山的路都封锁了，他们首先是断绝了我们的衣食来源。在这之前，我们的饭食都是几个山口的乡亲们偷偷地给我们送上来的，自从封山以后，我们就再也没有粮食吃了，人不吃粮食总是不行的，我们就派了人下山去搞粮食，可下去的人又都空手回来了，他们说解放军看得很严，他们根本就没有办法到村里去。好在山上的野菜很多，山葱野韭都有，我们还可以猎获一些野物，青羊啊马鹿啊狼啊什么的，倒还能吃饱肚子。可要命的是天一天一天地冷了下来，而我们却还穿的是夏天的单衣，你是知道的，咱这地方，一过了八月十五，山上就要落雪了。我们那时候真是后悔没有在解放军大部队到来之前，把我们的棉衣和粮食多弄一些到山上来，那样我们的日子或许就好过多了。可话又说回来，即便是那样，我们又能坚持多久呢？那一天的月亮真是太亮了，我从来也没有见过那么好的月亮。站到山顶上，山下的事情能够看得清清楚楚，尤其看到山口上的那些村庄里的一点两点的灯光时，我的眼泪都流出来了。话说到这里不怕你笑话，那时候我想家想得特别厉害，一看到那灯光就感到那么亲切那么温暖，这种感觉是我过去从来没有过的。

我插话说，这就叫每逢佳节倍思亲，你那时候是想你的爹娘了吗？

猎手说当然想的是父母了，除了父母之外最想的还有鹿儿。

我说鹿儿是谁，怎么叫了这么个名字？

猎手说鹿儿就是他媳妇。她这名字是她爹给叫下的，生她的那一天她爹上山打羊，羊没有打上就捉了一只小鹿回来了，他爹一进门她就下生了，他爹就给她叫了这个名字。

我说鹿儿这名字真好，她一定很漂亮吧？

猎手说那当然了，那时候她是咱这一溜十几个山村最好看的女子。

我说那么好个女子怎么就让你给捉住了，你该不是强抢来的吧？旧社会那些占山为王的人，想要老婆了都是到山下去抢来的。

猎手笑了一下说，那哪能呢，我们兄弟会的人从来不干那些伤天害理的事情。我以前给你说过的，我们兄弟会的人大多都是住在山民家里的，我住的那家就是鹿儿家。因为我在我们兄弟会里排行十八，我那一年也恰好是十八岁，我比鹿儿大一岁，鹿儿那年十七，鹿儿就叫我十八哥。鹿儿她娘在生了鹿儿后还生了个弟弟，那弟弟还小，家里的活大都是我和鹿儿干的。她家里人就对我特别的好，我吃在她家住在她家，就成了她家里的一口人了。我的手脚勤快嘴也甜，首先是鹿儿的父母就对我有心了，我和鹿儿在一起待了一年多，我们一起上山砍柴采蘑菇，下田种地收庄稼，就那么耳鬓厮磨地就有了感情了。

说到这里我最想知道的还是猎手和那个名叫鹿儿的女子的故事，我问猎手说你们最初是怎么好上的？好这个字的含义是很丰富的，山里人常常用它来形容男女之间的那些具有实际内容的事情，比眼下的那些时髦男女所说的上床或者做爱之类的词要含蓄美好得多。

猎手说那是那年的秋天吧，我和鹿儿一人背了一只背篓进山收蘑菇，蘑菇是几天前采下来的。在咱这山里你是知道的，山上的蘑菇采下来只有放在山上晒，背到山下晒就不行，到了山下一天晒不干它就生虫了，所以山里人采蘑菇时都带了刀子，现采现切开了就摊在石头上晒了，晒干以后再往回收，这样晒下的蘑菇味道也好人背起来也轻省。我们收蘑菇的那地方就是砚石台，那地方有好大好大的一片石头，是晒蘑菇的好地方。其实收蘑菇是一件很好干的活儿，尤其是和鹿儿在一起，虽然走了那么远的路可人一点也不知道累。我们到了砚石台后我让鹿儿先坐在草地上歇着，我就弄了一把松树枝子当笤帚把那些干了的蘑菇扫拢到了一堆，然后我们再把蘑菇里的土渣子挲出来。我们挲蘑菇的时候就出了一点事儿，一阵风儿吹过来，我正好是蹲在下风头上的，不知道是什么灰土渣子就跑到我的眼里去了，我说我的眼眯住了，说着我就用手揉了起来，鹿儿说你别揉别把眼揉坏了，我来帮你吹一吹吧。鹿儿说着就跑过来用她那灵巧的手指翻开了我的眼皮，吹了几下就松开手问我好了没有，我说没有里面还有些扎扎地疼呢。鹿儿说我说不让你揉你不听，那东西扎深了就不好出来了。我说那怎么办那我的这只眼就非要瞎了不成吗？鹿儿笑了一下说瞎了就瞎了成个独眼龙才好呢。我说我这可是为你们家干活弄的，我要是瞎残了我就住到你们家不走了你要养活我一辈子。鹿儿说那就美死你了啊。我说鹿儿那次你爹也是被迷了眼的，是你娘用舌头尖儿给舔出来的，你就不能也用舌头尖儿给我也舔出来啊？鹿儿闻说就红了脸子，她犹豫了一下但还是把身子靠了过来。她踮起脚尖，双手捧住我的脸，然后就把她的小嘴儿凑到我的眼前来了。那时候我们的身子就紧紧地挨在一起了，那是我们第一次挨得那么紧，我的肚子能感受到她的肚子在一抽一抽地抖动着哩，到了那时候我就感到我的一整个身子都涨大了起来，实在是忍不住了，我一把就把她抱住了，就这样我们就好起来了……

猎手讲到这里我插话说这算不算是强奸妇女啊？

猎手瞪了我一眼说你懂什么呀，只要两个人都想好了的那就不能算是强奸。

我说人家又没有说和你好你就硬和人家好那还不算强奸呀？

猎手问我说你和女人好过没有？

我说没有。

猎手说你没有和女人好过你自然就不知道女人是怎么一回事了。他说一个女人要是喜欢上一个男人了她就想着让你和她好，她比男人还想，只不过她嘴上不说就是了，其实心里还是很想的，等你以后和女人真正好上了你就知道了。

我说按你说的那鹿儿她是自愿的了？

猎手说那还用说嘛，打那以后我们就好得分不开了，后来这事情就被她家里知道了。

我说你是不是被她家里人痛打一顿赶出门去了？

猎手笑了一下说没有，鹿儿的父母都是很好的人，他们知道我和鹿儿好上了就很高兴，他们就找到李大哥，让李大哥做主，要我作他们的上门女婿。李大哥就笑了说这他可做不了主，人家孩子是有父有母的，这婚姻大事还是由人家自己的父母做主吧。当然我们家里对这门亲事还是非常满意的，就这样我们就成了亲了。

10 故事里的故事。身陷绝境的李文虎没有生翅膀但却飞走了。

猎手讲完他的爱情故事后便沉浸在一种美好的回忆里了，我提醒猎手说那后来呢？猎手说什么后来啊？我说你们在半个缸上的那最后一个晚上又怎么样了呢？

猎手这才又说，你看我都胡球说到那里去了，我刚才讲到哪里了？

我说讲到那天的月亮又大又好了。

猎手说对，那天晚上的月亮真是又大又好，连月亮上的那棵大树都看得真显显的。可那一天晚上天也太冷了，一伙人围着那么一堆火在那里烤，可是烤着火却还是冷，前面烤热了后背又凉了，有些人就把白天打下的青羊皮披在身上挡风，还有些人弄了些石头片子来放到火堆跟前烤，烤热了就放在身子下面。要说这办法还真管用，人往那上面一坐就像坐在一面热炕头上了，立刻就有一股热气从下面顺着脊梁杆子蹿到心里去了，心一热

中国当代西部文学文库

身上就暖和起来了。

看着兄弟们的这副狼狈样子，最难受的当然就是李大哥了，李大哥自觉着这仗是无论如何不能再打下去了，再坚持下去即便是解放军不向我们进攻，就是困也把我们困死了。向其他地方突围那更是不可能的，一个多月来，他们像一群狐狸一样地在山里来来回回地蹿着和苟金贵的警备中队的人打游击。今天在红石峡，待苟金贵得到情报带着人匆匆忙忙赶到红石峡时，他们打了他一个伏击，人马上又转移到椿树沟去了。几天以后，等着苟金贵赶到椿树沟时，又打了他个措手不及，还没有等他清醒过来，他们却又回到红石峡去了。那时候他们只知道把苟金贵打得很解恨很得意，就没有想到那时候趁机会离开太阳山谷转移到山外去，等他们想着转移出去的时候已经晚了，解放军的大部队来了，他们把整个太阳山谷围得严严实实，然后又采用拉网围猎的战术，把他们像轰赶一群羊或者是一群狼似的赶到半个缸上面来了。如今的情况是，前面有重兵围困，后面是万丈悬崖，可真的到了上天无路入地无门的绝境上去了。

李大哥最终还是决定，让我们剩下的这十几人在天亮之前下山去向解放军缴枪，不要等到天亮了解放军开始向我们进攻了再缴枪那就晚了。李大哥说解放军的政策我们都是知道的，只要放下武器就会得到宽大处理，更何况我们过去也没有做过什么对不起人民群众的事情，山里的老乡们自会为我们作证用不着我们多说，至于这次反叛，都是因为我李文虎一个人引起的，苟金贵是专一地要杀了我李文虎的，等我死了他也就没啥可说的了。

听了李大哥的话我们心里都难受极了，没有想到我们相处几年最后竟落了这么个下场，我们一伙人围在一起抱头痛哭起来，我们的哭声很大，我想在山下的解放军也一定听到了我们的哭声，等我们哭够了天也快亮了，我们就告别了李大哥下山去了。我们临走的时候，十几个兄弟齐齐地跪下来给李大哥磕了三个头，李大哥也跪下来给我们磕了三个头，也就算是兄弟们结义一场的生死离别吧。当时的那个情景啊，现在一想起来还让人心里难受的不行呢。

说到这里猎手的声音就哽咽起来。

我说你们下山以后那你们的李大哥又咋样了呢？是不是像书上说的跳崖死了？

猎手停了一会儿说没有，猎手说像李大哥那样的人不会那样就轻易地就死了的。猎手说他们下山后解放军很快就攻到山顶去了，因为没有遇到一点抵抗他们的攻击速度就很顺利了，可到了山顶上后却没有能找到李大哥，他们把每一棵树每一块石头都找遍了也没有见到李大哥的影子。他们返回头来又把我们带回到山上去了，问我们下山的时候李文虎是不是还在山上？我们说我们走的时候他是在这里的，你看我们昨天晚上烧的火堆还是热的呢。他们又问我们说这山上还有没有什么秘密的藏身的地方？我们说没有了，如果有秘密藏身的地方我们也就不下山了。那些解放军便用疑惑的眼光看着我们，他们说如果没有秘密藏身的地方李文虎怎么就会没有了呢？我们说他一个人目标小是不是躲过了你们的封锁线转移到山外去了，那些解放军相互看了看说那是根本不可能的，他的目标再小他还是个人嘛，他是个人他就不可能从我们身边溜过去的。这时候那个警备中队的队长苟金贵来了，他凶火燎燃地把我们一个一个地挨着臭骂了一顿，他说你们都当了俘虏了还不老实，你们要是不老老实实地把匪首李文虎给我交出来，老子就枪毙了你们。苟金贵说着就把枪从腰里拽了出来，那时候我们是都害怕了，说真地那狗日的是什么事情都能干出来的，他那时是警备中队的队长，他说要杀我们那还不是很容易的事情嘛。他最终还是没有开枪杀我们，是旁边的两个解放军的首长把他挡住了，那其中有一个首长就是这次剿匪指挥部的总指挥，那人严肃地对苟金贵说苟队长你把枪收起来，他们现在已经缴了枪了，虐待俘虏那是要犯错误的。那位首长真是个好人，他把我们都安慰了一番，然后问我们这山上还有没有确实可以藏身的地方，如果知道李文虎藏在哪里就让他出来吧，他如果能主动走出来我们还是要宽大处理他的。

事情到了这个时候你说我们还能说什么呀，可我们又确实不知道李大哥藏到那里去了，他又没有长翅膀他能飞到哪里去呢？要说在这山上唯一能藏身的地方那就只有一处了，可那又是不可能的事情，连山猫都去不了的地方你说他又怎么可能去呢？

我问猎手说你说的那是什么地方啊？

猎手便用手指着那石壁上的一个黑豆大的点儿说，你看到那个黑点儿了吗？我说看到了。他说那是个山洞。

我说难道你们的李大哥真的跑到那个山洞里去了？

猎手说是真的，他的确是跑到那里头去了，除了到那里头去之外，他是没有第二条路可走了。

我说我的天啊，他是怎么过去的啊？

猎手说在山半腰里有一条石头缝子，就那么横横的一道石头缝子，人的手指头刚刚能伸进去，李大哥就是用手指头抠着那石头缝子从半空里悬着过去的。

我说那道石头缝子有多长啊？

猎手说少说也有个七八十步远吧。

我一听我的腿就又立刻颤抖着酸软起来，我不敢想像当时的李文虎在半空中是如何冒死攀岩走壁的，那情景太让人惊心动魄了。我说与其那样，真还不如下山投降算了，大不了就是一死嘛，要死就是跳崖也比那样来的痛快。

猎手说你不知道李大哥是个心性高的人，他就是不想让那苟金贵看到他被俘后受辱的样子，也不想让苟金贵看到他跳崖后被摔死的悲惨样子，所以才走了那一条路的，他就是要让苟金贵活着看不到他的人，死了得不到他的尸，让他的心里一辈子也不好过。

我们向解放军如实地交代了那个山洞的事情，一群解放军听了我们的话就端着枪到悬崖边去了。这时候一股强劲的山风从下面吹上来，把他们逼着往后退了几步，当时就有几个人的脸色都变了，可能他们也有你说的那种恐高症吧。

那个解放军的首长问我们那个山洞在哪旦，我们怎么就看不到呢？我们回答说山洞在山半腰里，太深了，在下面就能看到了。解放军又问我们，这么高的悬崖，那李文虎他是怎么下去的呢？我们回答说他不是从这个地方下去的，这个地方是下不去人的，这山腰里有一个石头缝子，那个石头缝子连着那个山洞，他可能就是顺着那个石头缝子爬过去的。

那个解放军首长就让我们带路找到了那个石头缝子，站到那个山半腰里就把那个山洞看得清清楚楚的了。那位解放军首长看着那道石头缝子，看了看山上又看了看山下，皱着眉头问我们说，你们说李文虎真的是从这个地方逃到那个山洞里去的吗？我们说除了这个地方再没有其他地方了，他要过那山洞去只有这一个地方了。那时候我们是明白了李大哥的确是给苟金贵他们出了个大难题了，他们看着那个山洞多少就有点儿束手无策了，你想想看，这仗前前后后都打了一个多月了，到末了还是没有能抓住李大哥他们就不能说是取得了彻底的胜利。那时候，火气最大的当然还是苟金贵，只见他气急败坏地从一个战士手里夺过一挺机关枪，朝着那个山洞就是一阵猛扫，子弹打得那石壁上的石头像下雨一样往下掉。最后还是那位解放军首长说了话，他说我们今天虽然没有能抓住匪首李文虎，可我们也算是取得了太阳山谷剿匪的最后胜利。看起来匪首李文虎是逃到那个山洞里去了，这是他的一条生路也是一条死路，他能进去事实上他是出不来的了，我们只须派少数部队看守住这个地方，用不了几天，他无吃无喝也就把他困死了。就这样整个剿匪部队就撤下山去了，这山上只留下了苟金贵警备中队的几十个人，苟金贵他们在山上一直监守了一个多月，直到大雪封了山，他们自己都感到他们受不了这才最后撤下山去了。

我问猎手说，你说你们的那李大哥他真的就被困死在那个山洞里了吗？

猎手说他不死又能咋样呢？你不想一想，人在知道自己快要死的时候，就那么挣扎着，把全身的筋肉都绷紧了，用手指头抠着走过那一段路，等他过去了，身子一松下来，再想过来那就难了。再说苟金贵的人在那里看了一个多月，他不死他还能到哪里去呢。

11 故事。和尚穿上了军装，但那一颗心还是和尚的。

早晨的树林水汽很大，有风从山下吹上来时，就有一片一片轻薄的雾飘出来，飘出来却就不散，顺着那红色的崖面缓缓向上升起。太阳直照过来时，就有了一道弯弯的虹霓。那雾时开时合时聚时散，而那一道彩色的光环，便也时有时无地变化着了。雾开时，便朦胧着现出一个光头整脸的人来。那人两腿相交盘坐在崖前的一块颇平整的山石上，隔夜的石头透着的是一股寒气，难道他就不怕那阴凉？

这人便是石和尚。

石和尚我们都是认识的，石和尚似乎并不姓石，出了家的人，是随了佛祖姓的，那就应该姓释了。常人哪里又懂得了这些，只觉着他原先驻修于山口的石空寺，把那寺名也就作了他的姓氏了。

石空寺并不甚大，因了一个石和尚作着主持，这寺就有了名。石和尚是一个很有学问的人，不仅精熟于那些佛法经典，对药理以及诗词也多有研究，也会看天气，预测阴晴风雨什么的，应该算是一个高人了。那时候，石空寺的香火是很旺的，人们不惜跑三五十里来进香，一炷香敬了佛祖也敬了菩萨，那些在佛祖菩萨跟前许了愿的，一时得不到答复，就来求石和尚。但凡有那些病邪侵体的，石和尚便随意抓弄些山中采来的草药，送给他们回去煎了喝了，那病自然也就见好了。然而更多的却是，附近村落里的人家一应婚丧嫁娶，便都来请石和尚批八字择吉日做道场。也有那些添了丁口的人家，抱了孩子来请石和尚给取个好名字的。也有人误认为石和尚是通了神灵的，便来问时运的变化升迁及功名前程，石和尚便也能根据来人的面相气色以及生逢时辰，说出个否泰吉凶。人们感念了石和尚的许多好处，直觉得石空寺的神是极灵验的，石空寺的和尚是极有本领的，那供奉也就自然好了。

那年夏天，呼啦啦从城里来了一群年轻人，说是要破四旧了，把寺里供奉着的那些石刻的或者泥塑的圣像都打碎了，几个和尚也被赶出了寺门。几个和尚拿了各自的衣钵，惶惶然就没有了投靠之处。好在这石空寺是划在军马场的地界里面的，军马场的领导是讲政策的，就把几个和尚收留了下来，一人给发了套价拨的军装，就成了军马场的工人了。年轻的那几个，有的被安排去草原上放马，有的被安排到农田上务农，唯石和尚年龄大了些，就被安排去放羊了。放羊那活儿还轻省些，谁知石和尚到了羊群不几天就又回来了，找到军马场的领导说他不想放羊了，领导问他为啥就不想放羊了，放羊也是革命工作啊？石和尚说他能放羊，但不忍看羊被宰杀时那血流满地的惨相。那领导便笑了，领导自然知道和尚是不杀生的，便不再为难石和尚，就让他到山里作了一名护林员。

石和尚虽然穿上了军装，但却不肯蓄发，尽管没有了做功课修身的地方，但那一颗佛心却没有变。石和尚每日早出晚归，尽职尽责，巡视于太阳山谷的大大小小的山林沟壑之中。山林里时有狼有豹子伤人，其他的护林员都是配发了枪支的，可石和尚却不肯带枪，说那东西太沉重，他年纪大了，背不动了。他每进山时，只拿一根荆条木杖。有人问他，石师傅你就不怕狼伤了你的身子吗？石和尚说，我不伤狼，狼又因何伤我呢。众人便笑石和尚太愚，典型的一个东郭先生，看哪一天狼咬了你的腿子骨，你就觉悟了。众人说是这样说的，但看着石和尚在山里作了几年护林员，却毫发未伤，便又疑心他确实有法力护身的了。

石和尚来太阳山谷看山，巡护的是那一山的树林，他更是利用了自己的职务，保护了这一山的生灵动物。那时候还没有封山禁猎，有关保护动物保护生态环境的条例还没有出来，由于受到人们的毫无节制的捕杀，太阳山谷的动物有濒临灭绝的危险了。石和尚忧心如焚，常向人们宣讲"慈悲之心，生生之机"的道理。他说你要想常住好房子，你就要多多的栽树；你要想吃好饭，你就要养好家畜种好地；你要想长长久久的作猎手，你就要好好地保护那些动物哩。他的话太高深了些，一般的人是很难听懂的，一般的人也不愿意去听。石和尚自然知道他的话是起不了大作用的，他只有用他那微薄之力，去做一些力所能及的事情了。他每天起身很早，天不亮就进山了，他熟知动物们经常行走的道路，他便到那路上去，去寻找猎手们偷设的铁夹绳套和陷阱，以便及时地把那些误入圈套的猎物放生到山林里去。

用现在的观念来看待石和尚当时的行为，可以这样说，他一个和尚，凭着一颗博爱众生之心，对于太阳山谷的生态环境的保护，真是作出了大贡献了。

这崖就叫鹰鸽崖。崖的面前有一片草地，草也不高，但却繁密，柔柔的，像平铺了一层毡子。崖的北面是一片白桦林，白桦是喜水的树木，就有了一股泉水，从林子里流出来，横穿过这片草地，到了南面的坡坎上时，便钻进了草丛不见了。草丛里，散乱地堆了些残砖碎瓦，瓦砾堆边却生长了一丛玫瑰，玫瑰正开花，紫红色的花朵含香带露开得正艳。可以设想，很久以前这里定是有人居住过的。但凡能在这山高林密处安身立命的，要么就是那些潜心于修身养性的和尚道士，要么就是那些厌弃了人间世事的隐士高人，反正，一般的人是不会到这里来的。

站在这草地上放眼长望，近的能看到山下的草原牧场以及村舍田畴，远的则能看到天边处的那一条蜿蜒如带的大河以及河边处的那一座苍茫如烟的城市。面对此情此景，人的心胸由不得就豁然开朗起来，那些世事的种种烦恼便随风而去，顿时消失得无影无踪了。

石和尚是很看好这个地方的，他常到这里来坐禅诵经。那年月，一应佛事都是被禁止了的，和尚念经那也是不允许的。石和尚却不同，在那十余年里，他从来也没有停止过修行的功课。巡山的时候，一边走路，一边就把一部经书反复地念诵了。然而更多的时间他是到这鹰鸽崖下来，这里避风朝阳，环境极好，近可听松风入耳，远可观天地之大象，自然是一处好地方了。石和尚常念诵的是《金刚经》《华严经》《大悲咒》，他用一颗慈悲之心，为天下苍生祈祷。石和尚的行为尽管没有能感动天地，但却使这石崖上筑巢而居的两窝生灵发生了变化。石崖的左边崖檐下居住的是一对岩鸽，而右边的石穴里却住着的是一对山鹰。鹰原本就是岩鸽的天敌，可这崖石上的一对冤家却能够相敬如宾和睦相处。那山鹰的一家宁愿飞到很远的地方去捕捉山鸡和其他地方的岩鸽为食，但却不肯加害身边的邻居。而更令人不可思议的是，每当这边的岩鸽一家受到外来敌人侵犯的时候，而总能得到那边的山鹰一家的有力保护。这种鹰鸽相处为友的事情，实乃世间一奇事也。

12　故事。石和尚用他的木杖堆了一座山，用他的鞋子造了两只羊。

石和尚对我们原本应该有话可说的，可他偏又不说，只是把他那根荆条木杖横在面前的路上，木杖的那边是他的两只鞋子，而他却盘了双腿安坐在路边一方石头上。那石头是方的，却又不甚规则，而表面却又很平整。在往昔，应该是那修行人的石桌了。世事沧桑，人去物毁，过去的事情已不可考辨，唯有这石头，就作了石和尚的莲花宝座了。

只见石和尚微闭了一双眼睛，双手随意地放在两边的膝上，一副入了静的样子。他耳听着我们从远处走来，又从他身边走去，始终无动于衷一般。猎手看着石和尚摆在路中的拐杖和他的一双鞋子，愣怔了一下，似乎想说些什么的，但终又没有言语，只是弯了腰把那木杖捡起来放在了和尚的手边，然后又把那双鞋子拿起来放在和尚的面前，让那石上之人从石上下来的时候，一伸脚就能够着他的鞋子。

在我们太阳山谷，猎手一向是很自大的，但他在石和尚面前却这般的恭敬，就让人感到多少有些意外了。那时候，太阳已经离开地面箭杆般高了，阳光却还是有些湿嫩嫩的，风也是湿嫩嫩的，山坡上几株野百合花正盛开着，惹眼得很。不远处，有几只山鸡一边在阳光下抖动着翅膀，一边发出求偶的欢叫。我捡起一块石头，朝着那鸡群扔了过去，石头落地时，鸡群应声而起，惊叫着飞到山坡下面的树林里去了。山鸡的叫声，惊动了那树林里的不知道什么野兽，那野兽奔跑时，惊得树枝哗啦啦地响。

我问猎手说，郑师傅，你看石和尚今天怎么就怪怪的了？

猎手笑了一下说，他就这样，见怪就不怪了。

我说他弄一根棍子横在那里，那是要挡我们的路吗？

猎手说那是一座大山啊。

我说山那边的那两只鞋子呢？

猎手说是两只羊。

我说他这是啥意思啊？

猎手说他是在告诉我们青羊沟只有两只青羊了。

我惊异地看着猎手说，他又怎么知道青羊沟只有两只青羊了呢？

猎手说，他把一整个山都转熟了，他又怎么能不知道呢。再说他又是成了精的人，这山里的事情，他啥不知道啊？

中国当代西部文学文库

我说我听他们说石和尚会算卦，他能算出我们今天的事吗？

猎手说他是能算出来的。

我说那我就回头问一问他去。

猎手说不用问了，反正今天不会让你空手回去的。

13 故事里的故事。虎落平阳，你们是犯了大忌了。

我对猎手说，你们那年在平阳的事情好像是冤枉你们了，好像这里面有一个什么阴谋，把你们那李大哥给坑害了。

猎手用一种感激的眼光看着我说，你小子年龄不大，看事情还看的好着呢，我们可不就是被人坑害了嘛。

我说那坑害你们的是谁呢？

猎手说还能是谁，就是那个狗日的苟金贵嘛。

我说他不就是那个警备队长吗？他怎么能坑害你们呢？

猎手说就是因为他是队长他能害我们，他要不是队长他能害得了我们吗？

我说你们和那个苟队长有什么仇恨吗？

猎手说那仇恨可就大了。猎手说那时候在咱们这山里总共有两股人马，一股就是我们的兄弟会，另一股就是苟金贵的呼噜队。

我说是胡虏队吧？

猎手说不是胡虏队，是呼噜队。

我说他们怎么就叫了这么个怪名字？

猎手说他们有个二头领就叫个牛呼噜，这个人睡觉能打呼噜，他们到哪里一住下来，那呼噜扯得呼隆隆地响，一个山沟都能听见，有时候骑在马上走路，他能闭着眼睛扯一路的呼噜，所以老百姓就叫他们呼噜队。他们那些人都凶火得很，他们合起伙来就像一群狼一样的，打家劫舍杀人放火啥样的坏事没有他们不干的，那才是一群真正的土匪哩。那时候两股人马各占了一个山头；我们兄弟会的人占的是太阳山谷这一溜十几个山口，他们呼噜队的人占据着鄂博岭那边的也是十几个山口，开始我们两家是井水不犯河水，谁也不招惹谁。可后来他们的人多了势力大了就不把我们放在眼里了，他们就常常越过边界跑到我们这边来骚扰我们，开始我们都忍了，你说你过来打个羊啊鹿啊的那小小不然的事情那倒不是个啥事情。可后来他们就认为我们是怕了他们了，就开始大着胆子到我们这边来抢起东西来了，不仅是抢东西还抢起女人来了。那一天马莲口的山民们就都跑了来，哭天抢地地让我们兄弟会的人要为他们撑腰，无论如何也要把那被抢去的人要回来。我们兄弟会的兄弟们一听就都气炸了，拿起枪来就要找那呼噜队的人去打仗。这时候我们的李大哥就说话了，李大哥首先是安慰了那些受了难的山民们，李大哥说父老兄弟们你们放心吧，有我李文虎在有我们兄弟会在就不会让你们受欺辱，我现在就过去向苟金贵要人，如果他们老老实实把人给咱们放回来咱就饶了他，他要敢说个不字咱回来就跟他打血仗。李大哥说完就带了两个人骑了三匹快马一溜烟地走了，那时正是晌午，李大哥没有吃饭就走了。

　　猎手说到这里我插话说，你们那李大哥他就不怕去了会被那苟金贵杀害吗？

　　猎手说那倒不会，那时候我们和他们还没有什么血海深仇，他还不会下那个黑手。猎手又接着讲道，等到天傍黑的时候李大哥他们才回来，那两个被他们抢走的女人虽然给放回来了，可也被狗日的苟金贵他们给糟蹋了。李大哥自觉着很对不起乡亲们，心里就有一口气憋得很难受，你想嘛，同样是在山里做事的人，他苟金贵凭什么就那么猖狂，他们敢明目张胆地到我们这边来抢东西抢人，这分明就是拿着巴掌扇我们李大哥的脸扇我们兄弟会的脸，这事情搁谁头顶上谁也咽不下这口气。李大哥回来后当下就召集了我们兄弟会的人说，我们和苟金贵的这场血仗是一定要打的，如果我们再不还手我们也就没有脸面在这太阳山谷待下去了，人活一世就是活个脸面，我们兄弟们也都是五尺高的汉子，首先是我们不欺辱别人，可我们也不能让别人骑在我们头上欺辱我们你们说是不是？

　　我问猎手说苟金贵的呼噜队他们有多少人马？

　　猎手说总有七八十号人吧。

我说他们七八十号人，你们兄弟会才有四十多个人，你们怎么能打过他们啊？

猎手说看起来我们的人手是不如他们多，可一打起来就不一样了，首先是老百姓支持我们，现在时兴一句话说什么来着，军民团结如一人，试看天下谁能敌。我们太阳山谷十几个山口的山民们一听说我们要和苟金贵打血仗了，就都跑了来要和我们一起去打，那时候山民家里都是有枪的，有的是快枪有的是土枪，少的是一支多的是两支。就黄旗口宋家五兄弟来说吧，他们每人都有一支快枪，而且都是好枪手。这样一来我们的人手就有了一百多了，我们有一百多人了你说我们还怕他个球啊？说起来那时候也活该他苟金贵倒霉，他们就跑到高仁镇把个高树仁的家给抢了，你说高树仁是什么人啊，那是平阳县最大的大财主，高树仁有个儿子在省政府里做事，据说是个什么秘书长吧，你说你把他惹下了你不是老鼠舔猫蔽找着作死嘛？过了不多日子，省政府就派了八十一军一个姓马的团长带了几百号人进山来了，他们也是打着剿匪的旗号来的，他们和苟金贵打了几下因为不熟悉山里情况就吃了不少的亏，后来那姓马的团长知道了我们和苟金贵有矛盾就来联合了我们，让我们配合他们一起打。

我说闹半天你们是和国民党军队联手打的苟金贵他们啊，那问题可就复杂了。

猎手说要说单凭我们也能把他们打败了，可人家马团长既然带了军队来了，那不就省了我们的劲了嘛。所以狗日的苟金贵他们恨我们就恨在这里了，你要说我们和他们一对一地单打独斗，他们败了他们也就认了，因为我们是和马团长一起把他们打败的，那我们之间的仇恨就结得大了。

我说后来苟金贵他们的呼噜队咋样了呢？

猎手说因为有了我们的配合，很快就把苟金贵他们打垮了，苟金贵眼看着在咱这山里呆不下去了，就带了一群残兵败将逃到东山里去了。

我说东山是什么山啊？

猎手说就是马王山嘛。

我说那不到了革命老区了吗？

猎手说也不能说是革命老区，那时候叫边区。那是一九四八年的事情吧，正赶上国民党胡宗南率领了几十万大军进攻陕北，边区的情况就很吃紧了，这时候苟金贵他带领着几十个人几十条枪过去了，你说那边区的人能不欢迎他吗？他一去就被马王山的共产党游击队给收编了，还让他当了那游击队的中队长。等到咱们这里一解放，他们就又回来了，你说他们当年在咱这里做了多少坏事，怎么当时的人民政府就不管了，怎么就那么信任他们还让他们当了警备队了。你说他们那些人得了势了还能有我们的好日子过吗？

猎手讲到这里，我们大概都已经感觉到了，事情已经发生了一种戏剧性的变化，而这种变化的结果，使得故事中的矛盾变得越来越复杂起来。我对猎手说，你们这么一打，倒反过来帮了人家的忙了，把他们打到革命队伍里去了，要不然五零年秋天的那次剿匪，挨打的就不是你们了。

猎手深深地叹了口气说，咳，他妈的谁知道事情会是这样的呢，早知道会有这么一天我们就不打他了，把狗日的他们留给解放军去打了。

我对猎手说你们那时候犯了两个重要的错误你知道不知道？

猎手说什么错误？

我说一个是你们不应该和国民党反动军队联合起来打那一仗，说什么那也是国民党反动派镇压人民镇压革命的军队，你们和他们搅和到一起，你再说你们兄弟会都是好人，你说你们又咋说得清楚呢？这第二个就是你们那时候要参加革命工作你可以到其他地方去嘛，为什么偏偏要到平阳去的嘛。

猎手说那时候咱太阳山谷划归平阳县管，又是平阳的杨县长亲自带人找到咱门上来谈了收编的问题，那你说我们不到平阳去我们还能到哪里去呢？

我说古人有一句话你听说过吗？

猎手说什么话你说？

我说古人说虎落平阳被犬欺，你们那李大哥是虎，苟金贵是狗，你们在山上的时候得天时地利，苟金贵他当然打不过你们，你听过狗在山上能打过老虎的吗？没听过吧？可你们一下山就不一样了，你们到的是平阳，到了平阳那你们不倒霉才怪了呢？

猎手听到这里吃惊地瞪大了眼睛，猎手说这么说还真的有个说头呢，过去我听石和尚就说过这样的话，今天又听你说了，我没看错你小子是有学问的人，你说你那时候跑哪里去了，你要来跟我们当个参谋什么的，我们也不会受那么大的灾难了。

听了猎手的赞扬我心里很高兴，我说那时候我是想来给你们当参谋的，可那时候不是还没我呢嘛。

猎手用手拍了下脑袋笑了，说对，那时候还没你呢，你还不知道在你爹哪条腿里转筋筋呢。

14 故事。猎杀羊王的过程其实也是一个美好的阴谋。

我们到达青羊沟的时候那沟洼里的雾气还没有散尽，站在山梁上往下一看，青羊沟其实是一个很大的地方，它不仅是一个生满杂树的大沟，它还包括许多道枝枝权权的小的沟洼，几乎每一道沟洼里都树木繁密，应该是动物们生活栖身最理想的地方。面对了那如此复杂而宽阔的沟壑，要想找到那两只羊并不是一件容易的事情。若是换了另一个猎手，他或许会找准一条青羊常走的山道并在那里埋伏起来，然后让那位跟随他的人下到沟洼里面去，从沟口开始，一边走一边用一根棍子不停地敲打着树干并且大声地吆喝着，把那些猎物从树林里赶出去，也就是说把它们赶到猎手的枪口上去，这就是狩猎，一种真正意义上的狩猎。可我们的猎手和其他的猎手不一样，他不会让我去受那么多的辛苦的，他是凭经验和智慧打猎的，到了这时候，他站在山梁上往下一看，哪里能窝住猎物他心里就有数了。就如同一个有经验的渔夫，拿着网在河边一走，哪里有鱼哪里没鱼他看得清清楚楚，只有愚笨的家伙才胡乱下网的。

在太阳山谷，猎手是最能让猎物着迷的人，那些猎物一见猎手就六神无主手足无措了。猎手每出枪时就那么喊上一声，猎物听到那喊声就会失了魂魄似的仓皇逃走，可不知为什么，就在它们跑出三十步四十步之后，它们又会突然停下来，可能连它们自己都不知道为什么要停下来，就在它们停下脚步回头一望的时候，它们就把自己献给猎手了。

那一天我们几乎没有费多大工夫就找到那两只羊了，等我们发现它们的时候它们已经就在我们的脚下了。那时候我们就在一处石崖的上面，那石崖不高，石崖的下面是一处草坡，坡上稀稀落落地有几棵树，草坡的下面便是那大片的树林了，因为有了那几棵树的掩护，在它们一旦遇到危险的时候，就能很快地转移到那树林中去了。

这是一只头羊，可以说也是一只聪明的头羊，对于羊类来说有一颗聪明的头脑太重要了，在它们的生存环境变得越来越险恶的时候，它们也变得越来越聪明起来了。这是一只五齿的骚户，也可能是六齿，对于羊类来说是用齿来计算年龄的，五六岁的公羊算是壮年，它身材高大威猛如一头牛犊，尤其头上的那两只标识性别和地位的羊角，粗壮而有力，它高高地绕着耳朵弯了一个极优美的圆弧，角尖在眼睛的下面向上翘起，极富艺术的品位，这便是羊类中的王冠了。

那时候那只羊王就背对着我们站在草坡最高处的一块石头上，它居高临下警惕地观察着下面的树林，它那尖尖的耳朵不停地动着，捕捉着来自周围的任何一点异样的风声。在它的前面不远处，一只母羊在安详地吃草。通常在羊群吃草的时候是应该由一只公羊放哨的，放哨的公羊不是头羊，是那种在羊群中很有身份的公羊，它在羊群吃草的时候它却不能吃，它的任务就是放哨，一旦发现敌情，它就会把舌尖卷起来打一个尖利的口哨，羊群在听到那口哨声后，就会在头羊的带领下迅速地撤退到树林中去。可眼下就不行了，它们这个族群就只有它们两只羊了，作为羊王也只好把放哨的重任亲自担当起来了。羊王充满爱意地守护着那只母羊，那只母羊的肚子是明显的大了，肚子大并不是它吃了过多的草食，而是它有了身孕了。也许用不了多长时间，就会有一只或者两只羊宝宝出世了，这的确是一件让人高兴的事情，如果生活安定不出意外的话，它的羊群就又会兴旺起来的。它们的这个族群原本是一个大的族群，最多的时候是有着三十多只羊的，那是多么好的一个家族啊。当然那时候的羊王还不是它，是它的父亲。

它的父亲被猎手杀害以后，接替羊王职务的是它的叔叔，它的叔叔没了之后才是它，轮到它当羊王的时候它们这个家族也就只剩下不到十只羊了，并不是它无能，而是这几年狼群和人类的捕杀让它们几近于灭绝了，相比之下，人类的捕杀比狼群更是野蛮凶残得多。那还是它刚刚接任羊王的时候，一只名叫花脸的狼常常来侵扰它们，那时候它还年轻还没有经验，一见到那花脸的狼就害怕得很，任由着它把一只小羊给咬死了，小羊被追杀时那无助的哀鸣让它这只羊王心痛得流血，可那也是没有办法的事情啊。后来它长大了，长得身强力壮成了一只真正的羊王了，待那花脸不知死活地又一次来进攻它们的时候，它便勇敢地迎了上去，瞄准它的脑袋一头撞去，只听砰地一声巨响，花脸被撞昏了头了。都说狼的脑袋是铜的脑袋，铜的脑袋哪有羊的脑袋硬实，羊就是靠自己坚硬无比的脑袋来保护自己的。就在花脸昏头昏脑在原地转圈圈的时候，它又一次撞了过去，这一次是撞到花脸的腰肋上了，它感觉着那花脸的肋条是被撞断了的，花脸在山坡上一连串地翻了几个跟头，然后便哀叫着逃走了，打那以后花脸再没有来过。花脸虽然被打跑了，可人类却更频繁地侵入到它们的领地里来了，猎人比花脸更凶险更可怕。猎人是靠一种叫做枪的东西来追杀它们的，在那两年里，它的那些兄弟姐妹以及妻子儿女们就是被那一种叫做枪的东西给杀掉的，一想到那像松树棒子一样的枪，那只羊王就不寒而栗了。

那只羊王大概还不知道，一种危险已经悄悄地临近了。一缕风从树林那边吹过来，带来的是那种熟悉的清新的气息，因为那风是从山下往上走的，把那从山崖上飘下来的异类的气息又吹回到山上去了，这就让那只羊王放松了对身后的那面断崖的警惕。当一声口哨声从身后的崖顶上传来的时候，羊王便疑惑地转过头来，起初，它还以为是哪一个族群里的哪一个羊王来向它发出了挑战的信号了呢。这种情况在以前是经常发生的，青羊沟旁边的紫花沟里原本是有一个邻居的，那个邻居是它的朋友也是它的对手，它们常常在它们领地中间的那座山梁上相遇。每次相遇的结果就是两个族群的羊王都要来一次生死决斗，两只雄健英武的羊王就像两座山峰一样地对峙着。当两座山峰向一处快速跑动的时候，只听山崩地裂的一声巨响，两只羊王的头撞到了一起，那一刻，两只羊王都会感觉出一种对撞时的快感。羊的这种撞击其实并不能使对方屈服，而最终决定胜负的还是一种力量的角逐，谁能坚持到最后谁就能取得最后的胜利，而胜利的一方则可以从败者的那一方抢一只母羊过来作为战利品，用不了多久，那败了的一方养精蓄锐好了，又会过来把那原本属于它的东西再夺回去。这样的决斗一年中总要进行好几次，因此，在两个山沟中总有那么一两只母羊像串亲戚一样地在两个族群中间来回地走动着。可就在不久前的一天，随着紫花沟最后的一只青羊被猎手射杀，它便日益地感到孤独起来，它常常回忆起和它的那位邻居在一起的日子，它想能有一个对手是多么好啊，能有一个朋友是多么好啊。当那只羊王转过头来的时候，它所看到的并不是它所渴望看到那种同类的脸面，而是传说中的那张猎手的脸，它一时就愣在那里了，它甚至还来不及向那只母羊发出报警的信号，猎手的枪就响了，它感到头顶被什么东西猛烈地打了一下，便一头从它站着的那块石头上栽了下去……

总的来说那只羊王还是非常幸运的，猎手打在它头上的那一枪根本就没有伤及它的皮肉，只是把它那王冠上的一只羊角给取了下来。

起初，我看到那只羊分明是中了弹以后向空中跳了一下才倒下去的，通常猎物在中了枪弹以后都会跳那么一下的。我激动着喊了一声便从那悬崖的另一边下到崖底去了，可等我跑到那只羊王倒地的地方却没能找到它，只找到了那只腥膻味很浓的羊角。我举着那只羊角对着崖顶上的猎手大声喊道羊跑了，猎手说它跑就让它跑去吧。猎手似乎对那只挨了一枪又逃跑了的猎物并没有感到多慌惜，相反那时候的他倒表现出了一种很开心的样子，好像我们走了这么远的路来就是为了跟那只羊王开个什么玩笑似的。

我们拿着那只羊角顺原路返回，当我们走到鹰鸽崖的时候，就看到石和尚还在那里坐着呢，他好像是在有意等着我们似的。他看到我手中的那只羊角时便笑了，双手合十念了一声佛，然后便对猎手说了一声一念之慈和风甘露啊。石和尚的话说得很深奥，我没有听懂我相信猎手也没有听懂，猎手虽然没有听懂但猎手还是对着石和尚意味深长地笑了一笑，虽然他们都没有说话，但我却感到了他们之间还是有一种不言而喻的东西让他们很默契的。

从鹰鹘崖这个地方开始我和猎手就分手了，猎手要带着那只羊角下山回队上复命去，而我则要继续上行回到我们的转角楼去。

其实转角楼并不是一座楼，那是一座山的名字，是我们太阳山谷最高的一座山。

故事后的故事 (附记)

1 这个人一辈子只做了一件好事，可又被枪毙了。

公元一九九一年，那时我正在省城一家报刊的文艺副刊做诗歌编辑，一个偶然的机会，让我结识了一个名叫杨万仁的人。那时的杨万仁刚从林业厅长的位置上退下来不久，像许多老干部一样，这老同志退休之后耐不住寂寞，正热衷于在一所老年大学学习旧体诗的写作，有一次他拿了一本子他的作品到编辑部来找我，就这样我们认识了。

我们认识以后我们就开始谈诗，但谈的更多的则是他的革命经历，因此我也就知道了他曾经是平阳县解放后的第一任县长，后来我就问起他担任县长期间所发生的那起强奸杀人大案以及当年太阳山谷剿匪的事情。老杨沉思了一会儿说，现在看起来我们当初在处理那件案子的时候，还是有许多不妥之处的。但当时处在那种情况下，平阳县新生的人民政权刚刚建立，明面上的敌人虽然被消灭了，可暗藏的敌人还在，阶级斗争的形势非常复杂，猛然地就出了那么大的事情，你说我们该怎么办啊？案子发生的那天正好我不在，我到省城开会去了，具体负责这个案子的是苟金贵同志，他那时是警备中队的队长，那时还没有公安局，他就专门负责县里的治安保卫工作。我从省城回来后苟金贵同志给我汇报了这件事情，我当时一听头都炸了，那可是人命关天的事情啊，我那时是二十六岁，也太年轻了些，对于这方面的工作还没有经验，我立刻就指示苟金贵同志要尽快破案捉拿凶手。苟金贵同志说案子已经破了，凶手也抓到了，凶犯就是李文虎，这是在现场找到的凶器。苟金贵同志说着就把那把刀子给我看了，那把刀子我见过，的确是李文虎的。我没有想到案子破得这么快，为此我还表扬了他几句。

老杨说到这里我插话说那么大人命关天的案子，就凭那一把刀子就把案子定下了？如果是有人用其他刀子杀了人，再用那把刀子嫁祸于人，那不就是一件天大的冤案了吗？

老杨说当时我们哪里能考虑那么多啊，那时候又没有什么侦破技术，定案就是要靠证据，那把刀子就是证据，再说李文虎和他的那帮兄弟刚从山上下来，毕竟他们都是当过土匪的人。据群众反映李文虎他们下山后经常出入于李家药铺，李家的那个女子确实又长得很漂亮，那些人匪性难改贪色杀人是完全可能的，无论从哪个方面讲，这案子都可能和他们有关联。

我说老杨据我所知李文虎是一个很本分的人，他和他的那帮兄弟会的人在山上的时候并没有做过什么危害人民群众的坏事。根据他们的一贯表现，他们是不可能做那种伤天害理的事情的，再说他们和那李家药铺的老板还是朋友呢，更不可能做那种事了。

老杨说你也别说他们没有做过什么坏事，那种欺男霸女的事情他们还是干过的，你知道马莲口有一个名叫常贵的吧，他在山里打猎摔残废了，动不了了，他们兄弟会的那个什么十三哥，就把人家常贵的老婆给霸占了，你说这不是坏事是什么？

我说老杨这件事情我是知道的，那常贵残废了以后，干不动活了，是人家那个十三哥帮助他们干活，顶门立户过起了日子，这样的事情在山里并不稀罕。

老杨说这样的事情说什么也是不道德的，你说你帮助人家干活那是好事，可你总不能占人家的老婆啊？再说人家男人还没有死你就和人家女人睡到一个床上去了，那还不算欺男霸女算什么？

我说那十三哥他又不是共产党员他哪有那种崇高的精神觉悟啊。

老杨又说李文虎他们还联合了国民党反动军队围剿过苟金贵同志领导

的革命武装。

我说你说的那是八十一军吧，八十一军在咱这里还没解放的时候就通电起义了，它一起义就被编入解放军的序列了，你怎么能说他们是反动军队呢？

老杨说问题是他们在围剿苟金贵同志的时候还没有起义呢嘛。

我说老杨你也忽视了一个问题，实际上李文虎和八十一军围剿苟金贵他们的时候苟金贵他们还没有参加革命呢嘛，那时候他们还是一群真正意义上的土匪呢，这恐怕不能算是李文虎的一条罪状吧？

老杨用他那双多少有些浑浊的眼睛看着我，那嘴张了几张但终于没有说出话来。接下来我又问老杨苟金贵后来又咋样了呢，老杨叹息了一声说，苟金贵在那次剿匪战斗中立了功，并且得到了提升，但后来又犯了错误。他那个人老是在女人身上犯错误，那时候对作风问题抓得很严，他就被降职了，降到芦花那地方当乡长去了。末了老杨说，苟金贵这个人没有文化，脾气直杠得很，胆子大，什么样的事情他都敢干。六零年低标准那阵子，好多地方都饿死人了，唯独芦花没有死人，芦花那地方有个粮库，那管粮食的，是他当警备队长时的一个下属。一开始他就去跟那粮库主任借粮，那粮库主任自然是不能同意的，苟金贵一下子就火了，他对那粮库主任说老子今天就是来借粮来了，你出去看一看，我的人都来了，都在外头伸着脖子等着吃饭呢，这粮你借也得借不借也得借，反正这粮我是借定了。那粮库主任一看没有办法了，就把腰里的枪拿出来往桌子一拍说，苟队长你要想借粮你就先把我打死吧。苟金贵吼着说你狗日的你拿枪吓唬谁呢，老子的人都快饿死了你还看着这些粮食喂老鼠，你以为老子就不敢打死你啊。苟金贵说着果真把那枪拿起来就打了一枪，当然那一枪并没有打着人，但却把那粮库主任吓坏了。就这样苟金贵带领一帮子人把那粮库给砸开把粮食弄出来给大伙分着吃了，那年月也只有他能干出那样的事来，换了别人谁敢啊？私动公粮那是犯死罪的。后来果真上级查下来，就把他给法办了。四九年剿匪时，被打死的李文虎和他的那些兄弟们，有好些就是芦花那地方的人，可到了这个时候，芦花的人并不恨他，说他杀过芦花的人可也救了芦花的人，说到底他还是做了件天大的好事啊。

2 五十年前的那场疑案终于有了一个真实的说法了。

这些年里，有一个人一直在暗地里调查着五十年前平阳县的那件凶杀案的真正凶手，他的调查尽管是非专业性的但却是很认真的。他用了那么多的时间和精力来做这件事情，并没有什么其他目的，他只是想把这件事搞清楚了，也好让那个因蒙冤而死的人的灵魂得到安息，如果那个人他没有死，那就还他以清白。

这个人就是我。

一九九四年秋天的一天，我在平阳县法院的一位姓袁的老法官的指引下在东沙窝干梁子那地方找到了一位名叫郭三女的老妪。干梁子那地方是一处很穷苦的地方，过去穷现在穷将来也不会富裕到哪里去的。因为这里地处偏僻所以这里的男人女人皆凶悍而野蛮，这里过去出过很多土匪但也出过很多革命人士，无论是当土匪的还是干革命的他们的斗志都是非常坚定的。

我所见到的郭三女是一个大骨膀的女人，用五大三粗来形容她可以恰到好处。她身材高大，说起话来响声大气的，令人不可思议的是这个地方这么穷困她竟然还能有这么健壮的身子这真是一件怪事。那时候她已经年近七十岁了，可耳不聋眼睛也很好使。我找到她的时候她正拿了一把铁锹在一处沙坡地上挖土豆，一见面她就用双手拄着锹把问我你是从城里来的干部吧？我说我是从城里来的。她说你是来调查老牛的吧？我说我不是来调查的我是来向你打问五十年前平阳县李宝莲一家被杀害的事情。她说那还不是调查啊？她说着把铁锹往地上一插就在沙地上坐了下来，我看她坐下了我也就坐了下来，那沙地很干松人坐在上面很舒适。她说你年轻人你来晚了，那老东西都死球子了你说你来还有什么用？我说我来原本也没有什么用我就是想证实一下那杀害李宝莲的真正凶手是谁。她说我不早就向上级说过了嘛，我说那杀害李宝莲一家三口的人就是狗日的牛呼噜，可他们都说我是疯子他们都不相信我嘛。我说你是怎么知道是牛呼噜杀了人的？她说我是他老婆我怎么能不知道呢？我说他为什么要杀人家李宝莲一家呢？她说那还能为什么，就是骚情呗，那老东西连畜生都不如，他不能见年轻的女人，一见他那骚情劲就上来了。那时候整个平阳县城就数李宝莲长得好了，你说他能放过她吗？出事的那天晚间他在外头喝了好多的酒，他喝醉了回家来就瞪着一双牛眼看着我说你看人家李宝莲是怎么长的你是怎么长的，都是女人你怎么就长了这么个球姿势。我一听这话我就火了，我虽然是个女人我也不是好惹的，我也是当过土匪的人我能怕他嘛，我上去就推了他一个跟斗我说你看着李宝莲好你就去找李宝莲去你找我干什么？就这样我们两个就打了起来，我那时候身强力壮一打起来他是占不了我的便宜的，我们打了一架后他就摸黑出门走了，到了天亮时街上的人就传说李宝莲一家被人杀害了，那李宝莲是被人强奸以后又杀害的，我一听我就知道那杀人的是谁了。我说当时定案的时候不是说是李文虎他们兄弟会的人干的吗？而且在现场找到的凶器还是李文虎的腰刀。她说那刀子是李文虎的不假，可要说是李文虎他们杀的人就没人信了，连我都不相信你说谁还能相信，李文虎虽然也干了几年的土匪，可他是个有文化的人，他和苟金贵牛呼噜他们不一样，苟金贵牛呼噜他们才是一群真正的土匪呢。那时候他们虽然都穿上了解放军的衣服了，可他们的心还是土匪的，也只有他们能干出这样的事你说不是他们又能是谁呢？我说你既然知道是牛呼噜干的你为什么不去告他呢？她说那时候他是我男人我怎么能告他呢，那时候我刚刚从这干沙梁子扑到县城去找到他，本指望靠着他要过好日子的我怎么能告他呢？我说那你后来怎么又想到要告他呢？她说她后来告他的时候他已经不是她的男人了，他进了城当了大官了，他老怂又找了个嫩女子他就跟我蹬蛋了我不告他我能饶了他去？我说你告了他那结果又咋样了呢？她愤愤地说那哪还有什么结果，没结果，他们都官官相护，我又能咋样呢？我说那你后来怎么又不告了呢？她说不是我不告了，是我儿子不让我告了，那时候我儿子已经大了，靠了他爹的本事在县城里找了个好差事，他怕他爹倒了他那差事也没有了，他就回来威胁我说我要是再告他爹他就先把我杀了，你说我还能再告吗？说真的我不怕老牛那老怂我怕我儿子。我说他是你儿子他怎么能这样对你说话呢？她说那还不是跟他爹一个球样样嘛，他土匪的种还能有个什么好样的？我问她说那牛呼噜是怎么死的？她说是日蔽累死的。我说怎么就能累死呢？她说那谁知道啊，反正他是趴在女人的肚皮上死的，他都是上了年纪的人了，还要去嫖风，你说他不是累死的是什么？

我们说着话的功夫，一只羊跑到地里来偷偷地抢了一颗土豆吃了，那郭氏女人就用很恶毒的话骂了一句羊，然后就随手抓了一颗土豆朝羊打了过去，啪叽一声就打在羊的脑门上了，那羊叫了一声便慌忙逃走了。

郭氏女人张开她的大嘴让我看她的牙，问我说她的牙口怎么样，我说你的牙口还好还能吃饭。她却说她的牙口好就还能咬人。然后她又抓住我的手使劲地握了握问我她的手劲怎么样，我说你的手很有劲还能干活。她却说她还有劲还能杀人。我说你要杀什么人？她说她要杀牛呼噜她还能杀什么人。我说牛呼噜都死了去你还怎么杀他？她说他老总是死了可他阴魂不散，他一到晚间就跑来纠缠她。我说你是不是做梦了？她说那哪是做梦，那是真显显的事情，他一来我们就打架，打得天翻地覆的，我原本想着他活着的时候我杀不了他，他死了我总能杀了他的，可没有想到他老总死了他还有那么大的劲，你说我怎么就杀不了他呢？她说我看你这同志是个有正气的人，要不了你今天就不要走了，到了晚间你给我帮一把手，我们把他杀了也算是为民除害了你说是不是？

听了这老妪的话我的头皮一阵阵地发紧，浑身起了一层的鸡皮疙瘩，我抬头向四下里看了看，就看到天边的沙漠深处有一层苍黄的东西正在泛起，好像是要刮大风了。我急忙站起身来告辞说我工作很忙我要走了。老妪也站了起来，她说你不要走我给你杀一只羊吃。我说我真的很忙我要走了，说着我就像一只受了惊吓的兔子逃走了，走了好远我还看见她的手在空中一抓一抓地朝我喊着说，你别走啊我给你杀羊啊。

3　是他放走了李文虎，可他又把他们剿灭了。

事实上兄弟会这个组织，应该说是在平阳县地下党朱伯达同志的指示下建立起来的。我们在前面已经说过，芦花小学的李文虎老师在朱伯达老师的指引下到了省城去找一个名叫李士杰的人，可不巧的是省城的地下党组织也遭到了严重的破坏，那李士杰也不幸被捕，不久就被敌人杀害了。李老师从省城又返回平阳，到狱中又一次见到了朱老师，朱老师指示李老师说，你要不想回芦花你就上山去吧，到山上先拉起一支队伍，要想打倒旧世界，就要有我们自己的武装才行，眼下全国的革命形势非常好，反动势力的日子不会长久了，我们这个地方迟早是要获得解放的，你们在山上先干着，等我出来了我就去找你们，到那时候咱们再一起干。

李老师听了朱老师的话后果真就上山把队伍拉起了，在那两年里他们一直等待着朱老师能出狱能上山能领导着他们走上革命的道路，可遗憾的是朱老师被判得很重，他不仅没有能出狱，反而被移到省城重点监狱去了，终在一九四八年冬天一个大雪纷飞的日子和另外两位著名的共产党人一起被反动派杀害了。

有关兄弟会成立的事情我是后来听石和尚说的，石和尚在太阳山谷多年，耳闻目睹的事情很多。石和尚不仅知晓有关兄弟会的许多故事，而且他还知道一件鲜为人知的秘密。他说当年兄弟会的人能够那么轻而易举地回到山里去，那是因为苟金贵有意地把他们放回去的。我一听到这里就惊得呆了，我说事情怎么能是这个样子呢？他把李文虎他们放回到山里去，然后又带着人去剿灭他们，他要不是一个天大的笨蛋，那他就一定是一个天大的阴谋家。在我的意识里这才是一个真正的狩猎阴谋啊。我曾经看到过那些开人工猎场的商人们，他们为了牟取暴利，便有意识地圈养了一些猎物，待人们进入了他的猎场以后，他便把那些笼中的猎物放出来，让人们一枪一枪地把那些猎物打死，以满足人们的狩猎欲望。苟金贵之所以放李文虎和他的兄弟们进山，可能玩的就是这种狩猎游戏，放他们出来就是为了更彻底干净地消灭他们，以达到一种杀人灭口的真正目的。从这一点来说，苟金贵他绝对不是一个等闲之辈。

说到这里石和尚笑了一下，他说苟金贵他既不是一个大笨蛋也不是一个大阴谋家，苟金贵就是苟金贵，他那时候是太过于相信自己了，李文虎被抓以后他们是有过一次谈话的，在那次秘密的谈话中，苟金贵和李文虎双方约定，他们到山里再打一仗，凭自家的本事，痛痛快快地再打一仗，真真正正地比试个高低大小英雄出来。苟金贵这个人有个特点，他杀人从来不把人绑起来杀，他杀人的时候总是给他所要杀的人一把刀一根木棒什么的，让那人和他平手对打，你要是把他打败了，他可能就把你放了，你若是被他打败了，那你可真的就没命了。

就这样苟金贵果真把李文虎和他兄弟会的那些人给放了出去，他原以为凭着他警备队的那一百多人是能够把李文虎的那四十几个人彻底解决了的，可一到山里就不一样了，他们在山里直打了近两个多月，大小打了几十仗，他们不仅没有消灭李文虎的兄弟会，反而损兵折将眼看着坚持不住了，苟金贵这才急忙请求上级派兵支援，于是一支解放军的正规部队就开到山里来了。

那是一九九三年的事情，那时候的石和尚已经在省城一座最富盛名的大寺院做了住持，根据他在佛教界的威望，他不仅当上了佛教协会的会长，而且作为佛教界的代表被推举为省政协的委员。那一次我们在说到兄弟会的事情时，我说石师傅你现在已经是省政协委员了，你能不能利用你政协委员的身份，在政协会上立一个提案，重新调查当年李文虎的案子，眼下讲的就是实事求是，过去好多的冤假错案都被纠正过来了，如果能给兄弟会的那些人恢复名誉，这也是一件功德无量的事情啊。

听了我的话后石和尚是愣怔了一下的，然后便双手合十念了一声阿弥陀佛。石和尚说事情都过去那么多年了，故去的人都故去了，活着的也没有几个了，重新调查还怎么查呢？再说眼下国家的政策这么好，天地合一，政通民和，是神的都归了本位，是冤魂的都重新做了人，过去的事情不提也就罢了。

4　从太阳山谷探宝回来的人说他在那山洞里只找到了一把手枪，却没有发现那个遗失了手枪的人。

一九九六年的夏天，我的一位喜好登山冒险的朋友突然找我来，他说他要到太阳山谷去，他说那里有一个神秘的山洞他想去探险。我说那里是有一个山洞是很神秘的，可那太高了千百年里没有人能上去过。他不屑地说我不信它再高它还能高过珠穆朗玛峰去吗？我说它是没有珠穆朗玛峰高可它要比珠穆朗玛峰危险得多，我说它怎么危险你也不会相信你到那里看一看你就知道了，我说你是不是吃撑着了，这世界这么大有那么多美丽的好地方你不去你到那山洞里干什么？说到这里他压低了嗓门神秘兮兮地说，他听一个知道内情的人说当年西夏国在受到蒙古大军围攻的时候把许多珍宝都藏在那个山洞里了，他说他有一个朋友是个开煤气公司的老板，那老板愿意出资来支持他去探宝，他说你要想入股咱们就一起去，如果有宝咱们就平半分，如果没宝就当咱们逛了一趟山景你看好不好？我说你这该不是做梦吧？那个地方哪里会有什么宝，如果真有你说的那个什么宝贝的话那个地方怕早被人家踏烂了，都七八百年的事情了，还能轮到你？他说你不是说那个地方危险得很没人能上得去吗？越是人迹罕至的地方越有可能藏得住宝，西夏人又不是傻子，他们要藏宝他们肯定要找一个别人上不去的地方去藏。我说你说错了，别人上不去的地方西夏人肯定也上不去，西夏人能上去的地方肯定别人也能上去，找宝的事情你就别说了，你要想去玩玩你就可以去玩玩，反正我是不能去，我明天就要出差到云南去开会，你一定要去的话我可以给你找一个向导，太阳山谷有一个姓郑的猎手是个山里通，你要找到他你就方便多了。

　　说过这话以后我就走云南了，从云南回来以后我却把这件事给忘记了，因为我从来没有把这件事放在心上，我只当是我的那位朋友只不过是说说而已，他未必就有那个胆量敢去探险的。可没有想到过了些日子他竟然一脸疲惫地又找我来了，一见面他就说太阳山谷他已经去过了，我惊奇地问他说半个缸上的山洞也去过了？他说他就是奔着那个山洞去的不去那个山洞能行嘛。我说你是怎么进去的啊？他说那有什么难的，那山腰里有个裂缝连通着那个山洞，他就顺着那裂缝往里打钢钎，一米打两根钢钎，钢钎上铺上木板，踩着木板再往前打钢钎，就那么一直打过去一条栈道就修成了。他说现在如果再有人想去那个山洞就容易了，顺着那个栈道就过去了。我说你找到宝了？他说狗屁，那是个鸽子洞，除了两三米厚的鸽子粪外他妈的什么也没有。说到这里我突然想起李文虎的事来，我说那里头除了鸽子粪再没有其他什么了吗？他说他在那石壁上找到了一把手枪，他说那是一把盒子枪，那枪他发现的时候还没有生锈里面还有两发子弹还能打响，他说真他妈怪了那个地方竟然会有那么一把手枪，你说那把枪它是什么人放进去的呢？我跟他开玩笑地说是不是西夏人放进去的？他说狗屁，西夏人如果有那个本事能造出那样的武器他们也不会灭在蒙古人手里了。他进一步分析说可能是那个先他们进去的人把珍宝取走了，因为珍宝太多了他拿不了了所以他就把枪给留下了，那把枪是很先进的，那么那个盗宝的人肯定就是现代的人，那山真的很险要你说那个人他是怎么进去的呢？他盗走了那么多的宝贝我们怎么就不知道呢？

我的那位朋友此次的太阳山谷探宝可以说是一无所获，他从山洞里取出的那把手枪也被当地公安机关收走了。可他的这次探宝行动对我来说，却让我意外地猜破了一个难解的谜，我知道那把枪一定是李文虎留下的遗物，枪留下了人不在就说明他还活着。

我的那位朋友临末了又说了这么一件事，他说他行走在那个山崖上的时候感觉到身体很轻，他说人的衣服里面都灌满了风，好像有一种神秘的力量在托举着他似的，你说怪不怪？

我知道那是一种气流，半个缸那特殊的崖面特点，让它能够把那些从东面山口来的风集中在山崖的下面，让它形成一股向上飞升的气流，那种神秘的气流并不是每天都会有的，它只有在夏天和秋天的时候才会形成。是那种气流帮助李文虎在众兵围困之中走进了那个山洞，又是那种气流帮助他从那个山洞里走了出来，这大概正应了那句话，好人自有天助，要不然那李文虎他是无论如何也不可能从那绝困之地逃离出来的。

我想我应该到太阳山谷去一趟了，我急于想把我知道的事情告诉猎手，可当我跋涉百余里赶到山里找到猎手并把这一消息告诉他的时候，猎手似乎并不吃惊，他很平静地说他知道了。我说你是早就知道呢还是刚刚知道的？猎手没有回答我的问题，他只是把他身上的水壶取下来，他说你走了这么老远的路你看你热的你喝点水吧。我接过那水壶就不知天高地厚地灌了一口，一股火苗样的东西便腾地从胸腔里燃烧起来，我知道又上了猎手的当了我大声地说是酒。猎手便哈哈地笑了，猎手笑的似乎很开心。

中国当代西部文学文库

我紧接着说我知道你们的那个李大哥他是谁了。猎手脸上的笑好像一下被冻住了，他问我说你说你知道他是谁？我便说出了那个我们都熟悉的人的名字。猎手一下子变得紧张起来，他朝四下里看了看，四下的山野里除了他的那一群羊以外任什么人也没有，他这才回过头来压着嗓子说，你狗日的可不敢胡球乱说啊？我对猎手说现在都这年代了你还担心什么呢？连你们的那李大哥他自己都不怕了你还怕什么？眼下都忙着搞改革开放呢谁还有那个闲工夫管那事呢，再说你们的李大哥他也不是土匪嘛，即便是真正的土匪那又怎么样呢，就是坐山雕他能活到现在的话怕也早就被大赦了，没准儿还能弄个县一级的政协委员当一当呢。

　　在我说话的时候猎手就那么愣怔怔地看着我，我看到他眼睛深处好像还有一层不易被察觉的东西，好像是一层淡淡的云又好像不是，那时候的猎手已经不再是猎手了，自从封山禁猎之后，二十多年里猎手再没有动过枪。眼下猎手已经退休了，可猎手却不大显老，和二十年前相比，只是脸上多了几道皱纹，那身板依然很硬朗，走起路来一跃一跃的很矫健的样子。猎手退休之后就自己给自己养了一群羊，那群羊放到山坡上的时候，就像是一片云了。我看到那白色羊群里有几个黑色的斑点，我问猎手那是什么？猎手说那是青羊。我说青羊怎么跑到你的羊群里来了？猎手说现在青羊多得很了，人不打它们了它们就不怕人了，它们从后山走到前山来了，它们白天里喜欢和家羊一起伙着吃草，到了晚间才分群。我说它们为啥喜欢和家羊在一起吃草呢？猎手说这还不是明摆着的事情嘛，家羊是有人看管着的，有人的地方狼就不敢来了，青羊是有灵性的，它们这是在找人来保护它们哩嘛。

　　（故事讲到这里就算是结束了，不过最后我要声明一句，这篇小说纯属虚构，如果你所经历的人和事和本文有相似之处的，那只能是一种偶然的巧合，请不要对号入座，以免发生一些不必要的误会。）

迷 生

1.迷生儿

迷生是一种很神秘的现象，据说凡是来人间投生的魂灵儿，都是从很远很远的天界中来的。那些魂灵儿从天界到人间下来时，就有些捣蛋鬼儿偏要偷懒贪玩儿，一路走来就迷失了路途。眼见得是误了时辰了，时急慌忙中就投错了胎了。那原本应该投生为人的，却不经意投到了畜类的胎腹中去了，于是畜类中便生出了些极富有人的性灵的畜类；而另有些原本应该投生为畜类的，则偏就投生为人了，但成人之后依然脱不掉畜类的顽劣，于是人类中就生出了些富有畜生本性的人物了。

我在这里所要讲说的就是一个有关于迷生的故事，迷生既是一件事，迷生也是一个人。迷生是我六叔的儿子，论辈分，他是我的小堂弟哩。

我的这位名叫迷生的堂弟生来就有许多怪异之处，这让我们这个家族的人都深感不安。但最感不安的还是六叔，六叔就时常骂迷生说，这狗日下的是个怪呀。六叔在骂迷生时无意中把自己也连带着骂上了，六叔骂自己也是有他的道理的，因为他觉得迷生的出生自然和六婶有关，但最主要的责任还是应该由他自己来担负的。

迷生堂弟比我小五岁，六婶生迷生时我已经记事了。听我娘说她生我时是提前了十几天的，因为我是男孩儿，男孩儿长大了是要闯荡天下的，所以天赋就了一身的勇敢。而女孩儿则不同，女孩儿天生胆小，在娘的胎腹里不待够时辰她就不肯离怀儿，有时候就是等足了月时她也依恋着不肯出来，这就让许多做娘的很为难了。这个世界毕竟是男人的世界，男人的世界里大多女孩子就生活的很尴尬了，所以女孩儿的依赖性就特别的强。

中国当代西部文学文库

我的堂弟迷生也是个男孩儿，可迷生却和我就不一样了，迷生是在六婶儿的肚子里待了十一个月的。六婶儿记得很清楚，她怀迷生的时间是在三月里。那时候，地里的麦子已经长得很高了，是青绿的一片。河边地头上的那些桃树也开花了，妖妖灼灼的。六婶儿晚间就做了一个梦，梦见她在河边那棵大柳树下洗衣裳，恍恍惚惚地就觉着从头顶上飞下来一只叫不出名字的大鸟，那鸟的羽毛在阳光的照射下闪着虹霓的光芒。当大鸟扑入怀中的时候，六婶儿浑身上下便有了一种舒泰透体的感觉。后来，六婶就怀孕了。

　　六婶怀孕以后，像所有的女人一样开始了一种强烈的妊娠反应。六婶吃不进饭去，常常犯呕，呕出的是一种粘粘沫沫的东西。乡下的女人一向泼实，有了病也不得消停。六婶就常常端了一盆子的衣物到河边去洗，河边那棵大柳树下有几块青石板，是村里的女人们洗衣聚会的地方。奇怪的是，六婶一旦到了那棵大树下面，往那石板上一坐，立马心里就舒泰了，那呕心裂肺的反应也就立刻没有了。六婶也感到很奇怪的，从此，六婶就常常装作洗衣服的样子，到那棵大树下面去。六婶坐在树下，眼看着地里的麦子拔节了抽穗了黄芒了。麦子收割了，紧接着谷子玉米又长起来了，玉米结穗了吐缨了，玉米笑得露出了一嘴含金漱玉的牙齿。玉米被迎回家去了，一堆一堆地堆在场院里，男人们赶着牲口又开始翻耕土地了，女人们则坐在场院里剥玉米。六婶拖着一个丰硕沉重的身子笨拙地和其他女人们坐在一起，把玉米的籽粒从母棒上搓下来，那些玉米棒儿被秋天的太阳晒得干透了，把两根玉米棒子放在一起相互一搓，玉米的籽粒便哗哗啦啦地欢笑着蹦着跳着跑了下来。那时候六婶就想，如果生孩子能像搓玉米这般容易就好了。

　　玉米的欢笑并没有惊醒六婶腹中的孩子，那个懒家伙依然没有一点儿想要动身出门的意思。是他知道了为人的艰险而有意要躲避了这艰难的时世的吗？六婶的肚子越发地大了，到后来竟然连走路也困难了。那时候我还小，常常跑到六婶家里去玩儿。我一去，六婶就把我拉到她跟前，把我的头抱在她的怀里，让我的耳朵贴在她的肚子上去听，然后六婶便问我听见啥了，我故意说我听见你肚子里有只小狗娃儿在动着哩。六婶就高兴了，从一个糖罐里捏出块红糖疙瘩塞到我的嘴里，那一时，我嘴里便有了一股浓烈的热辣辣的甜味了。

六婶除了奖励我吃糖之外，还教会了我一首儿歌，那歌儿是这样唱的：

小狗儿乖乖

快把门开开

跟哥哥上山

拾一捆干柴

烧一锅肉肉

快快出来……

我不知道是不是这首歌儿叫醒了那个懒家伙了，还是那家伙听到了歌里唱的那一锅肉肉了，反正那家伙在六婶的肚子里大动了起来，六婶要生了。

那一天晚间，六叔时急慌忙地跑到我家，用手拍着窗户，变了声儿地喊着说：三嫂子，春梅她肚子动了，怕是要生了。

娘急忙起身，对着窗外说：她害肚疼不？

六叔说疼着哩。

娘就穿了衣服随六叔走了。娘走了之后我又睡了一觉，直到天大亮了娘才回来，我问娘说六婶儿生了吗？娘说生了。我又急着问六婶儿生的是一只小狗娃吗？娘就笑了，说六婶儿生的不是小狗，是个小人儿，和你一样是个小小子儿。我听了，就多少有些失望的样子说：六婶儿说好的要给我生个小狗子玩儿的嘛，咋她又变了呢？娘说六婶儿给你生了个小兄弟，兄弟比小狗要亲着哩。

听了娘的话，我就蹦着跳着要去六婶儿家，想去看看那个比小狗好玩儿的小兄弟。娘就一把扯住了我，说六婶儿刚生产了，身上的胎水还没干哩，是不能去的。

我的那位名叫迷生的堂弟就这样来到了人间。后来听我娘说，由于迷生在六婶儿的肚子里待的日子过长了些，就生长得十分壮大，以至于六婶儿在生产时就费了很大的力气了。好在六婶儿身强力壮，终于还是挺过来了。迷生一下生就长着一头乌黑的头发，吃头一口奶，就把六婶儿的奶头咬出了血，掰开他的小嘴看时，那红红的牙床上竟然生了几颗大米粒儿般的牙齿了。

2.快乐的童年

我的这位迷生堂弟似乎很早就认识我了，他满月那天，娘带着我去看他，那时的他正被包裹在一领襁褓里。据说这个懒家伙自生下来一直在睡觉，不哭也不闹，奶头放在嘴里他就吃，吐出奶头他还睡，特别地乖，这就让六婶儿省却了许多心的。

我一进屋就迫不及待地要跑到六婶儿跟前去，想看一看这个经过了千呼万唤才出来的小堂弟是个什么模样儿。娘却一把拉住了我，娘说我刚从外面进来，身上带了寒气，会惊着小弟弟的，让我在火炉边烤得里外都热暖了，这才能到他跟前去。

迷生堂弟肯定是知道我来看他来了，我刚往炕边一站，他竟然就睁开了眼睛，对着我笑了。我就拍着手说，他笑了，他会笑了。

一家人都跑过来，惊奇地说，真的，这娃儿他会笑了。尤其是我六婶，那一时，高兴得眼泪都流出来了。

打那以后，我便见天就跑到六婶儿家来，逗着我的这位小堂弟玩儿。一个冬天就这样过去了，我们这里的春天原本就很短暂，一眨眼的工夫，夏天就来到了。夏天的单衣刚一上身，迷生堂弟他就想着要走路了。

六叔家院子里有一棵果树，那上面密密匝匝结满了小苹果样的果子，是花红。花红还没有成熟的时候，吃起来有些涩，花红熟了那就好吃了，那是酸酸的甜甜的，酸甜酸甜的。每到花红熟了的季节，六婶儿就会提着一个小篮子，挨着家的去送，直到把我家和大伯二伯以及四叔五叔家都送了个遍。对于六婶儿送来的花红我却不大爱吃，我所感兴趣的是弄半块砖头，趁大人不注意的时候，一砖头砸到树上去，紧接着就听到噼里啪啦一阵响，砖头返落到地上的时候，花红也落了一片。我就把身上的小褂子脱下来，包了那些果子到野外去和小朋友们分着吃。那时我就觉着自己偷着摘来的花红和六婶儿送来的花红味道就是不一样。

那年夏天，六婶儿就抱了迷生在树下乘凉。六婶坐在一张小板凳上，两手端了迷生的胳膊窝儿，迷生的两条小腿儿就在地上蹦着跳着地打能能。有一天，六叔在麦子地里捉了一只麦翎子回来，用毛线绳子拴了腿脚，让我逗迷生玩儿。那只麦翎子被线绳拴住了，想飞却又飞不出去，只是把一双翅膀扑扇得扑啦啦地响。此时的迷生要过来捉那只小鸟，六婶儿一不留神，他竟然就挣脱了六婶儿的两手在地上跑了起来。六婶儿先是一怔，而后便又笑了，她笑着说，我儿会跑了，我儿还不到一岁他就会跑了。

当然，最高兴的还是六叔。那一时，六叔就把迷生高高地举过头顶，快活地大声笑着。迷生在六叔的头顶上也咯咯地笑着，他笑着时，就把一泡尿也撒在了六叔的头上。六叔用舌尖舔了舔嘴唇，无限幸福地骂着说，这小狗子，你是把你爹当成一棵树浇了吗？

3.招魂

在我们大河沿那地方，一般人家的孩子到了两岁就开始学说话了，一旦到了三岁四岁时，那话就说得很圆满了。可我的这位迷生堂弟直到了五岁他还金口难开。到了五岁上还不会说话的孩子大概也就没有什么指望了，这对于望子成龙的六叔来说无疑是一个致命的打击，难道一个哑巴孩子还会有多大的出息吗？于是，六叔对迷生的那颗心也就随之变凉了。

村里的人大概也只有我和建社相信迷生他不是哑巴，因为我们在一起玩耍时，迷生的嘴里分明是能发出声音的，他的舌尖很灵活，发出的声音很怪，就像那种铁皮哨子里面的那颗小软木珠儿，一经吹动它就在哨子里飞快地跳动。有这么灵活的舌尖的孩子，他又怎么可能是哑巴呢？但迷生的话我们都听不懂，大概也只有我们村里的那群狗子和大树上的那些鸟儿能听明白吧？

那一年，从县上来了一位年轻的干部，他是来我们大河沿搞社教的。那干部很有文化，他来了就住在六叔家，和六叔朝夕相处，混得熟了。那干部很喜欢迷生，当他听了迷生所说的那些鸟语后由不得大吃一惊，他望着六叔说，得水同志，我听你这孩子说的话怎么像外国语呢，是你教的？

那一时六叔就怔住了，他结结巴巴地说，没……没有人教他，他生来就会这样的胡球咧咧，我们祖宗几代都是粗人，大字不识几个，谁还会说那个外国话呢。

那位干部尽管很有文化，但他也说不清迷生说的到底是一种什么语言。这件事就这么放下了，倒是村里的人都认为迷生是个怪了，你说他小小的一个娃儿，咋就会说那种话了呢？但村里人自有他们的另一种说法，村里人便说迷生他是投错了胎的了。在咱这大夏河的对面是一片大沙漠，沙漠的那边就是蒙古人，没准儿这孩子原本应该投生到蒙古人那边去的，没想到却投生到河这边来了。这种说法很快就被我大伯否定了，我大伯曾到内蒙那地方买过马，粗略懂得一些蒙古人的话。大伯说迷生说的不是蒙古话，倒有些像新疆人的话哩。新疆是个多民族的地区，每一个民族都有自己的语言，那么迷生他说的又是哪个民族的语言呢？大伯尽管见多识广，但他也说不上来了。

六叔还是相信了迷生是错投了人胎这种说法的，为此，六叔深感不安。在六叔的意识里，这迷生的前世说不定是个什么怪物哩，不知为啥就投到人世成了人了。《西游记》中的那个猪八戒前世还是个天上的神哩，只因错投了猪胎而成了个半人半猪的东西了，可不知道他那一口人话是从哪里学来的。眼下的这个迷生，虽然有个人的模样却就说不出人的话来，如果说这个迷生是错投了胎的话，那么那一个原本应该属于他们这个家门里的人儿又错投到那里去了呢？是不是因为这一个早来了一步错占了胎位从而使得另一个也投错了胎门了呢？那个原本应该属于他家门里的孩子此时刻是成了人呢还是成了畜类了呢？一想到这些，六叔他就痛悔不已。

六叔曾备了一只羊的牺礼，去请求了上河沿的阴天士。阴天士在我们大河沿一带是个能人，据说他有一种过阴还阳的本领，能将人的走失的灵魂儿从一个人们看不到的地方找回来。在我们大河沿，但凡谁家的孩子因惊吓而丢了魂儿的，抱一只大公鸡去，阴天士就能把那丢失了的魂灵儿再招回来，那手段就神了。

阴天士自然是知道六叔家的这个迷生的，就对六叔说，你这娃的魂灵儿是走得远了，要想找回来可就费功夫了，天地这么大的，谁知道他跑到那里去了呢。这一只羊的脚力只恐怕不够呢，最好能弄头大牲口，我骑上它上天入地就走得快了。

六叔闻说就呆住了，他一时急火攻心，就燥了，说，我家就这只羊的家当了，哪里去弄牲口啊，你要不嫌弃就把我当牲口吧，我给你当马，只要能把我儿的魂灵儿招回来，我啥都认了。

阴天士没有法儿了，也只有说，那就还用这只羊吧，不过能不能找回来我可不敢打保票，到时候你可别说我不用力啊。

阴天士说着就在他家的上屋里铺排下桌案，点着了香烛，焚了几张画了符印的黄裱纸，然后杀羊，把羊皮从羊身上连头剥下来，扑在地上，羊头对着桌案上面的那一尊神像，据说那神就是阎王。阴天士跪拜了之后，就双腿盘定，坐在那张羊皮上，待要做法了，却又要六叔到外面给他砍一根柳树条子去，说有了鞭子打着它跑的才快哩。六叔出去一会儿，果真拿了根手指头粗的柳条来了。阴天士就一手拿了那柳条儿，另一只手就掐了个花指的形状，那手指举在眼前，眼却又紧闭了，只听他嘴里天门开地门开的足足念了一个时辰。六叔是不知道这阴天士是到天门里去了呢还是到地门里去了，只见老头儿的那张脸子由红变紫又由紫变白，到了这工夫连气儿也不见出了，人也就算是一整个地过去了。

那时刻，迷生正被一根绳子拴了双腿，头朝下倒吊在屋梁上哩。被倒吊在屋梁上的迷生一定是很难受的，开始的时候，他还在奋力挣扎，像一只被倒吊起的小狗娃儿，不停地向上翻卷起身子，用他那双细弱的小手抓住那根粗壮的绳子，那时刻迷生的整个身子就折叠到了一处，在空中摇摆着像一个陀螺，那陀螺的尖儿恰就是他瘦弱的小屁股。

每当迷生把身子翻卷上来抓住那根绳子时，六叔就会上去把那双小手掰开，迷生的小手抓得很紧，六叔要费力才能把它掰开。迷生的手一旦抓不住那根绳子时，他那幼小的身子只好又垂吊了下来。迷生毕竟还小，身上的那点力气很快就用尽了，身子是再也翻卷不上去了，就那么吊着，就像吊着一头被宰杀的羔羊。过了一个时辰，似乎是全身的血液都倒灌到了头上了，他那张原本很好看的小脸儿就变成了一个紫茄子了，肿胖胖的。那双清纯得没有一丝杂质的眼睛也充了血，向外鼓凸着。似乎那已经不是眼睛了，而是两颗花蕊儿的玻璃球儿，直让人担心了那两颗眼珠子会因为受不了那一身的压力而随时要蹦落出来的。

做这种法事的时候，女人是要回避开的，若是六婶儿在场，不知要心疼成什么样子呢。

也不知过了多少时间，当六叔感觉到迷生的喘息声越来越弱的时候，阴天士终于过阴回来了，只听他大叫一声，人就直挺挺倒在那张羊皮上了。阴天士也是出了一身大汗的，仿佛他真就上天入地走了很多路的了。

醒过来的阴天士一边喘着一边沮丧地说，得水兄弟，这天上地下我都跑遍了，实在对不住了，没有找到啊，我也只有这点能耐了。这娃儿，真的是个怪了。

4.爷爷的大树

河边上的那棵大树，原本是我们的老祖爷亲手植下的，祖爷已经过世许多年了，可那棵大树依然站在河边，得风得水，十分茂盛。我和迷生堂弟再加上建社三个人手拉着手合起来才能把那棵树抱住。每当我们抱着那棵大树的时候，在我们的感觉里，那就不再是一棵树了，那是我们的那位从没有见过面的祖爷啊，他坚实伟岸，用他那高大的身躯荫护了他的一代又一代子孙。

我曾经问过建社，你对这棵树是一种什么感想？

建社是我五叔的儿子，比我还要长两岁，那时他正在上河沿村上小学。建社说这棵树好像就长在了他的心上似的，无论什么样的天气，刮风也好下雨也好，他都不会迷路，朝着这棵树的方向走，看到了这棵树也就看到了家了。我们下河沿村处在那条大夏河的东边，大夏河在这里拐了一个弯儿，把一片很肥沃的河湾地给了我们，让我们的祖先得以在这里繁衍生息。可在河的那边却是一片沙漠了，那片沙漠在我们中国地图上很是著名。每逢春夏相交的季节，风暴一起，沙尘遮天蔽日，天地昏暗得连路途也看不清了。建社说每到这个时候，那棵树就会显现出来，引导着他朝着一个熟悉的方向走，那个方向就是家。

对于建社的话我是很相信的，因为那时我也开始上学了。开始是建社领着我一起走，早去晚归，我们结伴而行，便不感到孤独寂寞，后来建社要到县城上中学了，这路要靠我自己走了，那一种感觉便日益清晰起来。至于说到我的那位堂弟迷生，和那棵大树的关系可就更为密切了，那棵大树可以说就是他生活的摇篮。

那棵树是棵好树，就招来了许多的鸟在上面做窝。要说这鸟类筑窝也极有讲究，就和人类盖房要看风水一样，但凡好的地脉，人占住了就会财旺人旺百事顺畅。古人就有良禽择木而栖之说，凤凰必宿梧桐，而喜鹊近人，杨柳依之。我们家的那棵大树便成了鸟类的乐园。那些鸟儿像建楼房一样，七上八下筑就了许多窠巢，而在大树老母枝杈上那个最大的窝巢，却不是鸟类的，而是我的那位堂弟迷生的。

迷生自小儿手脚就异常灵活，在我们这群孩子当中，他爬树的本领是最好的。因为那棵柳树太大，双手抱不过来，攀登起来十分困难。可迷生不怕，只见他往树下一站，两脚把两双鞋子一踢，双手往树身上一搭，竟然灵活得像猫儿一样，哧溜哧溜几下就蹿上去了。直看得我们这群孩子目瞪口呆的。我们就利用迷生的本领，鼓动着他上树给我们掏鸟蛋玩儿，喜鹊的蛋多，用火烤熟了，那是一种美味可口的东西。我们也常常上房去掏麻雀的蛋，麻雀的蛋上面有许多麻点，听大人们说麻雀蛋不能吃，小孩吃了脸上是要长雀斑的，我们就不敢再吃麻雀蛋了。

我们站在树下看迷生上树，攀在树梢上的迷生身子顿时缩小了许多，那时的迷生仿佛就成了一只鸟儿，似乎他那胳臂上一旦生了羽毛，一伸胳臂他就能飞起来了。

那时正是鸟类孵化的季节，每一个鸟巢里都不会空落的。迷生在接近那些鸟巢时，有胆小的鸟儿就抛家弃子飞跑了；而那些恋家心重的鸟儿却至死也不肯挪窝儿，它们惊慌失措继而哀哀切切地对着这个入侵者惊叫着。

迷生似乎听懂了那些鸟类的叫声，他把那些已经拿到手的鸟蛋重又放回去了，不知道那些带着母鸟体温的鸟蛋让迷生又想起了些什么呢。

迷生从树上下来时几乎所有的孩子都愤怒了，而火气最大的莫过于是社会。社会是四叔的儿子，社会比我大也比建社大，有一身的蛮力一身的霸气。在我们这群孩子当中他就是王，他的话就如同圣旨，谁敢不听他的话他就用武力征讨。迷生的年龄最小，最小的迷生竟然敢抗旨不遵，这就让社会恼羞成怒了。社会给了迷生一个极响亮的耳光，就那一下，迷生的嘴和鼻子就都出了血。待社会还要在下手时，就被我和建社拉住了，趁这工夫，迷生就像一只受惊的小猫一样重又爬到那棵树上去了。这一次迷生爬得更高，他躲在枝叶茂密的地方再也不肯露面了。社会没有抓住迷生，他又上不了树，只好在树下用石头往树上砸。那浓密而又富有弹性的树枝就像我们那位祖爷的手，有力地保护了他的这位弱小的孙子不受伤害。

促使迷生要在树上筑一个巢的另一个人则是六叔。那时六叔又有了一个儿子名叫灵生，灵生比迷生要聪明可爱得多。那时的迷生已经八岁，八岁的迷生还不会说句人话，这就让六叔对他彻底是失去了信心了。六叔和六婶都更喜欢灵生，就把迷生给冷落了。失去了爱的迷生终日郁郁寡欢。自从那次他挨了社会的毒打之后，他便从此再也不和其他孩子在一起玩儿了。于是，他就在树上学着鸟的样子做了一个很大的窝。

5.玩火的孩子

生活在我们大河沿的孩子们，因为近水的原因，都有一套耍水的好本领。一整个夏天里，我们更多的时间是在水中生活着的。大夏河就像一个巨大的摇篮，在她那清澈美丽的水中，摇着摆着我们就长大了。

在我童年的记忆里，最美好最有趣的就是那条河啊。每次从上河沿村放学回来，时近晌午，天气炎热。一群孩子玩性十足，就用纸条儿做成阄儿，放到地上让大伙抓，但凡抓到牛阄的，便要真的当一回牛，把大伙的衣服书包都放在背上驮着，从河边的一条旱路上走回来。而其他的孩子，则全脱得赤条条的，跳到河里，让河水冲着他们下来，在河水中戏耍的那个惬意，真是美好得难已言表。

在我们这一群上学的孩子中，我的年龄最小，我挤不过他们那些大孩子，每次抓阄的时候我都在最后面，连我自己都不知道我的手气为什么就那么臭，竟很少能抓到鱼阄儿的。每当我背着一大堆衣物黑水汗流地沿河岸走着的时候，就羡慕了那些在水中的孩子果真就欢快得像一条条戏水的鱼儿了。

在我们上学的路上有一处西瓜园，那看守瓜园的老头儿就是老运合。当社会他们在水路中经过那片瓜园时，常要放了胆子偷偷地爬到那瓜园里去，偷了西瓜顺河坡滚到水里。老运合发现了就拿了根棍子追到河边上，那群水鬼子都不怕老运合，却偏要当着老运合的面儿在水中把西瓜打开了，人躺在水面上，一边吃西瓜一边让河水冲着他们走路，直气得老运合七窍生烟。老运合抓不住水中的他们，却回过头把我给抓住了。他把我扣押在瓜地里一个中午不让回去，我不回去，那可就苦了那群水鬼子了。他们顺水路到了下河沿时却上不了岸，尤其是社会他们几个大一点的孩子，虽然还上的是小学六年级，其实年龄已是很大的了，和我们在一起玩水时，能看到他们的小鸡鸡那地方已经生了黑黑的一层绒毛了。那一天，其他的几个小一点的孩子都精着沟子跑回家吃饭去了，而社会他们却一直爬在河水里不敢上来。直到五叔闻讯跑到老运合那里把我解救出来，而他们几个却还趴在水里啃西瓜皮充饥呢。

迷生和我们不一样，他不喜耍水，他喜好的是耍火。不知道为什么，迷生一看到火就兴奋得很。当他还很小的时候，就对那一豆灯苗儿发生了极大的兴趣，常常是盯着那灯苗儿不离神儿，他大概是在想那灯苗儿是怎么生出来的呢，是像那豆苗儿或者是葫芦苗儿一样了吗？有一粒种子下地，就有一叶苗儿从土里长出来。迷生就用他的小手去掐那灯苗儿，像掐一叶豆苗儿一样把那灯苗儿掐灭了。灯苗儿灼疼了他的小手，那时的他不但没有哭，反而咯咯儿地笑了。

当迷生再大一些的时候，就学会用柴禾点火了。于是，一场接一场由火引起的灾难便开始了，首先是从六叔家的柴禾垛开始烧起，紧接着又几家的柴堆也相继起火。在那些日子里，我们下河沿几乎每天都烟火不断。村里人都被火烧怕了，但他们却不知道这火是如何烧起来的。上河沿的阴天士就乘机说，他夜观天象，看到一火流星直坠下河沿，怕是大灾要降临了。阴天士的话在下河沿引起了人们极大的恐慌，人们加强了警戒，紧紧地看护着自家的房屋和柴堆。

村人们最终还是发现了迷生耍火的事，村人们便愤怒了。村人们一起来找六叔，说老六，我们的柴禾都被烧光了，现眼下就没有烧饭的柴禾了，都是你狗日的作的孽，你看咋办吧？

那时的六叔可真有点儿气急败坏了，但他还要赔上笑脸向村人们谢罪。他说就是他得水当牛做马上山砍柴，也要赔偿大伙的损失。村人们则不依不饶一哇声地说，老六你别拿那话糊弄人，你就是一头牲口，再有力气你一天能弄几捆柴下来，村里的柴禾烧了这么多，你啥时候才能弄够啊，等你的柴禾我们还不得饿死啊。六叔又说，那我就扒房子放树，你们看行不？村人们说，你那房子才有几根檩条，够得分吗？放树？你要放那棵大树？你放得了吗你？

六叔看这事摆不平了，就把迷生从家里揪着脖领子提了出来，一脚踢翻在地，然后就用一根赶牲口的鞭子劈头盖脸地抽打起来。六叔下手很重，每一鞭下去，迷生的身上就有了一道鲜红的血印。迷生负痛，就在地上翻滚着嚎叫着。六婶见状，就放下了在怀中吃奶的灵生，哭着喊着扑过来，用身子紧紧地护住了迷生。这时刻，我大伯也赶来了，大伯在我们下河沿不仅辈分最高，人的威望也高。大伯走到六叔跟前，把那根鞭子夺了过来使劲往地上一摔，手指着六叔说，老六，你这是干啥，你看你把孩子打成啥了？

六叔依然怒气冲天，吼得惊天动地地说，让我打死这个畜生，看他还敢耍火不？这天地万物，你说他啥不能耍啊，可他偏要耍火，火就是那么好耍的啊？这次要是不整治了他，说不定他怕连房子也烧了呢。

大伯又说，说啥他还是个孩子呢嘛，他不懂事嘛，你就是把他打死了又能咋样？不就是几堆柴禾嘛，也值得这么翻天覆地的闹吗？

大伯回过头来又对村人们说，这事就这么了了吧？谁家也都有孩子，孩子犯了错，教训一下也就行了，你们都回去吧，不要在难为老六了，柴禾的事嘛，村里再想办法嘛。

村人们逐渐散去了，大伯把迷生从地上扶起来，想把他拉到怀里抚慰一番的，谁料想迷生却把大伯推开了，蹒跚着向河边的那棵大树走去。从河上吹来的风，鼓起他那件被撕裂的小褂子，就像是一双带血的翅膀呢。

6.与鸟为伴

那是一个夏天的早晨，地里的麦子已经开始泛黄，再过几天大概就可以开镰收割了。由于那些麦地离河水很近，在太阳还没有升起来时，麦子的上面便飘浮着一层淡淡的雾。当柔和的阳光驱散了那层雾气的时候，那些留在麦芒上的露珠儿便会放射出一种灿烂夺目的光彩。一只鹁鸪鸟儿不停地叫着，那叫声清脆悦耳，在庄稼人听来是很亲切的。

那鸟儿样子有点儿像喜鹊，但比喜鹊更秀巧，也没有喜鹊那一身黑白分明的羽毛，它只是灰色的。

这鸟儿似乎是第一次来我们大河沿似的，当它用那甜美的歌声把人们从酣梦中唤醒之后，它就栖落在村头的那棵大柳树上了。在早晨清新的阳光里，那鸟儿欢快地抖动着身上的羽毛，这时候，一件奇怪的事情发生了。这只鸟儿终于有了一个重要的发现，在这树上竟然有一个奇大无比的鸟巢，那鸟巢也用树枝搭成，并且巧妙地运用了柳树枝条的柔韧把那窠巢编织得更像是一只箩筐。一只身态巨大的怪鸟就栖息在那只箩筐里。

是这一只鸟儿的叫声把那只怪鸟惊醒了吗？只见那只怪鸟蠕动着懒洋洋地坐起了身子，他用一双又大又黑的眼睛看着那只鸟儿，一笑，便露出了一嘴白白的牙齿。鸟类还有长牙的吗？那鸟儿吓了一跳，腾地一声就慌忙飞走了。或许是出于一种好奇，过了一会儿那鸟儿竟又飞回来了，它是要回来看个稀奇的吗？

就见那只怪鸟从窠巢中站了起来，伸展双臂，用一种奇怪的语言说着什么。这让那只鸟儿就惊奇极了，这鸟巢里分明宿着的是一个人嘛，人怎么能像鸟一样宿在树上的呢？

那只怪鸟就是迷生。

迷生最初栖身于这大树上时，和那只鹁鸪鸟儿一样，这树上所有的鸟类几乎都表现出了一种惊慌不安乃至愤怒不平。在鸟类的意识里，人类原本就是住在地上的，你们打洞修窖也好，你们垒墙造屋也好，那是你们的事情，大路朝天，各有半边，这是上天早就分配好了的，你们没有理由来侵犯我们的生存空间啊？如果你们人类再重新回到树上来，那我们鸟类又住到哪里去呢？那些鸟儿们便吱吱喳喳地叫着，似乎是在作着一种愤怒的抗议和声讨。尤其是那几只喜鹊，平日里看上去又善良又俊美，满世界里飞着，用它们的叫声把种种欢悦送到人们的心里。可到了这时刻，它们便不依不饶了，它们联合起来共同作战，不停地对这个入侵者发动了攻击，企图把他赶下树去。可最终那些鸟类还是发现了这个奇怪的家伙并无恶意，从他的嘴里所发出的声音却是一种十分友好的信息。于是那些鸟便停止了对他的进攻，它们站在各自的窠巢上，惊奇地看着这个不是鸟的家伙却硬是筑造了一个精巧的鸟巢。仅凭着那只大大的鸟巢，鸟儿们便对他产生了好感，一个心怀歹意仇视鸟类的人，他是不会和鸟类同宿一树的。

迷生最终还是和那些鸟类和睦相处了，那些友好的邻居，有时竟然飞到他的窠巢边上来和他对话了，迷生竟能从它们那单调的叫声里听出了许多新鲜而又丰富的内容了。

迷生能听懂鸟类的语言了，而在人类的面前他却始终是一个哑巴，这就让他为鸟类的生存保守住了一个极大的秘密，所以鸟儿们就能把他引以为友了。古时候也曾有一个会鸟语的人，他的名字叫公冶长。公冶长能听懂鸟语却不守鸟道，所以他曾多次受到群鸟的愚弄和攻击，以至于还蹲过几天的监狱呢。

在我们这个生灵并存的世界上，鸟类诞生的历史比人类要久远得多，所以鸟类对于世间各种灾变的感悟能力要比人类灵敏得多。人类是借助于各种科学的仪器来探询世界奥秘的，如果离开了那些仪器人类就显得愚笨多了。同样是在茫茫无际的大沙漠上行走，人类是要借助指南针来辨别方向的，而鸟类在飞行中从来也不会迷路。比如那燕子，它的身体是那么小，然而它们却能飞过成千上万里的路程。秋天里它们飞走了，到了春天树叶儿一绿，它们就又飞回来了。它们从没有因为风雨的阻隔而耽误了归期。建社就曾经做过详细的观察，他说他们家的那对燕子每年回来的时间几乎是相同的，即便是有些误差，前后也不过就是一二天的事情，而到了秋天它们也似乎是在固定的那几天离去的。这些燕子并不懂得人类记时的方法，它们不知道公历也不懂皇历，然而它们又是用什么来记时的呢？这真是一个难解的谜。

这些秘密，迷生他知道吗？

7.神奇的太阳之火

迷生自从离开了人类而栖身在树上之后，就感觉到了鸟类的世界是那么的宽阔而自在，可惜的是他没有一双鸟类的翅膀，享受不到那一种飞翔的快乐。

那时候，迷生很少在家吃饭，他学会了像鸟儿一样在野地里觅取食物，他知道该怎样揢青麦吃。

吃青麦是我们大河沿的孩子们自小就会的一种本领，没有人教我们，我们也知道哪样成色的麦子已经灌满了浆是可以吃的了，而那些麦芒和麦子的叶秆尚绿的，说明它还没有完成灌浆的工作，麦仁儿那时还是一包细水，而一旦到了麦芒和麦秆儿都干透了时，麦仁儿也就干了，再吃起来就没有味儿了。也只有在麦子灌满了浆而还没有黄透的那几天里，搓下的麦仁才好吃。在一整个夏天里，这样的日子并不长，也仅仅只有那么十几天而已。所以我们大河沿的孩子们常常在这季节里到田野上去搓青麦吃。

我们吃青麦的方法很简单，只是揢几棵麦穗来放在手里揉搓，待把那些麦仁儿从麦壳里分离出来，再用两手倒换着用嘴那么一吹，吹去的是麦余子，手心里留下的就是麦仁了。青青黄黄的麦仁儿，饱满的麦仁儿，放到嘴里细细地嚼，那麦仁儿是筋筋的软软的，只要你有耐心，是能嚼出面筋来的，就像城里的孩子嚼泡泡糖一样的，就嚼出了满嘴清甜的香味。

麦子收割完以后，紧接着大豆也可以吃了，然后是玉米或者洋芋也可以吃了。不过这些东西那是一定要用火烧熟了才可以吃的。我们大河沿的孩子烧考食物的方法是很高明的，我们先是在田埂上挖一个能通风的坑子，然后再弄一些土坷垃垒在坑子上面，就垒出一个金字塔的形状，接下来就是用火烧那些土坷垃，待把那些土坷垃烧透了，就把我们从地里偷来的玉米或者洋芋放在下面的坑子里，大家七手八脚地把那些土坷垃砸碎了，盖在那些食物的上面闷着去了。过上一两个时辰，把土扒开，那食物就烧熟了。这样烧烤出来的食物一点儿也不糊，且皮干肉嫩，味道好极了。

迷生和我们烧烤食物的方法就不同了，迷生用的是明火，这是一种最原始的烧烤方法。他把那些新鲜的食物直接放到火上烧，这样烧的结果是那些食物的外面都被烧焦了烧糊了，而里面却还是生的。迷生常常吃的就是这种半生不熟的东西。倒是迷生取火的方法却让我们感到十分地新奇，迷生用的是天火，是从太阳老爷子那里借来的。

由于我们大河沿地处偏僻交通不便，就使得我们的生活比起山外面的人要落后了许多的。尤其是到了夏天，大夏河的水一涨起来，就淹没了那条通往山外去的路，那是我们大河沿通到山外去的唯一的一条路。那条路平日里就是半隐半现在水面上的，水一大起来就看不见路了。山外的人进不来，我们的人也出不去，那时候我们大河沿就成了一处与世隔绝的世外桃源了。

在这季节里，我们大河沿的人就过着的是一种很原始的生活了，没有了灯油我们就点麻籽，把隔年的野蓖麻籽去了壳儿用苇葶儿串起来，一串一串像珍珠似的，晚间就把它点起来照亮儿。没有了官盐我们就吃土盐，在我们大河沿一带生的一种盐土，几乎所有的大河沿人都知道一种从盐土中熬盐的方法，我们的祖先就是靠这种盐一代一代活过来的。但最要紧的莫过于是火柴的缺乏，人类最初摆脱愚昧走向文明的标志就是人类学会了用火，自打人类学会了用火以后，人就感觉着是再也离不开火了。可在我们大河沿有好多人家在那季节里是断了火种的，使得他们在做饭时不得不到处借火。我就常常拿着火媒子到大伯家去借火。那种叫做火媒子的纸其实就是那种黄表纸，把那纸卷成一个纸棍儿，就着大伯家的灶火点着，一路小跑着回到家，朝着那纸媒子吹几口气儿，像有了魔法似的，红红艳艳的火苗儿就会从那纸头里跳出来，每一次看到那火苗时就让人激动不已，就感觉着那火苗是那么亲切那么神奇又那么美丽。

在我们下河沿村唯有大伯家是没有断过火的，大伯有一只火镰。火镰是一种很古老也是一种极富创造性的取火器具，一块月牙形的石头里竟然藏着那取之不尽的神秘火种，当另一块石头在那镰石的牙口上用力滑动的时候，那块有灵性的石头它就醒了，嚓地一声就吐出一点火星来，火星落在早就备好的引火棉上，接着用嘴一吹，一团奇妙的火苗就生出来了。石头生出的火苗和火柴生出的火苗是不一样的，火柴生出的火苗有一股呛鼻的香味儿，而石头的却没有，那是一种纯净的火。

就是因为缺少火柴的原因，使得我们在野外烧烤食物的活动就受到了很大地限制。不过我们也有办法，因为我们有建社。五叔家也是有一盒火柴的，尽管五叔像管理军火那样严密地管护着那盒火柴，但建社总是有办法从五叔的身上偷出那么一二根火柴的。那时候我们会满心欢喜地跑到田野上去，找一个隐蔽的地方藏起来，然后就用两根镰刀把儿放到一起用力地磨，那情景让我想起小学课本里那篇铁杵磨成针的故事来。把一根铁杵磨成针固然是很难的，可在木棒上磨出火来也不是一件容易的事。我们几个人轮换着磨那镰刀把儿，直到把那两根木棍磨得油汪汪地发亮了烫手了，用那根宝贵的火柴在上面一划，火柴就着了。那时候我们是何等惊喜地欢呼着那一点火苗在我们的田野上燃起一堆欢乐之光的啊。

相比之下，迷生取火的方法就比我们要高明多了。他能用一块圆玻璃片儿，把天上的那颗炫目灿烂的太阳取下来，让火在一片纸或者在一片布头上燃烧起来，那才是一种真正的奇迹呢。

8.一只鹤鸟

那是一个秋天的下午，我牵着我家的那两只山羊到河滩地里去放。河滩里的草势好，羊很爱吃，虽然时节已是秋天，但那草依然很肥嫩。羊吃草的声音多少有点儿像人用镰刀割麦子，痛快淋漓。

秋天是一个成熟的季节，地里的谷子已经黄了，玉米也干了缨儿了，只有那些晚熟的洋芋，偶尔还能看到几棵紫的白的花朵儿。河水也失去了夏天的威势，舒缓而清澈地流着。河对岸沙梁上有一溜儿骆驼在负重前行，驼队的影子倒映在河水里，头驼脖子上的吊铃叮叮咚咚地响。那时候我手里正拿了一本书，那是一册小学五年级的语文课本。虽然我那时上的是三年级，可我却很喜欢阅读高年级的课本。又因为学校停课了，我就常常把建社的课本借来阅读，高年级的课本向我展示出的是一个全新的知识世界。尤其是高年级课本上有许多新奇的故事，让人十分着迷。所以我就常常怀里揣了那书，利用放羊的机会，在河滩里读上一会儿。

有一篇希腊故事，说的是一个魔怪被装在瓶子里，在水里待了许多年，后来被一个渔人无意间放了出来，那魔怪不但不报恩，却还要杀死渔人。那是个聪明的渔人，终于用智慧战胜了魔怪，把它重又装到瓶子里去了。

我正读得出神，却不料想一只大鸟展开翅膀带着一片云影飞到了我的跟前，把我着实地吓了一大跳。待我回神来看时，却见那是一只美丽的鹤鸟。那鹤鸟有一双挺拔的腿脚，像山坡上的荆条桩子，坚韧而有力。一身洁白的羽毛，翅膀的翎羽却又是黑色的，它的头顶上有一团鲜艳的红戎，像戴了一顶好看的小红帽。

看到这只鹤鸟，我就知道是迷生来了。果真迷生正从一片柳树桩子后面钻出来，看到我被那只鹤鸟吓得惊慌失措的样子，就由不得咯咯儿地笑起来。迷生的脸很黑，那身上便也是黑的，黑溜溜的像一条泥鳅。只是那头发是黄的，充满了一种太阳的色彩。

我让迷生过来坐在我的身边，就闻到他身上有一种奇怪的气味，那是一种鸟类的特有的气味。这也难怪，一整个夏天，迷生就是和那只鹤鸟生活在一起的。

记得那还是刚入夏的时候，六叔在麦子地里捉住了一只鹤鸟，那只鹤鸟的翅膀上受了伤，是被人用枪打伤的，虽然那枪伤并不致命，但却使那漂亮的鸟儿再也无法展开双翼飞回到蓝天里去了。六叔没有费多大的劲就把它捉住了。那只鹤鸟在六叔的怀里痛苦地挣扎着，当它被六叔捊持着走过村边那棵大柳树时，便凄切地叫着。迷生是听懂了那鸟的叫声的，于是就从大树上爬了下来，悄没声地尾随着六叔回了家。

那年月里人们的日子都过得很艰苦，一年到头也难得吃上几顿荤腥。六叔原打算杀了那野物，给全家人解一解饥馋的。可就在六叔把那只鹤鸟放在院里进屋拿刀的那一会儿工夫，回转身来那只鹤鸟就不见了。六叔就奇怪了，在院子里翻天覆地找了半天也没有找着，这到了嘴边的肉又不翼而飞了。六叔站在院子里望着天上飞过的一片云彩发呆，心想着那只野物难道它真地就飞走了吗？

后来六叔还是知道了那只鹤鸟是被迷生偷出来弄到树上养着去了，六叔一怒之下就要到树上去把迷生连同那只鹤鸟一起捉下来，可六叔也上不了那棵大树，只好无奈地站在树下，咬牙切齿地指着树上用骂牲口的话把迷生痛骂了一顿，这事也就只好作罢了。

迷生自此便和那只鹤鸟相依为伴了。在那只鹤鸟伤着的日子里，我不知道迷生是用什么食物来喂养它的，过了不多日子，那鸟的伤也就痊愈了。待那只鹤鸟能够展开翅膀自由飞翔的时候，它却又恋着迷生和他的那个窝巢不肯走了。夏天里雨水多，下雨的时候，那只有灵性的鸟便展开双翼，把迷生掩护在它那巨大的翅膀下面。有那只鹤鸟的保护，迷生的睡梦就会温暖而又舒适了。

9.悲伤的大夏河

迷生手里拿着那只神秘的玻璃片儿，向我展示了他向天上的太阳借火的本领。一开始，他把那玻璃片里透下来的那一豆阳光照射在一束干透了的麦秸草上，那麦秸草上就有了一颗黄豆粒般大小的光斑了。但见那团光斑在麦秸草上灿烂得扎眼，过了一会儿，那团光斑便由黄变红，开始生出丝丝缕缕的烟来，接着是嘭地一声便爆出一团火苗。我那时是真的惊叫了一声的，我从来也没有见过用一块玻璃片儿从太阳上借火的事，我相信整个大河沿的人谁也没有见过，要不然他们就不会因没有火种而发愁了。

迷生的那只玻璃片儿让我惊奇不已，我对迷生说你那宝贝能让我也玩一会吗？迷生看着我犹豫了一下，最终还是把那物放到了我的手上。当我捧着那玻璃片儿细细地观赏时，却由不得大吃一惊。那时候我发现迷生的这块玻璃片儿竟然就是我们的语文老师的眼镜片儿呀，语文老师的眼镜片儿又是怎么落到了迷生手里的呢？

我们的语文老师姓白，她有一个非常好听的名字叫白云，她的人和她的名字一样纯洁而又美丽。她的家原本在远方一个很大很繁华的城市里，当她还是一名中学生的时候，被一部外国电影所鼓舞，就勇敢地报考了一所师范学校，毕业之后又勇敢地到我们大河沿来了。那时候的人心地很单纯，是很容易受鼓舞的。那部电影的名字就叫《乡村女教师》。

白老师那时也不过就是十七八岁的样子，脸很白，有一双弯弯的眉毛，还有一副好嗓子，能唱很好听的歌。唯一不足的是她脸上多了副眼镜，一个女子戴一副眼镜，就成了我们大河沿一带村人们议论的话题了。在我成了白老师的学生后，曾经对她说白老师你很好看，为啥要戴那一副碍事的眼镜呢？白老师听了我的话就很好看地笑了，她笑着说这是一副近视眼镜，能帮助视力不好的人看清东西呢。白老师说着就把那眼镜取下来戴在了我的脸上，我的眼前便一片迷蒙连头也晕眩起来。我急忙喊着说我头晕了，比转磨磨还晕呢。白老师就又笑着把那眼镜收了回去，重新戴在自己的脸上。那时我就发现，白老师摘下眼镜时，那一双眼睛尽管很清亮，像两汪泉水，但那眼神却是木木的，而一戴上眼镜时那一双眼睛就又活了，灵活得像水中的两条小鱼儿。是那两只玻璃片儿让她的眼睛变活的吗？

这么宝贵的东西，因何会在迷生的手里呢？迷生所拿着的是一只镜片，那么作为一副眼镜的另一只镜片又在哪里呢？

那还是今年夏天的时候，原本是很有秩序的学校却突然间就乱了起来，高年级的学生都不上课了，他们整日里忙着给老师写大字报呢。那些乱七八糟的大字报贴得满世界都是，高年级的教室贴满了就延伸到我们低年级教室里来了，紧接着我们低年级也不上课了。要说那时候我们正是贪玩的年龄，而学校和老师却把我们管理得很严，比如迟到了就要受老师的批评，旷课了就要罚站，犯了大错就要通知家长，回家了那就免不了要挨一顿打的。作为学生没有一个不怕老师的，此时刻一听可以打倒老师可以不上课了，就乐得不得了，于是就整日里跟在高年级学生的后面瞎起哄。开批斗会的时候，高年级的学生喊口号我们也跟着喊，我们的声音甚至比高年级的学生还要响亮。至于说那时候对于那场革命的目的我们还一点儿也不知道，我们还小，我们只知道砸烂了学校打倒了老师我们就解放了就自由了就成了花果山的猴子没人管了。

在我们大河沿学校一共有六个老师，其中有四个都是从山外来的，只有两个是我们大河沿本地的。无论你是外来的还是本地的，在那时候都失去了为师的尊严，那原本是很严肃很亲切的一张脸子，就被墨水被锅灰涂抹得一塌糊涂，牛鬼蛇神一样，然后被拉到台子去批斗。高年级的学生似乎更喜欢批斗白老师，他们批斗白老师大概有两个原因，一个是白老师的出身不好，另一个是白老师的确是太漂亮了。那些高年级的学生以社会为首，论年龄他们有的人甚至都和白老师一样大了，他们这些人就借着批斗会的机会，在白老师的脸上脖子上身上乱摸一气。白老师被剪掉了那一头好看的长发，那件让大河沿所有的女孩子都眼红的裙子也被泼上了墨水，她的那副眼镜也被人打断了腿儿……白老师最终不能忍受那种侮辱，便离开大河沿走了，她走得无影无踪连一点儿消息也没有了。

看着这只眼镜片儿，让我由不得又想起白老师来，白老师原本是我们三年级的老师，记得有一次我得了病，放学的时候，是白老师背着把我送回家来的。那时候我在白老师的背上，看到白老师的脖子是那样地白，细腻得有一种瓷质的感觉，从那里悠悠地透着一种好闻的香气。多么好的一个老师啊，却不在了。在以后的许多年里，我常常想，那是一个什么样的年代啊，为什么那么多的人一时间都迷失了人的本性，变得凶残无情像野兽一样了呢？难道这也是一种迷生现象吗？

我把那只玻璃片儿放在手心里，反反复复地抚摩着，我问迷生他是从

中国当代西部文学文库

哪里得到这宝贝的，迷生便用手指了指我们面前的这条大河。啊，我们那亲爱的白老师果真是被这条大河带走的吗？那么这条汹涌不息的大河，它又把白老师送到那里去了呢？

白老师走了，她却把一个能从太阳上借来火种的镜片儿留给了我们。

10.一种奇妙的文字

没有老师给我们上课了，低年级的学生都回家放羊了，而高年级的就结了帮伙说要到山外去串联呢，自然是社会和建社都去了。山外是一个什么样的世界呢，那是我做梦也想象不到的啊。最初我也想跟着建社他们走到山外去看看，可建社他们不带我去，娘也不让我去，没有办法，我只好整日里守着那两只山羊，面对着眼前的这条大河，读着从建社那里借来的那几册语文课本了。

河水冲洗过的沙滩上，干净得很也松软得很，我喜欢用一根树枝在那沙滩上写我学过的那些字。迷生见我写字，便也过来和我一块儿写。迷生也是个爱写字的孩子，可他写的字很怪，没有人能认识的。我们大河沿的人学问都很浅陋，看到迷生写的那些字，只当是一个傻子的游戏而已，谁也没有往深里去想，全没有把它当回事儿。

故事讲到这里我得再补充说几句，我的这位迷生堂弟，除了会说一口别人听不懂的话以外，他还会写一手奇妙的文字。我们这些孩子是从老师那里学会写字的，而迷生则是无师自通，天生就会。迷生写字的时候，常常是在河边的沙地或者是雨后被打湿的墙壁上，尤其是那些被雨打湿的土墙，松松的软软的，是很便于书写的。

迷生则因了那些字，常常是要遭村人斥骂的，有时还被人追打。因为迷生写下的那些字被村人认定是一种不吉利的东西，是魔鬼的符咒。

我在沙地上写的仅仅是我学过的那些课本上的生字生词，顶多也就是用那些生字词造上几个语意尚且连贯的句子而已。而迷生则不同，他在写那些字的时候就显得很流畅很痛快淋漓，似乎他是在写着一片内容丰富的故事，或者是在写着一首意境优美的诗呢。迷生一面写着一面笑着，清脆的笑声在河滩里随风飘荡，那神情真是活泼可爱极了。

我们各自写着自己的字，就好像是在河滩地里耕种着各自的麦子或者谷子似的。累了的时候，我们就坐下来歇着。河里风大了起来，风推动着河水一浪又一浪地涌到沙滩上来，水浪像一条奇大无比的舌头，把我们写下的那些字一口一口地舔食掉了。望着那些残缺不全的字，迷生的神情一时间又忧郁起来。

迷生捡起河边的石头，一下一下地砸着河水，他似乎是想把那些涌上河滩的水浪赶走呢。但河水不是羊，赶走了一浪，更大的一浪又涌了上来。

11.石兽的怒吼

在我们下河沿村依傍着的那座山坡上，是立着一根巨大的石柱的。那根石柱立在那里，像一座石塔呢。听老年人说，很久很久以前我们的祖先为了躲避战乱，乘一只巨大的木筏顺河而下，当我们的祖先行走到大河沿这地方时，首先看到的就是那根神奇的石头柱子。那时天已经黑了，由于长时间的流落颠簸，先人们已经疲惫不堪。他们把木筏拴在那根石柱上，然后上岸埋锅造饭，择地而宿。当第二天人们醒来时，却发现那只木筏不见了，木筏已经变成了一片绿色的土地。先人们自感这是一种天意，于是他们便不再流落，从此便在这片土地上繁衍生息安居下来。而那根石柱便被先人们尊为神圣，成了我们大河沿的镇基石了。

先人们感念了这石头的灵性，就在那石柱的顶端雕琢了一具石兽。那兽物像狮子而又不是狮子，它面对大夏河水，环眼怒目，作嘶吼的样子。

先人们造这石兽的时候，把那一张大嘴就雕琢得极尽了机巧，当风从大夏河谷吹过来时，那兽物就会吼叫起来，俨然是一只活物了。不知道为什么，我们的先人们在造好了这只石兽以后，却又用一块石头把它的嘴给封住了，使得它成了一只叫不出声音的哑兽了。

在我长大以后，曾经到过很多地方，看到过很多庙堂或者大宅门前的石兽，在它们那张大的嘴里，都是衔着一颗石珠的。我问过一位老石匠，为什么那石兽的嘴里要有一颗石头珠子呢？老石匠说，但凡造就这些石兽，是要它们镇邪免灾的，这些石头一旦成了形，它们的身上也就有了灵气。那颗珠子就叫灵珠，有了它，那兽物就会保持了它们的本性。如果没有那颗珠子，它们不但不会驱邪免灾，它们自己也会作祟害人的。

我的那位迷生堂弟，他竟然会知道那石兽的秘密。有一天，他就鬼使神差般地爬到了那根石柱上去了，他骑在那只石兽的身上，轻而易举地就把那石兽嘴里的灵珠给取了出来。那一天，一场大风暴从河对岸的那片大沙漠里席卷过来，大风掀起的沙尘遮天蔽日，在那天昏地暗的时刻，那只石兽果真发出了一声声凄厉的嘶鸣。

先人们造这兽物时，是要让它对后人们有所警示的吗？果真在那一年里，一场巨大的灾难便降临在我们大河沿了。

那年夏天，地里的麦子已经收拾完毕，玉米开始拔节，新种下的糜谷也长起来了。一连天地下了几场大雨，大夏河的水就暴涨起来，把河边的那片柳树林子也淹了，河水尚不满足，忽闪忽闪地就要上了堤岸了。村人们便惊慌起来，但更让他们惊恐不安的是，在一场大雨中，一个霹雳，把那座镇基石的石兽给击毁了，碎了的石块从山坡上滚落下来，像流星一样滚落在我大伯家的院子里，把我大伯家面山的那段院墙都砸倒了。好在那石头砸倒的是院墙而不是房屋，否则那后果就不知道会是什么样子了。

那是何等惊心动魄的一击啊，当那个霹雳在山坡上炸响的时候，我正趴在我家的窗户上，瞪大眼睛想看到村头的那棵大树，心里想着在这样大的雨里，我的那位迷生堂弟和他的那只大鸟又怎样了呢？那树的枝叶和那只大鸟的翅膀能遮挡住这么大的雨水吗？当雨点从天空落下来时，在空中拉出了千千万万条又粗又壮的线绳，那绳子竟和我拴羊的绳子一样粗了呢。就是这样的绳子结成了一张巨大的网，把天地都罩住了，使得我始终也无法看清那棵大树了。这时刻，就见一颗刺眼的大火球从天空中飞速坠下，那一时给我的感觉是天上的那颗太阳或者月亮掉下来了，强烈的闪光把天地照得是一片通亮，紧接着是一声天惊地裂的炸响，那可怕的一幕就发生了。

那尊神圣的石兽被天雷击毁了。后来据阴天士说那石兽是遭了天谴的，但凡世间万事万物，都是有一定之规的，你一只石头的兽物，竟然就能叫出声来了，那不是要成了精了吗？那不是就犯了天条了吗？自然是天地不容的了。这是一种劫难临近的预兆，我大伯是最先感觉出那场劫难的，在他的意识了，那场劫难正从一个叫不出名字的地方汹涌而来。那一时，我大伯站在雨地里，两手各举着一块碎裂的石头，朝着天空悲怆地呼喊着说，天哪天哪，难道我们的劫数真的到来了吗？难道你真的要灭了我们大河沿这一族的吗？

12.河殇

就在那场大雨过后的不多日子，在上河沿和下河沿之间，在我们上学走过的那条路上，一场大规模的械斗开始了。

其实，那时候大河沿的形势已经和山外是一样了，自从我们的那位美丽的语文老师投河以后，大河沿一直处在一个洪流激荡的漩涡之中。平时就以剽悍直率著称的大河沿人，被一种狂热的精神所鼓舞，终于激发出他们那隐蔽于灵魂深处的杀伐争斗的劣性。整个大河沿的人被分成了两大派，我们的家族也分成了两派，六叔和五叔是一派，四叔和二伯是一派，而大伯则保守中立，哪一派也不参加。大人们分立之后，作为家庭成员的女人和孩子，自然也是分了派别的。那时我的父亲在外面工作，我娘自以为是一个妇道人家，便没有参加这种派系的斗争。至于我那时还小，跟建社跟得很紧，自然应该算是六叔和五叔他们这一派的了。

在那场激烈的革命中，最早的武斗还是从孩子之间开始的。大人们所捍卫的是他们所坚持的所谓真理，而孩子们则捍卫的则是他们各自的爹娘，爹娘就是他们的真理和旗帜。孩子们在河边柳树林里进行争辩的时候，常常用的是最恶毒的语言攻击了对方的父母祖宗，世间悠悠万事，唯父母为大，唯父母受到别人的攻击时，那才是奇耻大辱哩。双方在争吵中，一方论辩不过了，就随口骂了一句，我日你们的妈。另一方忍受不了了，就打在了一处，搂脖子抱腰，摔得满河滩里滚滚爬爬，像一群四脚河蟹。

那时候建社是我们这一方的头儿，我们就称他为司令；社会是他们那一方的头儿，他们也称他是司令。他们的司令比我们的司令力气大，他们的司令就把我们的司令打得鼻青脸肿满地找牙，我们就随着我们的司令败下阵来。

现在回忆起来，我们孩子之间的那种武斗原本也算不得是什么武斗的，顶多也就是个打群架而已。就像一群小公鸡，为了一只虫子或是一只漂亮的小母鸡而结伙争斗一样，架打完了也就完了，从来也没想到要结仇积怨的。而大人的武斗就不同了，他们手里拿的是步枪土枪长矛大刀，那情景就像我们从电影里所看到的，是游击队围剿了土匪，或者是土匪围剿了游击队，要么就是土匪打了土匪游击队打了游击队。

六叔他们这一派的司令部是设在我们下河沿村的，而四叔他们那一派的司令部则是在上河沿村。那一仗原本是下河沿的六叔要攻打了上河沿的四叔的。谁知道仗一打响，六叔他们很快就败退下来了，原因是四叔他们的上河沿有了一挺威力极大的机关枪。四叔的机枪一响，六叔这边的人就吓坏了。双方原本都是些乌合之众，根本就没有什么战斗力而言，决定胜负的关键那就是武器了，谁的武器好，谁就占了上风。

六叔他们的队伍迅速后撤，直退到下河沿村边的那棵大柳树下面了。六叔对五叔说我们不能再退了，再退我们就只能退到自家炕头上去了。于是六叔五叔和几个当过民兵的年轻人就趴在那树下作顽强的抵抗。

六叔他们凭借有利的地势，打退了四叔他们多次的进攻。四叔他们的火力便集中起来对着那棵大树疯狂地扫射起来，尽管那棵大树被它的这些不孝的儿孙们打得千疮百孔，但它依然挺立着伟岸的身躯，像一个巨人，忍受着极大的痛苦，挡住了那飞蝗般的子弹。

因了那棵大树的掩护，六叔和五叔他们的阵地始终没有失陷。而栖宿在树上的迷生和那只大鸟却没有能逃过这场劫难。那一天，当第一排子弹呼啸着向大树飞来时，树上的那些鸟雀便惊叫着张开它们的翅膀向大河的那面飞去了。和迷生相依为伴的那只大鸟先时也是飞走了的，飞走了却又不肯远去，只是在河上来来回回地徘徊着，凄凄艾艾地鸣叫着，那声音分明是一种急切的呼唤，可迷生没有翅膀，又怎能和它一同离开那片灾难之地呢。

那时刻，六叔感觉到有一种奇异的水滴从树上落下来，就洒落在他的脖子里，那水滴热热的粘粘的，还有一股新鲜的腥味儿。六叔用手抹了一把看时，竟是一手的血，鲜红的血。六叔愣住了，抬头往树上看时，就看到了那只巨大的鸟巢，那血就是从那鸟巢里洒落下来的。六叔想到了他的那个迷生儿子，就由不得站起了身子，这时一颗子弹从远处飞来，击中了他的头部，只见他痛彻心髓地大叫一声，便栽倒在地再也没有起来。

我的那位迷生堂弟终于死了，他是带着一个谜而来的，又带着一个谜而去了。从此，大河沿是再也没有一天安宁的日子了。

13.迷失了自己生存历史的人们

我们村子旁边的那座山名叫香山。香山也算是一座大山，连绵数百里不绝。据说八百年前这里森林茂密，水草丰美，自然环境十分地好。后来由于蒙古大军追剿逃亡的西夏遗民，放火烧山，使得这片土地最终成了一片赤白之地。如今的香山是很少有树了，有的地方甚至连草都不长，果真是一个苦焦的地方了。

八百年前的那场战争是罕见的，战争之后，在长达数十年的斩草除根的屠杀中，一个有着八十万平方公里辽阔疆域的王国，一个有着近百万人口的民族，在那场战争之后，终于在历史上消失了，消失得无影无踪了。以致于让后来的研究家们费尽了心思，也没有能够找到这个民族劫后余生的蛛丝马迹。这个曾经强盛一时的民族连同这个民族所创立的辉煌的文化，是彻底的被掩埋到了历史的深处去了。现如今，当人们站在那一座座被称为东方金字塔的西夏王陵的废墟前时，面对着那片虽历经风雨而风貌尚存的神秘丘陵，无不扼腕叹息。

我是在游览西夏王陵时认识范教授的，那时我正在省城的一家报社当记者，算起来，我离开大河沿已经有十几个年头了。

范教授是研究西夏史的专家，也是国内唯一的一位能破译西夏文字的人。我和范教授很投缘，在那样的一个时间，在那样的一个地方，我们相遇了，不知道这是一种偶然呢还是一种必然。我们一见如故，尽管那时的范教授已近花甲，而我则刚过而立之年，按年龄来说我们是两代人呢，但这种年龄的差异并没有影响我们友谊的交往。

在范教授的家里，我看到了这老头儿新近所著的一部书稿，在这本书里，我也是第一次看到了手书的西夏文字。那一时，我是吃惊地跳了起来的，我发现范教授所书写的这些西夏文字，竟然和我的那位迷生堂弟所画出的咒符般的东西是一样的啊。于是，我向范教授讲了我的家乡大河沿以及迷生的许多怪诞的故事。

这老头儿，在听了有关迷生的故事以后，竟然惊愕得半天没有喘过气来，他用一双金鱼般的眼睛直瞪瞪地盯着我，那稀疏宽阔的脑门儿上沁出了一层细微的汗珠。他几乎是呓语般地说，这是不可能的，这是不可能的，一个刚入世的儿童，怎么就会书写西夏文字的呢，你要知道，西夏文字的结构及书写，比汉文字要难得多啊。怪事，这真是一件天大的怪事。如果说那孩子所书写的是西夏文字的话，那他所说的那些奇怪的语言也应该是西夏语了。要知道这是失传了八百多年的语言文字啊！

范教授的话猛然提醒了我，让我又一次想起我的那位迷生堂弟活着时的许多怪异之处，动物学里有一种返祖现象，如果能用返祖现象来解释迷生的话，那么迷生的降生和我们世代生活的大河沿以及我们的家族是否有着一种必然的联系呢。我记得小时候听我大伯说过，无论是上河沿还是下河沿，都不应该闹是非的，因为我们都是来自同一个祖地的啊。我问大伯说，我们的祖地在哪里呢？大伯摇了摇头说，时间久了，他也不知道了。并不是大伯不知道，而实际情况是，我们的祖宗在长时期的生存历史中，给他们的后代所传授的是土地稼穑庄户牛羊，是那条千古不息的大河，却有意地把一个民族的历史给隐去了。

范教授对我们的大河沿和迷生的故事产生了极大的兴趣，他想让我陪同他到大河沿走一趟，他要到大河沿去做一番实地考察，老头儿想通过这次考察，企图为他的研究成果再添上神奇的一笔。我知道老头儿的心事，就愉快地答应了他。我已经有多年没有回大河沿了，也正想回去看一看呢。那里毕竟是我的生身之地啊，在那片美丽神秘的河谷里，有我的根呢。

14.重回大河沿

我们是在傍晚时分到达县城的，下了汽车，来迎接我们的是建社。建社是我们大河沿最有出息的人，他现在是我们这个县的县长了，事业干得呼隆隆地响哩。

建社把我们安排在他的县政府招待所里，并设了晚宴为我们接风，席间他说他明天要陪同我们一起回大河沿的。我跟他开玩笑地说，你现在是一县之长，身子重哩，怕不敢劳你的大驾吧？

建社也笑了，说，你们一个是著名专家，一个是省报记者，都是金身贵体，我又怎么敢怠慢得了嘛。

第二天一大早，建社果真就带了一辆崭新的切诺基来了，这种车的越野性能极好，人坐在里面多感舒适。我想这种车大概就是专门为建社他们这一类的县官们打造的，以便让他们在下乡视察民情时不至于太辛苦。

汽车在一条简易公路上颠簸了三个多小时，在临近中午的时候，便进入了大夏河谷，迎面扑来的风带着很浓的水汽，似乎有一种腥甜的味儿。我闻得出，这正是我那久违了的大夏河的气息啊。

沿河的一侧是壁立的悬崖，在悬崖与河水之间有一条路，路不宽，刚能过得一辆车去。在我的记忆里，这条路原本是没有这么高也没有这么宽的，还是一条过水路呢。所谓过水路，就是说这条路常是在水中隐着的，天旱的时候，河水落下去，路就显现了出来。夏天里雨水一多，河水涨起来，就把路面全淹过了。河水再大些时，就使得大河沿与外界完全断绝了联系，从而使得山外面的人，把大河沿看得越发神秘起来。

我问坐在前排座上的建社，这条路是不是你利用县长的职权重修过的？建社则回过头来说，这是灵生的功劳，咱这位小兄弟眼下是大河沿的村长，前年冬天，他领着大河沿的父老乡亲苦干了一个冬天，这山崖被他们炸掉了一层皮，人也都累脱了一层皮，这才把这条路修得像个样了。要不然的话，咱们今天还得坐毛驴车回去。

我们回到大河沿的时候村人们正在吃中饭，听到汽车声，他们都从屋里跑出来，他们有的手里拿了馍馍有的手里端了饭碗，一面吃着一边说着

中国当代西部文学文库

围过来看热闹，尤其是那些孩子们，看到汽车就像看到什么稀罕动物一样，叽叽喳喳叫个不停。

在那群村人里面，数我们这个家族里的人显得最为活跃，那一种自豪与喜悦是不言而喻的。毕竟在大河沿千百户人家里，也只有我们这个家族的人才出了两个为官家做事的人啊。

灵生以村长和亲族的身份接待了我们，这个年轻剽悍的汉子，多年不见，他出落得高大魁梧，方脸隆鼻，长鬓阔眉，从敞开的胸襟那儿，微微露出些黑中泛黄的锦毛，这是典型的大河沿成熟男人的标志。

我向范教授介绍说，这是我的堂弟灵生，就是迷生的兄弟。那一时，范教授就瞪大了眼睛，当他和灵生握手的时候，终又发现灵生的手指根处也是生有一层细毛的。老头儿惊奇不已，似乎真的就从眼前的这个人的身上看到了那个消失了多年的迷生的形象，从而也看到了一个消亡了的民族的影子。

这一顿饭自然是在灵生家吃的，吃饭的时候，我们这个家族的人都来了，就是四叔没来，自从那次武斗以后，四叔已多年不和家族其他人来往了。亲人团聚，那欢天喜地的情景自不必细述了。饭后，建社说他明天还要到地区开一个会的，所以必须在今天赶回县里。族人们都知道建社是官家身子，自然是由不得自己的，也就不便于再说什么了。建社临走的时候丢下话说，三天后他再来接我们回去。他还再三叮嘱我和灵生，一定要照顾好范教授，如果范教授此次考察成功的话，那对我们大河沿将是一个大贡献哩。

15.为大河沿人假想一个历史故事。

我们在大河沿待了三天，范教授的考察却没有取得多大的进展。首先是生活在大河沿这地方的人既没有出生入世的家谱，也没有一个族谱，甚至连他们自己都不知道他们的祖先是谁。五代以上的事，因没有文字记录，便说不出来了。

范教授走访了大河沿一带所有上了年纪的老人，这其中就包括了我的大伯和二伯，当然还有上河沿的阴天士。只见他们瞪着一双双昏花的老眼，望着大夏河对面的那一望无际的大漠以及和大漠连成一体的昏黄的天际，呓语般地说，不知道了，族上没有传下来，我们是不知道的。

对于这样的采访，范教授深感失望，但他又从这些生性淳朴爽直彪悍的大河沿人的身上，似乎探摸到了一种隐含在他们心灵深处的一种深层次的东西。老头儿一连声地叹息着说，这是一群迷失了自己生存历史的人啊。

接下来范教授就开始搜寻有关迷生的事，可整个大河沿人所提供的故事加起来也没有我向老头儿讲说的更确切更详细的了。对于迷生，我的故事是最有权威性的，连灵生都不行，灵生那时还小，不大记事的。灵生所能记得的唯一的一件事就是他曾经被迷生弄到那棵大树上去，在那只奇妙的鸟巢里呆了大半天的时间。因为迷生是偷着把灵生弄到树上去的，六叔和六婶并不知道，村人们也不知道。灵生的失踪惊动了整个大河沿，人们或上山或下河地到处寻找起来。正当大河沿被折腾得沸沸扬扬的时候，不知道啥时候，迷生又把灵生送回家去了。

现在回忆起那件事来，灵生便动了感情地说，他的那位哥哥把他弄到树上去，绝不是一种恶作剧，而完全是他的哥哥很喜欢他的缘故。那一天，小哥俩在那个鸟巢里玩得愉快极了，许多鸟儿在他们的头顶上跳跃着鸣叫着，鸟儿的叫声很好听。竟有一只胆大的鸟儿飞进他们的窝里来，用一只黄黄的小嘴啄弄着灵生的头发，就啄出了小哥俩的一串串愉快的笑声。后来的事就可想而知了，先是六叔拿了斧子吼着要砍掉那棵大树，树没有砍成，打那以后他就再也不许迷生接近灵生了。连自己的亲兄弟都不能再一起玩了，迷生便愈加感到孤独起来。

范教授问灵生说，你见过你的那位哥哥写过的那种奇妙的文字了吗？灵生回答说是见过的。范教授又问灵生，现在还能找到那些文字吗？灵生说找不到了。

自从迷生在那次枪战中被打死之后，紧接着大夏河发了一次大水，河水漫过堤，把大河沿淹成了一片水泽。水灾过后，大河沿的房屋基本上全毁了，眼前的这些房屋都是大水过后重新盖起来的。或许是一种天意，让那场灾难把一个秘密永远地封存起来了，以至于连一点儿痕迹也没有留下。

三十年过去了，大河沿的变化是巨大的。大河沿之所以没有被那场大水冲走，大河沿的人自然是相信了那块镇基石的巨大作用的。我大伯曾说大河沿是一只大船，而这只船就是拴在那尊石柱上的，只要那石柱不倒，大河沿就永远也不会消失的。

　　在大河沿的最后一天，我和范教授爬到香山顶上去了，站在山上俯瞰大河沿，这时我才惊奇地发现，这片依山傍水绿色葱茏的土地，果真就像一条大船了呢。而令人不可思议的是，大夏河从远方汹涌而来，在这里拐了一个大弯儿，它用一种神秘的力量，不断地冲刷着河那边的堤岸，而把对岸的土又不停地悄无声息地搬运到了我们大河沿这边来，从而使我们大河沿的土地竟能像神话里的那片熙攘一样不停地生长扩大。尽管大河沿在许多年里人口不断地增多，而大河沿的人从来也没有因土地发愁过。大河沿的人都知道，大夏河会给我们送土地来的。

　　这时正是农历四月，田里的麦子正在抽穗，是那绿油油的一片。田边地头上的豌豆花儿星星点点地开着，河边上的那两架老水车正吱吱哑哑地转动着，把河水从河里车上来，当那清凉凉的河水流向土地的时候，那一串串欢快的笑声，让人愉悦极了。

　　望着大河沿这片肥沃美丽的土地，范教授一连声地赞叹了它的神奇美妙。老头儿灵感所至，竟然就构思了一篇石破天惊的故事，一向治学严谨的他，竟以虚构假想的手法，揭示出了大河沿的一个千古之谜……

哨马营

1

天在不该亮的时候却就亮了，那亮白很有些冷，是雪。

夏四爷看着窗外说下雪了，老伴也说是下雪了，夏四爷说一个冬天都没有下雪了。老伴说可不是嘛咋的，这要再不落雪人就活不成了。夏四爷翻起身来就往身上穿衣服，他一动就有一股寒气钻到被窝里来，老伴忙把被角握紧了，说天还没亮你爬起来干啥去你啊？鬼催了你了？夏四爷说你看天不是都亮了嘛。老伴说你是愚了头了吗，你不看那是雪照的吗？夏四爷说我就是想去看一看雪，一个冬天都不见雪了，想稀罕了。夏四爷说着就把身上的衣服穿齐整了，他走到门后拉开门栓把门往怀里一拉，就有一股冷风扑面而来。老头儿被寒气呛了腔子，便不停地咳嗽起来。听到那咳嗽声不好，老伴便在炕上伸长了脖子对着老头儿大着嗓子嚷了起来，老伴是个性情爽直的人，说起话来响声大气像吵架，多少年了，老头儿是听惯了那大嗓门的。那骂声里充满着的是一种真诚的关怀和疼爱，让人听着就像喝了一杯高粱烧，喝到嘴里的时候是又辣又呛口，但一入了肚去，回味起来就知道她的好处了。老头儿回过头来对炕上的老伴说，你睡你的吧，我转一圈就回来，没准儿雪地里还能捉两只沙鸡子回来呢。老头儿说着就走出门去，出去了又转回身把门关严实了，这才放声走了。老头儿走路的声音是咯吱咯吱的，想那雪是积得很厚了。

那雪真的是很大了，大片的雪花像棉花朵子，在天空里飞舞着。下雪的时候是没有风的，天地间就寂静得很，只有雪落地的声音。那声音轻柔而亲切，乃是天空对大地的私语。

中国当代西部文学文库

远处的山以及近处的房屋是一色地白了，看着那雪夏四爷心里就兴奋地很，他抓起一把雪团，像孩子一样地放在鼻子下闻了闻，忍不住地就咬了一口，那洁白的雪团有着一种极新鲜的气息，让人有了一种透心的舒畅。细想起来总有好多年都没有下过这么好的雪了，往年似乎也曾下过一两回雪的，可那雪下得没有鸡爪子厚，一场风过来就刮得不见了踪影。没有雪的冬天是很难过的，切不说地里的草木禾苗因失去了雪水的滋润和荫护而大面积地枯死，就是人也因为气候不调而多患了疫病。只说是这天地间发生了变化了，是天和地就闹起了别扭了吗？这里的人一向把天叫爷的，天是爷那地就是奶。爷爷对奶奶有了意见爷爷就不肯把雨水雪水给奶奶了，奶奶有了怨愤就使劲刮风，奶奶借助风力把沙尘打在了爷爷的脸上，奶奶的火气很大扬起的沙尘遮天蔽日，很让天爷爷失了面子的，这大概就是人们所说的那个什么沙尘暴吧。沙尘暴是城里人的叫法，哨马营的人不叫它沙尘暴叫它是沙打天，现如今沙打天的日子一年比一年多一年比一年大，你说这人的日子还怎么过？眼下好了，天终于又下雪了，是天地终又亲和起来了吗？

夏四爷站在自家的院门外边抬头看了一会天，天上的云彩很厚那天还暗着，云彩很厚说明那云里头蓄积的雪是很多的了。老头儿情不自禁地说下吧下吧，瑞雪兆丰年，看来明年会是个好年景呢。

其实那时刻的天已经不早了，若是在夏天的时候那太阳都已经升得很高了，赶早下地的人们都已经干了一歇子活儿了。可眼下是冬天，这是一年中夜最长的那个时刻，也是庄户人睡热炕发懒享受安闲的日子，在这样的日子里，一般人家，很少能有像夏四爷这样起得早的人。老头儿在村街上走着的时候，整个村庄还在一片甜美的鼾声里寂静着。

2

夏四爷没有想到村子里竟然还有比他起得更早的人，那人拉了一头牛，匆匆忙忙往村外走。那时天还没亮，尽管有雪照着，但雪光毕竟是有限的，再加上距离又远了些，老头儿费了很大的劲也没能看出那拉牛的人是谁，但那牛却是看清楚了的，那是头大牛，很肥壮，走路的样子是一颠一颠的。老头儿能看出来那是头菜牛，菜牛和耕牛走路的姿势是不一样的。耕牛因了长年在土地上拉车带犁，负重劳作，它们走起路来总是四平八稳一副脚踏实地的样子。而菜牛就不同了，菜牛是专供人们宰杀吃肉用的，它们大都是一两岁的小牛，顶大的也超不过三岁，平日里它们被饲养在温暖舒适的牛屋里，享受着主人给它们配给的那些富有营养的饲料，风雨不侵，被饲养得膘肥体壮了，就会被送到屠宰场去，成了人们桌上的一道好菜。这样的牛走路的样子就显得很轻快了。

这两年村里人兴起了温棚养牛，住在城边上的人兴的是温棚种菜，大冬天里，就能种出黄瓜茄子梅豆什么的，但凡夏天里才有的菜蔬他们都能种出来。城里的人还是有钱的人多，他们喜欢吃新鲜的蔬菜，那种菜的活路就好得很了。哨马营地处偏僻，离城市太远，他们种不了菜，就开始养牛，说起来这温棚养牛比温棚种菜还是要省点事的，但钱却不少挣，因了养牛，哨马营的人也逐渐脱了贫了。夏四爷家里也是养了几头牛的，而且有两头眼看就快出栏了，只等春节近时能卖个好价钱。

是谁家的牛要出栏了吗？这么早就赶着上市去的吗？可哨马营的养牛户是和县上的肉联厂签了合同的，但凡有牛出栏，打一个电话过去，人家肉联厂就会派车来收购了去的，这就让哨马营的养牛户省却了许多心力的。这两年里还没有见谁家私自到市上去卖了牛的，哨马营的人是很讲信誉的，毕竟是人家肉联厂的人出了资金出了技术，才把这养牛基地建起来的。

夏四爷很想看看那拉牛的人是谁，就加快了步子赶了上去。那拉牛的人也发现了夏四爷，就拉了牛贼溜溜地向村外逃去。在夏四爷的意识里，那似乎就是一个偷牛的贼了，这些年里世风不好，乡村里的贼娃子就猖獗得很，时常就些不法之徒，翻墙越户做出些鸡鸣狗盗的事来。可那人又不大像个贼的，通常的情况下，贼发现了自己被人追捕时，他就会舍财逃命的。可眼前的这个人却就不肯放弃手中的牛，他就那么固执地顽强地拉着牛向前走，牛毕竟不是马也不是驴，牛是不善跑的动物，一个贼娃子要想带着一头牛逃脱人的追捕，那他可就真的傻笨到头了。

夏四爷似乎没有花多大力气，就在村外的一处洼地上追上了那人。那人见夏四爷追得近了，干脆就站住了，回过头来对夏四爷说，是四爷啊。老头儿这才看清楚那拉牛的人是村人朱环。

这朱环原本也是住在哨马营的，因为多生了几个娃儿，便被罚了款，开始超生第一胎的时候，只是罚了一头猪钱，他不在乎，又一连生了两胎，后来就被村上连土地带房子都给他罚没了，没办法了，他这才领着一群娃儿，老鼠搬家一样地搬到老营盘那边一个亲戚家去住了。失去了土地，生活没有了着落，朱环就自甘堕落起来，夏天里他到县城里去，跟那亲戚搭班子在一个建筑工地搬砖和泥当起了小工，一年下来倒也能糊住口的。可家里毕竟人口多，他挣下的那些小钱，顾住了人的肚子就顾不住身上了，都寒冬腊月天了，还有两个孩子没有衣服穿，只好整日里钻到被窝里取暖了。冬天里没有了活干，朱环人穷志短，就未免干出些辱没脸面的事情来。

看到了朱环和他手中的牛，夏四爷心里就明白了八九分了。老头儿咳了两声，咳出了一口痰来，说是朱环啊？这么早，牵牛上市啊？那叫朱环的汉子便有些心虚气短地说，快过年了，牵个牛，换俩钱过日子呢？老头儿走到那牛的近前，看了看，又用手在牛脊背上捏了捏，说是头肥牛啊，能卖千百块钱呢，这是谁家的牛啊？到了这一刻，那朱环反倒气壮起来了，他说还能是谁家的，是狗日的撒鞑子家的。老头儿看着那汉子，疑惑地说，撒大木可跟你是一根扁担上的亲戚哩，按理说那可是你亲亲的姐夫啊，你怎么就牵了他的牛呢？汉子冷笑了一声说，什么狗屁姐夫，他都害得我家破人亡了，我不牵他家的牛我牵谁家的，我牵的就是他家的。老头儿又说，撒大木是村长呢，你就不怕他要罚了你的款吗？汉子说，我现在是没房子没地了，就剩下腿不廊里还有一只鸟了，他要他就拿去好了。

汉子说完拉着那头牛头也不回地就那么走了。

老头儿在雪地里站了一会儿，眼看着那个人和那头牛在远处的坡梁后面一点一点地消失了，这才叹了口气，反转身子往回走。那时天已经放亮了，一抬头就看见村头上用白石灰写下的一行标语，那标语是写在屋墙上的，尽管经历了多年的风吹雨打，有些字的身上已经多显斑驳，但远看了依然是很醒目的。那标语写的是：谁敢超生，就让他倾家荡产！

这话是撒大木说的，那口气就硬得很，字也是撒大木写上去的，那字写得高大而粗壮，几多年里，那行字也像撒大木一样气势威严地站在那里，警示着哨马营的村人们。看着那行字，老头儿心底处一阵发冷，他把身上的皮袄裹紧了，就回家了。雪下得越发地紧了，一会儿工夫就掩埋了那两行深深浅浅的脚印。

3

夏四爷回到家不到一顿饭的工夫，秋云就找上门来了，秋云是撒大木的婆姨。

秋云是一个精明的女人，一大早，她去给牛添草，就看到牛棚的门是开着的，进到牛棚里看时，就发现牛是少了一只的。这女人就没有声张，只是顺着那一行不太清晰的脚印一路寻了过去，尽管那时的雪下得很大，但牛的蹄印和人的脚印还是能分辨得清楚的。她被那一行脚印引着，到了村边的那片洼地，又从洼地走出来，上了那道干沙梁子，上到沙梁子上她就站住了，她看到那一行牛和人走过的脚印一直向远方延伸而去，消失在那茫茫的雪野上了，她知道要追那牛已经是追不上的了。于是她就顺着另一行脚印又找回村里来了，而令她意想不到的是，那一行脚印竟然就东拐西绕地最终进到夏四爷家里来了。她不相信夏四爷能与人合伙偷了她家的牛去的，夏四爷当了多年的村干部，他的公正无私，一向是很受村人敬重的。但这行脚印却说明，夏四爷一定知道偷了她家牛的那个人。她站在夏四爷家的院门外面，看着夏四爷家的屋门关着，有一缕一缕的热气从屋门的上边冒出来，她不知道这时刻自己是该进去好呢还是不进去地好，就在她一愣神儿的工夫，就见那门儿一闪，夏四奶奶出门泼水，一盆水泼出去，就看到了站在院门外边的秋云了。夏四奶奶说那是秋云吧，这大雪天里秋云你站到院门外边做啥呢？秋云说我想找四爷问个事呢。四奶奶说你问事你就家里来啊，你站在外头就不怕让雪打湿身子啊？秋云这才随了四奶奶进了屋，那时夏四爷正盘了双腿坐在炕上喝早茶，见了秋云就说你是来找你家牛的吧？秋云便红了脸，说就是的，四爷您是看见我家的牛了吗？四奶奶拿了一把扫炕笤帚，替秋云扫身上的雪，听了秋云的话便插话说，咋呢？你家的牛跑丢了？秋云说是被贼娃子拉走了。四奶奶说那大木呢？他那么威势的个人，咋就让贼娃子上了门呢？秋云说，他不在家，上县城没回来，他要在早把那贼娃子拿住了，还能让他跑走了？四奶奶说，那就趁早报公安吧，说不定还能捉得住呢。这时候四爷的一碗茶已经喝到了底了，他用碗盖敲了敲碗沿儿，四奶奶又给老头儿续上了水。四奶奶让秋云脱了鞋上炕，说炕上暖和。秋云没有上炕，就侧了身子坐在炕沿上了。夏四爷似乎有意不想说那牛的事情，只是问秋云近来见过她妹妹秋霞了没有。秋云说自从他们一家搬到老营盘那边去后，就有一两年没有来往了，有时候在路上走碰了头，也没个话说了，仇人似的。四奶奶说这就不对了，你们是一个娘肚子出来的亲姐妹，就是骨头断了筋还是连着的，咋就能不说话了呢。秋云说，还不是朱环那狗怂超生，被大木罚了款，就记恨下了。夏四爷深深地叹了口气说，要说老朱家这一门里人，人老几辈子也都是老实人，就是到了朱环这儿就遇到了这样的事儿，他没有了房子没有了地，又拉扯了那一群孩子，日子也真是个难啊。夏四爷说到这儿，用眼睛看着秋云，那时的秋云也用一双疑惑的眼睛看着他，秋云似乎已经悟出了些老头儿的用意了。果真就听老头儿接下来又问秋云说，秋云啊，要是秋霞一家的日子过得不好，你想不想帮他们一把呢？秋云说，那还用说嘛，谁让她是我妹妹呢。老头儿看着秋云点了点头，说秋云啊，要是那个拉了你家牛的人就是你的妹夫朱环，你还会去告他吗？秋云一下子就愣住了，她定定地看着夏四爷，好半天没有说话。

4

撒大木是第二天的中午时分回来的，那时雪已经停了，天上的云彩还没有散去，地上却起了雾，是冻雾。撒大木还没有进村，在院子外面和几个孩子一起玩雪的宝驹远远地就听到爹爹的摩托车声了，宝驹是撒大木的儿子。宝驹跑回家去，对秋云说，妈，我爹回来了。听说是男人回来了，秋云心里便立时生出了些委屈或许还掺杂了些担忧，那眼泪不由自主就下来了。

撒大木一进家就看到秋云眼泪巴巴地在那里哭，撒大木说这好好的天你哭什么？秋云说你一走几天不回家，家里招了贼娃子了你知道不知道？撒大木说这你和宝驹不是都好好的吗？秋云说贼娃子又不偷人，他偷的是牛哩。撒大木似乎松了口气，说他偷牛可以，他要偷人可不行。说着就进了牛棚，这种牛棚多少有些像那种种菜的温棚，一面是土木搭的棚盖，另一面则用塑料薄膜覆盖了，塑料薄膜可以采光保温，即便是这寒冬腊月，棚里却能保持一定的温度。菜牛不像耕牛那样耐寒，天太冷了，它就不长肉了。有了这种温棚，它们住的就很舒适了。

圈棚里原本有着二十头菜牛的，现在还剩下十九头，果真就少了一头。撒大木把他的牛一个一个认真地看了一遍说，这狗日的好眼力，把我最大的那一头给偷走了。撒大木回过头来问秋云说牛是啥时候丢的？秋云说是昨天晚上，下雪那时候，人都睡死了，贼就来了。撒大木说人睡死了，花子也睡死了，它就没有一点叫声？花子是撒大木家的一条看家的狗。女人说花子跑出去好几天都没有回来了，它要在它能不叫吗？撒大木狠狠地骂了一声这狗日的狗，该用着它的时候它跑了，看回来老子不扒了它的皮。要说这也不能怨花子，现在正是腊月天，是狗发情的季节，花子是条牙狗，在这时刻又怎么能耐得住性情呢？怕早就被其他村子的哪一条母狗吸引着做那临时上门女婿去了。

撒大木毕竟是男人，男人的胸怀是很宽阔的，他看着那一圈的牛，松了口气说，这贼还是个好贼呢，他只是偷了一头牛去了，他要是发狠把这一圈的牛都偷了那又怎么样呢，他要是使坏，把人也偷了去那又怎么样呢？说完就看着秋云的脸子，女人的脸立时就红了，说都啥时候了你还说这样的话，有人倒是想来偷人呢，他敢吗？他偷得去吗？撒大木立时又笑了，他说我说的是真话，在外头这样的事情多了，要么把孩子偷走了向家长要钱，要么把女人偷走了向丈夫要钱，这样的事还少啊？女人也就应和着说也真是呢，这么说那贼娃子还真不是个坏心的人呢。

看着男人是消了气了，秋云就说有一件事情我要跟你说呢。撒大木说你有话你就说，憋在肚子了你还能憋成个儿子出来吗？秋云说我想问你咱的牛丢了，你说还报公安吗？撒大木说要说一头牛不算什么大事，可也不算小事了，当然是要报案的。秋云说要是把那偷牛的贼抓住了会让他坐牢吗？撒大木说那还用说嘛，犯了法就要判刑的。秋云说你不是说那是个好贼嘛，咱就不要告他了吧？撒大木说那不是一回事，他虽然不是个坏贼，但他毕竟是贼，是贼就要受到应有的惩治，要不然这社会就乱了套了。秋云说要是那个贼他有一窝孩子，还有老婆，你说他要是进了牢狱他那一家还怎么过日子？

听了秋云的话撒大木一下怔住了，他看着秋云说，听你这话的意思好像你知道那个贼了似的？秋云点了点头说我知道。撒大木说他是谁？秋云说是朱环。撒大木把脚一跺骂了句，这狗日的朱环，竟然偷到我的家里来了，看我怎么收拾他吧。

5

撒大木当村长还是好几年前的事情了。那时候撒大木刚从部队复员回来，撒大木在部队当的是营长，撒大木原本还可以当团长的，可正赶上那一年裁军，他们那个师就给整建制地给裁掉了，连师长团长都下来了，撒大木自然也就跟着下来了。像撒大木这一级的军官，按政策是可以安排的。撒大木就被分配到省城一家很有名的工厂了，那是一个很大的厂子，光工人就有好几千。去报到的那一天，一位管人事的干部接待了他。那人事干部一看他那半截铁塔一样的身板就笑了，他说他们的工厂情况很不好，已经有一多半的工人下岗了。那些下了岗的工人经常到厂里来闹事，晚间就到厂里来偷东西出去卖，保卫人员不够用，也不是不够用，是他们不管用了，看到有人偷东西便不敢上去抓，都是一个厂子的，拉不下那个脸面。后来就养了几条狗，狗是不认人的，但还是看不住，到底是家贼难防啊。眼下你来了就好了，你是部队上下来的，你有觉悟，看你这身板，一定是受过专业训练的，你就到保卫科去吧，也算是专业对口了。

听了那人事干部的话，撒大木的心一下凉了半截，他从那人事干部的手里抽回了自己的军官证和工作派遣证，转过身就回哨马营来了。

　　撒大木一到家，夏四爷就找上门来了，夏四爷说大木你转业回来了？撒大木说不是转业是复员。夏四爷说像你这样的干部应该是转业啊？撒大木说眼下正赶上国家大裁军，下来的干部多了，地方上不好安排，咱就要求复员回来了。夏四爷说复员回来也好，你还年轻，还能再干一番事业的。撒大木说我想的也是这，我有几位战友，他们和我一起回来的，我们商量着准备买上几台部队上淘汰下来的旧汽车，搞一个运输公司，跑运输去，我在部队上待了这十好几年，别的本事没有学下，搞汽车咱还是行。说到这里夏四爷沉默了一会儿，看着撒大木试探着说，大木啊，你回来，就没有想着为村里干点事情吗？撒大木一时也怔住了，说我又能干些啥呢？夏四爷说你能当村长啊。撒大木说这不行。夏四爷说咋不行？你在部队营长都当着哩，当个村长咋又不行呢？撒大木说我当了村长那你呢？夏四爷说我老了，干不动了，牛老了还有个歇槽的时候呢。再说眼下上级要求咱脱贫呢致富呢奔小康呢，没有一个有本事有能耐的人来当干部那是不行的。过去呢你在部队上，咱没指望，眼下你回来了，你不干咱还能指望谁呢？撒大木说我在部队能当好营长，但不一定能当好这个村长，部队和地方毕竟不一样。夏四爷说那就看你想不想干了，想干了你就能干好，你年轻有文化，又在外头多年，见过大世面，说啥也比我这个土豹子强啊。撒大木沉默了一会儿说，部队上提拔干部是任命的，这村长可是要民主选举的，不是你我说了就算数的。说到这里夏四爷就哈哈地大笑了，说大木啊，你还不知道你在咱哨马营人心里是个啥地位吗？说起来你怕比我的分量要重要的多哩，不信咱把全村的人召集到一起，准保他们都要投了你的票呢。

　　事情正像夏四爷说的那样，在村民选举会上，人们是那么热烈地选举了撒大木来当他们的村长，那情形真是让人感动。但过了不多日子，很快地就有人开始后悔了，悔得肠子都咕噜咕噜响哩。他们万没有想到，这个他妈的撒大木，完全不是他们所想象的那种人了，他一当上村长他脸上的笑容就没有了，没有了笑容也就没有了那种亲切感了。他的心太狠了，手太毒了，做起事来太认真太不讲情面了，这就让一些人多少是受不了了。他们就回过头来去找夏四爷，他们觉着还是夏四爷当村长好，他们埋怨夏四爷不该把村长的位子让给撒大木。可夏四爷心里也有自己的难处，他自然知道他已经不适合当这个村长了，即便他不让贤，他也当不了这个村长了，和撒大木比起来，他的人太善心太软，是属于那种和稀泥的干部，是那种用稀泥抹墙的干部。事实上面善心软的人是当不好领导的，当领导你就要有手段，有了手段你还要会耍手段。其实夏四爷年轻的时候还是很有手段的，要不然他又怎么能当了那么多年的村干部呢，可人一上了年纪就不行了，就变温和了，就没有那种魄力了，乡上的领导对他很有意见，早就想着要换他了，他不下来是不行了，就这样他就主动地下来了，很光荣地下来了。

6

撒大木到底是当过兵的人，一上得阵来就是快马三刀，这第一刀下去，杀的就是朱环。

那一天，朱环一脸的哭相去找撒大木，朱环说姐夫，朱环一开始还叫的是姐夫，后来就不叫了，叫撒鞑子。叫撒鞑子撒大木也并没有生气，倒是朱环自己生起气来，气得肚子一鼓一鼓的，像河沟子里那种挨了打的癞蛤蟆。

朱环说姐夫，你真的就六亲不认狠了心是要治我了吗？

撒大木说不是我要治你，是你违反了国家的政策，是国家的政策要治你。我是村长，不治你就治不了别人，治不了别人就治不了这个村，你说是不是这个理儿啊？

接下来撒大木又说，你说你朱环多少也是个有文化的人，国家的政策规定你也不是不懂，超计划生育那就是要受到重罚的，是党员的开除党籍，是国家公职人员的开除公职。当然这是针对城镇人口说的，对农村已经是很宽泛的了，让你们可以生两胎，可你生了两胎还不够，一下子生了四胎，眼看着秋霞的肚子又显形了，这要是再生下来可就是五胎了，生孩子是件快活的事吗？要都像你这样还怎么得了？你说不罚你行吗？朱环说罚吧罚吧，我认了，反正罚到底咱就是个农民，城里的干部可以罚下来当农民，你总不能罚着我去城里当干部吧？撒大木说当农民也要具备一定资格的哩，你以为农民就是那么好当的啊？朱环说，你是说我连农民也当不成了？撒大木说当一个农民要安心田亩，遵纪守法，爱党爱国，积极向上。你却一味地和国家的政策相对抗，明知故犯，屡教不改，你说你是一个合格的农民吗？朱环说你不让我当农民你让我干什么？撒大木说你干什么那是你自己的事情，反正眼下这个农民你是当不成了。朱环一下子软了下来，朱环又叫了声姐夫。朱环说姐夫能不能不罚。我知道我犯了错误我改还不行吗？撒大木说不行，有的错误可以改有的错误是不能改的，比如这生娃，你怎么改，你能把娃再改到他娘的肚子里去吗？朱环说就是作了贼的，把赃物主动交出来还罪减一等呢，我那娃我不要了我都交出来还不行吗？撒大木说你以为你那几个娃是猪啊是羊啊还是什么东西啊，你交出来？你交给谁？你交得出去吗？这是什么烂杆话，亏你说得出来。朱环说，这么说一点办法没有了？撒大木说你就准备着挨罚吧。朱环说怎么罚？撒大木说，抽地封门，开除村籍。说到这里朱环一下子就蹦起来了，朱环说撒鞑子，你是一点活路也不给我留啊？既然你不认我这个亲戚了，那咱以后就一刀两断了，你无情，我无意，以后有你狗日的好看哩。

朱环说完这句话后就摔门走了，朱环把门摔得很响，似乎是要把那门摔碎了的。人们都以为，就凭他摔门的那股狠劲，从此以后他再也不会踏进这个门的了。可是没过两天朱环又来了，随同他一起来的还有王连生，一个和朱环一样倒霉的超生户。

朱环来了，朱环说村长，朱环这次没有叫姐夫也没有叫撒鞑子，朱环只是叫村长。朱环说村长，我们有话要对你说。撒大木说你还有啥话你就说吧。朱环说我们不想在这儿说，我们想到长城外面北沙窝说去。撒大木看了看王连生，王连生看着别处没有吭气，撒大木就明白了，他们是要和他打怨架了。

7

在哨马营有打怨架的风俗，这是从老辈子人那里传下来的。哨马营原本是一座兵营，如今哨马营的村民们，大多都是当年那些屯垦戍边军兵的后人。那时候，在军营里，但凡谁和谁有了怨恨，说和不了了，就到北沙窝去打上一架，这架打完了，无论谁赢谁输，两个人只要一走出沙漠，过去的怨恨就像沙梁子上的风一样，吹过去就过去了，只要风不回头，那旧有的事情也就永远不再提及了。现如今，数几百年都过去了，先人们都早已作古，可这风俗却流传下来了。这打怨架，多少有点像西方人的决斗，不过和西方人的决斗又完全不一样，西方人的决斗要用刀用剑还用枪，决斗一旦发生，不伤人是不可能的，不死人也是不可能的，在这一点上，哨马营人的打怨架要比西方人文明得多。哨马营人打怨架时是不能带任何器械的，甚至连身上的衣服也不穿，就那么赤条条地。这又有点像日本人的相扑了，甚至那打的方式也很有些像相扑，推拉撞摔，摔又摔得多种多样，可以搂腰抱腿背着摔，也可以举着摔转着圈儿作旋风摔打着滚儿作车轱辘摔，什么时候摔晕了摔软了摔流汤了摔得爬不起来了就算是解了怨恨了。解了怨恨的人心情舒畅了弄一壶小酒对着一喝便就和好如初了。

撒大木对着屋里喊了一声说，准备好两个人的酒啊。王连生急忙补充说是四个。撒大木愣怔了一下，说四个就四个吧。

那一天，撒大木特意穿了一身在部队上训练时才穿的那种作训服，脚上蹬了一双战地靴，一路威风地向北沙窝走来。

村上的人都知道要打怨架了，便大呼小叫地跟着来看，那情景就像看大戏，热闹得很。夏四爷也来了，老头儿说大木，你真的要和他们打架啊？俗话说一虎难敌二狼，他们可是四人哩。撒大木笑着说，他们叫到门上来了，没有退路啊，我不来，以后的事情就不好办了。

打斗是在大沙梁那边进行的，到了沙地边缘上了，男人们都进去了，最好奇的倒是那些没成年的孩子们，可孩子们却被无情地挡在沙梁这边了。有些调皮的孩子几次偷着想越过那沙梁去，但都被赶了下来，大概是这种活动多少是有点儿少儿不宜的原因吧，赶得上城市里看三级片了。

今天和撒大木对阵的除了朱环王连生之外，另两个则是李金贵和夏老六。同样都是挨了罚的超生户，相同的命运，让他们自然地结成了一个帮伙。看到撒大木来了，那李金贵和夏老六还是很恭敬地迎了上来，他们叫了声村长，就算是打过招呼了。

这种打斗自然还是要有个公证人的，不然就没有规矩了。公证人一般都是由村里那种德高望重的人来担当的，于是夏四爷就自然地走到这场地中央来了。夏四爷走到朱环他们跟前，问他们怎么打，是一对一地打还是一呼隆齐上？朱环说一对一打我们当然不是他的对手，我们要一呼隆上。夏四爷说你们四个打一个你们就不亏心？朱环说，这规矩是咱们老祖宗传下来的，老祖宗也没有说不能一呼隆上啊？夏四爷又转回身来对着撒大木说，大木，现在轮到你说话了，你要说一对一就一对一，他们谁说啥都不算数的。撒大木说他们说一齐上就一齐上吧。夏四爷又转回身对那四个人说，你们是四个人打一个，我今天可话说到这儿了，谁也不准下死手，谁下了死手老子就不饶他。

打斗开始了，双方都开始脱衣服，朱环他们三下两下就把自己脱剥光了。那是晴天的下午，太阳把沙地晒得很热，赤了脚站在沙子上的时候就有了一种灼烫的感觉，可把脚再往沙地里面伸一伸，下面却又是凉的，很舒服的。

撒大木也把衣服脱了，可当他脱到身上只剩下那件草绿色的大裤衩子的时候，却不肯再脱了。王连生说村长，你还没有脱净呢？撒大木说你是怕我里面藏着什么秘密武器的吗？一群看热闹的人就笑了，一个名叫王石头的人喊着说，村长他们是怕你那里面藏着机关枪哩。一群人轰的一声就笑翻了锅了。撒大木说眼下要讲精神文明哩，打架归打架，但文明还是要讲的，咱们的媳妇儿女还都在沙梁那边候着哩，要是让他们看见你们这个样子，你们就不脸红？你们还是把衣服穿上一点吧，把你们那鸡巴东西遮一遮，这沙地晒这么烫，把你们那东西烫坏了，回去了看你们的女人怎么跟你们闹吧。

听了撒大木的话朱环王连生夏老六都回头把裤头重又穿上了，只有李金贵没有穿，李金贵说他没有裤头，他从小到大一直没有穿过裤头。撒大木说那你就回去把裤头穿上再来吧。李金贵说那我还是把裤子穿上吧。

四个人分成四个角，把撒大木紧紧地围在当心，一个人发了一声喊，四个人便狼一样扑了上来。首先是李金贵抱住了撒大木的腰，王连生夏老六一人抱住了一条腿，然后是朱环搂住撒大木的脖子，只听扑通一声，半截铁塔样的撒大木被摔倒了。这一跤摔得很重，尽管没有伤及皮肉，但肚子里的五脏六腑就有了一种蒙蒙恫恫的痛了。说到这里可能有人会问了，蒙蒙恫恫的痛是什么样的一种痛啊？我说你被人用灌满汽的篮球砸过脑袋吗？你要被砸过你就自然知道那是一种什么感觉了。

开头的几个回合撒大木一直是吃了亏的，尽管撒大木长得身高力大，但架不住人家的人手多，一上来就把他的胳膊腿的都抱住了，抱得死死的，让他施展不开，没办法，只有挨摔了。

但撒大木毕竟是当过兵的人，他知道如果这样的和对手打持久战他肯定是打不过他们的，他应该灵活机动，他应该避实就虚，他应该诱敌深入，他应该顺手牵羊，他应该各个击破……总之他所能运用的战术多了。

当又一个回合开始的时候，撒大木就灵活地冲出了敌人的包围圈，快速地向一个沙梁上面突围而去。那沙梁很高很陡，攀登起来很费力，但撒大木还是很快地上去了，那四个人愣了一下也很快地追了上来。因为他们是四个人，他们是不可能同时上来的，这样就给了撒大木一个一对一或者一对二的机会了。当他们困牛一样喘着大气攀到沙梁上的时候，人还没有站定，就被撒大木一个又一个地从沙梁顶上扔了下来。他们是爬着上来的，他们又是滚着下去的，他们滚动的姿势很有点像屎壳郎滚蛋子，很痛快很有成就地滚动着。

这一架打得真是精彩真是解恨，直到太阳偏西的时候，双方终于耗尽了力气，死鱼一般直挺挺地躺在沙地上了。

8

哨马营人一向崇尚武勇，他们都喜好当兵，明朝的时候他们是明朝的兵，清朝的时候他们又当的是清朝的兵，民国的时候，吉鸿昌主政西北，吉鸿昌是中原人士，他部下的兵也多中原人。哨马营人的祖上大都是明朝洪武年间从中原那边过来的，听着那帮中原兵说话很是亲切，呼啦啦就有十几个年轻人跟上吉鸿昌的队伍走了，当兵去了。

如今的哨马营又像是一座兵营了，每到秋冬农闲季节，村前的那片打麦场上，就有一队一队的兵在那里训练，他们的步伐整齐，口号响亮，把村边的那些树木震得一抖一抖的。这是撒大木在训练他的民兵。

撒大木一当上村长，就感到现在农村的工作其实是很难做的，现在的村民已经大不如从前了。自从分田到户之后，生产大队没有了，小队也没有了，没有了集体自然也没有集体意识，要不然的话，咋会有一群像朱环王连生这样的破坏计划生育政策的不法分子呢？要在过去，他敢吗？你想超生，生产队不分给你粮食，狗日的没有吃的我看你还敢生吗？眼下的村民就如同一盘散沙，有时候想召集着开一个村民大会人都到不齐，这让撒大木很头痛。撒大木在部队待得久了，习惯了那种招之即来挥之即去的军旅生活，那能忍受得了似这种无组织无纪律的生活状态呢？撒大木很想改变这种局面，他找夏四爷商议怎么才能把村民们重新组织起来。夏四爷也没有办法，老头儿说眼下就是这个样子，你总不能把咱哨马营再变成一座兵营吧？撒大木说，我就是想把咱哨马营再变成一座兵营。夏四爷吃惊地看着撒大木，说那怎么能行？撒大木说，咱村里过去不是有民兵连嘛，我想把民兵连恢复起来，把村里的适龄青年组织到一起，对他们进行一些必要的军事训练，过去不是有一句话叫做全民皆兵嘛，我看这句话还不过时。当然了，咱们组织民兵不一定就是为了准备打仗的，现在咱们国家强大了，在国际上的地位也很高的，不是哪个帝国主义国家想打咱们他就敢打的，那仗一时半会也打不起来。咱们把民兵搞起来，就是把一部分村民重新组织起来，尤其是那些青年，精力旺盛，就是不知道该往那里使劲。秋冬农闲的时候，把他们组织到一起，也省得他们去赌博耍牌偷鸡摸狗无事生非到处惹事了。再说哩，如果我们有了一支有组织有纪律的民兵力量在手里抓着，那村里的事情就好办多了。听了撒大木的话，夏四爷仰着头想了一会儿，说要真是那样的话还真是一件好事情哩。不过呢，这组织民兵的事情，还是要经过上级同意才行。撒大木说，当然要经过上级的批准了，要不然那不成了非法组织了嘛。

　　一听说村里要成立民兵队的事，村里的青年便都来向撒大木打问，当了民兵给不给发衣服？撒大木说当了民兵就要统一着装，当然要发服装的了。又有人问发不发枪？撒大木说，不发枪让你们用啥训练，发烧火棍子啊，那我成了啥了，丐帮帮主啊？

　　撒大木的话说得一群人都笑了。青年们都感到民兵训练是一件很新鲜很有趣的事情，当下就有五六十个人在撒大木那里报了名了。

　　撒大木带着他的申请报告首先找到了乡上，乡人武部的那位干部是一位喜好苟安贪图安逸的人，他跟撒大木推托着说，你先把你那报告放到我这吧，等过几天我到县上去跟上级部门研究一下再说吧。撒大木是个急性子人，哪里又等得了几天等得了你的再研究啊，他转过身来就直奔县上去了。县人武部的部长姓金，对撒大木他还是很了解的。当他看到了撒大木的报告后是很高兴的，在他的意识里，自从进入新时期以来，农村的民兵建设尽管正式纳入到了民兵预备役建设里面来了，可对于许多乡镇来说，只是有其名而无其实，只是一个空架子而已，这许多年里，他们从来也没有进行过一次正经的民兵训练。究其原因，主要是和平之日久，一些人武干部自然就产生了一种懈怠思想，再加上国家的正规军队都在大规模的裁减呢，你民兵训练还有个什么搞头啊。还有一种因素是农村包产到户以后，很多的青壮年劳力都出外打工去了，剩下的一些人也在庄稼田亩上忙于奔波，没有那份心情再参加这种训练了。农村的民兵训练大都在秋冬农闲季节，虽然说不上是爬冰卧雪，但还是很辛苦的。现在的农村青年谁还想受那个苦去啊，有其抱着根枪杆子趴在冰冷的泥地上练打枪，还不如坐在热炕头上玩几圈牌来得更舒坦些。还有一些乡村虽然还保留了民兵的建制，但却一直没有进行过正规的训练，一说召集民兵进行训练，那些家伙竟然就敢张口向你要误工补贴，他妈的，这不成了雇佣军了嘛。没有想到在这种形势下，这个哨马营村的复员军官撒大木竟然提出了在他们村恢复民兵训练的事情，你说作为上级主管部门的领导哪还有不支持的道理呢。

　　那姓金的部长对撒大木的报告是很重视的，经过会议研究，很快就对撒大木作出了答复，同意他们在长城乡组建一个民兵连，并且把他们正式编入民兵预备役序列。

撒大木的民兵连就这样建立起来了。哨马营民兵连的建立对哨马营村的经济建设和维护地方治安方面所起的作用，在以后的日子里，很快就显现出来了。

9

几个女人在草滩里割马莲，还没入伏，天还不算太热。这季节里的马莲长势好却还不见老，把马莲割倒了就摊在地上晒，三两天的工夫就干透了，用车运回家去，垛起来，闲下来的时候，就把马莲用水冈湿搓绳子。这时候的马莲搓出的绳子韧性好，能拴一头牛。当然马莲的绳子并不是用来拴牛的，而是用作草要子捆庄稼的。夏天的时候捆麦子，秋天的时候捆谷子，多少年来，地里的庄稼就是靠了马莲的绳子一捆一捆地捆起来，又一捆一捆地运回家来的。

青青的马莲铺在地上，一片一片地，像一滩滩绿色的水。

女人是羊，羊喜欢草，女人也喜欢草，那新鲜的草香让女人就兴奋得很。女人们坐在草铺子上说话儿。女人的话多，女人生来就是说话的，女人不能不说话，女人的话就像草滩上的风，丝溜溜地爽。这天大地大，大不了就是男人和女人们的事。男人们到一起说的是女人们的事，女人们到一起说的当然也是男人们的事，哨马营的女人泼辣得很，她们到了一起，任什么样的话也敢说，任什么样的事也敢做。

哨马营最让女人动心的男人是撒大木，女人说的最多的当然还是撒大木。一个名叫桂青的女人说，这女人嫁汉子，要嫁就嫁撒鞑子那样的男人，要钱有钱要势有势，还有个好身子，像一棵大树，能遮阴又能挡雨，多牢靠啊。你看他那胳臂多粗啊，要是被他抱在怀里，还不知道有多美呢。一群女人便都笑开了，一个叫惠莲的女人说，你是不是想让他抱一下啊？桂青说，我是想让他抱呢，可他就是不抱啊。另一个名叫凤仙的女人说，就你那身子，能行吗？撒鞑子可是当过兵的人，会拼刺刀，你就不怕他三下两下就把你捣死了啊？女人哄地一声又笑起来了。桂青便红了脸，扑过来和凤仙扭打起来。桂青骂着说，你这不要脸的小骚货，看我不把你那蔽嘴撕扯了的。

　　两个女人在草铺子上笑着骂着滚打了一气，便又都住了手。惠莲对着一直没有说话的淑花说，咋呢花子？昨晚上你家男人没给你浇水啊？咋就蔫了吧唧没精神了？那叫淑花的女人叹了口气说，臊死人了，昨儿晚间她和她家男人正做事呢，就被她家儿子看见了，她家儿子被一泡尿憋醒了，就自顾着爬起来把灯拉开了，就那么全看见了。惠莲说，你们弄那事儿也不用个毯子被子的遮住点儿？淑花说，这不是天热嘛，就没有盖。这儿子都八九岁了，成半截子人了，懂事了，你说咱这当爹当妈的脸子还往哪儿放？凤仙说那有啥，他看见了又能咋样嘛！淑花说他看见了他就不愿意了，站在那里哭，把一泡尿就尿到炕上了，还骂我们是流氓。凤仙说，啥？他一个小鸡巴孩子敢骂大人是流氓，你就给他说，你爸你妈要不流氓哪来的你啊，你就是你爸你妈流氓流出来的你知道吗？惠莲说，这话说起来也真是个事呢，就咱们这个条件，大人娃娃都在一个炕上睡，保不准啥时候就被他们看见了，孩子小了还没啥，孩子大了就丢人了。桂青说，要说丢人我们家可真是把人丢大了，今年秋里我们家收拾房子，旧炕拆新炕还没有盘起来，没地方住了就搬到娃他爷爷家去住了，老少三代就睡一个炕，老的睡炕那头，我们睡炕这头，俩娃就睡中间。睡到半夜了，我们家那没出息的就爬到我被窝里来了，我以为人都睡着了就没在意，谁知道娃他爷睡得轻，我们这边一动他就醒了。他听到我们这边响得不对了就伸着脖子看，吓得我们把被子蒙住头再也不敢动了，那你说丢人不丢人啊？凤仙说你们也是的，你们还孝敬老人呢，你就不会说，爹啊，您老人家要是睡不着，就来尝一口吧。凤仙的话还没有落音，女人们又都笑了起来。桂青骂了一句放你娘的屁吧，就把凤仙扑倒在地，两只手伸到凤仙的衣服里面，就在身上抓挠起来，挠得凤仙满地里翻滚着，嘴里一个劲地姐姐嫂子地叫饶着。

　　女人们绕了一个大圈子，不知怎么又把话题扯到撒大木身上来了。桂青说，你们说那个撒鞑子，他咋就只好了个乌丫儿，他咋就不和别的女人好呢？惠莲说，人家是当过兵的人，又是村长，自然是不能随便乱搞女人的。桂青说，人家下营子的牛川，也是复员军人，也是村长，人家就敢搞，把一个村子的女人都快搞遍了，谁家来了新媳妇，不出十天，准让他搞到床上去。淑花说人和人不一样，当干部要作风端正呢，像咱们村长这样的人，才是好干部呢。凤仙说他好什么好，就凭他和乌丫那事儿，也不是什么干净人。惠莲说这不能怪村长，谁让乌丫是咱哨马营拔了稍子的女人呢。桂青说也真是的，自从长顺在部队上出了事，这都快十年了吧，乌丫儿就守着个孩子，也没有再走个人家，也真够可怜的了，幸亏有了撒鞑子，要不她那日子可怎么过啊。凤仙说，也怪了啊，你们说撒鞑子和乌丫儿就那么明铺暗盖的，秋云她咋就不管呢？惠莲说她想管哩，她咋管得住啊。淑花说这你们就不知道了，秋云是个心肠软的人，她结婚前就知道了村长和乌丫儿好了，原本村长是要和乌丫儿结婚的，就是因为村长的老娘嫌乌丫儿是个狐娘命，怕把村长克着了，便寻死觅活地把这事搅黄了。后来村长就找了秋云，乌丫儿就嫁了长顺，就算是各有各的家了。可自从长顺殁了以后，他们就又好上了，秋云也是可怜了乌丫儿的，这年轻轻的就没了男人，同样都身为女人，秋云自然知道这没有男人的日子是很难熬的，所以秋云也就不管了。桂青说，也就是秋云的心大，这事情要是搁着我啊，闹到天上去都不行，凭啥我的东西，要分一口给她吃啊？惠莲说你吃不完就不兴分一口给别人啊？桂青说你以为那是喝稀饭啊，三碗两碗地下去肚子就胀起来了，那东西哪有个够啊，哪有吃饱的时候啊，这说句不要脸的话吧，就是一晚间来个十个八个地，咱也不嫌多。凤仙说那你可真的是流氓了。女人们便又开心地大笑起来。

就在女人们说笑打闹着的时候，撒大木来了。

撒大木骑着一辆摩托车像风一样地飞过来了，撒大木是从沙边子那边过来的，沙边子那里有村里这两年新植下的生态防风林。那些树还没有长起来，却时有羊群窜进去啃吃那些嫩绿的树芽儿，村里没有专职的护林员，撒大木就时不时地要去看一看。

看到了撒大木，几个女人便一齐喊道，村长村长，你又去当你的巡逻兵去了吗？村长村长你好辛苦你下来喝口水吧。

撒大木在女人们面前停下了车子，笑着说，你们这伙骚狐子，又作什么妖呢？看哪一天我不把你们都收拾了。

撒大木说话的时候人还是在车上叉开腿坐着的，好像随时就要走的样子。

桂青就上去把撒大木从车上拉下来了，桂青说村长，你要深入群众哩，说着就把撒大木按到草铺子上坐下了。但凡男人，尤其是那些有生活经历的男人，是很喜欢和女人们逗趣儿的。撒大木坐在女人们中间，显得很高兴的样子。撒大木一坐下来，就有一种特殊的气味让女人们迷醉了，这是一种很干净很男人的气味，这种气味是村里的男人所没有的。村里的男人们终日在庄稼地里忙碌，他们的身上永远都是一种汗臭味羊膻味牛腥味以及臭脚丫子味，那味似乎已经深入到了肌肤里面去了，即便是用清水洗了也是洗不掉的，更何况哨马营的男人们都懒，他们懒得洗。这一点撒大木和他们不一样，撒大木毕竟是村长，是从外面回来的人，撒大木很讲究卫生，这是当兵养成的好习惯。撒大木的衣服永远是干净的，撒大木每天早晨起来除了洗脸之外还刷牙，刷过牙的嘴一说起话来就喷出一种薄荷味，清凉清凉的。撒大木还经常洗澡，撒大木给自己家的房顶上装了个太阳能淋浴器，那水是现成的，想什么时候洗就什么时候洗。有时候是撒大木一个人洗，有时候是和秋云一起洗，两个人相互搓着洗，搓的皮肤咯吱咯吱地响。当然这些话是他家宝驹说出来的，宝驹不说别人又怎么能知道呢。那情景让女人不敢想，一想起来就脸红心跳了。

女人们和撒大木糖甜盐咸地说了一大堆的话，桂青的胆子大，桂青说村长，我们对你有意见呢。撒大木说有啥意见你们就说。桂青说，你是村长你办事要公道要一碗水往平里端呢。撒大木看着桂青，说我啥时候不公道又把你家亏下了呢？桂青说，你不能光拥军不爱民啊。撒大木多少有点儿疑惑了，撒大木说我怎么就光拥军了？我怎么就没有爱民了？桂青说，那你怎么老往乌丫家里去，帮乌丫屋里屋外地干活，怎么你就不到我家里去呢？说到这里撒大木脸就有点红了，好在撒大木的脸子原本就黑，黑红黑红的，即便有点儿不对色儿也是看不出来的。撒大木便打趣地说好啊，以后你家里有我能干的活儿，你就来找我，我保证随叫随到，只要你家建社不找我打怨架就行。桂青撇了撇嘴说，就他，他敢嘛。凤仙就过来插嘴说，村长啊，桂青说他家建社干活不行，她老是吃不饱，饿肚子，她是想让你到她家扶贫呢。撒大木便装作很认真的样子说，怎么？你家粮食不够吃，这我当村长的可要负责任了，要不我明儿个给你送一袋子面去？女人们便又笑了，女人们笑得是很有意思的。

女人们说够了笑够了，似乎还不过瘾，她们是要和撒大木闹一闹的，这种闹是一种纯粹的耍闹，是那种玩笑开的过大了的耍闹。她们几个交头接耳说了几句悄悄话后，便趁撒大木不备时，扑上来就把撒大木压倒在地上了。撒大木也是喜欢这种耍闹的人，便和她们在草铺子上翻来滚去扭结到了一处。女人们欢快地叫着笑着，开心极了。

撒大木和女人们耍闹够了，便用她们捆草的绳子把她们一个一个地捆了起来，女人们不知道撒大木要干什么，桂青就说，村长，你把俺的手绑住了还绑腿干啥，腿绑上裤子就脱不下来了。凤仙说腿还叉不开了呢，女人们便忍不住又是一阵笑。令女人们意想不到的是，撒大木把她们捆上以后，任什么也没有干，就骑上他的摩托车走掉了。撒大木临走的时候回头对她们笑着说，小骚狐子们，好好待着吧，看你们还做妖不了。女人便喊着说，村长啊，你把我们捆在这儿，要是来个坏人可咋办啊？撒大木说，那他就会把你们腿上的绳子给解开了。

10

放羊人大头生得也太丑了些，以至于三十多岁了还打着光棍，有人就开他的玩笑，说他想女人想急了，晚上就和他的羊睡觉哩。这话也太恶毒太侮辱人格了，大头气急了，就要和人打架，打架他也打不过人家，但他知道该怎样发挥自己的优势，就是和人撞头，他的头又大又硬，没有人能撞得过的。王石头就曾经和他撞过一次，王石头也是个硬头，两个硬头到了一起，自然是要比试比试的。两个人像两只斗架的公牛，摆好了架势，只听一声喊，两人便举着头猛烈地向对方撞去，只听天崩地裂一声巨响，

就见头能撞碎砖头的王石头原地转了好几圈儿，便倒在地上不知天高地厚地晕过去了，而大头只是头顶上起了一个青柿子样的疙瘩外，啥事也没有。从那以后，大头就出了名，在哨马营再也没有人敢跟他撞头了。

那一天，大头在草滩里看到几个女人被捆绑了手脚，躺在草地上滚来滚去像几只大虫子，觉得稀奇，就走了过去，认得她们是村上几个出了名的花俏婆姨。女人们经过了刚才的一番打闹，身上的衣服都闹乱了，有的露出了一截肚皮，有的露出了半个奶子，看得大头直流哈喇子。桂青就喊着说，大头，来，给嫂子把绳子解开。大头嘿嘿地笑着说我不解。桂青说你给我解开我回家给你做长面吃。大头说我不吃你的长面。桂青说那你想吃啥？凤仙插嘴说他想吃你的奶子哩。桂青说他是癞蛤蟆想吃天鹅肉。大头说我也不吃奶子。惠莲说大头你想干什么？大头咽了口唾沫嘿嘿地笑着不说话了。惠莲说大头你给嫂子们解开，你想干啥你说。大头说你们……你们让我跟你们睡觉我就给你们解。桂青骂道，不要脸的，你快回家跟你妹子睡去吧你。大头挨了骂却不恼，就在女人的身边坐了下来，用一把黑伞遮住了头顶上的大太阳。一群羊一面吃草一面就涌了过来，羊见了女人身下的草就争着抢着的吃。这狗日的羊也就怪了，那些马莲草长在地上的时候它们一口也不吃，人一割倒了它们就吃起来了。羊们一面吃草还一面用它们湿漉漉的嘴来闻女人的身子，女人身上除了有一种青草味儿外还有特殊的味道，羊们似乎很喜欢。更要命的是这些羊们极不文明极不讲卫生，它们一面吃草一面就随地大小便，这让那些爱干净的女人又怎么受得了啊。凤仙说大头，你的羊怎么都跟流氓一样了，大头就嘿嘿地笑。到底还是惠莲有心计，惠莲说大头，快把你这些该死的羊赶走，你说啥我们都随了你还不行嘛？大头说你们真的愿意了？惠莲说谁骗你是狗还不行嘛？大头站起来，把手里的羊便在空中打了两个响儿，那羊群便呼隆隆地跑远去了。惠莲说大头，你是想和你桂青嫂子一个人睡呢还是和我们四个一疙瘩里睡？大头便转着圈地把地上的女人都仔细地又看了一遍，桂青的奶子大，像头母牛，那味道一定好；凤仙的人是瘦了些，但身材特别的好看，只是不知道脱了衣服里面会是个什么样子；惠莲的脸子好看，但皮肤好像黑了点儿，脸子上黑那是太阳晒的，肚皮上好像还是挺白的；当然最好的还是淑花，不仅脸子好看，那肉肉生得水嫩水嫩的，用手摸一摸，就滑溜得很……大头的心里火燎燎地，多少有点儿急不可耐了。大头说，那……那我就和你们四个一疙瘩里睡吧。桂青说，和我们四个一疙瘩里睡，你有那个球本事吗你？大头说有，当然有，别说是你们四个，再来几个怕也不够用的哩。说到这里女人便都笑了，心里说这狗日的大头到底是没有见过女人的，他娃儿白活了这么大岁数了，到头来还不知道女人是个什么东西呢。惠莲说那你还不快把我们都放开啊？大头便把手里的遮阳伞往地上一扔，蹦着跳着给女人们解绳子，并且不失时机地在女人们的身上都摸了一把。

女人们身上的绳子终被解开了，被解放出来的女人们一边整理着身上的衣服，一边又凑到一堆说了几句悄悄话，然后就回过头笑着说，大头啊，你是真的要和我们一疙瘩里睡吗？大头说是。女人们说那你还等个啥呢，你还不脱衣服啊？大头说脱当然脱，不脱怎么弄啊。大头说着自顾把裤带解了，手一松，那裤子就溜脱到地上了，露出了两条粗短壮实的腿来。女人们一见，便相互递了个眼色，接着便狼一样地扑了上去，一下子便把大头压倒在地上了。起初大头还以为女人们是真的要和他做那事呢，嘴里还不停地说，你们不能一起都上啊，一个一个来嘛，都上我怎么弄啊。可是很快大头就发现不对劲了，女人把他按倒以后，先是把他的手给捆住了，然后又把他的腿给捆住了，而且捆得很紧，此时他才意识到了是上了这伙女人们的当了。

女人们把大头捆住后，又把他的裤子拴到羊脖子上，一石头砸过去，把那羊赶着满滩里跑远了。

被捉弄了的大头躺在地上，像一头被宰杀前的猪，挣扎着嚎叫着。大头开始骂人了，他骂得很露骨很解恨，但女人们却不再搭理他，只是收拾起各自的东西，一路笑着回家去了。

　　哨马营原本是个半农半牧的村子，好多人家都是养着一群羊的。撒大木还清楚地记得，他小的时候，常常赶了一群羊到长城外面去放，那时候长城外面还有一片很大很大的草场，那里不仅牧草丰厚，更是牧羊娃们欢乐游戏的天堂。孩子们一边放羊，一边就结起伙来捉野兔追黄羊。黄羊当然是追不上的，那东西跑得太快，一见了人，便风一样地逃走了。不过偶尔依靠了牧羊狗的帮助，也能捉到一两只野兔什么的。一旦谁家的狗捉到了野兔，孩子们便过节一般地快活了，他们围拢一起，在草地上生起一堆火来，烤野兔吃。好运气并不是每天都有的，捉不到野兔的时候，他们就到沙丘子上去采沙杞子吃。八月里沙杞子果都成熟了，红的透红，紫的黑紫，手指头肚般大小，吃到嘴里酸酸的甜甜的。不过那果子不能吃多，吃多了鼻子会出血。大人们常让自家的孩子采一些果子带回去，放在屋顶上晒干了泡酒喝，那东西很养人。

　　现如今那美丽的梦幻般的地方已经不复存在了，长城外边的草场，被那片沙漠一口一口地吃掉了。草场的消失，对那些羊来说无疑是一场致命的打击。羊们吃不上草了，羊就吃起羊来了，羊吃的是羊身上的羊毛，羊是温顺的，羊也是聪明的，羊就互相吃着对方身上的毛来充饥。失去羊毛的羊们是很难抵御冬天的寒冷的，在那个最寒冷的冬天里，好多人家的羊都冻死了，也就是从那个冬天开始，哨马营的村人们有一多半的人家都不再养羊了。

　　哨马营是没有多少羊了，可自从撒大木当了村长以后，哨马营就养起了牛，并成了远近闻名的养牛专业村了。外面流传着两则笑话，都和哨马营的牛有关，下面我就说一说这两个笑话吧，至于笑不笑那就看你自己了。

　　笑话一：

　　一个记者来哨马营采访，好像那是位北京来的记者。采访结束，临走的时候，撒大木送了两条牛鞭给那位记者，记者很高兴，不料上飞机的时候就出了问题了，一个空姐硬是把他挡在飞机门口不让他上去。记者说，这又不是两杆枪，你怕什么？那空姐撒了撒嘴说，正经的枪我们才不怕呢，这些年我们都见惯了，只有你那东西，才真正要人的命呢。

笑话二：

县报社的牛主编带领着手下两个编辑一个记者到哨马营来拉赞助，一个编辑姓杨，简称杨编，一个编辑姓朱，简称朱编，记者姓李，是个女的。中午撒大木招待他们吃饭，上了一道菜叫三鞭大补汤。女记者直觉着新鲜，抢先用筷子夹起了一块肉，说这是什么啊？姓朱的编辑看了看说，这个你不认识啊，这就是咱们的杨编（羊鞭）嘛。接下来女记者又夹起一块肉，说这又是什么啊？姓杨的编辑反击姓朱的编辑说，你小女子真是没见识，连这个也没见过，那不就是咱们的朱编（猪鞭）嘛。临末了，女记者捞起了最粗大的那一个说，这一个我知道，大概就是我们的主编（主鞭）了吧。

12

这一年虎头七岁，上小学一年级。七岁的虎头已经知道很多事情了。那是暑假的一个下午，虎头和村里的一伙孩子在路边的那棵大柳树下玩水淹方城。这是乡村里的孩子们经常玩的一种游戏，乡村里的孩子不像城里的孩子，城里的孩子玩的是很花钱的玩具，乡村里的孩子没有那种让人眼花缭乱的玩具，乡村里的孩子就玩土。乡村里的孩子很聪明，他们根据自己的想象，能把一堆沙土玩出很多花样来。比如这水淹方城，游戏开始，所有参加游戏的孩子被均等地分成两拨，双方就开始用沙土堆筑城堡，城堡堆得大都是方形的，四面还都留有城门。城里头则是用土堆成的一个个馒头般大小的房子或者说是帐包，城堡中间有一个最大的帐包，那上面往往还插着一面小小的旗帜。旗一般是用红纸做的，当然如果是找不到红纸的时候，任什么绿纸黄纸蓝纸都行，但就是不能用白纸，白旗一插就意味着投降了。那最大的帐包象征着的是这个城堡的核心机关，也就是指挥官所住的地方了。战斗开始了，双方除留下一两个战斗力弱的士兵守城之外，都派出最强大的兵力去攻打对方的城池，于是，双方的战斗员便在两城之间的空地上厮杀起来。起初，孩子们手里都还拿着那些用树枝或是用庄稼的秸秆做成的刀枪捉对儿拼杀。事实上那些刀枪是经不住击打的，几下子就被打断了，没有了刀枪的士兵们就进入到了徒手肉搏阶段，所谓肉搏就是摔跤。哨马营的孩子从他们的父辈那里学会了摔跤，他们的跤摔得很好看很有水平。这是这场战斗最精彩也是最关键的时刻，双方的士兵们都使出了吃奶的力气要把对方摔倒，如果一方有一个或两个的士兵被摔倒了，那就意味着这一方已经失败了。因为你一倒地就标志着你已经牺牲你就不能再参加战斗了，而胜了的一方则可以集中优势兵力，以多胜少最终把他们各个击破一个一个地都放倒在地了。胜者为王败者贼，胜了的一方自然是很光彩的，他们可以到对方的城堡里面去，任意地糟蹋一番，然后掏出他们的小鸡巴来，朝着那个插着旗帜的最大的帐包撒尿，直到把那个帐包冲淹得土崩瓦解一塌糊涂，以此来表示对败者一方的羞辱。

那时候，虎头正满头汗水地对着那个土堆撒尿，胜利的喜悦让虎头的这一泡尿撒得痛快而又淋漓。这时刻大头不知从什么地方钻了出来，大头对着虎头说，虎头虎头，你赶快回家去看看吧，你娘都快让鞑子日翻了。虎头看着大头，一双眼睛都瞪圆了。虎头回骂大头说，你娘才让鞑子日翻了呢。大头挨了骂，就来抓虎头，说你个小鸡巴孩还敢骂人，看老子不扒了你小狗日的皮。虎头拔腿就跑，虎头跑得很快，绕过几家房子就把大头甩掉了。虎头甩掉了大头，但虎头却再不敢回头去和小伙伴们玩了，他怕大头在那大柳树下等着抓他，被大头抓到了那可不是好玩的。

村子里静悄悄地，虎头在村巷里转了几圈，觉得没有意思就回家了。

家门没有上锁，但却从里面拴住了，虎头推了几下没有推开，他原本想着要喊门的，只要娘在家，他在门外一喊，娘就会从屋里出来给他开门。但这一次虎头没有喊，一想到刚才大头说的话他就不喊了。

院子外头有一棵树，虎头很会爬树，虎头就顺着那棵树爬上院墙，然后又抓住一根树枝，轻轻一吊，像猫一样就跳到院子里来了。

屋门也是从里面拴着的，虎头就觉着有些不对头了，平日里妈在家的时候，院门关着屋门就不关了，今日了院门关着屋门也关着，虎头就觉着有些异样有些故事在里面了。

虎头趴在门上，顺着门缝往里看，外头太亮屋里太暗，开始的时候什么也看不见，但看了一会儿也就看得清楚了。

那一天，虎头看到的故事是这样的，那个被人们叫作撒辊子的男人，那个经常来他们家帮着娘做活的男人，那个亲切关怀着他的成长被他叫做大爹的男人，此刻正赤身露体地躺在他家的炕上。那男人的身体壮实极了，他的手很大胳膊很粗，他的腿上和胸脯上都长着一层黑黑的毛。虎头还看到，在那男人的身上坐着的是一个女人，女人也是赤露着的，女人的皮肤很白，腰身特别地好看。尽管那女人是背对着他的，但他还是清楚地看出了那个女人就是娘。

在虎头的意识里，他的娘似乎并没有吃亏的，因为他所看到的情景和大头所说的事情是完全不一样的，撒辊子并没有把他的娘怎么样，而反过来是他的娘却把撒辊子当马骑着哩。小孩子们也常常玩骑马的游戏，那则是强者对弱者的戏弄，或者是游戏中胜利者对失败者的一种惩罚。娘也是要惩罚撒辊子的吗？

那匹马好像是行走在一片很大的草原上的，草很绿，花很好。马身上的骑手似乎并不想急于赶路，她好像是在观赏一片美丽的风景。那马走得很慢，骑手的身子就那么缓慢地颠簸着，很有节奏很美好地颠簸着。

路途还很远，骑手和马都还需要耐力，骑手好像有些累了，就伏在了马的身上。骑手用手楼着了那马的脖子，用嘴不停地在那马的脖子上和那宽阔的胸脯上亲吻着，而那匹马则用他的那一双大手在骑手的身上抚摩着……似乎过了很长的一段时间，突然，骑手坐起了身子，她要打马奔跑了，那马跑得很快，她颠簸得也很快，她终于抑制不住地叫起了，她说大木大木，我的男人，我的肉肉，我受不了了，你要把我弄死了啊……

一幕让虎头不愿看到的事情发生了，那时刻他看到那匹马突然就变了，变成了一只凶猛的老虎，老虎把娘压在了身子下面，他那巨大的身子猛烈地动着，似乎真的就要把他那可怜的娘压死了压碎了。这时候他又一次想起了大头的话了，他感到了他是受了极大的侮辱了，他愤怒极了，就从院子里找了块石头，朝着那屋门狠狠地砸了过去。

13

　　许多年前，在通湖草原上出现了一只银狐，那是传说中的一种神物。银狐是一种极珍贵的狐，它的皮毛是白色的，像刚出壳的棉花那样白，像草地上没有经过风的雪那样白。那只银狐的出现，让草原上众多的猎人都着迷了，他们不惜一切地到处寻找着那只银狐。一个名叫牛保的年轻猎人有幸和那只银狐相遇了，牛保是草原上最好的猎手，他一生猎取的狐狸无数，但那都是草狐，像这样名贵的银狐他也是第一次见到，既然见到了他就不能放过它了。它顺着那只银狐在雪地上留下的踪迹一直追踪了许多日子，那只银狐不仅漂亮而且聪明，聪明得让人难以置信。人类有一句话说，再狡猾的狐狸也斗不过好猎手，最终那只银狐还是被牛保的枪给够着了，那只银狐受伤以后跑进一片树林就不见了。牛保在那片树林里没有能够找到那只银狐，但却遇到了一个女人，那女人很漂亮。后来牛保就把那女人领回家去了，那女人就是乌丫的姥娘。

　　通湖草原上的人们一直在传说，牛保的女人就是那只银狐变的，要不是银狐变的，一般人家的女子哪有那样好看的啊。

　　乌丫的姥娘是个美人，乌丫的娘是个美人，乌丫当然也是个美人。银狐的外孙女能有不好看的吗？

　　可好看的女人命却不好，乌丫三岁的时候她爹就死了，她那时候还小，还不记事，以至于连爹的模样也没有记下。那一年还是人民公社呢，她爹和生产队的是几个壮劳力赶着大车去县上交公粮，哨马营离县城很远，他们不得不起早赶路。那时候天还很黑，她爹就坐在车辕子上打瞌睡，车子一颠，她爹就从车上栽了下去，正好就掉在车轱辘底下了，那装满粮食的大车就从她爹身上轧过去了。

　　对于乌丫她爹的死，话说实了只能算是一件偶然的事故罢了，世界这么大，每天都会有车翻船沉房倒屋塌的事情发生，一位伟人就说过这样的话，死人的事是经常发生的，或重于泰山或轻于鸿毛。无论是重于泰山也好或者是轻于鸿毛也好，和女人的命相又什么关系呢？

　　不过话又说回来了，乌丫她姥爷的死就很怪的。乌丫的姥爷就是那个

开着坦克去唐朝

猎人牛保，牛保是用了自己的那杆杀了无数狐子的枪自己把自己打死的。生龙活虎的那么一个人，年轻轻的，就那么死了，按时下的说法就是自杀，有那么漂亮的女人陪着他，他不好好地活着他为什么还要自杀呢，这真是一件难解的谜了。关于猎狐人牛保的死，通湖草原是有很多种传说的，但大都是些迷信的说法，是让人不能信服的。

首先撒大木就不信，撒大木说狐狸就是狐狸，银狐也是狐狸，不就是一只白狐狸嘛，狐狸怎么就能变成人呢？撒大木是有文化的人，撒大木不相信迷信，可他娘信，通湖草原上的人都这么说，她不能不信。撒大木和乌丫好了好些年，当有一天，撒大木真的要和乌丫结婚的时候，她娘就不干了。老太太拿着一根绳子，对撒大木说，咱老撒家人丁不旺，我就你这么一个儿子，你要娶乌丫，那就让我先死了吧，省得我老了无依无靠没人养活了。娘这一说时，撒大木真的就害怕了，撒大木并不是害怕娶了乌丫自己会怎么样，而是怕他娘和那根绳子。

没有办法了撒大木找到乌丫，对乌丫说，乌丫，我不能娶你了。乌丫说我知道。撒大木又说，我娘让我娶秋云。乌丫说我知道，秋云比我好，只要你好了，我心里也就好了。撒大木说那你又怎么办呢？乌丫说，长顺要我呢，长顺说他家兄弟们多，他不怕，他要我呢。乌丫说这话的时候就那么看着撒大木，显得很平静的样子。撒大木说你不能跟长顺。乌丫说我不跟长顺又能咋样呢？撒大木说我会和你好一辈子的，你不要跟长顺，你等我。乌丫说，就是我跟了长顺，可这心还不是你的嘛？

14

虎头对他娘说我要杀了他。娘说你要杀谁？虎头说撒鞑子。娘就给了他一个嘴巴，娘的那个嘴巴打得很痛，以至于他的头都懵了一下，眼泪就在眼圈里转了几转，但终于没有流出来。娘打了他娘就骂着说，你个不知好歹的王八羔子，撒鞑子，撒鞑子也是你叫的吗？那是你大爹，没有你大爹，能有你吗？能有我们这个家吗？你要杀了他，你就先杀了我吧，你个没良心的东西啊。娘说着就哭了，娘哭得很伤心，娘有个抽风的毛病，一哭很了就抽风，那一次差一点没有抽死过去。虎头就害怕了，打那以后就再也不敢当着他娘的面说那个不该说的混账话了。那句混账的话尽管可以不说，但他对那个人的仇恨却像墙沿上种的那棵南瓜，是越长越大了。在以后的很多日子里，他看到那个人一如既往到他家里去，帮助他娘做一些只有男人才能做的活儿，比如夏天里给房子上泥，比如秋天里下井里淘沙泥，再比如到田野里收割庄稼……那个人一去家里娘就高兴得很，娘就拿家里最好的东西给他吃，有一次他还吃了娘的奶子，那奶子原本是属于他虎头一个人的，那个人竟然要和他抢着吃了，这让他无论如何也忍受不了。虎头下决心要杀了那个人，虎头虽然知道自己还小，还不是那个人的对手。那个人太高大太有力气了，要真正打起来的话，那个人不费吹灰之力，就可以一脚把他踢到村子外面去，像踢一只小狗或者小猫一样，他也可以把脚放在他虎头的肚子上，像踩一只蛤蟆豆豆一样地就能把他踩扁了。但虎头有他自己的办法，也是可以杀了那个人的，他曾经想在黑夜里去把那个人家的柴草给放火烧了。那堆柴草很大，就堆在他家的房子后面，柴草烧着了那房子也就烧着了，房子一烧着就能把他烧死。他还想趁那个人给他家淘井的时候用一块石头扔井里把他砸死，他那时候尽管还不知道落井下石这句话的含义，但他觉着这个办法是他报仇雪恨的最好办法。于是他就等待着，他想等他再长大一些，胳臂腿再长粗一些再有劲一些，等他能抱动那块压井的石头的时候，他也就什么不怕了。

　　虎头在这种等待中长到了十岁了，已经上小学三年级了。三年级的小学生虎头不仅认识了很多的字，也懂得了很多的人生道理。他的个头果真长高了许多，比一般同龄的孩子能高出半头，虎头虎脑的他，也是那么黑红的脸膛，也是那么的浓眉大眼。他在村里走过的时候，总会有人在背后说长道短地议论上一番，一个人说，看这狗日的虎头，越长越像村长了。另一个说，他就是鞑子的种，能不像他吗？

　　虎头就感到疑惑了，虎头带着自己的疑问去找天理爷了，天理爷是村里年龄最老辈分最高也最有威望的人。虎头说爷爷，我爹是王长顺吗？天理爷说当然是王长顺了。虎头说我是我爹的儿子吗？天理爷说是你爹的儿子。虎头又说，那他们怎么说我是撇鞑子的种，长得像村长呢？天理爷抚着虎头的脑袋叹息了一声说，孩子，你家的水井是谁帮着淘的沙？虎头说是村长。老头儿说这不就对了嘛，你家的井里有村长流下的血汗，你吃的是那眼井里的水，你当然要像村长了。

天理爷这一说时虎头果真就相信了，虎头还清楚地记得，那一年村长给他家淘井的时候，脚被井里的什么玻璃渣子扎了大口子，是流了好多血的，血把井里的水都染红了，打那以后，虎头再喝那井里的水的时候，就觉着有了一股腥腥甜甜的血味了。

15

经过哨马营的那段长城还是一段很完整的长城，礓土夯筑的墙体，坚硬得很，虽经数百年风剥雨蚀，但仍不见塌毁。据说这土是从几百里外的一个名叫金山的地方运过来的，想当年那数十万军兵，全靠了车载马驮，蚂蚁搬家样地从远方负土筑城的情景，是何等的壮观激烈啊。

哨马营的人们是很看重这长城的，是把它当祖先一样地感念着保护着的。长城的外面就是沙漠，那沙漠很大，大的没有了边际。站在长城上往外一看，那沙漠就像大海一样卷着巨大的波浪汹涌而来，眼看着就要突破长城了，可它们却又突然立住了脚步，停滞不前了，就那么在长城的近前，堆成了一座又一座山一样的沙丘。哨马营这地方的土质不好，缺少些黏性，也没多少骨性，土也是要有骨性的，没有骨性的土是站不起来的，用这样的土筑墙是经不得几场风雨的。多少年里，哨马营的人但凡盖房子打墙，宁愿花费了力气，到很远的南山台子去取土，也不肯去挖长城上的土。因为他们都知道，如果没有了长城，哨马营怕早就被沙漠给吞没了。

为了保卫长城，哨马营的人经常和老沙窝那边的人打架，老沙窝是个贼窝，一整个村子里的人都善偷，他们偷牲口偷庄稼还偷长城土。长城土骨性好，用它打出的墙，百十年也不会倒塌。

那一天，朱环在长城上又抓住了一伙来偷土的人，他们是十几个人，开着两辆农用车，他们仗着人多势众，就没有把朱环放在眼里。那伙人气势汹汹地对朱环说，你鸡巴是干啥的？朱环说，我是哨马营的，我是朱环。那伙人说，你什么猪唤狗唤的，这长城是你家的啊？朱环说，这长城虽然不是我家的，但它是我祖上领人修下的。那伙人说，你祖上是谁啊，说出来也让我们认识认识。朱环说，只怕说出来吓你们一溜跟头的。那伙人就笑了，说你祖上是老虎吗？朱环说，我祖上是朱桥，大明朝洪武帝的儿子，这长城就是他老人家领人修下的。那伙人就又笑了，说，笑话，我们只听说天下的长城都姓秦，还没有听说哪个长城是姓朱的哩。那伙人中为首的一个就用手指着自己的鼻子对朱环说，我姓什么你知道不知道？我就姓秦，我还说秦始皇是我的祖上呢，我挖的是我祖上的长城，你管得着吗？朱环果真被那人说住了，但也仅仅是愣怔了那么一会儿，朱环就骂着说，你他妈的欺蒙我没文化是不是，秦始皇他妈的他就不姓秦。说着几个人就厮打了起来。

这是一场狼与狼之间的争斗。生活在草原上的人们都知道，但凡一只孤独的狼和几只结伙的狼争斗的时候，可能那只孤狼更凶狠更富有攻击性，朱环就是这样的一只孤狼。

尽管朱环很勇敢，拼死搏斗，但最终还是被老沙窝的那伙人给打倒了。老沙窝的那伙人也太坏了些，他们把朱环打倒以后，还不罢休，就把朱环抬起来，从城墙外面给扔到城墙里面来了。那时候的朱环就如同一只受了伤的大鸟，飞越过长城之后，一头扎到地上，就人事不醒了。

朱环是被夏四爷救回村子去的，夏四爷赶了一辆毛驴车到长城下面去拉柴火，看见了朱环，就把他拉回来了。虽然朱环伤得很重，但还能说话，就把他挨打的事情说了。那时候正赶上撒大木领着村里的民兵在搞训练，这是一年一度的秋训，地里的庄稼活已经干完了，村民们就闲了下来，天还不算太冷，正是民兵训练的好时机。

撒大木听了朱环的话，一股火就蹿到脑门顶上来了。撒大木大吼了一声，命令民兵紧急集合，他要带领他的民兵去老沙窝呢。这时刻夏四爷就把撒大木给叫住了，老头儿说，咱带人去老沙窝，是打架呢还是抓人呢？撒大木说，人不犯我我不犯人，人若犯我我必犯人，首先是他们挖了我们的长城，又打伤了我们的人，已经是对我们最大的侵犯了，如果再不好好教训教训他们，他们还觉得我哨马营的人好欺负呢。夏四爷说，要教训他们也得想个办法，咱虽然手里有民兵，可一旦打起来，不出人命便好，一旦出了人命，这事情就不好收场。撒大木说，那你说咋整？咱总不能被人家打了，连个出怨气的地方也没有吧？夏四爷说，要出怨气咱也得跟李大鸡他们说一声，由他们公安派出所的人出面，这事情就合理合法了。撒大木想了一想说，好，咱就把咱的人带上，到派出所去报案吧。说着就命令几个民兵抬着朱环往乡上的医院送，而自己却骑着他的摩托车风驰电掣般头前走了。

16

撒大木一进乡派出所的那个小院，所长李大鸡就急忙迎了出来。李大鸡原本不叫李大鸡，叫李大计，李大鸡是他的绰号。早年他刚当上警察的时候，多少有些显派，整日里腰上挂根警棍到处转悠，有人就跟他开玩笑，说大计啊，你腰上别着那根驴鸡巴棍子，你本事大了。就这么李大鸡的外号就叫起来了。李大鸡拉着撒大木的手说，咱长城乡的风就真是斜了，说谁谁就到了，我正要派车到哨马营去接你呢，这话还没有说出口，你就不请自来了，你说这事可巧合不巧合？撒大木说，是不是你们警察又把谁家的狗打死了，要请我来喝酒的啊？李大鸡说酒当然是要喝的，不过这次叫你来是要办一件大事情的。撒大木说什么大事情，还用得着我啊？李大鸡说这正是你老兄英雄用武的时候啊，我要跟你借兵哩。撒大木闻说就怔住了，说跟我借兵，跟我借什么兵啊？李大鸡说你是知道的，最近咱乡里的治安情况很不好，几个村子里的人都来报案说他们的牛被老沙窝的人给偷走了。老沙窝那是个贼窝子，偷牛的本事就大了，你防都防不住。乡里人都知道牛是被老沙窝的人给拉走了，可又不敢去要，那些狗日下的贼娃子凶悍得很，动不动就给你动刀子。我们派出所早就想收拾他们了，可我们的警力不够，只怕是打不了狗，反过来又被狗咬了腿子骨，那就不好了，所以我想请你们的民兵给我们配合一下，你看能行不？撒大木闻说就高兴起来，心想这真是天随人愿了，我原本说是向他借兵的，没有想到他首先向我借起兵来了，那还有不答应的理啊。撒大木说，能行，我们哨马营的民兵也是属乡上领导的嘛，你就下命令吧，我们是一切行动听指挥，就当是我们进行了一次实战演习就是了。李大鸡见撒大木答应的爽快，就在撒大木肩膀上打了一拳说，好，这事就这么定了，现在咱们就研究一下行动方案吧。撒大木说你先别忙着研究你的作战方案，我这里还有一件人命关天的大案要向你报告哩。李大鸡用惊异的眼光看着撒大木说，什么天大的案子，还人命关天啊？撒大木说，今天上午，老沙窝有一伙人又去偷挖长城土，被我们的村民朱环看见了，朱环前去制止，他们不但不听，反过来就把朱环打伤了。李大鸡狠狠地骂了一声，说又是这个老沙窝人干的，他妈的这老沙窝眼看就成了恐怖分子的组织基地了，不狠狠打击他们一下他们还真的就以为自己头顶上长球敢日天了呢。李大鸡又问朱环伤的咋样？撒大木说伤得很重，现在正往医院送呢。李大鸡想了一想说，那咱就把两个案子合到一起办吧？撒大木说行，到这儿了我就听你的。李大鸡说你是当过营长的，这调兵遣将的事你有经验还是你来干。撒大木说行，我的人去了先打外围，把他们包围起来，然后你们警察就进村抓人。李大鸡一拍桌子说好，那咱就这么办了。说到这里两个人都兴奋起来，接下来两个人又制定了一个具体的行动方案。撒大木说这次行动也算是一次大动作了，还是应该有个作战代号的。李大鸡说就叫严打行动吧。撒大木说不好，还是叫长城战役吧。李大鸡说行，那就叫长城战役吧。

17

　　一辆警车鸣着警笛在前面开道，警车的后面紧跟着的就是哨马营的民兵队。这些年哨马营人的日子富裕起来了，民兵们都骑上了摩托车，俨然是一支摩托化部队了。民兵们一色地穿着那种黄绿间杂的作训服，这种衣服又叫迷彩服，起初老百姓不知道"迷彩"是什么东西，还以为是米菜呢就叫它是米菜服，因为那衣服上黄的颜色像小米绿的颜色像菜叶子。那些民兵到底是经过了正规训练出来的，又加上他们的衣着整齐，一举一动都很像那么回事的。民兵们也为能参加这样的行动而兴奋不已，都是些身强力壮的年轻人，他们把身下的摩托车开得轰隆隆地响，牛逼得不得了。要不是撒大木的摩托车在前面压着阵脚，他们怕早就超过头前的那辆警车了。

他们到达老沙窝的时候天还大亮着，在撒大木的指挥下，民兵们兵分两路，一路迅速沿村边散开，完成了对村子的包围。另一路则随着李大鸡的警车直接开进村去了。

老沙窝的人尽管凶悍野蛮，他们敢聚众抗法，但他们却没有见过这种阵势，尤其是那些犯了事的人，自然就尿了汤了。一伙年轻人正在村街上玩耍说话，突然看见来了这么多的警察和民兵，一时就吓慌了手脚，像受惊了的兔子一样地一哄而散了。就有一个小子急急忙忙往家里跑，进了家门却又从家里跑出来往村外跑，在村边上被撒大木的民兵给捉住了。那小子见跑不了，就讨好地对民兵说，你们抓不抓村干部，你们要抓村干部我领你们去抓。一个民兵呵斥那小子说，你他妈的是汉奸特务啊你。那小子缩了缩脖子，低下头不说话了。

撒大木把那后生叫过来，那人长得瘦条条的，充其量也就是十六七的样子，还是个半大孩子嘛。撒大木问他说你是不是偷了人家的牛了？那孩子说没有。撒大木说你是不是干下了别的什么犯法的事了？那孩子说没有。撒大木说你没有干犯法的事你跑什么？那孩子吭哧了半天这才说他曾到哨马营的长城上挖过土，所以一看到哨马营的人他就害怕了。撒大木说你挖土是什么时候？那孩子说是十几天以前了。撒大木说今天上午又有谁到长城上挖过土？那孩子说是秦二旦和他们的几个兄弟。撒大木说你能不领我们到秦二旦家去一趟？那孩子急忙摇着头说，不敢，要是秦二旦知道是我领着你们去抓他的，那日后他还不要了我的命啊。撒大木说，你刚才还说要带我们去抓村干部呢，怎么这会子就害怕了？那孩子说，村干部到底还是干部嘛，他们不打人，秦二旦就不同了，那怂坏得很，见人就往死里打呢，连村长都怕他呢。撒大木说，那你就我们指个路吧，你说秦二旦家在哪住就行了。那孩子犹豫了一下，说你们还是到村子中间去找吧，他家正在打院墙，门前有一大堆新拉的土就是了。撒大木拍了拍那孩子的肩膀说，行了，你可以回家了，我们不是抓你的，你走吧。那孩子看着撒大木，又看看身边的其他几个民兵，向后退着走了几步，然后一转身就跑走了。一个民兵问撒大木说怎么就把他放走了呢？撒大木说你没看见，他还是个娃儿嘛。那民兵说是娃也是个贼娃儿，这老沙窝十人九贼，没几个好东西的。撒大木说是贼也就是个小毛贼，咱要的不是他，是打伤了朱环的那几个家伙。撒大木说着，就带了十几个人去抓秦二旦和他的几个兄弟去了。

就在撒大木这边拿住打人凶手秦二旦和他的几个兄弟的同时，李大鸡那边也把几个偷牛贼给尽数抓获了，十几个人都上了铐子，蹲在地上哼哼吱吱像一群待运的猪。

由撒大木和李大鸡共同指挥的这场长城战役几乎不到一顿饭的工夫就结束了，对这样的结果李大鸡是十分满意的，可撒大木却还感觉着有点不过瘾。在他的意识里这些个家伙们还是应该反抗一下的，只要他们能反抗一下，他和他的民兵队才更有发挥的余地。没有想到他们竟然一点反抗也没有，就连那个横行乡里的村霸秦二旦连响屁也没有放一个，就乖乖地束手就擒了。细想起来他们还不如一头猪呢，猪在被抓的时候还要挣扎几下子呢。

这场"长城战役"最大的收获并不只是抓住了几个偷牛贼和几个打人的凶手，而是抓住了一个在省城里流窜作案，手段残忍，谋财害命，而被警方网上通缉的要犯。这真是搂草打兔子，是一个意外的收获，为此，李大鸡的警察和撒大木的民兵，都受到了上级的表彰。

18

这一年冬天尽管是个暖冬，但毕竟还是冬天了，一场西北风过来，天就真的冷起来了。朱环在县医院住满了一个月，那伤就全好了。撒大木去接他出院，他还拗着头不肯跟撒大木走。撒大木笑着说，朱环啊，你是不是还想在这里住过年去啊，我可给你说啊，你这一个多月的住院费可都是老沙窝的秦二旦他们掏的钱，现眼下那钱已经花完了，再住下去那就该你自己花钱了。朱环自然是花不起那个钱，朱环只好跟着撒大木出院了。

朱环就坐在撒大木的摩托车后面，从县城到哨马营少说也有一百多里路吧，当然我说的这是华里，农民不论公里，农民说的都是华里。华里折成公里的时候是要减半的，这样一减就减成五十公里了。五十公里的道路，朱环没有跟撒大木说一句话，狗日的心里的那一段仇怨还没有解开呢。

车子路过老营盘的时候，朱环让撒大木停车，说他要下车呢。撒大木说还没有到家你下车干什么？朱环说，我婆姨我娃他们都在这老营盘我不下车还能到哪去？撒大木说，秋霞他们前十几天就搬回哨马营去了，现在正等着你回家呢。朱环说，咋呢？你不惩罚我了？撒大木说，罚过了就不罚了，按上级的政策，像你这样的还是要给出路的嘛。朱环说，出路，我连地都没有了我哪还有啥出路啊。撒大木说，村里头都研究过了，你回去就看长城去吧，眼下上级来了文件，不让放羊了，长城里面的那片草场也是要个人看护的，你就一个人都管护起来吧。朱环说，看长城？没有地种，我那一家老小吃什么？你总不能让我站到长城上喝西北风吧？撒大木说，你原先的地当然还归你种，不过这看护长城看护草场村里头还是要发给补贴的。这差使也只有你来干，别人他想干我还不给他呢。朱环显然是受了感动了，他吸溜下鼻子说，日久见人心，没有想到你还真的想着我哩。撒大木说谁让咱们是一挑子的亲戚呢。朱环说我可偷过你家的庄稼啊。撒大木说我知道，当初种那地的时候，我就跟你姐说过，那一片地是给秋霞和你那一窝孩子种下的。朱环说我还偷过你家的牛呢。撒大木说我知道，你就是不偷，你光明正大地到我圈里拉一头牛去，我能说不给你嘛？

两个人说着话的工夫，哨马营已是近在眼前了。那时候天已近傍晚，村人们都正在忙着做晚饭，一缕一缕的炊烟从家家户户的房顶上冒出来，被这冬日的晚风吹动着，在村边的树林里空地上结了一层淡淡的烟雾，让人看了就生出了一种很亲切很温暖的感觉了。

村边上大大小小站着几个人，是秋云秋霞和几个孩子在等着他们回家呢。看到是自家的人回来了，一窝孩子和一只黑狗便喊叫着跑着迎了上来。看到了亲人看到了家，此时的朱环抑制不住的就有一股热泪涌了出来……

是谁赶走了我们的树

1

　　有一天我们请老米喝酒，老米给我们讲故事说，他老婆生他儿子的时候生下来的不是个娃儿是一个蛋。我们当时都听得愣住了，就好像听到了一只母鸡它生下来的不是鸡蛋而是一只小鸡一样，母鸡不生蛋直接生小鸡是不可能的，但说一个女人她生孩子不生孩子却生下了一个蛋，那可真是天下奇闻了。老吾问老米说你老婆，她是只鸡吗？老米很不高兴地说，你老婆才是只鸡呢。老吾说你老婆她不是鸡她怎么能生的是鸡蛋呢？老米说我啥时候说我老婆生的是鸡蛋了，这个世界上并不是只有鸡才生蛋的嘛，我们米家山的女人也并不是只有我老婆一个人生的是蛋嘛，春牛的老婆也曾经生过蛋的，不过要说起来那也算不上是个什么蛋的，只不过是一层肉皮皮就是了，剥开那层肉皮皮，里面包着的还是一个娃儿嘛。

　　说到这里我插话说，这样的事情古时候就有过，好像宋朝的一个什么皇帝就是这么生下来的，刚生下的时候也是一个蛋，人们认为那不是什么好东西，就扔到河里去了，后来被一个打鱼的人捡了去了，割开那层肉皮一看是个孩子，就把他养活起来了。我小时候在我们老家听我爷爷讲过这个故事的。

　　一向口拙的老木，这时候却来了灵感，老木说要是女人当真能像鸡一样生蛋就好了，那计划生育就好搞了，想要孩子了呢，就拿个蛋来，放被窝里孵它七七四十九天。老吾说是三七二十一天。老木说三七二十一天那是孵小鸡，人的蛋肯定比鸡蛋大，当然时间要长一些的。老木又说，要是不想要孩子了呢，就把它放在冰箱里冷藏起来……

　　老吾突然哈哈地笑了起来，说那可好了，想要改善生活了，菜市场买几个西红柿回来，和着那蛋一炒，那味道一定比西红柿炒鸡蛋要好得多，你们说是不是啊？

老吾的话让一桌子的人都笑起来了，这时候一位穿着阿庆嫂式服装的饭馆女服务员进来给我们倒茶，老吾拉住那女孩的手说，小姐，你说这女人是生蛋好嘛还是生娃儿好？女孩大概是从乡下来的，此时刻一张小脸儿羞得像红布似的，挣脱老吾的手，提着茶壶跑出门去了。

2

老米这个人好喝酒，老米一喝酒就醉，老米的酒品很好，老米喝醉了不骂人也不胡闹，老米喝醉了就讲故事。老米的故事讲得十分地荒诞，但又十分地好听。我们几个文学圈里的朋友，深为有老米而感到荣幸，弄到后来老米就成了我们的专利，谁想把他借出去喝酒我们都不答应。

我们常常在写作不大顺畅的时候，就约老米出来，找一个小酒馆，那酒馆桌子油腻腻的不大清爽没有关系，饭菜的质量不高没有关系，但那酒馆必须要有一个雅间以供我们使用，我们不想打扰别人，更不想别人来打扰我们。

我所说的我们其实就三个人，一个是写小说的我，一个是写散文的老木，另一个是老吾。老吾是写诗的，但就是有点儿缺心眼儿。这年月像老吾这样还疯狂着迷恋写诗的人，大概都有点儿缺心眼儿。

老米说他是少数民族，可他又说不出他到底属于哪个民族，因为在我们五十六个民族五十六朵花中，没有他们那个民族的名字，自然也就没有一朵花是他老米的了。尽管这样我们还是都相信了他的，从他的长相上看，他的身上也确实具有少数民族的血统成分。他身材并不高大，但却精干，他的鼻子很高很尖，还带着勾儿。试想一下，如果那鼻子不是肉质的而是角质的话，那是可以啄开坚硬的山核桃皮的。他的眼窝深陷，尤其是那双眼睛，不是黑的也不是蓝的，是黄的，是那种在黑夜里也能闪烁出光来的那种金黄，这一点有点儿像老鹰，老鹰的眼睛就是黄的。老米的头发尽管也是黑的，但却是卷曲的，是那种自来卷儿，就像刚生下来的小牛犊身上的那种胎毛，是用梳子梳不直的。老米的胡须也是带卷儿的，老吾跟他开玩笑说他的胡子像女人身子下面的毛，气得老米一把把胡子刮了，再也没有留起来。

老米说他们那个民族的历史很古老，比现在的蒙古族满族的历史还要悠久得多，他们原先是住在很北很北的北方的。老吾接口说，很北很北的北方在哪里啊？是漠北草原吗？老米说比漠北草原还要北。老木说那就到了俄罗斯的西伯利亚了。老米说比西伯利亚还要北。我说过了西伯利亚就是北冰洋就是北极了。老米说比北极还要北。我说过了北极可就找不着北了。老木老吾他们就笑了起来。其实那时候老米已经喝得有点儿找不着北了，老米找不着北的时候就开始讲故事了。

老米说他们那个民族住的地方就是一个出产风的地方，每年冬天从我们头顶上刮过去的风就是他们那个地方生产的，他们那个地方生产风可他们那个地方的风却很小，他们生产的风大都刮到其他地方去了。他们那个地方长着一棵很大很大的树，他们的这个民族就生活在那棵树上，一根树枝上就住着一个家。一个家里有男人也有女人，有老人也有孩子。他们这个民族最初是依靠打猎为生的，做活的时候就从树上下来，做完活了就又回到树上去。

老吾插嘴说，我操，那不成了鸟雀成了猴子了嘛，鸟雀和猴子才住在树上的。

你他妈的才是鸟雀才是猴子呢。老米听老吾说他族上是鸟雀是猴子就生气了，老米一生起气来酒也不喝了，把身子靠在墙上，眼睛朝天上翻着不说话了。

我们没有想到老米会生这么大的气，一时间都怔住了。我急忙打圆场说，要说人住在树上，那也不是什么稀罕事，我们的祖先不都是住在树上的嘛，只是后来他们才从树上走下来的嘛。老木也帮腔说，就是就是，我记得小时候我爷爷就是住在树上的，我爷爷给生产队里看果园，果园中间有一棵大柳树，他就在树上搭了棚子，整整一个夏天，他吃住都在树上，直到秋天果子收完了，他才从树上下来。要说是住在树上的都是鸟雀是猴子的话，那我爷爷不也成了鸟雀成猴子了嘛。

我说话的时候，用脚在桌子下面踢了老吾一下，老吾顿时领悟，用手在自己脑瓜顶上拍了一下，就端起酒杯走到老米近前说，老米，老米，兄弟刚才多喝了几口，嘴上抹糨子，糊（胡）说了，请大哥原谅，来来，我自罚三杯，然后再和大哥碰两杯，算是我给大哥赔罪了。

话说到这里老米的气才算又和顺下来，老米喝了老吾敬的两杯酒，一抹嘴巴，就又接着讲起来。其实，酒喝到这个份儿上，老米是有一肚子的故事要说的，你就是弄个萝卜塞到他的嗓子眼里头去，那也是堵不住的，不说话他难受。

老米说他们这个民族和树有非常非常紧密的关系，树是他们的家，树是他们的希望和幸福。可令他们意想不到的是，一场罕见的暴风把他们的树刮倒了。原先他们只想到他们这个地方出产的风可以刮倒别的地方的树，可没有想到的是，别的地方来的风，也能把他们的树给刮倒，就这样他们这个民族连同他们那棵树的叶子被那场风刮得满世界都是了。

老吾这个时候又忍不住要说些什么了，他的嘴刚一张开，老木见状，急忙端起一杯酒来，不由分说地就灌到他的嘴里去了，呛得他伸长了脖子，嗓子眼里像有了一只啄食的小公鸡似的，勾儿勾儿地叫个不停，直到吃了两口菜，才算把那只小公鸡重又压回到肚子里面去了。

我们都了解老吾，我们知道老吾可能要说的那句话就是，树倒猢狲散，幸亏他没有说出来，要不然，老米肯定又要生气了。

3

老米说他们米家山的这一族人，就是被那场风给刮到米家山来的。米家山原本是一个很美丽的地方，山清水秀，土地肥沃，他们这个家族很容易就在这里扎下了根。当初他们的祖上乘着一片树叶到这里来的时候，只是两个人，一个男人一个女人。就像麦子，春天里种下两粒，到了秋天就会收获一捧，明年种下一捧，后年就会收获一斗。他们这个家族繁衍能力很强，几代人下来，米家山下，就有了一个不小的村庄了。

老米说如果后来不发生一场意外的灾难的话，他们米家山人的日子，一直会很好过的。可后来又刮了一场风，他们米家山人的命运总是和风联系在一起的，他们的生活里不能没有风，可他们又怕风。那场风也太大了，把头顶上的太阳都刮到南方去了，太阳走远了天就冷起来了。

　　老木插话说你说的那是秋天的事情吧，到了秋天即便不刮风太阳离我们也远了，那不是风刮的，那是自然规律。

　　老米仍坚持说太阳远了是风刮的。老米说那场风直刮了三天三夜，等风停了出门看时，整个米家山上树都没有了，树没有了连草也没有了，米家山成了一座荒山一座死山了，一时间，米家山人都跪倒在地上哭起来了。

　　我说这怎么可能呢，怎么一场风就把一山的树都刮走了呢，难道树走了连根也没有留下嘛？

　　老米说没有。老米说那些树其实也不尽是风刮走的，是被人赶走的。

　　老米的话真是荒诞的没有边了。我们说老米，你们米家山的树是长着腿呢还是长着翅膀呢，它们又不是牲口，也不是飞鸟，它怎么就能够被人赶走呢？

　　老米说那时候世上有一种会赶山的人，他们能把一座山的好风水赶走，风水是一座山的魂，山丢了魂，就留不住树了，于是那些树那些花花草草就随着风走了。

　　老米说打那以后，他们米家山人，每年都有人出门去找他们的树，他们不辞辛苦，跋山涉水，千里万里地去寻找。他们有的出去了，就像风筝断了线，一去再也没有回来。有的回来了，也是空着手回来的，人已经劳累得不成个样子了。可米家山人，依然不死心，还是要找。米家山人都坚信，总有一天，他们会找回他们的树，找回他们的好日子。

　　老米那天所讲的，就是一个找树的故事。

4

　　从前啊——

　　好听的故事，大都从"从前"开始的，老米也是这么讲的。老米说从前，有一个放羊的孩子，赶了一群羊到山下去放。那座山就是米家山。

老吾插嘴说，眼下国家的政策，要退耕还林要封山禁牧呢，你怎么还敢上山放羊呢？

老吾这么一说，老米一时倒愣住了，说，那羊也不是我放的嘛。老吾说不管是谁，违犯政策的事，都是不允许的。

老吾也是个废话篓子，一喝点酒那话就多的不得了，见别人说话，他就憋得心慌，就像猪拱槽，总想找个空子，插一嘴进去。

老木说老吾，你少插嘴好不好，人家老米说的是从前，要是在清朝和民国时期，那时候还没有这个政策呢。

老吾点了一下头，说对，我他妈的怎么就忘了从前了呢，有一个伟人说过的，忘记了从前是不对的，我又错了，我自罚一杯。说着把一杯酒放到嘴边，那酒就像一条冰凉的小蛇，吱溜一声就钻进肚子深处去了。

老米又接着讲道，那是刚刚开春的季节，今年的新草还没有长出来，去年的老草早就被羊啃光了，羊吃不上草了，羊就吃土，羊把土地啃得嘎吱嘎吱地响。其实羊也不是在吃土，羊怎么能吃土呢，羊是在啃吃土地深处的那些残存的草根。那放羊的孩子，无事可做时，就躺在山坡上晒太阳，晒着晒着他就睡着了。孩子在睡着时就听到身下的山在喊他，说树啊树啊，该回家了。那孩子的名字就叫树。

树回到家就问奶奶说，奶奶啊，米家山真的是我们家的山吗？奶奶回答说，当然是我们家的山了，要不是我们家的山，它怎么就叫米家山呢。树说奶奶啊，米家山原来都是树吗？奶奶说当然都是树了。奶奶说那是很多年以前的事了，那时候的米家山可不是眼前这个样子，米家山原来是一座宝山呢，山上生满了树，松树柏树杨树柳树山果杂木，那树就多了，多得连名字也叫不上来呢。米家山还生有一种灵草，能治人心上的病呢。那时候你老姥娘，也就是我的娘，得了那种病，老是心口疼，我来米家山给你老姥娘采药，就在山上遇到了你爷爷，你爷那时候比你现在大几岁，那是好英俊的一个后生子啊。你爷看到我就把我捉住了，你爷后来跟我说，他捉我的时候他说他起初并没有看到我，他看到的是一只小鹿，是一只身上长着梅花斑点的小鹿，他在追那只小鹿的时候就看见了我，后来他就把我捉回家去了……

老米讲到这里老吾又插话说，这个故事我知道，那年在海南岛的三亚开诗会，在鹿回头那地方，导游给我们讲的那个故事，跟你讲的差不多，说的也是一个猎人，在森林里追一只小鹿，那好像也是一只梅花鹿吧，那只鹿跑到了海边，没地方跑了，一回头就变成了一个女人，后来那猎人就把那女人领回家过日子去了。哎，你说啊，要是那猎人压根儿追的就不是一只鹿，是一个女人，他把人家快追死了，没办法了，人家只好跟他走了，你说他们的日子会好过吗？

老木说好不好过你问谁啊，你当年追你老婆的时候还不就是那个穷凶极恶的样子嘛，就差手里没有拿杆猎枪或者弓箭什么的了。

老木这么一说，老吾就把嘴窝住了不吭气儿了。

老吾在市文化局当专业创作员，应该说是一个专业作家的，他老婆也在文化局，是说唱团的一个独唱演员，嗓子是很亮的，人也亮，曾经参加过全国通俗歌手大奖赛，还获了奖，好像那一次大赛宋祖英也是参加了的，他老婆和宋祖英一起登台领的奖，不过宋祖英的奖比他老婆的奖要高两个等次，不管怎么说，在我们这个城市，能出一个这样的人才已经是相当不简单了。俗话说人怕出名猪怕壮，猪一肥壮就该挨刀了，人一出名关注的人也就多了。省上的一个主管文化的领导很看重她，就常常约了她去谈话，话谈的多了关系就密切了。后来那领导调到南方一个城市去了，就把她也带上走了。他老婆走的时候，只把一个刚断奶的娃儿甩给了老吾，那时候的老吾，心里正泛酸水呢。其实老吾的身边并不缺女人，尤其是漂亮女人，总是像蝴蝶一样在他的身边缭绕着，对于老婆的叛逃，他似乎并没有感觉有多么不好，但毕竟是老婆蹬了他，而不是他蹬了他老婆，这就让他这个风流倜傥的诗人多少是失了面子的。好像正应了刚才老米的那句话，过去只知道自己制造的风能刮倒别的地方的树，没有想到的是，别的地方的风，也能刮倒自己的树。

5

要说讲故事吧，最怕的是别人插杠子，一插杠子，就有可能把一件事情一竿子从北京给捅到南京去，捅到南京那还不算远，从地球捅到月球上都是有可能的。这不被老吾这么一搅和，连我们自己都不知道走到哪里去了。

我说老米你不要听他胡球咧咧，你继续讲你的，你们米家山的人一觉醒过来，发现你们的树丢了，后来又咋样了呢？

老木给老米敬了杯酒，老米自己又给自己倒了两杯，喝了，缓了口气，这才又把丢了的话头捡起来，继续讲道，树的爷爷知道他们的树是被人赶走了的，就出门去找树了。树的爷爷是乘着一场风走的，可那场风走得太快了，树的爷爷上了年纪，赶不上那场风，就累死在路上了。树的爹也是随着一场风走的，可谁知那场风没有长劲，它到了一条河边就不走了，那条河很宽，河水很大，风不走了，就没有路了。前面的路没有了，后面的路也找不到了，可树的爹他不死心，他一直再找着那一条路，已经好多年过去了，树的爹一直也没有回来，谁也不知道他到哪里去了。

6

老米说，自从米家山没有了树，米家山的雨水也少了，有时候一年半载也下不了一场透地雨。那一天，天上就来了一片云彩，那片云彩黑黑的重重的，一看就知道那是一片有雨水的云彩。一看到那片云彩米家山的人都高兴坏了，都盼着那片云彩能给他们下一场雨，让他们能把今年的粮食种下去。

老吾忍不住又插话说，怎么？你们米家山人也知道种粮食？

老米说屁话，我们米家山人也是人，我们不种粮食吃什么。

老吾说，你说你们都是生活在树上的，我还以为你们不吃粮食吃树叶子呢。

老米说吃树叶那是虫子，虫子才吃树叶呢。说到这里老米喝了口酒润了润嗓子，老米平时不大喝水，口渴了就喝酒。我说老米你说了半天了，菜一口没吃你吃点菜。我把一根烤羊棒骨递给他，老米好吃烤羊腿，所以

中国当代西部文学文库

今天我是专门为他要了这个菜的。

老米接过那根羊棒骨，狗一样地啃了几口，喝了口酒又接着讲道，那片云彩在米家山的头顶上转了两圈，一滴雨也没下就又走了。米家山人这时候就很难过了，说今年一场雨也不下这庄稼种不下去，以后的日子还怎么过啊。这时候就见那名叫树的孩子来了，树骑了一匹白马，手里拿了一根绳子，树去追那片云彩去了，树要把那片云彩捉回来，让它给米家山下雨。

老米说那一年春天，米家山终于下了一场透地雨。雨一停，树和他的奶奶就又想着种树了。奶奶从胸前贴心的地方，掏出了一个小小的荷包，老人的手抖搂着，从荷包里倒出一颗树籽。那是一棵果树的果核，从形状上看好像是一颗山桃树的核，山桃核上面有许多很好看的花纹。老人摇动着那颗果核，那果核里面便有了一种奇异的响声。老人问孙子说，你听到了什么？孙子说，我听到里面有个东西在跳呢。老人说，这是果人，是果人在跳呢。只要它还能跳出声响，那就是它还活着呢。

很多年里，老人一直把那个荷包带在身边，带在贴心的地方，因为荷包里有一棵树的种子。老人不敢把它挂在屋梁上，她怕鼠子会窜到屋梁上把它偷走了。她也不敢把它放在衣橱里，衣服一过夏就会生虫子，她怕那些虫子会钻到果核里面去，把里面的果人咬死。老人相信，只有带在身边，那果人才是安全的。只要人还有一口气，鼠子就不敢上人的身子，虫子也不敢上人的身子。人活着，就会生血，就会生汗，血和汗是水性的东西，有这种水性的东西养护着它，那果人，一百年也不会死的。

奶奶的荷包里，原本装有很多果核的。奶奶干活的时候，那些果核就会发出哗啦哗啦的声响，就好像那些果人在说话，在唱歌，在欢笑。那些果核是爷爷临走的时候交给奶奶的，爷爷说那是那些树走的时候，他在山上采下来的。他说等到山再活转过来的时候，就把它们种上，那时候咱的米家山就会是一座花果山了。

奶奶从爷爷手里接过那些树籽的时候，是用心数过的，那是五十颗树籽，不多不少，整整五十颗。那些树籽很杂，什么柏籽松籽山榛籽，杏核李核樱桃核，当然还有山桃核，五十颗树籽，就是五十种树啊。奶奶自从爷爷走后的第二年开始，每年的春天里都要从那只荷包里取出一粒树籽种到山上去，可那些被种到山上的树籽，没有一颗是发了芽的，它们就静静地睡在山上，时间长了，有的就被山鼠子打洞进去偷吃了，有的是被山雀子刨出来叼走了，有的就那么自己烂掉了。可奶奶依然不死心，她每年的这个季节还是要在山上种树，种下一颗又一颗真诚的心。她坚信米家山还会活过来的，就像一个人，他睡着了，说不定那一年，他就会醒过来，一醒过来，也就有了活力了。

7

奶奶把那颗山桃核捧在手里，像看一个刚刚诞生的孩子，当年树刚刚来到这个家的时候，奶奶就是用这种眼神来看他的。奶奶把那颗山桃核看了又看摸了又摸，然后就郑重地交给了他。奶奶让他把那颗桃核含在嘴里，埋在舌根下，人的舌根下有一汪泉水，是命泉。人的生命力旺盛的时候，那汪泉水也就旺。奶奶是要让他用命泉的水来滋润那颗桃核，用一个人的生命灵性去唤醒一棵树的生命灵性，那棵树就好活了。

往年做这件事情的时候都是奶奶自己去做的，今年奶奶就把这事情交给他去做了。他懂得奶奶的意思，这是因为他是男孩子，而桃人是女孩子，男孩子叫女孩子，是很容易把那里面的那个小小的桃人叫醒的。又因了他正年轻，命泉里的水正旺，是能够把那桃核泡透的，也只有把那桃核泡透了，才好发芽生长啊。

那颗桃核刚入口的时候，似乎有点咸，他知道，那是奶奶身上的血和汗的味道。咸味褪去之后，就有了一点点酸酸甜甜的味道，渐渐地这味道越来越浓，最终就变成了一种山桃子那特有的甜味了。

那颗桃核在他的舌根下被埋了三天，第四天的时候，他就感觉出了那颗桃核在跳呢，一下一下，跳得很微弱，但很有节奏，就像一个婴儿的脉搏。

他跟奶奶说，那颗桃核在跳呢。

奶奶高兴地说，它跳了它就是活了。

中国当代西部文学文库

赶在清明节的前一天，他们把那颗桃核种下了。

种子下地的时候，树坑挖好了，奶奶在山前烧了一炷香，对着山磕了三个响头。奶奶磕头的时候孙子也跟着一起磕。三个头磕完，奶奶就对着大山唱着说：

　　　　天造的山啊地造的山

　　　　天造地造我米家的山

　　　　你一走就走了这多年

　　　　让我心望老了嘛眼望穿

　　　　盼你快快回家转……

奶奶唱完了，就捧起一捧树坑里的土，把它放在心口上暖着，待把那土暖热了，和着那颗桃核一起种到地里去了。

一到了清明，土地就松泛了，地下的阳汽开始上升，土地变得温暖起来，变得情意绵绵的了。有生命的土地和没有生命的土地是不一样的，奶奶她是感觉出来了。

祖孙两人把那颗宝贵的桃核种下以后，就开始了耐心的等待。

孕育与萌发的日子是漫长的。

从那天开始，祖孙两人就日夜不停地守护着那颗种子，孙子常常趴在地上，用耳朵探听着那颗桃核在地下发芽时的声音。

日子一天天地过去了，太阳是离土地越来越亲近了，土地也越来越温暖起来。终于有一天，孙子听到了地下啪地响了一声，那声音美妙极了，就像一声迎新的鞭炮。孙子自然知道，那声响是那颗美丽的桃人儿开门的声音。桃人开门的时候，那形状就像是一只蚌，蚌壳一旦打开，一棵新的生命就生成了。

8

当真的看到那棵新生的树苗破土而出的时候，就有两行泪珠从奶奶那深陷的眼窝里滚落出来。奶奶用手抓住了两颗泪珠，放到眼前很惊异看着，多少年都没有眼泪了，奶奶还以为自己的那一双眼睛早就成了两潭干涸的井了呢，再也不会有新鲜的泉水溢出了呢。没有想到她今天又有了眼泪了，而且那两滴眼泪是那么大那么清澈，能流出这般眼泪的人，说明她的心劲，还旺着呢。

9

因为那棵树，他们把房子也搬到山下来住了。他们给那棵树夹了篱笆，奶奶还在树身上拴了一节红绳子。奶奶是怕那棵树，再被什么人来喊走了。那棵树还小，根扎得不深，耳性也还软，是很容易被人喊走的。

那棵树长得很快，看见太阳它就长，看到月亮它就长。

说到这里老米问我们说，树也是有爹有娘的，你们知道树的爹娘是谁吗？

我们几乎是不假思索地回答说，人生人，人的父母是人，树生树，树的爹娘自然还是树。

老米说不对，老米说树的爹娘就是天上的太阳和月亮。爹娘在天上喊树说，孩子快点长吧，长大了离爹娘就近了，于是树就长高了。

老米说那棵山桃树是长大了，可一座山上总不能只有一棵树啊，一棵树太孤单了。一棵树活了，就说明一座山都活了。山活了，山就想树呢。孙子那天所听到的声音，就是山在喊树的声音。

孙子决定，要沿着爷爷走过的路，沿着爹走过的路，去找回那些树呢。

10

他们家里有一匹白马，那是一匹天下无双的骏马。奶奶给那马起了名字叫龙儿。龙儿是从漠北草原来的，是随着一场风来的。

那一年从漠北草原刮来了一场龙卷风，那场风很大，它经过沙漠的时候，能把一座山从一个地方搬到另一个地方去，它能把天上的云彩都吸到它的肚子里面去，然后就像搅拌机一样地把它们搅拌碎了，连同那些树枝草屑一路地撒去。

中国当代西部文学文库

当那股风行走到米家山的时候，被米家山拦腰一撞，就撞散了架了，那风失了威势，呼隆隆就丢下了一地的东西……

我们问老米那风刮来的都是什么宝贝东西？老米说那东西可就多了去了，有吊锅水桶，有毛毡被褥，当然最重要的是有一副镶金的马鞍，还有一顶蒙古包。

老吾说那蒙古包里是不是还应该有一个名叫娜仁花或者琪琪格的蒙古女孩儿啊？

老米说没有，但是有一匹小马驹，那小马驹浑身雪白，白的没有一根杂毛。那小马驹一从风里走出来，就活蹦乱跳的，那才真叫稀罕人呢。

老木似乎惊叫似的说，我的天啊，说那么大的龙卷风，那匹马，怎么还能活着呢？

我说可能是这样的，但凡那么大的龙卷风，里面总有一个地方是安全的，比如刮台风，外面的风刮得再大，可中间那个地方却是没有风的，那个地方就是风眼，可能那匹小马驹，就是走在风眼里的。

老米说不是，那是一匹龙驹马，龙驹马是可以踏着风头走路的，风越大它才跑得越快呢。

11

奶奶给孙子收拾好了上路的行装，他们就开始等一场风了，而那场风却还在比漠北草原更远的一个地方没有过来。天渐渐地凉了起来，树叶开始变黄，一队又一队的大雁，在高空里鸣叫着向南飞去了。

在这季节里，风也渐渐地多了起来。就像草原上有马群有牛群也有羊群一样，风也是各式各样的啊。有的风像一群顽皮的孩子，他们在村庄里窜来窜去地跑着玩，他们从这条巷子窜到另一条巷子，最终就可能钻进一个大麦草垛躲着不出来了，大麦草垛是很能藏住风的。还有的风就像一群发怒的公牛，它们来势汹汹，横冲直撞，它们遇到山顶山，遇到房顶房，它们能推倒一堵墙也能推倒一棵大树，不过这种风其实没有长劲，它们有时候连长城也过不了，它们在经过一座又一座山峰和一座又一座村庄的时候，已经耗尽了精力，等它们走到长城近前的时候，早就疲惫不堪了。他们所等待的是那种能够直贯天宇驰骋万里的长风，当这种长风来临的时候，天不变颜色，地不起沙尘，你能听到风在高空里行走时的啸声，你能感受到那风灌满了你的衣袖时，便会产生一种很强大的向上托举的神秘力量。随这样的风走路，才真正是志向高远，风行万里呢。

12

老米的这段 于风的描述，真是精彩极了，无论如何是我们这些人所想象不出的。平时总爱找话茬挑毛病的老吾，此时刻也听得入了迷，一双眼睛直瞪瞪地看着老米。老米对老吾说，你鸡巴眼睛瞪得牛蛋一样你看我干什么。老吾咂了下嘴，说老米，我服你了，我长这么大，我还没有服过什么人呢，我连那个谁和那个谁谁我都没有服过，可我服了你了，来呀老米，兄弟我再敬你一杯。说着两人的酒杯碰了一个响。

老吾所说的那个谁和那个谁谁是我们这个省上被媒体炒作得红的尿血的两位诗人，老吾把他们都不放在眼里，可见老吾是很狂傲的了。当然老吾也有他狂傲的资本，最近他的两首诗都上了《诗刊》了，《诗刊》那可是国家级的刊物，能在那上面发表作品，那说明你也就是国家级的诗人了。你说老吾，他能不狂傲吗？

接着老吾的话我也端起了酒杯，我说老米，俄罗斯过去有个诗人叫马雅科夫斯基的，他有一首诗叫《穿裤子的云》，是很叫响的名篇，你的这番关于风的话，要是写成诗来，比那《穿裤子的云》想象力还要丰富还要大胆呢。

老吾就说要把这段话写成诗的话，那名字就叫《不穿裤子的风》，绝对能叫响。

我说好，来老米，为你的《不穿裤子的风》干杯。

那时的老木则没有陪着我们喝酒，老木的一只手插在口袋里，好像在摆弄着一件什么东西，那东西竟然还吱吱地响了两声，像老鼠但又不似老鼠。后来我才知道，这狗日的竟然像特务一样地，偷偷地在给老米录音呢。

13

当那场他们久久盼望的长风来临的时候，树上路了。奶奶嘱咐孙子说，孩子啊，咱米家山的男人，都是肩膀上能落下山，胸口上能跑开马的男人，你走吧，把咱的山找回来，把咱的树找回来，以后的日子就好过了。

听了奶奶的话树就骑上马走了，他一边走一边不停地回头看奶奶，那时候的风是越来越大越来越冷了，他看到奶奶的身子在风中不停地抖动着。看到后来他就不敢再看了，他怕再多看两眼他就走不了了。那时候的奶奶已经一百多岁了，过了百岁的老人就如同一棵朽了根的树，说不定哪一阵风大了，就能把她吹倒，一旦倒下了，就再也站不起来了。当年爷爷走了还有爹，爹走了还有孙子，如今孙子也走了，她一个老人孤苦伶仃守着一座荒山又会怎么样呢。

老米讲到这里是动了感情的，声音也多少有些哽咽了。我们的心情也很沉重，为那位孤独但又很坚强的老人担忧起来。

老木说，树走了，树他娘还在呢嘛，树他娘可以照护老人的嘛。

我们说对啊老米，你讲了半天，只讲到了树的爷爷树的奶奶还有树的爹，你怎么就把树的娘给忘记了嘛。

老米叹了口气说，树要有个娘就好了，树没有娘。

我们说树他怎么会没有娘呢？是不是树他娘在树他爹走了一后，守不住了就又嫁人了？

老米说不是，老米说我们米家山的男人是好男人，米家山的女人也是好女人，是不会做出那些忘恩负仪的事情的。

我们说那你说树他没有娘，难道他是从你们米家山的石头缝里蹦出来的？

老米说树不是从石头缝里蹦出来的，他是从树缝里蹦出来的。

说到这里我们几个人几乎是异口同声地说，老米啊，你说你弄根绳子把天上的云彩捉住，像拴驴一样拴到你米家山上让它给你们下雨我们信，你说你能把风捉住，像骑马一样骑上它去欧洲或者去美洲旅游我们都信，可你说树那孩子是树生出来的，说什么我们也不信。

老米很认真地说，你们不信我也没办法，可这是真的，要不然树那孩子怎么就会做些树的梦呢，只有树才会做树的梦，你们做过树的梦吗？没有吧？

我们说，那你说，树他是怎么从树里生出来的？

老米说，那一年，树他爹拿着斧头上山去砍树，就听到一棵树在喊他爹，树他爹就说，我是人你是树，你怎么就会说话了呢？树说你是人我也是人，你是人人我是树人啊。树他爹说你既然是人你藏在树里干什么你怎么不出来呢？树说你把树劈开我就出来了嘛。树他爹闻说就一斧头劈了上去，那棵树就裂开了，那棵树一裂开，树就从树身里走出来了。

14

白马果真是踏着风头走路的，它是借着风的力量跑起来的，可它跑起来的时候又加速了那风的力量，于是它也就成了一股风。身边的田野村庄和村庄边上的那些树，在那股风里，飞速地向后退去了。

一个男人和一个女人领着两个孩子在田里割谷子，谷子割下来，摊在地里，一铺摊一铺摊的。白马跑过他们身边的时候，男人和女人急忙扑倒在地上，用身子压住了他们的谷子和孩子，他们怕那股风会把地上的谷子连同他们的孩子给带走了。

一条小河，河床里蓄满了水，缓缓泱泱地流着，在白马跑过的那一瞬间，河水突然停止了流动。就像有了一个无形的水坝，把那水挡住了似的，当白马跑过以后，那股水便形成了一个很大的浪头，哗地一下向下冲去，把下游渡口上的一条小柳叶船也打翻了。

树和白马日夜兼程地赶路，不多日子，他们就追上了一群南迁的燕子。那群燕子看到了白马看到了他，就亲切地围拢过来。看到那群燕子他感到很惊奇，他认识那群燕子中的两只老燕子，那就是许多年来一只居住在他家屋梁上的那两只燕子。那两只燕子总是春天里从南方飞过来，在他家里度过一个夏天，养育出一窝小燕子，到了秋天就又飞回南方去过冬去了。有一年秋天他突发奇想，在两只燕子的腿上都拴上了一根红线，到了第二年的春天，那两只燕子果真又带着那两根红线飞回来了。那群燕子很多，可能它们就是一个家族，其他的燕子，应该是那两只老燕子的儿子儿媳以及孙子孙女了吧。

他让白马放慢了脚步，以便于能和那些燕子同步前行。他乡遇故知，有那群燕子做伴，这一路就不会寂寞了。

燕子是一种极富灵性的鸟，有些地方比人还要聪明。人出门在外，有时候会迷路，一迷路就分不清东南西北了，可燕子永远也不会迷路，走一千里一万里也不会迷路。

燕子生性活泼，它们似乎不知道什么叫做忧愁，即便是路途遥远，风雨难测，它们依然是那么欢快。它们一路飞着还一路说着什么，说到有趣的时候它们会笑，他们笑的声音好像在说"谢谢，谢谢"。

有两只小燕子，好像是今年刚出生的，嘴角还带着一层嫩黄。它们还是第一次经历这样的长途飞行，累了，就到马背上来了，歇一歇，然后再接着飞。

几天下来，他竟然能听懂燕子的话了，从燕子的话里，他知道了许多新鲜而有趣的事情。

15

不多日子，他们便到了一条大河的边上了，那条河真大，准确地说应该是一条江。他从来还没有见到过这世界上竟还有这么大的水呢，但见水天茫茫，波翻浪涌。他从那群燕子嘴里知道了，过了这条江就到了南方了。

风到这里也犹豫起来了，因为水大了生风，那水面上南来北往东去西行的风很多，在这里很容易受迷惑。他想，当年可能多就是走到这个地方才迷路的。到了这个地方，你不想迷路都不行。

他跟那群燕子分手了，那么大的水，燕子能飞过去，风也能飞过去，可他和白马飞不过去。白马没有翅膀，他也没有翅膀，他只长了两只近似于翅膀的胳膊和手，可手太小了，兜不住风，那是飞不起来的。

他叫了一条船，那船很小很瘦，那形状就像是一片树叶子。掌船的是一个名字叫水的女孩子，那女孩子看看他又看看他的马，女孩子说她的船太小了，只能载他的人，载不动他的马。

他说他的马不用她载，他的马会游水呢。果真那马下水以后，游水的速度比船还快呢。生活在北方的人大概都知道，马原本就是由龙转变过来的，它自然就有了一种龙的本能。龙是会水的，马当然也会水。

水很开朗，她一面掌船，一面和他说话。水问他从北方来，到南方去做什么。他说去找树。水说你们那里没有树吗？他说有，原来有，原来有很多很多的树呢，可后来就没有了，连一棵树也没有了。水说那些树都到哪里去了呢？他说走了，被风刮走了，被人赶走了。说到这里水就笑了，水说树又不是船，怎么能被风刮走呢？树也不是水里的鸭子，怎么就能被人赶走了呢？

水没有到过北方，水自然不知道北方是怎么一回事情。但水很喜欢这从北方来的男孩子，这北方的男孩子高大又英俊，像一棵枝叶茂盛的树，是晴天里可以遮阴，雨天里可以挡雨的那种大树，是很可以做依靠的那种树。

水用一双深情的眼睛看着他说，你们北方是不是缺水啊？

树说是缺水呢，因为没有了树，水也就没有了。

水说没有水，你就是把树找回去，树也活不了啊。

树说有了树，也就有了水了，水可以养树，树也可以生水啊。

水说你看我们这里，到处都是树，山上是树，地里是树，水里也是树，你还要到哪里去找树呢？

水是一个很漂亮的女孩子，尤其是那一双眼睛，水汪汪的。树还没见过世间还有这么水灵的女孩子呢，那一时，树的心真的有些乱了，心一乱，眼前的路就模糊了……

16

老米的故事还没有讲完，老米把一口酒倒进嘴里，耳朵里突然间听到远处的一种鸟类的叫声，那种近乎神秘的叫声我们都听不到，只有老米自己能听到。老米说他要走了，他那个爷爷又在叫他呢。老米所说的那个爷爷是一只名叫北极金雕的大鸟。

老米站起身来急着要走，由于起得猛了，身子趔趄了一下，我急忙扶住他说没事吧？老米晃了晃脑袋说没事没事，我能有啥事呢。

　　五年前，老米带着一只北极金雕来到了我们这个城市。北极金雕是一种十分罕见的鸟，据一位鸟类专家说，这种鸟在世界上已经所剩不多了，是属于那种亟待抢救的濒危动物了。既然这种鸟类的身份高贵，那么老米的身份也随之重要起来了。我们这个城市的动物园收留了那只北极金雕，也收留了老米。动物园聘老米作了饲养员，专门喂养那一群来自世界各地的鸟类。老米是一个奇人，他有一种特异功能，他能听得懂鸟类的语言，听得懂鸟类的语言也就懂得了鸟类的生活习性，那工作起来就很方便了。老米能用一片树叶放到嘴里面模仿各种鸟的叫声，老米就是用这种方式来和鸟类对话的。

　　我们这个城市的动物园原本是建在公园里面的，是公园的一个组成部分，是一个园中园。那时候的公园是封闭的，要进公园就得买票，一票到底，可以游园也可以看动物。后来公园搞改革，学习了北京上海的经验，由封闭式改成开放式，游园这一部分就不再收票了。而动物园这一部分则独立起来了，要看动物，那还是要买票的。动物毕竟不是园中的花路边的树，动物是活物，要吃要喝，像那老虎狮子大狗熊，一只动物一天的伙食标准算下来，比我们这个城市的市长的一天的工资还要高。那数百只的飞禽走兽，光饲养费用这一块，仅靠政府的投资是远远不够的，所以只有靠以园养园，让动物自己来养活自己了。

　　公园开放以后，就有很大一部分的人多余下来了，又恰好赶上人事改革，定员定岗，这么一定下来，岗就少了，人却多了，人多了就肯定要有人下岗，公园管理处的领导就很为难了。让谁下不让谁下都不好办，后来他们狠了狠心想了一个办法，以年龄划段，但凡五十岁以上的人员，提前退休回家，五十岁以下的留任继续工作。那时候的老米还不到四十岁，可老米还是被辞退了。老米被辞退的原因是老米不是在编的正式职工，老米是临时工，和人家正式职工是不能比的，人家正式的工人都要走了，你老米哪还有不走的道理呢。

　　老米临走的时候去给那些鸟们告别，老米告诉那些鸟们他就要走了，就要回米家山继续找他的树去了。其实老米当初从米家山出来就是找他们的树的，老米没有能找到他们的树却在这个城市的动物园里找到了一份很不错的工作，如今工作没有了，老米心里很难过。那些鸟们似乎比老米还要难过，他们在老米走了以后便闹起了集体绝食，尤其是那一只宝贵的北极金雕，更是忧思成疾，不几天就病倒了。

到了这个时候那公园管理处的领导才知道，他们动物园没有了老米还真不行，于是又把老米招回来，重又恢复了老米的工作。事后老米说是那些鸟们帮了他的忙，要不是那些鸟们，他现在还不知道干什么呢。

那一天，在老米走了以后，我们几个又坐了一会儿，把桌上的残酒打扫完了，看看天晚了，我们说散了吧，便都散去了。

17

整整有小半年的时间里，我一直都在惦记着老米的那个故事的结局，比如那个叫树的孩子，他找到他们的树了吗？他和那个叫水的女孩子会怎么样呢，树会留在水的身边吗？水会跟随树到北方来吗？还有那个树的奶奶又怎么样了呢？

我之所以有那么多的日子没有再见到老米，那是因为我们那次聚会后不几天，我就被我们单位委派到南部山区一个名叫香水的乡镇中学扶贫支教去了。关于香水镇，我在另一篇小说中已经说过的，那是一个交通闭塞经济落后的地方，出山进山都不是一件容易的事情。好不容易熬到学校放了寒假，我才得以脱身回到了省城。

我一回到家，放下行李的第一件事，就是给老木和老吾他们打电话，说我回来了，晚上我们在"春意楼"见，春意楼就是我们经常聚会的那家小酒楼。春意楼的田老板和老吾是同事，原本都在市文化局工作，田老板也是搞创作的，是编剧本的，现在戏曲不景气，他看前途渺茫，也就辞职下海开了这春意楼的酒馆。不管怎么说这田氏也还是文化圈里的人，又加上他和老吾的那一层关系，我们便都很熟了。我们每次来他这里都能得到他的特殊关照，饭菜以及酒水方面既实惠又优惠的让我们很感动，所以在很长一段时间里我们都是这里的常客。

这次见面老木的情绪显得很低沉，我问老木怎么了，好像被霜杀了似的。老木笑了笑，那笑也多少有些苦涩。老吾接口说怎么了？你还不知道呢，还记得老米的那个故事吗？米家山人一觉醒来，突然发现他们的树没有了，被人赶走了，老木眼下也成了受灾户了，树被人赶走了。我问老木发生了什么事情。老木还是尴尬着不好意思开口。后来还是老吾替他说了，老木原本在市群众艺术馆当副馆长，前年时老馆长退休下去了，就让老木接手当了代理馆长。老木的工作做得很认真，人也正派，待人也很诚恳，颇受群众的好评。都以为这馆长的位子肯定是老木的了，他自己也做好了转正的思想准备。谁知辛苦了两年，非但没有转正，反而又退回到原位置上去了，上面又派了新馆长来了，那新馆长比他还小几岁呢，你说这让老木还怎么工作。老木就觉着很丢面子的，人前人后的就觉着抬不起头来了。

说到底老木骨子里还是个文人，老木的散文写得不错，有几篇还上过《散文选刊》的，在我们这个城市，也算得上是一家了。

我安慰老木说，老木你行了吧，谁让你的散文写得那么好呢，古人有一句话说，文章憎命达，但凡文章写得好的人，仕途上没有几个是顺利的，上帝造人的时候，是很公平的，给你了文才，就不给你官位，给你了官位，反过来就不能再给你文才，要不然文才官位都给了你，别人还怎么活啊？李白杜甫的本事大不大？到头来连个处长都没当上，和他们比起来，你该知足了。好像这段话我还是从你的一篇散文里看到的，怎么轮到你自己了，就又想不开了？

老木苦笑了一下说，要说想不开也没有什么想不开的，只是辛辛苦苦干了这两年，原先群艺馆是个什么样，现在是个什么样，你们也是知道的，好不容易把窝搭好了，咱还没有享受上呢，人家来了就把窝占走了，就是一只鸟雀一只鸡娃，它也是有想法的嘛。

老吾说这也不能怪老木有想法，这事搁谁头上谁都他妈的有点儿不好受，就好比一个小孩子吧，他从来没有吃过冰糖葫芦，不知道那个味道也就算了，可你偏就弄了根冰糖葫芦给他让他吃，他刚吃出点味道来你又一把给他夺走了，你说那孩子他不跟你闹才怪呢。

我说算了老木，你也别闹心了，你要觉着在你们那个单位不好待了，那就换个单位好了，不行了你就到我们报社来吧，我们副刊部正好还缺个搞散文的编辑呢。

老木嘴里打着唔唔，没说行也没有说不行。我知道老木心里尽管不好受，可真正让他离开他那个副馆长的位子来我们报社当一个普通的编辑，他未必就肯干，这年头，讲的就是个官本位，大小是个官儿，站到人堆里，都比别人高半头的。

田老板把我们安排在我们经常聚会的那间雅间里，坐在那里面就自然会生出一种很亲切的感觉。田老板亲手给我们泡了茶，我们就一面喝茶一面给老米打电话。老米没有手机，电话就打到动物园的售票处，让售票处的人转给他。谁知电话打过去以后，接电话的那人说我们动物园没有姓米的这个人。我说你是不是搞错了，老米就是那个喂鸟的。那人在那边不耐烦地说，我们动物园满共就是那么十几个人，除了那些动物以外，都是有名有姓的，我怎么能会搞错的呢。我们这里还忙着呢，没时间给你啰唆，不信，那你就自己来找吧，说着就把电话压了。

听了那个电话，我一时就愣住了。老木说，怎么着，没联系上？我说动物园那边说没有老米这个人了。老吾说那怎么可能呢，前一项我到动物园去还见着他了呢，我问他咋样？他说活得好好的，怎么说没就没了呢，我估计是那帮子狗日的发懒，不想给找人，就推说没有这个人了。我说不对，要是他们不想给找，他们可以另找理由，比如说忙脱不开身什么的，但不可能说就没有这个人了。我说老米那里可能是真的有了事情了。老木说，要不，我们就到动物园去看看吧？

于是，我们便出门打了个车，一路风风火火地直奔动物园来了。

18

最初和老米相识的时候，我还在我们报社记者部当记者，一天到晚，到处跑着寻找新闻。有人曾经形容我们这些记者，就像一只饥饿的狗子，一旦闻到哪里有香味，便会不顾命地冲过去的。这话虽然说得他妈的有点损，但也是实情。

那一天有人给我打电话，约我和他一起去动物园逛逛。我说我还忙着呢，我今天要是再找不到一个有价值的新闻，恐怕我这个月的奖金就要受影响了。那人说你还是跟我去吧，你去了你绝对不会后悔的。我说是不是动物园又新进了什么稀罕动物了？他说没有进稀罕动物，但却进了一个稀罕的人。我说人有什么稀罕的，那人是个外星人吗？他说那倒不是，但也和外星人差不多的，那人懂鸟语，现在到动物园参观的人多得很呢，不是为的看动物，就是专门看他去的，你说有没有新闻价值啊。

要说在我们这个世界上懂一门或者几门外语的人可真不少，就是非洲层林里那些山地人的语言，也是有人懂得的，只要是人类的语言，人就能懂。可懂得鸟语的人就不多了，不是不多，根本就没有，不仅我们这个城市没有，在我们这个国家在我们这个地球在我们这个人类，懂鸟语的人恐怕也是不多见的。只记得有一本书上说过，古时候倒是有一个名叫公冶长的人，他是懂鸟语的，可那也是好几千年以前的事情了。

这真是一个绝好的新闻，我跟打电话的那人去了，那人就是老吾。

我们见到老米的时候，老米的身边正围了一大群的人，老米正给那些人做翻译，把鸟说的话，翻译给人听。

老米的翻译是提问式的，游人提问什么，老米就回答什么。在孔雀馆前，两个穿着花裙子的少女，看着那一只开了屏的孔雀，问老米那只孔雀它说什么？老米回答说，它说它的裙子比你们的好看。

孔雀馆过来是蓝马鸡馆，一只母鸡在栅栏边啄食。那一天老吾是带了他那个鸡嫌狗不爱的儿子童童一起去的，那小东西捣蛋得出奇，捡了一块小石子打了母鸡一下，母鸡受了惊吓，咕咕地叫着跑开了。母鸡一叫，公鸡就跑过来，对着童童也叫起来，公鸡的叫声似乎和母鸡是不一样的。童童就问老米说，叔叔，那只母鸡它说什么？老米说，它说不要打我，我害怕。童童又问，那只公鸡呢，它又说什么呀？老米说，它没说什么，它在骂你呢。童童说它骂我它说什么了？老米说，它骂你它说狗日的，不许欺负我老婆。轰地一声，几乎所有的人都大笑了，老吾也笑了，老吾笑着说这狗日的怎么说的还是人话嘛。

众人笑得弯腰腆肚的，老米却不笑，老米就那么看着众人笑。那一时我就觉得老米这个人不简单，很有些幽默的样子，他要是去学说相声或者演小品，可能会很成功的哩。

也就是从那天开始，我便经常到动物园来，听老米给鸟做翻译。后来我们就熟悉了，就成了很好的朋友。

老米既然能跟鸟说话，老米就了解了很多鸟类的生活经历，就跟人有生活经历一样，鸟也有生活经历。鸟也有七情六欲，也有悲欢离合，但鸟的生活方式却完全是不一样的，这就很有趣了。

老米很专注于鸟类的生活，有时候连他自己都疑惑了，不知道是老米变成了鸟，还是鸟变成了老米。尤其是老米酒喝得大了的时候，就把自己真的当成鸟了。比如说老米给我们讲故事，他说他们那个家族的人是住在北方一棵很大很大的树上的，一根树枝上住着一个家，这分明就是说的鸟嘛，不是鸟谁能住到树枝去呢。他还说他们这个家族的人都会制造风，他们的朋友聚会的时候，就带着风。他们除了相互交流各自带来的礼物以外，还交流他们所带来的风，风就是在他们的交流中刮起来的，风是好东西，这个世界如果没有了风，这个世界就死了。所以他们那个家族的人，把风都看得很宝贵。这说的当然还是鸟，鸟是靠着风飞行的，鸟在飞行的时候又制造了风的。

老米不仅是一个奇人，老米还是一个诚实的人，有一次我去看老米，我们坐在公园里一只长椅上说话，头顶上是一棵白蜡树，像一把伞，给我们遮着阴凉。两只雀子飞来就落在我们的头顶上，那两只雀子似乎跟老米很熟了，一见老米就叽叽喳喳地叫个不停。我说老米，那两只雀子说的是什么？老米说，它们说那边的那丛牡丹花枝上，有一个东西让我去看看。我说那我们就过去看看吧。

在那两只雀子的指引下，我们很快找到了那个东西，那是一根女人脖子上带的项链，还有一个鸡心型的坠子，是金子的。这么宝贵的东西怎么就能挂在花枝上了呢？一定是哪个女人在这里看花，不小心那东西从脖子上滑脱了，就丢在这里了。想起老米的家乡米家山是一很穷困的地方，这东西倒是能值很多钱的。我跟老米说，既然是那两只好心的雀子送给你的，你就收起来吧。老米说这不是我的东西我不能拿。回过头来老米却让我拿上，我也说这不是我的东西，你都不拿，我又怎么能拿呢。结果我们还是把那东西送到了动物园失物招领处去了，为这件事，动物园的领导还表扬了老米呢，当然我也写了报道，发表在了我们的报纸上了。

19

我们在动物园没有找到老米，老米走了，老米真的走了。

我们问动物园那位新任饲鸟员老米什么时候走的，那年轻人说他都走了一个多月了。我们说他到哪里去了你知道吗？年轻人说，天地这么大的，他到哪里去，我怎么能知道呢，可能是回家了吧，这都快要到年底了，谁家出门在外的人不都想着回家过年呢。

年轻人说的有道理，到这时节了，但凡在外面做活打工的人，大多都回家过年去了，外面的天寒，家里的炕暖，谁个不想着家里的那一份温暖与亲情呢。但老米可不一样，老米在我们这个城市已经待够了六年了，老米已经熟悉了我们这个城市，我们这个城市也熟悉了他，老米是个很重感情的人，老米说我们这个城市很好，老米说他要是一棵树就好了，那他就会让我们这个城市的人，把他栽在公园里，或者马路边，或者这城市的任何一个地方，那他就会长长久久地住在我们这个城市了。

我问那年轻人说，不是你们管理处的领导都已经同意让他留下来了吗，怎么又让他走了呢？

年轻人说，开始领导是同意了，可群众不同意啊，这年头，群众说话有时候还是算数的。

老吾说，群众，群众又怎么能做了领导的主呢？

那年轻人笑了，说群众怎么就做不了领导的主呢，这一次不就做了一回主嘛。

我问那年轻人，你们的群众又是怎么做了领导的主的啊？

年轻人回答说，今年的那一次人事改革，那么些人都下去了，他老米是一个临时工，却没下，要说下，那首先也得从他开始下嘛，他不下，群众就反了，他们合起伙来去找领导，说我们都下了，他老米为什么不下，你们这是搞的啥名堂，你们不让他老米下我们就去找市上说理去，市上说不通我们就去省上，省上说不通我们他妈的就到铁路上去卧轨，看你们管不管。你说事情一旦到了这个份上，领导还能再说什么，还敢再说什么。不过嘛，那些做领导的也都是聪明人，他们觉着也犯不着为了一个老米的事情，得罪了这么多的群众，那以后的工作还怎么做啊，就这样就把老米给辞了。

我们说，老米走了，那些鸟又怎么样了呢？

年轻人说，要说呢，这鸟也都是有感情的，它们熟悉了老米，老米一走，开头几天，它们想念老米，不大好好吃食，可过了几天，时间一长，也就好了，你们看，那些鸟，现在不是好好的嘛。

果真那些栖身在玻璃保温墙里面的那些鸟们，都显得很安然幸福的样子，尤其是那些活泼美丽的虎皮鹦鹉，在它们那舒适的馆所里，欢快地飞动着，嘴里叽叽喳喳地叫个不停。我们虽不懂鸟语，但从它们的叫声里，我们也能听得出，那叫声是欢乐而又美好的。

我们深深地为老米感到悲哀，他多年里悉心喂养的这些鸟们，那么快就把他给忘记了。可那又有什么办法呢，作为我们人类，还不都是一样的嘛，趋炎附势，人走茶凉的事还少吗？又何必去埋怨一群鸟呢。

20

从动物园出来，我们的心情都很沉重。天阴得厉害，似乎是要下雪了。

我们重又回到了春意楼，田老板见我们回来，急忙招呼我们上楼，并吩咐手下人重新给我们泡了一壶热茶来。待我们都坐定了，田老板看着空着的那个座位，说，咋，老米没有来？我们说老米走了。田老板惊疑地说，走了？走哪了？我说动物园把他辞了，他就走了。田老板哎了一声说，你说这个老米，你走了你言语一声啊，都是朋友，你怎么招呼也不打一个就走了呢。我说老米这个人你还不知道他啊，他丢了工作，自觉着面情上不好看，又不愿意给人添麻烦，所以就一个人悄悄走了。老吾埋怨说，这个傻怂，我们这一帮朋友尽管没有一个拿大权的，但也都是场面上的人物，不管咋说给你找个吃饭的地方总还是可以的嘛。老木叹息了一声说，老米这个人心性太高，他除了养鸟，别的什么活他是不会干的，你说让他给人家看大门，他干么？你说让他来你这春意楼来给你端盘子刷碗，他干么？他不干，要说在咱们这个城市，找个活人的事情并不难，问题是你要能扑下身子来干啊。就说那个谁谁谁吧，那也是从他们米家山那地方出来的，开始进城来背着个筐子收破烂，过几天筐子不背了弄了个手推车，又过几天又换了辆三轮车，几年下来，汽车都开上了，现在在东门外那地方开了个运输公司，光汽车就有十好几辆了。这要是搁着老米，他肯干嘛？

经老木这么一说，我们的心里便多少轻松了一些。老米就是一只鸟，他就是飞着找食吃的人，你想让他收了翅膀去做牛马样的活儿，那是不可能的事情。他的走，对我们来说，未必不是一件好事。试想一下，如果他真的不走，就待在我们这个城市，就靠着我们这几个朋友，那生活问题怎么解决呢，一年半载的朋友们可以接济他，可时间长了又会怎么样呢？

但不管怎么说，那一天的酒我们都喝得很不是味儿，尽管田老板多次上楼来陪着我们喝，可就是上不了气氛。时不时看着那个空着的座位，就感到心里很不是滋味。在我们的心灵深处，是真切地感受到了，我们也失去了我们生活中的那一棵树。

21

又想起老米来了，在这严寒逼人的冬天，他孤身一人，又能到哪里去呢。好在我做编辑工作已经好几年了，在各地还都有些爱好文学的朋友，我写这篇小说的目的，就是想告诉各地的朋友们，在你们生活的城市或者乡村，如果你们看到一个长着一只鸟鼻，肩膀上落着一只大鸟的北方人，请你们多少关照他一下，他是我的朋友，当然他也会成为你们的朋友，我在这里向你们表示感谢了……

快乐人生

1

　　远远地就看到胡日鬼两手捧了一只鞋底子认真地啃着吃。这狗日的个胡日鬼，一向是不忌口的，吃青蛙吃蚂蚱吃水鳖虫吃蛇吃野猪吃乌鸦吃麻雀儿，最终就吃起鞋底子了。到近了时这才看清，胡日鬼吃的不是鞋底子，是一个形状像鞋底子样的面食饼子。胡日鬼的婆姨不会发面蒸馒头，但那女人专一地会做酥饼子，做出的饼子长溜溜的像个鞋底子，且那饼子外面酥脆里面香软很好吃。

　　胡日鬼生得五短身材，身短胳膊短腿也短，但短腿的人偏就路多，常就拿了婆姨的饼子串着门吃。他一走出家门最先惊动的必定是黑子，黑子见胡日鬼是拿了饼子的，就欢欢地跑着一路跟上来。黑子是算不得一口人的，黑子是胡日鬼家一只很懂事的狗。这狗子生得一身锦毛，黑缎子似的，且头顶有一双细媚媚的眼，眼上面又生得两点儿黄毛，就好似这狗子也是戴了副眼镜的，有这种面相的狗子，应是狗类中最有头脑最有见识的那一类吧。

　　黑子已习惯了胡日鬼走路吃饭的习性，但见得主人拿了饼子出门，必是要紧随了身子跟着去的。胡日鬼一向对黑子很好，一口饼子常是要和黑子分着吃的，人吃一口时必定要给狗分吃一口。那一日或许胡日鬼饿极了，人吃得口稍许大了一点儿，狗吃的就小了一点儿，狗吃的少了狗就有了意见，狗有了意见就跳起来把胡日鬼手中的饼子抢走了。胡日鬼睖睁了一下便喊着去追狗。胡日鬼的腿虽短但跑得快，追上黑子把那半个饼子从狗嘴里夺回来，结果是狗咬的那一部分分给狗吃了，人抓的那部分人就吃了。

这事情被婆姨看到了，女人就笑着骂胡日鬼越活越没出息了，怎么人和狗就争着吃起食来了呢。

女人原就是个喜兴的人儿，精灵得很，常常弄些个谜儿让胡日鬼猜，胡日鬼尽管是六耳猕猴转世，但也常被婆姨难为得抓耳挠腮上蹿下跳一脸的猴急相儿。据说胡日鬼和女人结婚的那天晚间就被女人难住了一回，头一回赤身裸体和一个漂亮的女人睡在一个炕上，你说那时的胡日鬼能是个什么感觉。那时的胡日鬼真是既胆小又胆大，既放肆又谨慎，既焦渴又甜润。火燥极了就去钻女人的被窝儿，谁料女人却用被子把自己裹成了一个圆桶儿，身子紧裹得连个鼠子也是钻不进去的。胡日鬼像推碾碌子样地把女人从炕这头推到那头，又从那头反过来推到这头。搓揉得女人咯咯地笑。女人就说：胡日鬼你别慌，我说个谜儿让你猜，猜出来咱合着被窝睡，猜不出来你就到床下站着去。胡日鬼自恃头脑聪明，就逞能地说：有什么样的谜语能难倒我胡日鬼吗？女人就从被窝里探出头来说：你说话可要算数，猜不出来就别来招惹我。胡日鬼说：君子一言，驷马难追。

胡日鬼说过这话以后很快就后悔了。胡日鬼后悔的原因是女人的谜语出得太难了，让胡日鬼眼睛盯着房顶苦熬了半夜也没猜出谜底来。女人的谜语是这样的：瓣开你，进去我，我出来，你合住。谜底是答一件经常用的东西。胡日鬼说这件东西是天上的是地上的还是牛马身上的？胡日鬼拐着弯儿套女人的话，目的就是要缩小猜谜的范围。女人就说既不是天上的也不是地上的，就是你我身上的，是经常用着的。胡日鬼听了哈哈一笑说：要说是你我身上的东西我就知道了，可这谜语你说错了，应该这样说，瓣开你的，进去我的，我的出来，你的合住。女人说不管怎么说都是一回事儿，胡日鬼说那可不是一回事儿，你说那东西是我经常要用的，可我首先得声明我可是从来没有用过它啊，这我可以向你保证的。女人就笑着说你猜出来了，你说那是个啥？胡日鬼凑到女人跟前，压着声儿说：你不就是说男人和女人结婚睡觉时用的那个东西吗。女人听了嗷地叫了一声，忙用被头把脸捂了，一只脚从被里伸出来，呱嗒一声就把胡日鬼从床上踹到床下站着去了。这时只听窗外一阵哄笑声，是听新房的人的笑。自此这谜语就流传了出去，以致流传到大江南北黄河上下，但凡听过这谜语的人无不为它的幽默含蓄而叹服。

那一晚，胡日鬼坐在炕头上直熬到天亮，听到起床的号声响过，这才迷迷瞪瞪开始穿衣服，衣服上了身子就开始系扣子，扣子系一半就突然来了灵感，一个蹦子跳到女人面前，说我猜中了，你说的就是这个衣服扣子嘛。女人便笑了，说算你考试及格了，你进来吧。胡日鬼才说要脱了衣服重温他的鸳鸯梦的，这时就听门外有人拍着门板粗声大气地喊道：胡日鬼，快起来，队上的奶牛下崽了。门外说话的人是谢胡子，谢胡子是农三队的生产队长。

胡日鬼丧气败搭地说：牛下崽让它下去，你叫球我有啥用。谢胡子说：牛难产，你不是胡日鬼嘛，不叫你叫谁啊。胡日鬼极不情愿地开了门，苦皱着脸子还想再说什么的，却被谢胡子不由分说地拉着走了。

2

胡日鬼原名叫胡万能，万能而能之，那本事可就大了。

胡日鬼尽管个头不大，但那双小鼠豆眼睛里水就多哩。胡日鬼心眼儿灵透，但凡农场三十六路活儿，他是见啥学啥，学啥会啥，学了就丢，不求甚解，学而不精，因此，胡日鬼这名儿就这么叫起来了。

胡日鬼是二十六岁上结的婚，在那时候应算是晚婚了。胡日鬼结婚得了个女人，女人又给他带来一台半导体的收音机作陪嫁，这真是让他喜出望外。一切都是那么美妙，一切都是那么新奇，胡日鬼在拆解女人衣服的同时，把那台小半导体也拆解了。后来他终于发现那台半导体的秘密要比女人身上的秘密复杂得多。新婚的那段日子里，胡日鬼专意地研究那台半导体，把那半导体拆了装，装了拆，反反复复折腾十几天，终把那台收音机从有声日鬼到无声，后来又从无声日鬼到有声。有声是有声了，可那声音不像先前那么清亮了，无论是女声还是男声，一律变成了公鸭嗓子。就好像空嘴吃了一把清沙枣子，核儿吐出来了，枣泥却把嗓子眼儿给糊住了。但不管怎么说，在那年月里，胡日鬼仅凭了一根铁钉子几根火柴棍自学成材，成了全农场唯一的一个半导体专家，这已经算是一个奇迹。

3

胡日鬼有了一个娃儿，起名叫个胡秀，是优秀的秀。可人刚学说话走路，那绰号就有了，叫胡臭。农场人的文化水平不高，但给人起绰号都有一套本领。农场里有数千号人，上至场长书记，下至刚断奶的娃儿，都有一个绰号儿。比如那场长姓马，人又生得人高马大，绰号就叫个大种马；一个青年职工生得一头鬈毛发，人就叫他球毛；场部有个女广播员老是涂个红嘴唇儿，人就叫她个红老 X。诸如此类的译名儿那就多了，要是一个一个地数那是数不完的。单说胡日鬼的儿子胡臭，那时正处在狗嫌人不爱的年岁儿，整日里上天入地的疯淘。胡臭聪明过人，调皮捣蛋，很让胡日鬼费了心思的。胡日鬼尽管满肚子的花花点子，可是到了胡臭那里多少就显得不够用了，反而要被胡臭日鬼得满地转圈儿。

那一日午后，胡日鬼领了儿子胡臭去给菜田淌水，在上游处开了闸门儿就急急忙忙跑到菜地里去挖口子，口子挖好了；站在菜地边儿上眼巴巴地等了一个时辰水还没下来。胡日鬼觉得奇怪了，重又跑到渠口子处看时，就见狗日的胡臭正用了一个西瓜皮壳子把涵洞口堵严实了，从另一处也扒了个口子去灌黄毛鼠哩，气得胡日鬼在胡臭的屁股上踢了一脚。一铁锹上去把瓜皮壳子掏烂，那水才咕咕嘟嘟叫着流下去。

胡臭挨了胡日鬼的一脚并不在意，因为胡日鬼那一脚踢得并不疼。水淹了黄毛鼠的洞穴，黄毛鼠也是个精灵的物儿，开始还躲在地下憋着一口气儿不出来，呼呼噜噜向外吹泡泡。待肚子里憋的那口气儿用完了，这才一身泥水地爬出来。胡臭就捉了那小黄毛鼠儿回家装在笼子里玩儿。黄毛鼠儿不同于地老鼠，它生得一个圆溜溜的脑袋瓜儿，头顶上那一双大眼睛又黑又亮，像人的眼睛，活活儿地逗人喜爱。它快活的时候就把身子直竖起来，两只前爪儿抱到胸前，摆着一个很优雅很好看的姿势，嘴里头果地叫着，那声音很好听。

胡臭把黄毛鼠儿捉回家去，放到笼子里养着，那个笼子原来是养鸟的，鸟不养了就养黄毛鼠儿。胡臭用菜叶子用麦粒儿用玉米渣子用馍馍竟把一个小黄毛鼠儿喂熟了。开始的时候黄毛鼠儿还会生气呢，生很大的气，肚子气得鼓鼓的，一整天不吃不喝，闹起了绝食。几天下来，就和胡臭熟识了，但见了胡臭，小东西恭顺得很，有时候还在笼子里跳一种舞蹈，直逗得胡臭大呼小叫地乐。

那是一个中午，胡日鬼躺在炕上睡觉，睡着了，嗓子眼儿里像含了个玻璃球儿，呼噜呼噜地响个不停，是打呼呢。

胡臭中午则不睡觉，就逗着他的黄毛鼠玩儿。不知怎么把鸟笼的门打开了，黄毛鼠跑出来。黄毛鼠儿见洞就钻，就从胡日鬼的裤腿脚钻了进去，直站到裤裆拐弯处藏着去了。那小东西看到那地生了一丛软毛，还以为那是它的窝儿呢。那时的胡日鬼从梦中惊醒，哇哇地惊叫着，慌忙把裤子脱下来，果然就看到那下身处有两只毛茸茸的东西，一只黑的另一只是黄的，像一对儿患难与共的小兄弟。胡日鬼伸手去打了一下，没有打住黄的，却把黑的打了一下，胡日鬼就疼得一哆嗦，再去捉拿那黄的时，黄毛鼠儿机灵地跳上窗台，从窗户上跑走了。

胡臭见黄毛鼠儿跑了，哇地叫了一声，急忙开了门跑着追黄毛鼠儿去了，剩下胡日鬼则还坐在炕上，两手捂了下身处，一副惊魂未定的样子。

4

黄毛鼠的事儿过去不久，胡臭就学会了做一种捕鸟的夹子。一把手钳子加几根粗细不等的铁丝，他就能做出那种机巧灵敏的鸟夹子来。胡臭手工之精巧，让胡日鬼也为之叹服。

鸟夹子做好了，像埋地雷一样地埋设在院门外的空场子上，鸟夹子上都上了诱饵，又弄些米粒儿撒在周围，鸟夹子是掩埋在浮土下面的，上面只露着那馍馍疙瘩做成的饵食，一切都布置好了，胡臭就爬到篱笆墙边一棵大树上蹲着去了。过了一会儿，果真就有一群鸟雀飞来，鸟雀不知那饵食下面的危险，就叽叽喳喳在那里找食吃，只听啪的一声，接着又是啪的一声，有两只鸟儿踏动了机关，被捕住了，其他的雀鸟受了惊吓，便一哄地散去了。胡臭兴高采烈，一个蹦子从树上下来，去收了被捕获的鸟雀，又把夹子原样埋好，人依旧躲在树上候着去了。鸟雀儿原来就是记吃不记打的，一会儿工夫它们又结着伙飞来了。如此反复几次，鸟雀就学得精了，知道了那夹子阵里充满了危险，再来时，只是躲在远远的地方，叽叽喳喳地叫个不停，像是在开着一个什么会议，或是在提醒着新来的伙伴，千万不要再上那地方去了啊，那地方一满儿是"地雷"，是十分危险的啊。

看见那些鸟雀儿不再上当，胡臭就有点耐不住性子了。胡臭原来想着要把他的夹子阵再换个地方的，鸟雀再狡猾，还能斗得过狡猾的胡臭吗？

胡臭的夹子阵还没有转移，就有一个人走进了那片夹子阵里去了，那人就是胡日鬼。胡日鬼在水田里刚拔了稻草归来，精赤了一双脚片子，踏得一路浮土撩烟，一路走还一路哼着戏词儿。胡日鬼的嗓音好，那戏词儿让他唱得韵味十足。

那时的胡臭正蹲在树上，分明是看着胡日鬼走到夹子阵里去了，小狗日的却不吭气儿，很有点儿"埋好地雷远远看，不见鬼子不挂弦"的味儿。胡日鬼的一句最精彩最得意的唱词儿还没唱出，只听啪的一声，便作野狼嚎般地叫了起来。胡日鬼是被鸟夹子夹了脚趾头的。胡日鬼抱住一只脚，另一只脚在地上做金鸡独立的跳跃。胡日鬼嘴里吸吸溜溜叫着从脚趾头上取下鸟夹子看时，那趾头根处已是青紫的一条印痕了。胡日鬼发着狠声，把那鸟夹子日地一声就扔到房顶上去了，回头来再找胡臭时，就看见胡臭正蹲在树上对着他笑哩。胡日鬼大怒，指着树上骂道：你狗日的给我下来，看老子不扒了你的皮。

胡臭一向不怕胡日鬼，平日里两个人就打闹调笑没有个长幼之分的，更多的时候则是各自施出聪明手段，引诱对方上当受骗，以博取开心一笑。有一回，胡日鬼用手指头捏了一撮辣椒面儿，食指翘起来，一勾一勾地招引胡臭，说："儿子，我给你玩个魔术，我这根手指头接住你的鼻子你的嘴就张不开了。胡臭不知是计，就过来说我不信。胡日鬼说你不信就试试看。胡臭就跑了过来，胡日鬼用食指按住胡臭的鼻子尖儿，说张嘴，胡臭果真把嘴张开了，胡日鬼就乘机把那撮辣椒面儿塞到胡臭的嘴里去了，直辣得胡臭抓耳挠腮上蹿下跳做猴子状，胡日鬼则乐得在炕上直打滚儿。

胡臭上了一回当，就思谋着报复一下胡日鬼的。过了几天，胡日鬼似乎已把辣椒面儿的事儿忘了，但胡臭却没忘。那是个中午，吃完饭胡日鬼正躺在炕上睡觉，就见胡臭神秘兮兮地跑来，把一个小拳头伸到胡日鬼面前，说：爸，你猜我手里抓的啥？胡日鬼歪着脑袋把那只小拳头研究了半天，说：是空的，啥也没有。胡臭忍不住先笑了。说：你要猜不对呢？胡日鬼说：猜错了我给你当马骑。胡臭就把握着的手往胡日鬼鼻子下面一送，猛地一放手。只听胡日鬼啊地大叫了一声，说：你手里抓了一个屁啊。

再说胡臭眼看着胡日鬼被鸟夹子夹住了脚趾头，直乐得在树上拍着手儿笑个不停。胡日鬼气极了，便张牙舞爪地要上树去捉拿胡臭的。胡臭这才慌了手脚，蹲在树上亮着嗓子唱道：

狗哥哥快救我

狐狸要来抓住我……

胡臭唱的是一篇童话故事中的歌，那篇故事就选在小学课本上。那时候胡臭还没上学，但却知道了小学课本上的许多童话故事。那篇故事说的是一只公鸡和一只狗子的事儿，公鸡和狗子是一对儿好朋友，两个一块儿住着，狗子外出做事的时候，狐狸就来偷鸡了，公鸡被狐狸捉住时，公鸡就是这样唱的，公鸡一唱，狗子就回来把狐狸赶跑了。

胡臭在树上这么唱着的时候，那个故事里勇敢仗义的大哥狗子没有来，倒是把莲香叫来了，莲香下班回家，看到这一老一小两个胡日鬼闹得不可开交，另有一群大人孩子围着看热闹，莲香就对着胡日鬼喊着说：你们这老的不像老的，小的不像个小的，都爬到树上干啥去，耍猴吗？你说你们丢人不丢人啊，快都给我滚下来，回家去。

女人这一喊，首先从树上下来的当然是胡日鬼，然后才是胡臭。胡日鬼见胡臭下来了，就要抓胡臭的，胡臭就撒娇地躲在莲香的身后喊道：妈啊妈啊，你看我爸啊。莲香就把胡日鬼抓住了，说：你还没个完了？咋跟个孩子一样了呢。胡日鬼则满脸委屈地说：他弄个鸟夹子，不去捉鸟，专意地埋在路上，夹了我脚趾头。你说他该打不该打？胡臭则说：我埋夹子就是打鸟的，你自己放着大路不走，偏要踩我的鸟夹子，这能怨得了我吗？莲香说：行了，都不要喊冤了，谁是谁非，这官司回家咱慢慢断。说着时一手拉了一个便回家了。

5

胡日鬼被谢胡子叫到了他的办公室，这办公室是一间房，坐北朝南对了门儿的放了一张桌子，是队长的。谢胡子就坐在那桌子后面处理公务，但凡队上那些鸡叫狗咬的事儿，农工们来找队长，谢胡子就威武庄严地坐了，那气势有点儿像坐堂问案的县官儿。谢胡子后面的墙上贴着一张纸，那纸上写着字，但不是"清正廉明"之类的匾额，而是毛主席语录。毛主席教导我们说：要斗私批修。其实这斗私批修和清正廉明的意思差不多，只不过是换了个说法而已。

胡日鬼来了。胡日鬼就坐在靠门的另一张桌子旁，那张桌子是会计记账造表发工资数钱的地方。谢胡子坐在队长的桌子后，高高在上，胡日鬼坐在会计的桌子旁，从属在下。谢胡子就对胡日鬼说：胡日鬼，叫你来说个事，咱队上会计要坐月子了你知道不？

胡日鬼说：她那肚子鼓了那么大，像怀里揣了个狗娃子，谁还看不出来？

谢胡子又说：队上研究决定，让你帮她点忙，你同意不？

胡日鬼说：我要会生娃，这娃我就替她生下了。

谢胡子哈哈地笑了，说：你狗日的胡日鬼，除了不会生娃外，你啥不会？

胡日鬼说：我知道了，你这是又抓我的差哩，让我接那一堆子账是不是？

谢胡子点点头，说：你行哩，这是队上研究决定的，你就接上吧。

就这样，胡日鬼就成了一名管账先生。好在一个队上的账目原来就不复杂，只半天的工夫，胡日鬼就把那几本账都理顺了。

又是一天，谢胡子向胡日鬼下达"最高指示"，要胡日鬼去库房分化肥。胡日鬼则说：队长，我这还有一笔账表没填好哩，场里急着要呢，你就替我去一次吧。说着把一支笔一个账本给了谢胡子。谢胡子说：这可是你会计的活儿哩，说着接过账本子就走了。

那时的农场各生产队，但凡男职工大多都在机务、水电、畜牧群上，农田里的活儿多是女职工看管着的。那些娘们儿到一起可就热闹了，她们啥样的话都敢说，啥大胆的事儿都敢做，他们曾合起伙来把胡日鬼的裤带解开，把胡日鬼的脑袋瓜子塞到裤裆里，让胡日鬼老头儿看瓜。

胡日鬼害怕那群老娘们，但谢队长却不怕，谢胡子喜欢和那群女人一起耍闹。谢胡子走了以后，胡日鬼把队长的办公桌抽屉打开，抓一撮茶叶，往茶杯里一放，用开水冲了，盖上盖子泡着，就开始翻看那一堆新的旧的报纸。这时候队长桌上的电话铃响了，胡日鬼急忙跑过去，抓起电话，就听有人在里边说：是谢队长吗？胡日鬼说：谢队长不在。那人又说：我是场长，请找一下谢队长。胡日鬼放下电话，出去绕着房子跑了两圈儿，气喘吁吁地回来对着话筒说：谢队长到大田里去了，不在家。电话里的场长又说：场里要开个生产会，队长不在会计也行。胡日鬼说他就是会计。场长说你是会计你来也行。胡日鬼当即就找了辆自行车骑了去场部开会了。

胡日鬼在场里开了大半天的会，一回到队上就像个钦差大臣，坐在谢胡子的位置上向谢胡子传达会议精神。谢胡子则坐在胡日鬼的桌子旁，神情极其恭敬。胡日鬼传达会议精神不用记录本，胡日鬼的脑子好使，没有记录本他也能从头到尾从大到小添油加醋把会议的过程一字一句地叙述一遍。胡日鬼传达会议精神像说评书，有板有眼又有声有色，在传达场长讲话时他就模仿了场长的陕北口音，那年头农场里陕北干部多，陕北话就是官话。听着胡日鬼模仿的场长官话，让谢胡子多少有点身临其境的感觉，好像他上面坐着的果真就是场长了。胡日鬼讲得口干舌燥时就让谢胡子给他倒杯茶来，谢胡子果真也就起身倒了一杯水，放到胡日鬼跟前，然后又原坐回去继续听胡日鬼的传达，听着听着谢胡子觉着别扭起来，这个狗日的胡日鬼，当了两个月的会计，怎么净干的是他队长的活儿，而他当队长的，却就做了胡日鬼的差使，甚至连他自己也不明白，他这队长的权力不知怎么就让胡日鬼给拿了一半过去了。甚至场里开生产会议，这么重要的事情他胡日鬼竟敢不跟他言一声，自己就代表了队长去开会了，这分明是想篡党夺权嘛！

胡日鬼传达完了场长的指示，又开始传达生产科长的讲话。生产科长是河西人，说起话来鼻音很重，就好像往铁皮箱里撒尿，发出的是一种嗡嗡的声音。谢胡子一向和那姓刘的科长不和，两个人一见面就要拌嘴，就好像一个槽头上挂着两头叫驴，不是踢就是咬，没有安静的时候。原本两个人是一个生产连队的，一个是队长一个是书记，只因为性格合不来，把一个生产队也扯成了两半儿，生产上不去，官司也断不清，闹腾得一个连队鸡飞狗跳墙，没有办法才把两个都调开的。谢胡子听不得那科长的河西口音，一听那说话声胸腔子里就要着火。胡日鬼此时正指手画脚说到得意处，谢胡子就忍无可忍地喝了一声：胡日鬼，你给我下来。

胡日鬼听到谢胡子的那一声喊，一只手就僵在空中怔住了，就听谢胡子又说：胡日鬼，你是队长啊我是队长？胡日鬼这才又从科长的角色里退回来。胡日鬼急忙从队长的桌子上走下来，笑着说：当然当然你是队长嘛。谢胡子哼了一声，坐到队长的桌子上摆出队长的架子对胡日鬼说：你继续传达吧。

胡日克重又回到自己管账先生的座位上，谁料胡日鬼一坐到自己的座位上就变成了另外一个人儿，红头涨脑地吭哧了半天，也没有说出个顺溜话儿。谢胡子又说：胡日鬼，你继续说吧。胡日鬼则说：在你那队长的位置上自然说的是队长的话，这不在那个位置上自然也就说不出来了。谢胡子则哈哈地笑了，说：把你个胡日鬼，看把你能的，我还以为你狗日的成了精了呢？

6

那一年，农场里也开始评技术职称了，评技术职称是要讲学历的，这是硬件儿。于是有不少老一点的同志就奔忙着到处找学历。军垦农场嘛，大多上了年纪的干部都是当年的转业军人。毛主席老人家曾经说过，解放军是个大学校。解放初期那阵子，部队上很注重文化教育，办各种各样的文化培训学校或文化速成班。那时候让他们这些苦出身的干部去学习时他们还赖着不肯去，直觉着那学习文化是件苦差事，拿笔杆子到底没有玩枪杆子痛快。到了这年头文化开始吃香了，有学历有技术职称的人要涨两级工资哩。于是乎他们这才意识到了文化的重要性，他们便翻箱倒柜到处找那些已经发黄变霉的各式"学历"证书，那些找不到证书的便都后悔不迭，纷纷请假，千里迢迢到原部队去找证明，证明找来了，但凡上过两年培训学校的，那学历就算个中专吧，众多的是只上过几个月的文化速成班，农场对这一批老同志的政策一向是宽松的，那就按个初中算吧。这一批一向以大老粗为荣的干部，一时间都成了"知识分子"了，既涨了工资又有了职称，一个个都笑得满脸花褶子，逢开会便讲，天大地大变化大，到底还是咱党的恩情大。

胡日鬼是六十年代末期转业来农场的，尽管他有着正经的初中毕业证明书，可政策到了他这一茬人头上，突然就严格起来。若是按实际水平来说，无论是往哪一个系列上靠，他胡日鬼最低也能靠上个技术员职称的。可到末了，却连胡日鬼自己也不知道该往哪儿靠了，胡日鬼能给牲口看病，但他不是兽医；胡日鬼会算账，但他不是会计；胡日鬼会接电线修电话，但他不是电工；胡日鬼会开汽车，但他不是司机；胡日鬼还会修收音机，但技术再好也没有用，农场技术职称系列里就没有这一条儿。农场里评技术职称要求是在岗在位，且要一专多能。胡日鬼则是既不在岗也不在位，胡日鬼毁就毁在他太聪明了，他的多才多艺让他无所适从了。

胡日鬼没有评上职称，情绪就低落得很，一个月没刮脸，那一脸红毛胡子疯长起来，遮住了大半个脸，风一吹，露出了一个尖嘴猴腮，莲香见了就嘲笑他，原本想说个谜儿的。但见胡日鬼心里着实难过，自己心里也就沉落了下来。

另一个替胡日鬼抱不平的则是谢胡子。多少年来，就是因了手底下有个胡日鬼，队上任啥样的难活儿，没有解不开的。就是因为胡日鬼太能了，啥都会，他队长用起来很顺手，哪儿需要，就把他派到哪儿去。胡日鬼那时最爱唱的一首歌儿是：革命战士最听党的话，哪里需要哪里去，打起背包就出发……这许多年里他谢胡子手下有不少人被农场调出去，那些人中有的当了队长，还有的当了农技师。唯有胡日鬼，才是一块真正的宝哩，倒是舍不得放手的。没想到到头来却害了胡日鬼，连一个技术员的职称也没靠上，谢胡子气愤不过，就去找场里，农场党委办公室有一个年轻的人事干部专门负责评职称的事。谢胡子找到那位人事干部，质问他农场里有那么多没球技术的人都成了技术员了，像胡日鬼这样的人为啥就评不上技术员呢？那位人事干部就搬出一叠文件，一面一面翻看着说：你说的那个胡日鬼我们是知道的，可评职称这是个严肃的事儿，这是有许多硬件儿扛着的，它不是评劳模评先进，只要能吃苦耐劳把活儿干好了就行了，这评职称首先讲的就是文化水平和实际经验相结合，胡日鬼没有学历，没有经过专业培训，没有发明革新创造，没有一个固定的技术职业，充其量只能算是个打杂的，你说他这技术职称该往哪儿靠呢？

　　谢胡子被人事干部说得张嘴结舌，半天没有说上话来，末了一跺脚转身走了，临出门骂了句：啥球的硬性规定，球。谢胡子话音刚落，那人事干部就追出来，脸红脖子粗地说：谢队长，你骂谁呢？谢胡子说：我没骂谁，我是后悔这些年我一直把胡日鬼当个能人用着哩，咋就没想到让他正儿八经地干个技术活儿呢。

　　那一晚，谢胡子提了两瓶酒到胡日鬼家里，让莲香弄了几个菜，两个人捉对儿喝起酒来，开始的时候是互相敬着喝，喝到后来便又抢着喝。谢胡子这人爱喝酒，一喝醉了就哭，像小孩一样地哭。当酒到八成时，谢胡子就红着脸说：我今天请你喝酒，我这是向你赔罪哩，你的职称没弄上，这都怪我，让你受委屈了。胡日鬼也是喝红了脸的，就端起一杯酒敬谢胡子，说：老谢，你是个实在人，是个好人，你是队长，如今像你这样好的干部是不多了。这些年跟着你，咱没苦着。自打那年咱转业来农场，你是一直护着我的，你知道我身体瘦弱，就想着找些轻省的活儿让我干，也怨我自己没出息，啥活儿一到我手里，新鲜劲儿一过就撂挑子了。在咱农场，啥活儿我都干了，可到头来又啥球也不是，这不能怨别人，只能怨我自己。来，老谢，咱干了这一杯。说着，一仰脖子，把一杯酒灌到了肚里，嘴里打着哈气，急忙吃一口菜压着酒劲儿。

　　谢胡子拿起酒瓶子，给自家杯里倒酒，眼睛睁得老大，但手抖着还是把酒倒在杯子外头了。谢胡子把酒瓶子往桌上一墩，伸过头去就噘吸着桌面上的酒水，样子像一头饮水的牛。完了就说：老胡，现眼下好了，政策宽了，允许职工停薪留职出外挣钱哩，你去到芦花镇街面赁间房子，凭你的手艺，开个修理铺什么的，那可是个好活儿呢。你挣了钱，多少给场里交几个管理费，咱也有个说法。若是挣不上钱呢，你还原样回来，咱再想办法。反正是这农田上的事，苦多甜少，你身子弱，硬顶硬你是支撑不住的，就这样先去闯一闯吧。

那一晚，两个人直闹到半夜，结果是都醉了。莲香熬不过夜，就到里间屋自顾睡去了。谢胡子要喝茶，喊着女人倒水来，喊了两声见没人应，就站起来往门外走，说是去倒水的，却走到院中对着葡萄树根哗哗尿起水来。听到外头的水声，胡日鬼也坐不住了，醉眼迷蒙地跑到院子里，看见两棵树并排长着，像是两棵柳树，在胡日鬼的意识里，院子里是没有柳树的嘛，这怎么突然就多出了两棵柳树呢。胡日鬼顾不得那么多了，扯开裤带就急火火地尿起来。这时只听谢胡子在头顶上一声断喝：操你个胡日鬼，你没长眼啊，你怎么就尿到我腿上了呢！

7

芦花镇是个大镇子，有一条公路从镇中穿过，据说那条公路往北能到北京，往南能到西藏的拉萨。路面上车行如流水，是一个繁华的去处。

胡日鬼的修理铺就开在芦花镇的街腰子处，得天时地利，又加上胡日鬼手艺好，收费合理，人又活泛，很快就把生意做红火了。胡日鬼的修理铺就叫万能修理铺，修家电外带修自行车。那一天，就有一伙农民兄弟用绳子拉了一头牛来，说胡师傅你把这头牛给咱修理一下吧。胡日鬼说：牛病了不找兽医去找我有啥用呢。胡日鬼说着抬头看时，由不得先就乐了，原来那不是一头黄牛而是一台小铁牛拖拉机。农村实行责任制后，那种小型拖拉机就增多了，农民兄弟就是把这种拖拉机当牛使用的。农民们会算账，觉着养一台小四轮儿比养一头牛要合算得多，牛要吃草要吃料要人侍候着，而拖拉机啥也不吃光喝点油，下田拉犁上路拉车比牛的劲儿要大得多，农民们养拖拉机用拖拉机的热情空前高涨。胡日鬼看准了这行情，在他的万能修理铺中又及时增加了农机维修的项目。胡日鬼能修拖拉机，但胡日鬼修出的拖拉机却又犯了同一个病，在公路上跑得欢欢实实的，可一下到农田里拉犁的时候它就没有劲了，光是吭吭地咳嗽就是不朝前走。农民们回过头来又找胡日鬼，说胡师傅你是得过痨病的吗？胡日鬼说你看我这身体像是个痨病号子吗？农民们又说：你没得过痨病可你给俺们修出的拖拉机都得了痨病了，咋一下他就只咳嗽出不了大力呢？胡日鬼就怔住了，连他自己也说不清那拖拉机的毛病出在什么地方了。

胡日鬼离开农场不到一年，农场的变化可就大了。农场里也实行了改革，实行责任到人、两费自理的新的管理制度。要说责任到人呢，尚能说得过去，至于说到两费自理，工人们便迷惑了，谢胡子就尽力把自己在农场干部会上从场长那里听来的政策条文及改革法规逐句逐字地向工人们解释了。他不解释还好，他一解释，工人们立时就炸营了：什么狗球生产费用自理，就是说那土地划归个人承包后，那耕种收割水利化肥等一切费用统统要工人自己负担哩。至于那个生活费用自理，那就更邪乎了，自此场里不再给工人发工资，年底决算，按收入分红。他娘的，这不和农村社员一个样了嘛，哪里还有国营农场的优越性啊。这些平时吃惯了大锅饭的农场工人，虽然同是种大地的，可对于只有一河之隔的芦花乡的农民，一向是瞅不上眼的，自以为国营农场的工人之所以比农民优越，就是能按月领取工资啊。如今这改革，革来革去，到底是把农场工人的那一点优越性彻底干净地割舍了，你说工人们能甘心吗？

还没等谢胡子把会议精神传达完，工人们便一拥而上，把谢胡子围住了，指着谢胡子鼻子骂：这哪里还是共产党领导嘛，这哪里还是社会主义嘛，分田到户？农场也分田到户？这不是修正主义嘛？人们把谢胡子推来搡去，弄得谢胡子在地上站不住脚。那阵势，就如同当年土改时苦大仇深的贫下中农斗争地主一个样了。谢胡子没有法儿，只好又跑到场里去，丧气败搭地求杨长：这次改革能不能再延缓一年，或者在其他队先搞个试点，成功了，有了经验，再推开搞也成啊。

场长是个老军人，说话一向是说一不二的，看着谢胡子那副狼狈相，场长便铁青了一张脸子，说：谢胡子，若是在战场上，你就是动摇分子啊，不枪毙也得撤职。这改革是国营农场的出路，不改革咱农场就没有活路，你还没有穷够吗？农场怎么扭亏增盈啊，经验是现成的，这在外地国营农场早就实行了。只怕是你们将来尝到了甜头还要骂我保守，实行改革的步子太慢了呢。眼下是时不待人，你回去可以在队上先搞个试点，以点带面，条件可以优惠一点。至于生产资料缺乏就先由场里垫付。生活费用有困难，就到场里借嘛，到年底土地有了收成再还，今年还不上明年还，总之一句话，啥时候你们的日子过好了，啥时候再给我场里算账还贷。

谢胡子听了场长的话，立马跑回去，如实地把场长的话向工人们又述说了一遍，大伙这才平静下来。可轮到要制定承包计划、土地落实到户时，大伙便又都不说话了，谁也不肯领头冒这个风险。承包会议开了两天，也没有开出个结果，急得谢胡子想跳井，两天没有吃饭没有睡觉，嘴上起了一圈水泡子。没法儿，谢胡子弄了辆自行车，跑二十里路到芦花镇去找胡日鬼，胡日鬼的鬼点子多，俗话说骡子的屁多矬子的计多。当下胡日鬼听了谢胡子的话，低着头思谋了半天，把一棵烟点着吸了，吸了半截，往地上狠狠一摔，说：我操，老谢，办家庭农场这是个好事，这个头我带了。我这一辈子就爱搞个试验的，要不然也不会落个胡日鬼的外号，试验搞成了，这可能是一条路子哩。这样吧，你先答应了，给我三百亩好地，我这就关了这店门，跟你回队种地去，你看咋样？

谢胡子一听，立时跳了起来，说：胡日鬼，你这不是说胡话吧？胡日鬼说：我老胡啥时候舌头上跑过马？谢胡子一拍脑瓜顶子，说：这些日子我愁的就是那些地没人敢要，场里定的一亩地要交80元钱的管理费哩，有些人家没钱交，有些人家不敢交，这才闹腾起来的，三百亩地，你能行？胡日鬼说：那么多钱，让我立马交，我也交不起，我可以先交一半，另一半年底再交。不过这事要冒风险，有些话咱先说好了，你不答应，我就不干哩。谢胡子说：啥条件，你尽管提出来。胡日鬼说：我这是搞试点，那就只有成功，不能失败。谢胡子说：那当然，你失败了，后面的事情就不好办了。胡日鬼说：我办家庭农场，我种什么，怎么种，一切都得我说了算，你不能来胡掺和。谢胡子说：你的农场，你就是场长，当然你说了算。

明日鬼说：我打下的粮食，我咋卖，卖给谁，也得我说了算。

谢胡子一听就怔住了，过去的农场都是计划种植，粮食打下来，统一交由场供销部门统一管理，甚至农业队长都没有权力销售，今日胡日鬼提出的这问题，谢胡子就吃不准了，回过头来就去请示场长，场长那几日整天和队上来上访的工人打嘴官司，上火动气，喉咙发炎，说不出话来，就用笔在一张纸上写道：

凡两费自理的家庭农场，享有独立自主的经营权，农场各级领导，均不得妄加干涉。

谢胡子拿着那张纸条子，跑回队上交给胡日鬼，胡日鬼把那张条捧在手上看了半天，笑了说：这是圣旨啊，有了它咱就放心了。

8

胡日鬼承包了三百亩地，胡日鬼要办家庭农场哩，这消息像风儿，很快就在农场传遍了，农场人都深感意外，于是有人就说：真是个胡日鬼啊，这狗日的真是成了精了，他这一辈子都没有干过个正经活儿，属猴子的，没个定性。一身的劲儿加起来没有半斤，他是个种地的人吗？瞎逞能嘛，他以为这种地能像在他婆姨肚皮上耍羔羔那么容易呢，等着瞧吧，有他狗日的罪受呢。又有人说：胡日鬼这人是个精怪，他能哩，他是头顶上长球，日天呢。没准儿他真能像孙猴子那样，从裤裆里拔一撮毛下来，放嘴里嚼一嚼，一口就能吐出几个小胡日鬼呢。有人嚷着说：要那么多的小胡日鬼干啥？那人说：帮胡日鬼种地嘛。一帮人就哄笑起来。

胡日鬼没理会别人怎么绕弯子骂他，胡日鬼的家庭农场还是办起来了。三百亩地连起来是好大的一片呢。若是凭着胡日鬼那点瘦干巴劲儿，把他的沟子挣翻那也是忙不过来的了。但胡日鬼到底是胡日鬼，他有的是办法。胡日鬼说：活人还能让屁胀死吗？人要赶大车，并不是非得人去拉车，而是人要借助牲口的力量去拉车啊，人只要把牲口驾住就行了。胡日鬼的话颇有点哲学道理，很深刻的。但胡日鬼不懂哲学，胡日鬼只知道使巧劲儿干活。

胡日鬼又跑了趟芦花镇，雇了两个庄稼汉子来帮他种地。芦花镇一向地少人多，劳动力剩余的多哩。胡日鬼在芦花镇待了一年，结识了一帮儿庄稼院里的朋友，要雇两个人来，那可是招之即来，来之能战，战之能胜的事儿。

胡日鬼这人很有点经济头脑，经过一番市场调查，他和省城一家啤酒厂签了一个合同，由人家给他出种子出技术，他出力，试种了三百亩的啤酒大麦。那一年风调雨顺，那三百亩的大麦长势喜人。大麦是早熟作物，在小麦刚黄芒的时候，它就该开镰收割了。胡日鬼找到场长，说他要收割麦子哩，场里能不能弄台收割机帮着收一下。那场长见了胡日鬼，拍着胡日鬼的肩膀说：你是第一个带头办家庭农场的，场里是应该大力支持的，这你放心，哪一天收割，我带收割机亲自去，同时还要在你那里开现场会哩，让全场的干部职工们都看一看，家庭农场的前景是无限广阔的，国营农场只有走经营改革这条路子，职工才能富起来，农场才能活起来。

胡日鬼听了场长的话，心里就激动得很，这让他又一次想起了那句"天大地大不如党的恩情大"的至理名言，眼睛里就热乎乎的。

那一天，场长果真就带了一台收割机来了，随同场长来的还有场部机关各科室的领导以及各生产连队的职工代表。胡日鬼的大麦地里红旗飘扬，一派喜庆气象。谢胡子也颇为得意，一边走一边对着随同前来看热闹的农三队职工说：都看看吧，好好看看吧，这就是办家庭农场的好处，当初让你们办家庭农场，你们狗日的都以为是把你们往火堆里推呢，咋样啊？后悔了吧？

在那个现场会上，首先是由场长讲了话，接下来是谢胡子讲，然后就是胡日鬼了。胡日鬼讲话的时候就站在场长的身边，尽管他的瘦小身子比场长和谢胡子矮了半截，但因为他们是站在那台红色康拜因收割机的驾驶台上讲的，这就让所有来参加现场会的人都得仰着脸儿来看他了，平时像三寸丁谷树皮似的胡日鬼，在那一时骤然就高大起来。胡日鬼激动得满脸通红，两手紧抓住那驾驶台上的护栏，扯着嗓子讲了一番感谢中央感谢地方感谢改革感谢开放的话。胡日鬼的话尽管讲得无边无沿颠三倒四让人摸不着头脑，但胡日鬼讲话时气势很足，神采飞扬。这就让一些原来就对胡日鬼的家庭农场心坏嫉妒的人心里就不舒服了，于是就有人指着胡日鬼在下边小声骂道：你看那个胡日鬼，不就是种了几百亩地嘛，你看把他能成个啥了，他也不在秤盘上称一称自己有几斤几两，瞎张狂。紧接着又有人说：如今这年头，富了的就是胡日鬼这种人，他这是精着沟子撵狼，胆大没牵挂，咋能不富嘛。

胡日鬼自然是没有听到这些议论的，胡日鬼对着驾驶员挥了挥手，说：开始吧。紧随着一阵机器的轰鸣声，那台收割机像一艘大船一样，向着那片泛着金波银浪的麦田缓缓驶去……

9

这是一个夏天的早晨，初升的太阳照在院中的那棵葡萄树上，葡萄树叶上挂满了露水，早风一吹，那些露珠儿便闪闪发光。似乎那绿叶上镶嵌了许多珍珠呢。一棵大叶南瓜在篱笆墙上不停地攀援，把一朵又一朵金盅儿似的瓜花开了个满墙，使得这早晨的空气里多了一些清甜的花香。女人在院里摘菜时，随手掐下一朵金花下来，撒去花朵儿，只留下花中的一根金黄的蕊心儿，然后又把蕊心儿插到另一朵盛开着的花心里，那朵花的下面，孕育了一个小小的瓜胎。女人是给南瓜配花呢。

女人摘了一把梅豆，又铲了一把韭菜，这才开始到厨房做饭，饭做好了，就用锅铲敲着锅沿喊着说：秀儿，秀儿，叫你爹吃饭啊。女人连喊几声，见没人应，一掀门帘儿出来，看见儿子胡秀正弄了把椅子放在院子当中，人却双腿盘定坐在椅子上，目不转睛地看住了那一颗初升的太阳。此时的太阳尚不扎眼，油汪汪的，像一颗胞鹅蛋的黄儿。胡秀一边看着那太阳，一边双手不停地做出要拥抱那太阳的样子，每拥抱一次，便做出一次深长有力的呼吸。女人就怔住了，说：秀儿，你怎么和你爹一个样子，一辈子也没有个定性。胡秀撇了撇嘴，用不屑的口气说：我爹那算什么，充其量只是个鼯鼠之技，飞不能上树，涉不能渡河，洞不能掩尾。我怎么和他一样了呢？我这走的可是大师的路子呢。

儿子的话让莲香似懂非懂，儿子到底是长大了，儿子的学问也大了。

胡秀那时正在上大学，那是南方的一座很有名的大学，学的是计算机专业，那是一个好专业。胡秀原本就聪明过人，他的专业课在全年级一直是最好的，后来听说外语好了可以出国留学，他便拼命地学外语，接着又想当作家，便没日没夜地学习写诗，不长时间又迷上了《易经》。

女人便批评儿子说：你可不能学你爹啊，你爹就吃了不务正业的亏了，他那个人爱耍小聪明，学什么会什么，学会了就丢掉了，到后头是啥也没有了，人家都评职称呢，他连个技术员也没评上。女人尽管唠唠叨叨地说着，可做儿子的却不再说话，一心沉浸在他所幻想着的那个美好境界里去了。

女人见儿子不再和她说话，就回屋去了，女人才说要叫男人起床吃饭的，却见胡日鬼正泥胎木雕般地在床上坐着，两眼尽管睁得老大，却没有了一丝儿的活意。女人先就吓了一跳，拿手指在鼻子下面摸摸，嘴唇还是热的，鼻子眼里却不出气了。女人一时慌了手脚，急忙朝院子里喊着说：秀儿，秀儿，快看你爹，你爹他没气儿了。

胡秀闻说，一个蹦子从门外窜进来，趴在胡日鬼的脸上看了看，说：我爸这是走火入魔了。说着就到处找针，说要针扎了人中才能过来的，慌忙之中看到了箱柜上有一把锥子，胡秀拿过来才说要朝那人中处扎的，锥尖儿还没及皮肉，胡日鬼身子猛地往后一仰大叫一声说：我死了。说着通的一声，人就直挺挺地躺在床上了。

女人这才松了口气，知道又是胡日鬼作怪耍弄人的，就手揪了胡日鬼的耳朵，把胡日鬼从床上拉起来，骂着说：你这没正经的东西，怎越活越没出息了，没个耍头了，怎能装死弄鬼吓唬人呢。

胡日鬼把耳朵从女人手中挣脱出来重又躺在床上，说：我做梦我死了，都说人做梦死看是好事哩，怕是这次竞选队长能选上呢，你们都不要打搅我，让我再死一次。

胡秀闻说便来了兴趣，说他可以把梦中所预示的事解出来的。胡日鬼一听便坐了起来，说他梦见他死了，不知怎么稀里糊涂就死了，他死了后就装在一具棺材里被一群人抬着走呢。胡秀一听，便说：这真是一个好梦呢，梦书上说棺材乃官才也，人入棺就是入官之意啊。你入棺之后被一群人抬着走，那就是说人们在拥护你抬举你哩，这是吉兆。爸，看来这队长你是当定了。听胡秀这么一说，胡日鬼就高兴得很，多少就有点把持不住的样子了。听莲香说要吃饭了，这才跳下床去洗脸，一路走着雀儿步，嘴里哼着一支歌儿，那歌儿是刚跟儿子学会的，名字就叫《阿里巴巴是个快乐的青年》。

吃饭的时候，莲香说：你也别高兴得太早了，让你儿子一说，就轻狂得要飘起来了，人家当官的要走得稳，坐得稳，那叫官相，你看你，尖嘴猴腮，个头还没有个扁担长呢，你连个技术员都没评上，还当队长哩，我看悬着呢。胡日鬼嘴里头正嚼了口饼子，听婆姨这么一说，便急着把一口没嚼透的馍咽了下去，立时便噎得伸长了脖子，像鸡一样咕儿咕儿地叫。胡秀见状急忙在胡日鬼背后用手拍了几下，待那团馍馍下去了，胡日鬼这才说：你女人家倒是好见识，你给我说说，官相是个啥样儿的。女人说：这做官的嘛，个头儿一定要大。胡日鬼说：庄稼长冒了头，还不结籽哩。女人又说：做官的嘴一定要大，你看眼下那些当官的吃官饭，走到哪吃到哪，这叫嘴大吃四方。胡日鬼说：吃四方还不挑食呢。给啥吃啥，你说的那是猪。女人又说：做官的耳朵都大，有一双大耳朵，上听皇帝圣旨，下听百姓民情。胡日鬼说：你说的还是猪，猪的耳朵最大，大得翻下来把自家的耳朵眼儿都堵住了，它啥也听不见，只听见母猪叫，一圈的猪，哪个发情了，一叫它就知道了，就走过去关怀一下……胡日鬼的话说得不雅，女人生了气，在桌上踹了胡日鬼一脚，胡日鬼发疼，便嗷地叫了一声。

10

农三队有位名叫张望才的老职工死了，按照惯例是要开个追悼会的。主持追悼会的当然应该是谢胡子，谢胡子是农三队的最高行政长官，他不主持谁主持？若是再换个人，那追悼会的规格就下降了，这是生者和死者都不能允许的。可让谢胡子来主持也有点问题，那些日子里谢胡子正犯病，谢胡子是脑子上的毛病，一会儿清醒一会儿糊涂，清醒的时候便十分地清醒，糊涂的时候便是一塌糊涂。

谢胡子主持追悼会的时候正是犯糊涂的时候，谢胡子糊涂着写了篇讲话稿，就照着那篇讲话稿糊糊涂涂地念，谢胡子表情庄重地宣布追悼会开始，谢胡子说：热烈庆祝张望才同志逝世大会现在开始。那些年形势大好，各种各样的欢庆会开得多了，就开成了一种模式，谢胡子就用开庆祝会的模式来主持他的追悼会了。首先是胡日鬼看出了毛病，急忙在旁边提醒谢胡子说：沉痛哀悼，不是热烈庆祝。谢胡子翻了翻眼睛，寻思了半天，说：对，是沉痛哀悼，那就沉痛哀悼吧。接下来又宣布说：下面让我们大家一起来唱国际歌。胡日鬼又急忙纠正道，是奏哀乐，不是唱国际歌。谢胡子说：对，那就奏哀乐吧。哀乐是由一台录音机播放着的，听着那哀乐，想到死者生前诸多好处，好多的人都哭了，但谢胡子没有哭，那时候谢胡子已经糊涂着不知道哭了。接下来谢胡子开始追述死者的生平，谢胡子讲道：张望才同志生于一九九一年一月十五日。胡日鬼又提醒说：是一九一九年，不是一九九一年。谢胡子就怔住了，两眼直瞪瞪地望着胡日鬼说：老胡，这个会还是你来弄着开吧，我是不行了，净胡球说哩。胡日鬼是临危受命，勇敢地接受了谢胡子主持人的千斤重担。胡日鬼见多识广，有理有节地主持了那个不同寻常的追悼会。在那个追悼会上，胡日鬼牛刀小试，充分显示了他的非凡的领导才能。这让整个农三队的人都吃惊了，说这个狗日的胡日鬼还有当队长的本领哩。

自那个追悼会后谢胡子便越发糊涂起来。谢胡子为了他的病专门到省城大医院检查了一次，检查的结果首先让医生们都大吃一惊。然后是谢胡子自己也吃了一惊。医生们拿着 X 光照片让谢胡子看，谢胡子说：这是我的头吗？我的头怎么就是这样子了呢，怎么光有骨头不见肉了呢？医生说：这是 X 光照片，自然是不能照出肉的，否则看不清里头的东西了。谢胡子看着又说：既然是我的头，怎么里面就有了一颗子弹呢？医生说：这正是我要问你的，你怎么就弄了个子弹进去了呢？谢胡子想了想说：不是我弄过去的，是狗日的美国鬼子给打进去的吧？谢胡子终于想起来了，他在朝鲜战争中头部是负过一次伤的。受伤之初好像是有人用木棒在他的头顶上狠敲了一下，那时他就昏死了过去。也不知道过了多长时间，他又醒了过来，一睁眼，看到自家的阵地已被敌人占领了。几十个美国鬼子正围成一堆儿，在那里咯吱咯吱地吃罐头，叽里咕噜唱歌，那歌唱得才难听呢，像驴叫。他醒过来的第一个意识就是战斗，他在身边的土里摸出了一颗手雷，那东西威力很大，能炸毁一辆坦克呢，不过那家伙也太重了些。好在他的伤是在头上而不是在胳膊上，要不然就没有办法把那个大家伙扔出去了。当那颗手雷像一颗炮弹一样在敌人群中炸响后，他便一跃而起，像一只发怒的雄狮向敌人扑去，那时他感觉到头发都竖起来了，像雄狮脖子上的毛。其实他头上什么也没有，只是一个光头而已。在他呼喊着向敌人冲锋的时候，手中的冲锋枪也呼啸起来。那群受到这意外打击的美国鬼子，一时间就慌了手脚，用鬼哭狼嚎抱头鼠窜这些词儿形容一点也不差，他们丢下了十几具尸首，便从山坡上打着滚儿下去了。那一仗打得很著名，在那一仗中，谢胡子立了功，成了战斗英雄，但也因此种下了病根儿。那时候他感觉着自己的伤并不重的，只是老觉着脑瓜儿里老是有一种凉飕飕的感觉，像是有一股风老是在往头里面灌。谢胡子倒没有在意，那伤很快也就痊愈了。没想到那竟是一颗子弹，那狗日的东西在他的脑瓜儿隐姓埋名藏匿了这么多年后又公开出来活动了。那东西若真是一个特务的话，可真算得上是一名超级特务哩。

医生对谢胡子说：这真是一个奇迹啊，真是不可思议，像你这号病例恐怕是空前绝后的了，怎么一颗子弹能在你脑瓜里待了这么长时间呢，这可不是一般人所能承受得了的。谢胡子说：共产党员都是特殊材料制成的人，自然是什么样的人间奇迹都可以创造出来的。谢胡子嘴里是这样说的，但心里头还是有点儿打憷。因为医生说要把他的脑瓜儿重新打开，把那个罪大恶极的家伙挖出来。谢胡子说：动手术是不是很危险啊？医生说：危险是避免不了的，尤其是那颗子弹在你脑瓜里待了那么多年，在它的周围已经成了一种近亲组织，现在把子弹取出来，肯定是要有一定损伤的。谢胡子没有听懂医生的话，就瞪着眼睛说：你说什么？我会亲近一颗美帝国主义的子弹，我怎么会亲近了一颗子弹呢。医生便笑了，说：我说的这是医学上的话，你不懂。说通俗点儿就是那颗子弹在你的脑袋里待了三十多年，那颗子弹周围已经生成了一种很特殊的适应性脑组织，那些特殊的脑组织把那颗子弹紧紧包围了，使它不能侵害其他正常的脑组织……医生的话还没有说完，谢胡子就抢着说：你这样一说我就明白了，你是说我的那个脑组织已经把那个子弹包围了，这么多年竟然没有把狗日的消灭掉，到头来还得你们来帮忙解决。如果说不动手术又会咋样呢？医生说，随着你的年龄不断增长，生长细胞老化，肌体免疫力降低，那种特殊的脑组织包围圈的战斗力减弱，那颗子弹就会疯狂地向你进攻了，最终是破坏脑神经，导致脑瘫痪。谢胡子一听便紧张起来，说：你说的那个脑瘫痪是不是天不知地不知自己拉的屎自己吃的病傻子啊？医生点点头说：大概就是那种情况吧。谢胡子一听就害怕了，谢胡子不怕那颗子弹，但谢胡子害怕自己的屎，谢胡子急着说：还是快一点给我手术吧。

谢胡子在手术前，又回了一趟农场，像办理后事一样，来安排他生前身后的工作了。

谢胡子找来了胡日鬼，跟胡日鬼进行了一次长谈。谢胡子语重心长地说：老胡啊，你也是老同志了，思想觉悟高，脑子灵活，跟形势踢得紧，群众基础也不错。我思谋着我这一走，说不上又是个啥情况呢，但这革命工作总不能停的，咱这农三队的事儿就托给你了，这可是个重担子哩，你就勇敢地把它挑起来吧。我已经向场里推荐了你，由你来接我的班，过几天场里的任命书就下来了，你年轻，就好好地干吧。我是不行了，老了，有病了，该退下来了。人嘛，都固有一死，或重于泰山，或轻于鸿毛，张思德同志就是为人民利益而死的……

谢胡子说着说着又糊涂起来了，但胡日鬼却不糊涂，胡日鬼心里清楚，这是谢胡子在选他的接班人呢。胡日鬼心里就很激动了，在这之前许多年里，胡日鬼也曾经流露过一回想当队长的活思想，但很快就被谢胡子那双明察秋毫的眼睛察觉了。谢胡子就批评胡日鬼有篡党夺权的野心，胡日鬼自然知道谢胡子的厉害，挨了批评不敢再张狂了。没有想到这如今改革开放了，胡日鬼的个头不长，名声就见长了，历史的重任终于就要落在他肩

中国当代西部文学文库

上了，这就让胡日鬼激动得热泪盈眶了。

11

胡日鬼的任命书迟迟没有下达，原因是在场党委工作会议上研究胡日鬼的任命问题时，几个场委的意见不统一。会议一开始，赞成谢胡子的意见的人就说：胡日鬼这人很有头脑，他第一个挑头办家庭农场，并且获得了成功，这在农场的体制改革中是做出了贡献的，像他这样敢想敢干带头致富的同志，是应该受到重用的。另一些人则坚决反对任命胡日鬼当队长，他们的理由是，胡日鬼这人办事不稳重，一向毛手毛脚，浮躁得很，政治上很不成熟。这种人尽管很有才干，但当队长是不适合的。场委会上两种意见相持不下，这时就有人提议说：咱们是不是举手表决一下。另一派人立刻就反对说：让场委委员们投票选举胡日鬼，这不是笑话嘛？要选举也得让群众去选举，要充分发扬民主，这也是一项干部任免制度的改革哩。

就这样，胡日鬼就被推到农场干部制度改革的风口浪尖上去接受考验了。以往的农场连队一级干部都是由场委会经过严格选拔任命的，到了胡日鬼这儿便开始改革了，改成民主选举了。为此农场党委还专门下发了一个红头文件，意在说明干部任免制度改革的重大意义。那个文件胡日鬼是看过的，胡日鬼看过后小脸立刻就变黄了，嘴唇儿抖了半天也没有说出话来。胡日鬼原以为有谢胡子的极力推荐，这当队长的事儿，是十拿九稳的了。谢胡子在农场是一个很有影响的老干部，又是场党委委员，说话还是算数的。没想到末了却弄了个这，一下子就把胡日鬼给悬着吊在旗杆上了，这让胡日鬼的日子就难过哩。

胡日鬼原来就心眼儿小，胸腔里是放不下事儿的。在等待选举的那段日子里，胡日鬼整日里神思恍惚，吃不下饭，睡不着觉，人就被熬成了一张皮，晚间躺在床上，隔着肚皮能摸到后面的脊梁杆子，一个一个排列整齐，像串联在一起的大蒜头一样的。上到磅秤上一称，七十二斤九两，还不如一只骚胡老羊重呢。胡日鬼就想，如今他身上最有分量的可能就是那一嘟噜大蒜头了，反正肚子里的下水是没有多少水分的了。

但最让胡日鬼受不了的是，自从农三队的老少爷们知道了胡日鬼要竞选队长的事后，对胡日鬼的态度便发生了天翻地覆的变化，往日的那种同志间的亲情没有了，被一阵风儿刮走了，就好像是一棵树，枝叶落尽，只剩下了一根光秃杆了，鸟儿不来了，虫儿也不来了，胡日鬼就有了一种孤家寡人的感觉。胡日鬼的这种感觉不是只有今天才有的，早在他第一个停薪留职到芦花镇开了那个修理铺，又第一个回来办了家庭农场，农工们和他之间的距离就拉大了。谁让他致富的步子迈得那么大呢。人活着，穷也不行，富也不行，上也不行，下也不行，真叫难呐。胡日鬼快乐一生，从来没有犯过难，但胡日鬼这一次是真的为人情世故深深地叹息起来了。

　　那时的胡日鬼只觉着自己是被架在火头上烤着哩，就是用那种蒙古人烤全羊的方法在烤他哩。他实在受不了了，就去找谢胡子说：老谢，我不想当这个队长了，我想退出竞选行不？谢胡子一听就把眼睛瞪起来了，说：你鸡巴有病啊？胡日鬼说：我没病，我哪儿也没病，就是觉着心里着火似的，烤得难受哩。谢胡子说：这才叫考验哩，当干部就是要经住考验哩，你受不了，说明你还不够成熟，待你成熟了，你就不会再有这感觉了。胡日鬼说：我知道我还不熟，我要熟了，弄点儿盐弄点花椒大料面往上一撒，再弄一瓶老白干，就可以上桌了。谢胡子听了一拍大腿说：老胡，你这样说那就对了，革命工作就是要有那么点献身精神的，关键的时候就是要敢于牺牲自己的，只要你有了这种精神，就是一个高尚的人，就是一个纯粹的人，就是一个有道德的人，就是一个脱离了低级趣味的人……

　　谢胡子的脑子确实有了问题了，说起话来动不动就要引用一段毛主席语录。毛主席语录是他二十年前背会的，那时候所有的人都要会背几段伟大领袖的话，否则的话，走远路你就过不了桥，走近路你就进不了村。二十多年过去了，如今能记住毛主席的话的人已经不多了。农场里大概也只有谢胡子一个人还依然牢记不忘，且活学活用不动摇。

　　农场里的人都看到谢胡子病得重了，劝谢胡子还是早一点去医院看病吧。谢胡子则坚定地说：那不行，哪能一事当前先替自己打算呢，我要为革命的事业站好最后一班岗呢。这选举接班人的事情，是关系到革命的千秋大业变不变颜色的大问题，帝国主义亡我之心不死，把他们和平演变的希望寄托在我们的第三代第四代人的身上了，我们要保持高度的革命警惕性哩……

谢胡子给胡日鬼说这话多少有点像留遗嘱呢，让胡日鬼听了心里老觉着不是个滋味儿。谢胡子说过这话后果真不久就去世了，谢胡子是在取出了那颗罪恶的子弹后去世的。谢胡子在临去世前说了这样一段让人迷惑不解的话，谢胡子说：他谢胡子早在四十年前那场战斗中就被那颗子弹打死了，他之所以没死又复活了过来，那是因为在那次战斗中有一个原本不该死的人却死了，那个人死得异常壮烈。他是战斗打到最激烈的时候拉响了一根爆炸筒和敌人同归于尽的。那个人虽然是粉身碎骨了，然而英魂却没有死，他借助了谢胡子的血肉之躯完成了那最英勇的一次冲锋，就这样，那次战斗结束后谢胡子竟又奇迹般地活了下来。

谢胡子的故事，让在场的人都大吃了一惊，胡日鬼说：老谢，你说的那个人是黄继光，是邱少云，还是杨根思啊？谢胡子笑了笑，摇了摇头，嘴唇动了动，想说的却没有说出来，人就断气了。

谢胡子是农场最彻底最纯粹的革命者，是一位优秀的基层领导人。想起他那高尚无私的品行，农场的人都很难过，而最悲痛最伤心的一个该算是胡日鬼了。

12

谢胡子去世至今已经五年了，胡日鬼在农三队也就当了五年的队长。农场原本规定基层干部三年一换的，可到了该换届的时候，农三队的人又一致选举了胡日鬼来连任队长，说国家主席干得好了还能连任呢，这队长咋就不能连任呢。就这样，胡日鬼也就像一个不卸套的马，拉着农三队这辆车继续奔驰向前。胡日鬼从谢胡子那里继承了克己奉公的优秀品质，又发扬光大了他那勇于改革创新的自身优势，使得农三队的变化可就大了。胡日鬼这一辈子干啥活儿都没有个定性，唯有当队长这活儿让他乐此不疲上了瘾。那时，农场里有些领导对胡日鬼原本就有意见，待看了胡日鬼的一些做法之后，对他的意见更大了，说胡日鬼这人不务正业，整日里领着农三队的人搞什么家庭经济，鼓动着大伙养羊，说羊绒能赚钱，国际市场前景广阔。他狗日的一个初中文化，竟然也研究起国际市场来了。养了羊还不够，又弄了一群牛，说要在牛身上种牛黄，牛黄是一种名贵药材，是能赚钱的。牛黄是能赚钱，牛痘可以种，牛黄也能种吗？牛黄本是牛得了绝症后牛肝上生出的那东西，那东西要生在人的身上就叫癌症。胡日鬼在牛身上种癌症种子，这不是胡闹这是什么？胡日鬼还说眼前人们的日子好过了，人们不想吃猪肉了，但却爱吃猪耳朵，他要试验一种养猪耳朵的办法，说要是成功了，吃猪耳朵就方便了，割猪耳朵能像割韭菜一样，割了一茬又长一茬……狗日的胡日鬼不仅荒唐而且可恶，过去农三队只有一个胡日鬼，自从胡日鬼当了队长后就带了一窝儿胡日鬼。如果场里再不采取措施，说不定他会把个农三队治理成什么鬼怪样子呢。

一伙人义愤填膺地声讨胡日鬼的罪行，把胡日鬼批评得一无是处。倒是场长还是比较明智的，场长笑呵呵地说：胡日鬼这人尽管有许多缺点，有许多不切实际的想法，但总的来说也还算是个好同志。自从他接任了谢胡子之后，农三队的变化是很大的，从各项生产指标来看，他们也完成得很好。我让计财科的同志下去摸了一下底，就全场职工的年收入来讲，他那个队也是最高的。现在农三队有三多：购买摩托车的多，购买农机的多，个人存款数多，这就很说明问题了。不管怎么说，对于胡日鬼的那种勇于改革创新的精神我们还是应该给予肯定的。现在胡日鬼又在搞一个大动作了，我们机关的同志都可以下去看一看，不要因为农三队离场部最远最偏僻就不愿到那里去。我可跟你们说，如今农三队是富了，胡日鬼那边的饭食是最好吃的哩。

那时候胡日鬼正领着农三队的人盖房子。农场的房子还是六十年代初期建农场时盖下的，是一色儿的兵营式的建筑。那时农场建房子只考虑到营房的整齐划一，但却没想到后来这些转业官兵还会娶老婆还要生孩子。待到这些人一旦开始过起正常人的日子来，那兵营式的房子就不适用了，一时人们开始在墙上打洞，把两间房连通，又在屋门前用树枝扎成篱笆墙，这才有了点庄稼院落的温馨气氛了。但那房子风雨飘摇了几十年，已经破旧不堪，再也难以适应人们新的生活的需求了，于是胡日鬼领导的农三队，在全农场率先掀起了建房的热潮。农三队的新房都建成了别墅式的，既保留了军垦农场整齐划一的传统风格，又各自独立自成一体。房是一式的二层楼房，楼顶有很大的晒台，那是专为了摊晒粮食用的。农业工人嘛，说上天还是种庄稼啊，那房子就要盖得美观还要实用哩。

胡日鬼的房子又盖得和别人不一样了，胡日鬼盖的是那种尖顶圆拱窗的俄罗斯式的小洋楼，胡日鬼说他这是准备着给儿子胡秀回来结婚用的。胡秀那时已经到了俄罗斯，在莫斯科开了一个什么大事预测公司，胡秀是学电脑的，他把《易经》编成程序输到电脑里，小狗日的在用中国的卦书替俄罗斯人算命。俄罗斯这些年一直政局不稳，一般老百姓都想预知国家的命运自己的命运，算卦这行业就热哩。有人就问胡日鬼：你儿子胡秀的本事大哩，为啥不到美国去发展呢？咋就偏跑到俄罗斯去了？胡日鬼说：俄罗斯过去总还是社会主义国家嘛，说起来让人感觉还是要亲近一些的嘛。

胡秀在俄罗斯给胡日鬼来电话说：他在那边谈恋爱了，找了一名叫刘芭嘛还是柳芭的姑娘，待过年时就要回来认亲呢。胡日鬼一家听了就高兴得很。农三队的人就打趣胡日鬼说：胡队长，这下好了，你家儿子给你引进优良品种了，将来你家那杂种子孙，肯定要长得比你高了。胡日鬼听了便不恼，原本还要说几句的，话没出口，便被莲香把话头儿接了过去。莲香说：那当然了，如今改革开放了，种庄稼还要讲个科学种田哩，娶媳妇嘛，也一样，那叫杂交优势，你懂吗？

莲香的话说得直露又幽默，一群人便都笑了。

烟 墩

兄 弟

清明节这天是个好天，太阳暖暖地照着，土地松泛了，麦苗开始返青。

有三三两两的人从村里走出来，他们肩上皆扛了铁锹，手里提了篮子，篮子里盛了香烛裱纸，有的还盛了酒水吃食。这是到长城外的烟墩给老先人烧纸去的啊。

村人们叫烧纸不叫烧纸，叫送钱。送钱这说法好听，充满了一种孝敬之意。不管老先人活着的时候是否孝敬，一旦作古去了，这钱还是一定要送的。这是烟墩村人的习俗，也算是一种美德吧？孰不知许多的传统教育，大多都是在这种祭奠活动中进行的，当老子的常常会给儿子说，咱家老祖，当年是如何如何的，那个如何如何当然说的全是美德，可以彰显千秋的事情。至于那老祖当年活着的时候是否偷盗是否勾引过良家妇女，那是万万不能讲的，于是在后代人的心目中，自家老祖的形象似乎没有一个不是闪耀着光辉的。

人们在村路上结了帮伙，自然有许多话要说的。他们说了一些有关老婆孩子土地庄稼的话，接下来话头便转到了烧纸上去了。一个名叫建社的汉子说，牛贵，你今年给你家先人送多少钱啊？那叫牛贵的男人看了一眼手里的提篮，自豪地说，往年给我爷我奶合起来送一刀，我爹我娘合起来送一刀，拢共两刀纸也就够了。今年不同了，手里有了现钱，我就多买了两刀，两刀金两刀银，也让老先人知道，咱现在的日子比以前好过了。

但凡裱纸，多有两种。一种是黄的，纸质轻而薄；另一种是白色的，纸质厚而粗糙。黄表纸比白草纸一刀要贵两毛钱的。习惯上人们就把那黄表纸称做是金，白草纸叫做是银。无论是金是银，都必定是打了印子的，只有打了印子，送过去才能兑变成钱花。

另一个名叫大头的人接着说，牛贵，你还是啬皮啊，两刀金两刀银，哪够花的呀，眼下东西都涨价了呢。

牛贵嘀咕着说，我们这边涨价，难道那边也会涨价吗？

大头说，当然要涨价的了，这边和那边都是连通着的嘛。

牛贵就反问大头说，你给你家先人送多少啊？

大头的头并不大，大头是个绰号，小时候有疝气，一生气裆里的那卵蛋子就鼓得像个紫茄子一样地吊在那里，于是在一起玩的小伙伴们就叫他大头。如今人长大了，那病也早就好了，可那绰号却一直没变，恐怕这一辈子也不会再变了。

大头从提篮里拿出一扎纸币，说，我除了给我爹我娘每人送两刀金两刀银，我还给他们送真钱哩。

众人都看得清楚了，那是一种冥钞，可花纹样式却又和真钱一样了的。只不过同样是百圆的大钞，真钱的票面上印着的是领袖的像，而冥钞上印着的却是阎王的像。当然了，阎王也是那边的领袖嘛。

大头又说，眼下咱们种地，不用交那些鸡毛狗蛋的费了，不仅不交费，反过来政府还给咱们补贴哩，这样的好事情，人老几辈子也没有过的呀。咱们是脱了贫了，可不知道老先人那边咋个样呢，我给他们送这些钱，是想着让他们也过上好日子啊。

另一个汉子看了那冥钞不屑地说，喊，这算什么啊，你这钱是不值钱的，现在值钱的钱是美元。那汉子也是有个绰号的，叫尿得高。烟墩的孩子，喜好玩一种"尿鞋"的游戏，说是游戏，实则是一种恶作剧。一伙猴子样的孩子聚到一堆，把各自的鞋子摆在老长城的城墙下面，鞋子摆的位置和城墙根是要有一定距离的，有的是六步，有的是八步，当然还有十步的，距离的远近，是经过大伙集体讨论而决定的。鞋子摆放在城墙下面的沙地上作靶子，一只一只摆成长长的一溜，这时候参加游戏的人就都站在城墙上面，掏出各自的小鸡鸡，把肚子挺得老高，竭尽了力气，把蓄聚了多时的尿水朝那排鞋子扫射而去，那一时，谁都想能把别人的鞋子打湿了，以显示自己的能耐。可每次活动，总会有那么几个年龄气力不足的孩子，尿不到别人的鞋子，而自己的鞋子却被别人尿得精湿。在这项游戏中，获胜者常常是尿得高，尿得高的小鸡鸡似乎比别人的都长了那么一点点，长那么一点他就有了优势，他的射程就比别人的远，尿得又高又远，于是尿得高这名字也就叫起来了。在乡村里，尿得高这名字还隐含着另一层含义，那就是他每做一件事，必定是和别人不一样的，且一定要做得比别人好。这要在诗歌写作上，就应该算是创新了，可村人们不懂诗歌的写作，就常常要讥笑了他的别出心裁了。这几年里，尿得高在城市里给人做活，更增加了见识，所以也就越发地要显示了自己的与众不同。

尿得高说，你们知道吗，人家的一美元就顶咱们的八块多呢，你们知道城里人叫这叫啥吗？叫美金。我今年就给我爹送的是美金。你们看看，这就是美金啊。说着，也拿出一叠冥钞来，显摆着让大家看。

众人围拢来看时，果真那是一种印着英文字母的洋冥钞。一伙人拿在手里传着看，一边看着一边说，尿得高，你给你爹送这么多洋钱，你爹可就发洋财了。

大头见尿得高抢了他的风头，就嘲讽着说，尿得高，你爹活着的时候就不识个字，扁担横到地上都不知道是个"一"字，你给他送这个鸡巴洋钱，他花不出去，还不是个干吊蛋。

尿得高争辩着说，你咋知道我爹花不出去？在咱这地方花不出去，他就不兴拿到美国去花吗？我在城里干活的时候，听说那些有钱人都想着法子送自家的孩子到美国去呢，他们有钱人能送孩子到美国去，我就不能送我爹也到美国去吗？

大头嘿嘿地笑着说，你送你爹到美国去，你是让他坐飞机去啊还是坐轮船去啊？

尿得高说，那你就不用管了，反正他手里有钱，有钱能使鬼推磨，他爱怎么去就怎么去。

牛贵这时插话说，你把你爹送到了美国，他将来转世，不就成了美国人了嘛。

中国当代西部文学文库

尿得高多少有些得意地说，转成美国人才好哩，美国现在是最富裕的国家，有钱，成了美国人，不就享福了吗？

大头又讥笑着说，你爹他到了美国，万一他没有转世成人，转成了一头猪或者是一头牛，那还不是被狗日的美国人杀了吃肉的嘛。

轰地一声，一伙人便都笑起来了。

尿得高便愤怒了，把一双拳头攥得铁一般硬实，他狮子般地大吼了一声，扑过去把大头的衣领就捉住了，接下来，两个血性气十足的汉子，便打在了一处。

就在两个人虎豹熊罴般纠缠一处的时候，围观的人数众多，却没有一个出来劝架的，只是袖了手在那里看热闹。烟墩这地方民风野悍，一向就有打怨架的习俗。传说这长城下的居民，他们的祖先大多是明朝洪武年间从中原一带征调来戍守边防的士兵，那时候军营里纪律严格，但凡谁和谁有了仇怨，解不开了，也不去报官，便相约到长城外面的沙滩上去打架。这打架又有诸多规矩，比如不能伤及人的面皮，不能伤及人的性命。那打架的形式，多少有点像蒙古人的摔跤，也有点像日本人的相扑，摔跤和相扑那是具有竞赛意义的体育活动，可烟墩人却又实实在在是在打架。因为不能伤及对方的生命，所以这种决斗是很耗时的，当然更耗的是人的力气。直到双方都被打得屁滚尿流了，狼狈不堪了，再也无力打下去了，双方都觉着解了恨了，躺在草地上睡上一觉，就各自回家去了。还有的人，弄一瓶酒，两个仇人轮换着喝了，天大的怨恨也就解决了。这种解决矛盾的方式，是颇有一些侠义之风的。

烟墩这地方地处偏远，平日里娱乐活动很少，有三件事情是很能吸引人的兴趣的。人们把这三件事情编成了顺口溜，说狗串秧子驴爬胯，两个朱家打怨架。这顺口溜前一句说的是动物发情时所做的事情，后一句则说的是大头和尿得高两家打怨架的事情了。

大头和尿得高两家都姓朱，一个是墙外朱一个是墙里朱。所谓墙说的就是那段明长城，尿得高家原本是住在长城外面老沙窝那地方的，听老辈子人说，有一年刮大风，硬是把一个村子从长城外面刮到长城里面来了，移民并村了，墙外朱也成了墙内朱了。不管是墙外朱还是墙内朱，五百年前原本还是一家人的。就是这一家人的两个朱字，在上一辈人那里却结下了一段天大的仇怨，这怨架从他们的爹那一辈就开始打了，一打就是几十年。爹没有了，儿子又接着打。朱家的怨架一年总是要打一场的，而且总是在春天，春天是动物发情的季节，所以烟墩的人就要把牛家的冤架和动物发情连在一起说了。

四十年前一个春天的上午，一个姓朱的后生骑了一匹马在长城外的草原上放牲口，那时候的天已经开始大热了，草地上青草劲发，野花盛开。这季节正是动物发情的时期，时不时就有那些雄壮的畜类压抑不住野性的冲动，在这光天化日之下要作出一番骚情的举动。受那畜物的感染，后生的身体里，一种欲望潮水般地沸腾起来。恰这时，一阵迎亲的唢呐声从长城里面传过来，那后生终隐忍不住，打马奔长城里面跑来。

迎亲的队伍是沿长城下面一条官道走着的，一行十几个人，挑担抬箱，簇拥着一匹披红挂彩的骡子逶迤而行。骡子上坐着新人，因了天热，新人的衣服并不甚多厚，这就显出了那一个好看的腰身，能有这样腰身的女子，那脸子一定也是很好看的了。那后生看了一阵，就策马走上前去，当他的马和新人的骡子走到一处的时候，他一伸手，几乎没费多大力气，就把新人抢到自己的马背上来了。那些迎亲的人们还没有反应过来，他的马已经跃过长城，飞一般地往草原深处跑走了。

烟墩这一带地方，是有着一种抢新的风俗的，但凡那些出嫁的女子，在路途上总是要被人抢一回的，而抢新的男人，又必须是那些未婚的男子，对男女之事还很朦胧，还不大懂，即便把新人强抢到一个树密草深的地方，掀开女人头顶上的盖头，看一看女人的脸子，胆子大一点的，就把手伸到女人的衣服里面摸一摸奶子，耍闹一番了就又主动着把新人原装原样地送回来，损坏不了什么的。但如果让那些已经成了家的男人抢去就说不上了，因为那些人对男女之事已经很熟悉了，轻车熟路，是很容易出事情的。所以在婚娶的这一天，男方在派遣迎亲的队伍的时候，就要多遣使了一些身强力壮的人去作护卫了，一旦遭遇到那些好色之徒前来骚扰的时候，那是一定要往死里打的。

那姓朱的后生虽也还是个童子身，但他无师自通，终隐忍不住，干出了一番不该他干的事情，他那么一干，另一个姓朱的新郎官就不干了。这天地之间，天大的事情，也不过就是杀父之仇和夺妻之恨罢了，于是两个朱家的怨仇就这么结下了。

那骑马的后生就是尿得高他爹，女人却是大头的妈。

墙外的朱家有了初一，墙里的朱家就占了十五。在这年秋天里，墙外的朱家也要接亲了。墙里的朱家终于等到了机会，那一天，大头的爹带了一伙人，在半路上就把尿得高她妈抢走了，然后如法炮制，把那女人放倒在了一片庄稼地里。这样一来，两家可算是扯平了吧？可事情的发展却又有了变化，那事情过了以后，两家的女人都怀了身孕，十月怀胎，一朝分娩，两家的女人生下的都是男孩，一个就是大头，另一个是尿得高。在乡村里，应该说添丁增口是一件喜庆的事情，可是在两个朱家，却为了两个孩子的事情，生出了许多的烦恼。因为墙外朱家女人生的孩子却像了墙里朱家的男人，而墙里朱家女人生下的孩子却又是墙外朱家男人的翻版，这就如同南瓜秧上结了个冬瓜，冬瓜秧上结了个南瓜，分明是串了种了嘛。旧仇加新恨，又怎能了得，于是这怨架一定要打的了。

这时就有人来劝架了，说既然孩子生错了地方，那就把他们换一下吧，羊回羊圈，狗回狗窝，不就顺便了嘛。这办法两家的男人自然是同意的，可两家的女人闻说却炸了锅，女人有女人的道理，女人说不管他是猪种还是狗种，长在我家地里，就是我家的种，想把我娃换走，打破天也不行。看来这架还得打。

接下来又有人出主意说，既然孩子换不成，那就一不做二不休，干脆连孩子带女人都换了。这话对女人有利，女人就不说话了，嘴上不说，心里头还是愿意的。可到了两个男人那里，却又不干了。首先是尿得高的爹是坚决地反对，原因是尿得高她娘金玉比大头他娘枣花长得好看，在尿得高他爹的意识里，自己屋里的女人就如同是桃子，枣花就如同是土豆，土豆怎么能和桃子相比哩，要是换，那他可就吃了亏了，这赔本的事情是万万做不成的。

看到自家的种子长在人家的院子里，心里头总是不顺畅。有一次大头的爹拿了一块麻糖，像引诱一条不懂事的小狗一样把尿得高引诱到没人处，对尿得高说，儿子，你要叫我一声爹，我就给你吃糖。尿得高那时已经七岁了，多少已经懂点事情了。他不肯认眼前的这个男人是爹，可又经不住那块麻糖的诱惑，就歪着头看着眼前的这个人，眼睛转了几转说，你先给我吃了糖我再叫。男人果真把糖给了尿孩子，孩子接过糖贪婪地咬了一口，那糖是又酥又脆又甜，果真好吃。孩子吃完了糖，还余味未尽地用舌头舔着手指头上的芝麻粒儿。男人说，你吃了糖了，总该叫我爹了吧？谁料孩子却说了句，你不是我爹，我要叫你爹，我爹就要打我了。男人说，我不是你爹谁是你爹啊。孩子说，我爹才是我爹呢，说着抽冷子跑走了，气得男人骂着说，这狗日下的，也会诓人了。

这怨架是不打不行的了。在那许多年里，两个男人把他们大半辈子的精力都用在打怨架上了，直到老了打不动了，但还是要打。最终两个人是死在打架场上的，死的很悲壮，很有男人气，让村人一提起来，就赞叹不已。

记得那还是好几年以前的事情了，好像是在一个秋天的下午，天还不是太冷，太阳暖暖地照着，那时候地里庄稼已经收完，庄稼人就闲了下来，是有足够的时间来处理家里和家外的事情的了。首先是尿得高的爹找到了大头的爹，提出挑战说，老狗日的，你以为你老了那事情就完结了吗？走走走，咱们到墙外面去，我连你今天就结个生死。大头的爹也不甘示弱地说，走就走，我不相信鸡能把驴踢了的，我看你老熊是活到头了，我今天就让你看看狼皮是个麻的。

两个老家伙一边相互叫骂着，就来到了长城边的那片沙窝地上。这个地方沙土很厚也很软，即便是摔倒了也是摔不疼的，是一处天然的打怨架的好场所。

一听说老朱家又要打怨架了，一个村子的人便都来观战。就见两个老家伙像两只老公羊，头顶着头，胳膊撑着胳膊，竭尽了力气，一个把另一个顶过去，另一个又把这一个顶过来。十几个回合以后，谁也没有把谁摔倒，两个人都感到了体力不支，气也喘不上来了，只听到胸腔里呼隆呼隆地响，可两个又都不肯松手。只听一个说，你压了我女人，我不会放过你的；另一个也说，你也把我女人压了，我也不会放过你的。一个又说，你还我儿子来；另一个也说，你还我儿子来……渐渐地，两个人的话说得越来越没有了力气，可两个人的手却还死死地抓着对方的肩膀，就那么相互支撑着，成了一座拱桥的两个部分。一个时辰过去了，两个时辰过去了，却再不见两个人有所动作。村人们觉得事情有异常，急忙跑过去把两人分开，那时，两个老家伙早已是气断声绝了……

大头和尿得高的怨架很快也就结束了，和往年相比，今年的这一架似乎不尽精彩，还没有到高潮处就收兵罢战了。这也难怪，尿得高去年到城里去给人干活，在一个建筑工地摔伤了腰，回家来养了一个冬天，只说是养好了，可还是不能用大力气，一用大力，还是有些疼痛的，所以纠缠了几个回合，自觉着力气不支，也只好休战不打了。

一个住了手，另一个自然也就住了手，两个人相向地站着，牛一样地喘气。只是那些观战的人，似乎感觉着还不满足，一个人就遗憾着说，这就算完了，比驴爬胯还快的。另一个说，你还想要狗连蛋一样地长吗？一伙人就又哄笑起来。在那笑声里，人们收拾了物具重又上路了。

烟墩是一处烽火台，是古时候传递情报用的。据说那地方风水好，就成了村人的公墓园子了。

一到了烟墩，这一班人便分散开来，各自寻着了先人的坟地，忙碌起来。这时候谁也不和谁说话了，要说话也只是和先人说。每个人都怀了一腔虔敬的心情，清扫墓院，用铁锹除去周遭的杂草，给坟堆添上新土，新添上的土又必得拍实拍光，在人们的意识里，这是在给老先人修缮房子哩。人住的房屋，一年还要上一次房泥呢，对待先人们，也是一样的啊。

临近晌午的时候，烟墩那边爆响了一阵的鞭炮声，一缕一缕的烟火燃了起来，随着那烟火，便有无数的黑色的纸片，精灵似的，在天空里飞舞着，那是先人们所期望收获的钱财吗？

驴想有个家

清明节那天，六滴水照例也是要给他家的先人们送钱的，可他送的不是那种纸钱，而是草，是麦秸草。村人们看见了就嘲笑了他，说老六啊，你是把你家先人当牲口喂的吗？六滴水就红了脸，争辩着说，那纸还不都是草做的嘛，你看这草，一根一根，多像金条啊，比你那纸，值钱哩。

为了避免被村人讥笑，六滴水再上坟时，就不再和村人们结伙去了，总是在村人们都烧完纸回了村他才去，他去的时候多是在傍晚。

当六滴水把一捆麦草敬献在先人坟前的时候，就有一头毛驴走了过来。那是一头土驴，个头不大，身上的毛是灰色的，就像老鼠身上的那种毛色。驴很瘦，身上的肋骨一根一根地凸露着。驴似乎饿了很长时间了，看见了草，就饥不择食地抢着吃。六滴水很生气，在那驴的脸上打了一巴掌。驴的嘴巴蠕动着，一边嚼草一边就骂了一句，驴日的。六滴水吓了一跳，还以为又是谁在背后看他的笑话了呢，抬头看时，整个坟地里空荡荡的，一个人影也没有。六滴水就疑惑了，这时候那头驴又骂了一句，驴日的。六滴水听清楚了，是驴在说话，驴怎么能说话呢？六滴水看着驴说，你是谁，你怎么会说话呢？驴说，我不是谁，我是你爹啊。那时候的六滴水，浑身起了一层的鸡皮疙瘩，凑近了驴的脸，看着说，你是驴，你怎么能是我爹呢？驴似乎很生气地说，你驴日的每年弄些草来给我吃，你不就想让你爹变成驴嘛。六滴水还是有些不相信他爹会变成驴，就把那驴前前后后地看了一遍，他是想在那驴的身上找到一点他爹的影子。驴当然看透了他的心思，就骂着说，你驴日的不用再看了，我现在是驴的身子，不仅是脸长长了，还长了尾巴呢，你是认不出我了，可我认得出你，你屁股上是生了鸡蛋大一片黑记的，这一点是随了我的，我屁股上就有一片黑记的，现在还是有的，不信的话，你可以看看啊。六滴水闻说，就转到驴后看了，见那驴的屁股上果真有着一团黑色的毛的。

六滴水把那头驴领回家去了，应该说是把他爹领回家去了。那时候村里早就没有大牲口了，种地已经不用牲口了，机械化了嘛，但凡庄稼地里的活，耕种收割，一应的都用上了机子了，牲口已经没有用场了。想当年有牲口的时候，人们盼望着机械种地的灵便。如今都用上了机械，人们却又怀念起饲养牲口的好处了。六滴水就常常想起十几年前的情景，那时候村里的人家大多都是饲养着一两头牲口的，或者是驴或者是马，当然还有骡子和牛什么的。那时候饲养牲口也不多费了草料，长城外面就是草原，大多数时间牲口都是在草原上牧放着的，只是地里有了活了，就把牲口赶回来，拉犁套车，做人的帮手。每逢临近晌午的时候，驴就会叫，一头驴叫一村子的驴都跟着叫。驴的叫声像吹号，很有点响遏行云的样子。在驴的叫声里，庄稼人的心里就很受活了。好多年里听不到驴的叫声了，庄稼人的心里就空落落地难受哩。就觉着没有牲口的日子，饭食也没有了滋味哩。

就在人们想念驴的时候，六滴水把一头驴弄回了家。村子里的人都被惊动了，他们都来六滴水的家，看驴来了。孩子们没有见过驴，看见驴就感觉着很新奇了。他们走近来摸摸驴的耳朵，又揪一揪驴的尾巴。那些上了年纪的人，看见驴，就像看到了阔别多年的老朋友似的，他们亲切地拍一拍驴的脑袋，捋一捋驴身上的毛，他们自然知道，给驴捋毛要顺着捋，不能逆着捋，逆着捋，驴就躁了，就像那些做领导工作的人都爱听恭维的话一样，对驴的恭维，就是顺着毛捋。

一个老汉抱着驴头，掰开驴嘴看了看牙口，说这驴牙口不老，正是干活的时候。有几个女人看了驴的眼睛，就嫉妒了驴眼的美丽。一个男人对婆姨说，你要是也能长驴一样的眼睛就好了，女人就反唇相讥说，我还想你有驴一样的本事呢。

驴看着这一个村子里的人，有的熟识有的不熟识，但凡上了年纪的还都熟识，那些小一辈的大多就不认识了。但无论熟识的还是不熟识的，对它都很热情，驴就很感动了。驴感动了就想叫，驴就伸着脖子叫了几声。村里又有了驴的叫声了，那些恋旧的老年人，就说听见驴的叫声，就好像听了马宝丰的戏一样的受活哩。马宝丰是县剧团唱花脸的演员，在这一带是很富盛名的。

有人问六滴水，驴是从哪里来的。六滴水就很尴尬，他当然不能说，是他多年里给他爹送草，把他爹给喂成驴了。但不回答又不好，只好打着哈哈说是买来的。村人们就又疑惑了，心里说，这个六滴水，怎么就买了头驴呢。

总的来说，六滴水还是很爱护了那头驴的，既不给那驴上笼头也不上套子，他心里自然明白，说什么也不能像拴驴一样地把他爹给拴起来的呀。

没有任何的约束，驴就很自由了。

离开村子好多年了，驴就想在村里走一走，它想看一看那些街坊旧邻，想看一看那些小时候一搭里长大，眼下也都几近入土的老伙伴们。当然，驴最想看到的还是一个名叫柳翠花的女人。驴还是很重感情的。

最讨厌的是村里的那些坏怂孩子，驴一出门就被他们看到了。他们看到了那头驴，就觉着好玩，大呼小叫地跑来，捉住驴，抓住驴的耳朵，爬到驴的背上让驴驮着他们跑。驴跑累了不跑了，他们就用棍子捅驴的屁股，驴负痛，只好又跑了起来。六滴水见了就气红了眼，拿了鞭子追打那些孩子，他是不能容忍那些孩子把他爹当驴骑的呀。

打那天开始，六滴水就把驴给圈起来了，不让它到处乱跑了，它怕驴跑出去再受欺辱。

尽管外面充满了危险，可驴还是偷偷地溜出去了一次，在村头终于看到了那个名叫柳翠花的女人。这时候的柳翠花已经老得不成样子了，只见她穿了一件老式的黑棉袄，正坐在屋门前晒太阳。她的牙可能都已经掉光了，嘴就那么窝窝着，像一个没有馅的包子。没有了牙，那脸就显得抽缩了，抽缩得像一个核桃。她戴了顶黑平绒的帽子，帽檐下面露出了几缕麻披子一样的头发。

驴看到眼前的柳翠花的样子，由不得要感慨万千了。想当年这女人可是这村里最漂亮的女人哩。

那时候他还在生产队里赶大车，有一年他伤了腿，干不成重活了，队上就安排他护秋去了。那正是玉米灌浆的时候，免不了就有人偷了青玉米回家煮了吃。有一天晌午，他在玉米地里就捉住了一个偷玉米的女人，那女人就是柳翠花。这女人是个偷玉米的好手，她把偷来的玉米棒子不藏在装满猪草的篮子里，偏就插在裤腰带上，一根一根插了一圈，像游击队员腰里别的手榴弹。他从女人的身上搜出了玉米棒子，人赃俱在，他威胁女人说要去见队长呢，要上会批斗她呢。女人是个泼辣的女人，当然也是个聪明的女人。女人没有被他的话吓倒，反而对着他笑了，女人的笑是很富挑逗性的。女人就那么笑着让他把那些玉米棒子一根一根地抽出来，玉米棒子抽完了，裤腰带就松了，女人偏不提，任由着裤子自己掉了下去。你说一个男人，到了这个时候还能再说什么，他顺势就把女人放倒在玉米地里了。他的腿虽然是瘸了，可那东西却很好使。事情完了以后，女人穿上裤子，嘴里说，却原来是个烂杆子嘛。烂杆子这话的意思很深，又很含糊，是褒是贬，也只有女人自己知道。他帮女人把那些玉米重又插到腰上去了，女人拍了拍肚子，满怀了丰收的喜悦回去了。

一想起当年的那些事情，他就又兴奋起来了，一兴奋，身下的那物就雄赳赳地亮了出来，很有点横空出世的英武。他是想让这位过去的老相好看一看，他现在的本事，可比过去要大多了啊。

尽管他还认识柳翠花，可柳翠花已经不认识他了。此时的柳翠花看着他的丑恶表演，咧开没牙的嘴，咯咯地笑个不停。

这时刻柳翠花家里的人出来了，那是一个年轻后生，好像是柳翠花的孙子。那年轻人一看这驴不雅，很有点是在调戏妇女的样子，就回头拿了一根木棒，追着一阵乱打，把驴给打跑了。

自从把驴领回家，六滴水就很为难了，说他是头驴吧，可它又是个爹，说它是个爹吧，可它又实实在在是头驴。是驴就应该宿在驴圈里，是爹就应该住在堂屋里。六滴水没有让那头驴宿在驴圈也没有住上堂屋，而是另收拾了一间屋子住下了。

刚进家门的那几天驴的日子还是不错的，可过了几天就不行了，这年月里已经没有驴干的活了，驴就那么闲着。在乡村里，最遭人嫌的就是那些游手好闲的人，一头不干活的驴那就更不用说了。因为驴闲着也得吃也得喝，驴当然吃的还是草还是料，可连草带料地算下来，也是一笔不小的开销呢，六滴水倒还没啥说的，可六滴水的婆姨不愿意了，骂六滴水说，你这老蠢物，你看看都什么时候了，你还养驴？养只猫儿能捉老鼠，养只狗儿能看家，养只鸡鸭能下蛋，你说你养头驴又有什么用啊？六滴水争辩着说，驴也是能下蛋的嘛。女人就骂着说，驴是拉的驴粪蛋，可驴粪蛋能吃吗？你要说能吃，你先吃一个我看看。女人骂着就用手抓了一个驴粪蛋，要往六滴水嘴里塞，吓得六滴水抱住了头蹲在墙角下不敢吭气了。女人是个泼妇，惹不起的。女人骂过了男人回过头来又骂驴，直把驴骂得狗血喷头。驴很怕这女人，当年活着的时候就很怕的，女人四体粗壮，凶悍如虎，且又生了一双虎眼，看人时总是虎视眈眈的让人心生畏惧。当初过门不到三月，就和男人打了一架，男人打不过她，被她按在地上起不了身，公公过来说了她几句，她就反过身来和公公闹，被公公抽了一鞭子，她就野兽一样地扑过去，一下子抓住了公公的下身，立时疼得老头儿身子缩成了一团，婆婆见状就冲了过来，扇了她两个耳光，骂着说，不要脸的东西，那个地方也是你能抓的吗，你抓坏了，让我还怎么过日子啊。于是一家三口，齐心协力，才把这女人给制伏住了。可这女人还毕竟不是一只真的老虎，如果真是一只老虎那就好办了，扒了它的皮，吃了它的肉，再用它的虎骨泡酒喝，虎骨酒祛寒壮身，是老年人的一味上好的补药哩。女人被打以后，在炕上躺了几天，养好了身子，翻起身来，以更凶狠的手段，反扑过来。打虎不死，反受其害，从此这一家人的日子就很难过了。

当初他还是人的时候，用人的眼光看这女人时，多少还有那么点人的形状，现在它是驴了，用驴的眼再看她时，就不同了，完全就是一只老虎了。是驴哪有不怕老虎的呢，自打一回到这个家门的那一刻起，他就有了一种重吃二遍苦，重受二茬罪的感觉了。

他自然知道，在这许多年里，并不是他那不成气的儿子不孝，有意要给他去送麦草吃，而是他手里没钱，儿子太孱弱，被那女人勒刻着，一分钱的用度也没有，他没钱买纸钱，只好以麦草代纸钱了，那也是没办法的事啊。他并没有怨恨儿子的意思，在这个世界上，但凡做父母的，活着的时候，哪一个不是为了儿孙后代，当牛做马地辛苦了一生，到终了，还不是满心希望着他们能有个好日子过的嘛。说到这里他还是很庆幸他能够再次回到这个家来看一看的，尽管那老虎一样的儿媳依然恶嫌了他，但看到这个家虽不算殷实，但却衣食无忧，他还是很满足的。

那母老虎威胁驴说，要把驴杀了吃肉，要不就把驴卖了，卖给县城的刘家驴肉馆，到了还是免不了要挨刀子的。

驴听了这话就很害怕，他知道这女人心狠手毒，是什么事情都可以干出来的。驴就跟六滴水商量说，这个家他是不能再待下去了，还是让他走吧。六滴水很难过又很无奈地说，你要走，你又能到哪里去呢？驴说，这天下面就是土地，有土地的地方就有草，只要有草驴就能活。六滴水说，你走了没人管你了，你不就成了野驴了嘛。驴苦笑了一下说，儿子啊你哪里知道，野驴对于驴来说可是一种福分哩，它们过的可都是天堂一样的日子啊，它们不用拉车背犁，被人鞭打斥骂，它们无拘无束，自由自在，你说那该有多好啊。

六滴水才说要把那头驴送回到长城外面的草原上去的，还没有送，就发生了这样的一件事，那一日，女人骑了自行车，到长城外面的草原上去拔沙葱，这季节正是拔沙葱的时候，沙葱长得水嫩嫩的，拔回来用清水洗净了，放在酸菜坛子里淹了，是一碟下饭的好菜呢。眼下城里人也喜好吃野菜呢，一袋子沙葱拿到县城里去，能卖十好几块钱呢。女人的脾气是恶，但却很扒家，是干活的一把好手。这是驴当年活着的时候，唯一看中这女人的地方。

女人是清早出了门的，到了午后时分，她手里的蛇皮袋子就装满了。日头过了晌了，是该回家了，可女人们似乎还并不急于动身，反正她是带了吃食的，肚子饿了，就坐在沙地上就着一瓶子水吃干粮。她是想等吃了干粮，多少再拔一些，然后再回家，也不枉这来草原一趟的。

这季节也是草原上的风最多的时候，尤其是那种龙卷风，神出鬼没且危害极大的。大的龙卷风，能卷走牧人家的帐篷，也能掀翻一头牛。

女人只顾着低头干活了，等她发现那股风的时候，那风已经是很近了。但见一股巨大而黑色的风柱，以极快的速度向她扑了过来。女人吓坏了，背起袋子，慌不择路地跑了起来。女人到底是女人，如果这时候她趴到地下，或许也就躲过去了，可她却要顺着风跑，能掀翻一头牛的风，掀起一个人来更是不在话下了。女人被那股风裹卷了起来，在空中转了几个圈儿，却又被风抛了出来。女人落地的时候，像一颗巨型的炮弹，一头扎下来，人早就昏死过去了。

女人被人发现，回来告诉了六滴水，六滴水就立马套了车子，到长城外面的草原上把女人拉了回来，只说是女人已经是死了的，用清水给女人洗脸，女人的耳朵眼里鼻子孔里都灌满了沙子，六滴水就用手指慢慢地抠，沙子抠出来一摸鼻子还有气儿，一家人这才转悲为喜，急急忙忙赶了车子往乡上的卫生院送，拉车的当然还是那头驴。车上拉的尽管是那个老虎一样凶狠的女人，可驴一点怨言也没有，把一辆车子拉的又快又稳当。

车子到了乡上，那卫生院的医生给女人做了检查，回过头来对老实人说，病人的伤势很重，我们这里处理不了，你们还是到县上去吧，那里的设备比较齐全，对病人的治疗有好处。于是，一行人就又马不停蹄地往县上走，在这里应该说是驴不停蹄，如果说是马不停蹄那实在是委屈了这头驴了，不能把驴的功劳都记到马的头上，那对驴来说是不公平的。

乡上到县上的路很远，少说也有五六十里路的，且有的地方很不好走，被沙土淤了路面，每到这时刻驴就扑下身子死命地拉，而跟在后面的六滴水也就拼了死命地往前推。这一路走下来，驴就累坏了，开始的时候身上出的都是汗水，汗水出干了，没有汗水了，驴就感觉着胸腔了像着了火，驴的鼻孔虽然很大，可这时刻那气儿说什么也不够用了，它的头再也无力抬起来了，就那么低垂着，一团一团白色的黏沫从嘴里溢出来。人累伤了的时候从嘴里吐出的是血，驴和人不一样，驴累伤了吐的就是这种黏液。

县医院的大夫到底是高明得多，一搭手就把病根查出来了，大夫说是颈椎骨折了，还有脑震荡。六滴水不懂，问大夫说啥是个颈椎骨折？大夫看了他一眼说，就是脖子断了。六滴水一下头就蒙了，说脖子断了人还能活啊。在他的意识里，乡村里但凡杀鸡杀羊杀牛（当然也包括杀驴）都是从脖子开刀的，任凭你多大的畜物，只要脖子一断，立时也就没命了。

大夫看他那瓷头木脑的样子，知道有些话是给他说不明白的，就随手写了个单子，说，病人需要住院治疗，你去办住院手续吧。

六滴水接过单子问大夫说，这住一次医院，要花多少钱的？大夫说，像这样的重伤残病号，少说也得个五六千块吧。六滴水闻说，就如同一根木棒打在头上一样，噷地一声，差一点没有栽倒在地下。六滴水气喘着说，我们来得急了，钱没带够，你看咋整？大夫说，那没关系，带多少先交多少，先让人住院，剩下的你们赶快回去再筹。大夫说话的时候态度很和蔼，跟白求恩似的。

女儿女婿闻讯也随后赶来了，当下一家人在一起商量了，留下女儿照护病人，六滴水连同女婿一起赶了车回烟墩去筹钱。

一回到家里六滴水就犯了愁了，烟墩是个穷困的地方，一时间到哪里去筹得了那么多钱的呢？

六滴水被愁苦的事情折磨得没办法了，就两手抱着头揪自己的头发，揪得两手的黑毛白毛，让人惨不忍睹。这时刻驴就看不下去了，驴可怜了儿子，就哭说，不行了，你就把我卖了罢，卖了我，去救你的媳妇吧。

六滴水闻说立时就怔住了，他看着驴，摇了摇头说，我不能卖你，你是我爹，我怎么能卖我爹呢。

驴说，我过去是你爹，眼下不是了，我是驴。就是因为我是驴，还能卖几个钱的。要还是你爹，那就不值钱了。要说这人世间，怕是最不值钱的就是人了，驴老了，干不动活了，拉到集市上，还有人买。人老了就不行了，你把一个老头儿拉到集市上，说我不要钱，白送，白送也没人要，谁没事干买一个老头子干什么？所以人活到老了啊，真的还不如一头驴呢。

六滴水说，不管咋说我是不能卖你的，我宁愿这辈子和驴在一起也不要那个女人了，那女人太狠毒了，我们这一家人被她压迫得也太狠了，她今天能这样也是对她的报应了。她要死要活由着她去，让咱拿钱去给她治病，治好了让她回来再压迫咱？这样的事情咱不能干。

说到这里驴就深深地叹息了一声说，这话还不能这样说，不管咋样她也是咱家里的一口人，这么多年里，她给咱生了儿也育了女，让咱这个家有根有稍，枝叶茂盛，这天地之大，还有比这事情更大的吗？她的脾气恶，但身子骨好能干活，咱乡下人还不图的就是个能干活嘛，这个家一大半的家业还不是靠着她给挣下来的嘛。你这个人哩，一小里就肉囊，这个家里，还多亏了她泼辣硬实，支撑着风雨不侵的。你说她对你狠，打你哩骂你哩，可她在心底里却是护着你的，还记得那年你和柳老四打架那件事吧，柳老四是个地痞无赖，村里人谁不怕他三分，可你女人就不怕他，看到你受了他的欺辱，就拿了一根铁叉，跑到柳老四家要跟他拼命，直闹得那柳老四也畏惧了她的，打那以后，一整个村里，再没有人敢小瞧了咱这个家的。我想过了，在咱这个家里，可以没有我，但不能没有她。没有了我也就没有了我，可没有她这个家也就塌了大半边天了，你说万一她要是瘫了残了躺到床上不得动了，你说你往后的日子还咋个过呢……

驴说到这里，就难过着哽咽起来，尽管他现在已经不是这家里的人了，而是一头驴，可这个家里的一切事情，却又牵挂着他的那一颗心，于是他终于下定了决心，要自卖自身，来救助这个家庭了。

听了驴的这一番话，六滴水似乎也回想起了女人以往的诸多好处，可他依然不想卖驴，可不卖驴又有什么办法呢？

六滴水在驴的劝说下，终于还是决定把驴卖了。

那一天一大早，六滴水就把驴牵到镇上去了。

那天正逢大集，牲口市上的牲口很多，但驴却少。六滴水和驴一上市，立刻就引起了人们的注意，有一个满身油污的黑胖子走过来，打问说这驴是不是卖的，六滴水点头说是，黑胖子说什么价？六滴水说你给个什么价，那黑胖子好像是个屠夫，满脸的黑肉，像用红油卤过的，黑红黑红的。他用专业的眼光看着那驴，又用手在驴的脊背上捏了捏，似乎觉着那驴膘情很好，尚且不老，就一口说一千吧。六滴水说一千少了你给一千五吧，黑胖子说一千五你也要得太多了，六滴水就苦愁着一张脸子说，你看好了我这可是头好驴哩，要不是家里当紧着用钱，说啥我也是不会卖的，你要是看好了一千五你就牵上走，少了这个价我就牵上回家了。黑胖子毕竟是生意场上的老手，遇到像六滴水这样的人，他知道该从哪里下刀子，最终他得逞了，以一千二成了交。六滴水一手接过了钱，就蹲在那里手蘸了唾沫一张一张数，一连数了好几遍，好像是数准了，才要往腰里装，却又不放心，拿出来重新数了一遍，自觉着万无一失了，这才把那钱装在贴身的衣袋里。六滴水把驴交给黑胖子的时候，就发现那驴浑身抖个不停，且不停地撒尿。六滴水自然知道，驴在害怕的时候才这样撒尿的。驴是有灵性的，它一定是闻到了黑胖子身上的那一种杀气才被吓尿了的。

看到这情景，六滴水像突然想起了什么似的问黑胖子说，这位兄弟，你买驴是做什么用场啊？黑胖子笑了一下说，我是开驴肉馆的，我买驴还有什么用啊，当然是杀了吃肉了。六滴水闻说身子抖了一下，他睐睁了一会儿，把身上的钱掏出来，原封不动地又塞了回去，说你要杀了吃肉，我就不卖了。黑胖子也打了个睐睁，看着六滴水说，谈好的事情你怎么又反悔呢？六滴水说，不管咋着，你要说你买驴是为的杀肉吃，我是好坏也不卖了。

生意没有做成，黑胖子似乎还不甘心，从腰里又掏出两张票子，加在那一沓钱的上面，说，要不这么着吧，我再给你加上二百，一千四，一千四总行了吧？

黑胖子买驴的态度很恳切，这也难怪，眼下城里有钱的人多了起来，那些城里人一有了钱，就想着两头里吃着玩着地受活。吃又吃得讲究，但凡天上飞的地上跑的水中游的都吃得烦了，不想吃了就开始吃驴，吃驴肉又必得带着驴鞭驴皮，驴鞭可以壮阳，驴皮里有阿胶，都是大补之物，年轻人吃了可以上山打虎下海擒龙，老年人吃了可以旧貌换新颜。有一句话说，天上的龙肉地上的驴肉，自古以来龙肉谁也没有见过，可驴肉还是有的，把驴和龙放在一起，驴的身价就提高了。

尽管黑胖子给的价很好，可六滴水却没有把驴卖给他，急得那黑胖子围着他直转圈儿，转圈儿也没有用，反正六滴水拿定了主意，就是不卖他了。

就在他们纠缠不下的时候，一个山里来的农民就走过来了。农民看这驴身架有力牙口又好，就凑过来问着说，这驴卖呀不卖？六滴水看那山里人实诚，接口说你买驴干什么？山里说，买驴当然是干活了，还能干什么？六滴水说你要是让它回去干活，我就卖给你。山里人说，你这驴要个啥价码？六滴水就把衣袖抻下来，山里人也把衣袖抻下来，两只手在袖筒里捏码子，捏到最后，山里人出的价是一千。六滴水说，少了，刚才那人出了一千四我都没出手。山里人说，你这老哥哥是知道的，我们山里的日子苦，我家里也只有这些钱了，我知道你这是头好驴，这个钱是亏了你了，要不这么着吧，剩下的钱呢就算是我欠着你的，等到麦收以后，手头有了现钱，我再来还你，你要是信得着我呢，咱就说好了，麦收后的第一个大集，我在这里等着你。

话都说到这个份儿上了，你说六滴水他还能再说什么呢，山里人给的价是少了些，但毕竟是给了那驴一条活路了。一想到这些，六滴水的心里便稍稍有了一些平慰了。

山里人拉着驴要回山里去了，六滴水就走了很远的路来送他，其实哩，他并不是送那山里人，而是送那头驴。一想到就要和这驴永远地分别了，他心里就很难过，眼泪就止不住地流下来。他这一哭，驴也伤心地哭起来了，于是驴头和人脸凑到一处，就哭成了一堆。

看着这一人一驴难分难舍的样子，山里人就很能理解他们了，正经的庄稼人嘛，哪个又能不爱护了自家牲口的呢，朝夕相处，时间长了，那感情就深哩。但凡牲口有个病啊灾的，那必是要请了大夫来诊治的，打针啊吃药啊，真的就成了家中的一口人了。庄稼人不就常把那些大牲口叫成老哥哥嘛。早起要干活了，就说一声，走啊，老哥哥，咱们该下地了。于是牲口就会随了人，赳活赳活地下地去了。

山里人回头劝六滴水说，你停步吧老哥哥，看得出来你也是个好庄稼人，是好庄稼人都是爱护牲口的，你放心吧，我会好好照护它的。六滴水又叮嘱说，我知道你们山里的活路重哩，你要经心着，别让它累伤了身子。山里人说我知道。六滴水说，给它上料的时候豆子要炒熟，熟料豆吃了不伤胃口。山里人说我知道。六滴水说，你回去过一些日子就给它换掌子，掌子破了要不及时地换就会伤了蹄脚的。山里人说我知道。六滴水说，干活的时候不要用鞭子打它，你给它说话，它是听得懂人话的。山里人说我知道，好牲口都是听得懂人话的。六滴水说夜黑里要给它添一次草，不要嫌麻烦。山里人说我知道，牲口不吃夜草不上膘嘛。六滴水又说……六滴水还想再说些什么的，可是已经走出很远的路程了，再说下去，势必要跟着山里人一起进山了，一想到县城医院里还有一个急等着他去援救的人呢，六滴水就驻了脚。

六滴水就那么看着那头驴一步一步地跟着山里人走了，走了很远了，他还看到那驴回过头来，对着他，扯着嗓子叫起来，驴的叫声，却原来是这般悲伤的。

关于狗的爱情问题

一大早，柳老四就醒了，柳老四是被一种奇怪的声音弄醒的。那声音似乎就在院子里，很黏糊，很说不清，又很有诱惑力的那种。

柳老四终忍受不了那诱惑，就披了衣服开门出来，那时候天还很冷，夜里头下了层碎鸡毛似的小雪，院落里就有了一层的白。门开处，就看见了一黑一白的两物。那两物见有人出来，先是吃了一惊，黑的就要往大门处逃去，无奈身后有一绳状的东西拖缀了白的，使它终无法遁走。

这是狗连蛋了嘛。柳老四终看明白了那白的就是自家的小白，那黑的竟是村东头牛贵家的大黑。这狗东西胆子也太大了，竟然乘这黑夜里，跳墙过来，勾引了他家的小白，做出这种无耻的勾当。

柳老四有了一种被欺辱的感觉，就好像他家的女人被外人搞了似的。在烟墩，柳老四凶恶得很，甚至连别人的公鸡都不敢碰他家的母鸡，有一次六滴水家的公鸡压了他家的母鸡，他就追到六滴水家里去，抓住了那只鸡，把头给揪掉了，还要强抢了那鸡回家去，六滴水家里人不允，于是两家就大闹了一场。这一次是他家千斤宝贝一样的小白被人搞了（严格地说应该是被狗搞了），他自然是不会放过那狗东西的了。

柳老四大喝一声，抓起一根扁担就追打过去，恰就在这时，那原本勾连着的两物竟然就分开了，没有了拖缀，那黑的身手快捷，跳上墙头没命也似的跑走了。

柳老四跑了一身的汗也没有把那黑物追上，回家来就把自己家的那小白踢了一脚，指着鼻子骂道，你这不要脸的贱货，怎么就跟了那个黑种呢，连老子的脸面都丢尽了。

233

那小白在狗类中也应该算是个美人的，皮毛洁净，身材窈窕，且温柔乖巧。受到了主人的责骂，那小白就收缩了身子，用一双漂亮的大眼睛，可怜巴巴地看着主人，眼睛里似乎还含着眼泪呢，那神情完全是一种很无辜很委屈很不情愿又很无奈的样子：那又有什么办法呢，它要来的嘛，它又那么强壮，我又怎么能抵抗得过它呢。

那柳老四是个无赖，依仗着他家有个什么八杆子拨拉不着的亲戚，在县里做事，他就狐假虎威，弄了身老式的警服穿在身上，自以为是披了件老虎皮的，在村子里吆东喝西，平日里敲诈勒索的事情没少干过。这一次牛贵家的大黑跑到他的家里来，做出了那样无耻的事情来，说什么也不能轻饶了那狗日的牛贵的。

柳老四拿了根打狗的棍棒，气势汹汹地来到牛贵家的门上。那时天还有些早，牛家的门还没有开。柳老四就用脚踢门，把门踢得四墙乱颤。牛贵便披了衣服急慌慌地来开门，门一开时见是柳老四，立时就怔住了，身子不由自主地往后让了一下说，你，干啥？

柳老四说，我找狗。说着就横着身子往里闯，把人住的屋子和猪圈鸡窝都找了个遍，狗当然是没找着的，牛贵的婆姨正蹲在茅房解手，见柳老四闯进来，吓了一跳，狗一样地叫了一声，提起裤子就往屋里跑。柳老四还是看见了，这女人的屁股比脸子白。

柳老四没有找着狗，就让牛贵赔钱。牛贵尽管老实，但也不是泥做的脊梁，自然是不会认这个账的，就说，那是狗和狗的事情，人管不了的，你找我又有个啥球用呢？

柳老四说，大黑是你家的，我不找你我找谁？说啥你也有负责任的。

牛贵说，我有责任？我有啥责任？

柳老四说，你要赔偿我家的损失。

牛贵说，赔偿你家损失，你家损失什么了？

柳老四说，眼下城里人打官司，有一项就是赔偿精神损失费。我要的就是这个精神损失费。

牛贵嘿嘿地冷笑了一声说，你家的狗是被狗弄了嘛，那是狗和狗的事情，你又有什么精神损失的呢？

柳老四凶火火地说，首先是你家大黑跑到我家里来，强奸了我家小白的，不是我家小白跑到你家去的，再说呢，我家小白才多大，才一岁多一点，说啥也算是个黄花女子，可你家大黑都多大了，总有七八岁了，狗到了七八岁就算是老狗了，你一只老狗弄了我家的小狗，论罪应当是强奸幼女，让你赔偿我家精神损失，这还是轻的哩。

柳老四要牛贵赔偿200块钱的精神损失费，牛贵当然不会答应，柳老四就拉着牛贵去找村长，让村长来给他们断这个官司，这样的官司村长也断不清的，其实不是村长断不清，是村长不想断。村长不想招惹柳老四，有句话说，好的怕坏的，坏的怕个日赖的，柳老四就是那种日赖的，癞呱呱皮一样的，一旦贴身上，那就倒霉去吧。

村长没好气地说，人的事情我都管不过来呢，哪还有工夫管你们这些狗的事情，你们有能耐就到乡上去，乡里有法庭有管法的人，你们到那里去说吧。

柳老四就又拉着牛贵到乡上去了。柳老四依仗着上面有人，自然是天地不怕的，倒是牛贵，一听说要上法庭打官司的，心里先就有些怯了，但又不甘心被柳老四讹诈，只好硬着头皮来了。

乡法庭上那个专门做民事调解的司法助理员姓杨，是个女的，看样子还很年轻，说不上好看也说不上不好看，穿着一身制服，从身上到脸上，满都是法律政策的样子，很威严的。

杨助理看到两个人走进门来，就热情地迎上来说，你们是来做民事调解的吗？

柳老四首先就来了个恶人先告状，抢先说，我是来告状的。

杨助理看着柳老四，柳老四生得倒是人高马大，一脸子的横肉，棱角分明，头顶上的头发状如毛刷，支支直竖，好像是一头野猪，乍起了鬃毛吓人，又好像被人吓着了似的。上嘴唇上蓄一抹胡须，也是乍乍的。眉毛黑而浓，横卧着，状如两条黑毛虫子。只是那双眼睛极有特点，跟人说话时，总是用一只眼睛看人，而另一只眼睛则微闭着，似乎在偷窥着什么似的，人说眼斜了心不正，说得就是他这种人了。

杨助理问柳老四说，这么说你是原告，被告是谁？

柳老四指着牛贵说，就是他。

杨助理看了看牛贵，牛贵生得瘦弱了些，背似乎也有些驼，人活了都大半辈子了，还没有和人打过官司呢，到了这样的场合，自觉着很猥琐，卑怯地连手和脚都不知道怎么放了。

杨助理对着柳老四说，你告他什么事由？

柳老四说，他家的大黑，今天夜黑里，跑到我家去，把我家的小白给强奸了。柳老四说"强奸"这两个字的时候，说得很是理直气壮的。

杨助理闻说，就觉着事情严重了，已经超出了一般的民事纠纷调解的范围，是严重的刑事犯罪了。

杨助理坐在桌子后面，拿过一个本子，一面作着记录，一面让柳老四把事情说得再详细一点，比如事件发生的时间地点以及过程什么的。时间地点那都是很清楚的，至于过程嘛，那就不大好说了。

杨助理毕竟是女人又是学法律的，她是很同情受害者的，事情说到这里，已经对牛贵很不利了。

杨助理抬起头来，严厉地讯问牛贵说，那个大黑，是你家的吗？

牛贵活了这半辈子也没有跟人闹过什么官司的，到了这个份儿上了，心里便有些慌了，嘴唇抖抖地，打着结巴说，是、是我家的。

杨助理说，大黑是你家什么人？

牛贵说，不、不是、不是我家什么人？

杨助理说，不是你家什么人，那他又是什么人？

牛贵说，它、它它不是什么、什么人。

杨助理就多少有些不耐烦了，说，我说你这个人怎么这样啊，总不能因为你家有人犯了罪了，你就要赖，不承认他是你家的人了，我可告诉你，包庇罪犯，那也是要负法律责任的，你懂吗？

杨助理这么一说，牛贵越发地慌了，一连声地说，我懂、我懂，我不不包庇它，我包庇它、干、干什么。我现在就回去，把它狗、狗日的拉来，交给你们处理，你们把它杀了宰了，扒了皮吃、吃肉，我都没说的了。

牛贵这么一说，那杨助理越发地生气了，训斥他说，我可再次提醒你，我们这里可是讲法律的地方，不是在你们家里，说话是要讲文明的，你家那大黑，他触犯了刑律，如果情节严重，那是要受到法律制裁的。

牛贵说，制裁，制裁，你们就是不制裁，我回去也要制裁了它的。

杨助理训斥了牛贵，回过头来又问柳老四说，那个受害者小白，是你家什么人？

柳老四也说，它、它不是我家什么人。

杨助理批评柳老四说，我说你个人怎么这样啊，你家那小白，她是个受害者，你也不能因为她受了伤害，你就觉着伤了你家的脸面，连承认她的勇气也不没有了。既然你不承认她是你家的人，那你还来告什么状啊？

柳老四受了批评，就点头说，对对，就算是我家的一口人吧，反正我是把它当一口人养着的。

杨助理又问受害者的年龄多大。柳老四说，是我去年春上抱来的，是一岁吧。到了这时刻，杨助理就大吃了一惊，她用疑惑的眼光看着柳老四说，你说什么？你是说受害者她才一岁啊？柳老四说，一岁两个月了。杨助理回过头又问牛贵，你家那犯罪嫌疑人大黑，他多大了？牛贵抬起头，眼睛向上翻着，想了想说，大概也就是个七岁吧，七岁半，不到八岁。

杨助理尽管年轻，可也是办过不少案子的，像这样的案子，就是古今中外，听也没有听说过啊。她沉吟着说，一个八岁，一个一岁，不可能啊，这不像是人干的事情嘛。

牛贵满脸冤屈地样子说，它们本来就不是人嘛，你还要把它当人事的办，那不是就是冤枉人了嘛。

杨助理说，你说他们不是人？

牛贵说，当然不是人了。

杨助理说，你说他们不是人，那他们是什么？

牛贵说，是狗啊，是我家的大黑狗和他家的小白狗，那个啥了……牛贵原本要说出乡间里经常说的那句话的，可一看杨助理是个女的，那句话就多少说不出口了，他又怕这杨助理批评他不文明了。于是他又改口说，杨助理你是知道的，现眼下是狗那个的时候，我家的狗就跑到他去了，和他家的狗那个了，被他抓住了，就告说是我家的狗强奸了他家的狗，让我赔他的那个啥精神损失费，要 200 块钱呢。你说这事情又不是我干的，是狗干的，这天下还没有听说狗跟狗干了那事情，还要让人赔偿损失的，再说他家也没有损失啥的嘛。

话说到这里，杨助理终于算是把事情弄明白了，她便有了一种被愚弄的感觉，她回头再看柳老四的时候，就厌恶了这乡间无赖的那一副丑恶嘴脸。她忍着一肚子的火气，问柳老四说，你是哪个村子的？叫什么名字？柳老四说，我是烟墩的，叫柳老四，大名柳光砧。杨助理很严厉说，村民柳光砧，关于你状告牛家的大黑强奸你家小白一案，案件不能成立，法律不予支持，你可以走了。

柳老四争辩着说，你说个啥，我家的小白被他家的大黑强奸了，你不支持我，难道你反过来要支持他吗？我可给你说，我表舅在县上也是公安哩，你不给我处理，我就告到县上去哩。

杨助理冷笑了一下说，你就是告到哪里，也是要依法办事的，再说我们办案，那是要重证据的，不能你说怎么样了就怎么样的。

柳老四说，他家大黑强奸我家小白，那是我亲眼看到的，难道说那就不是证据了。

杨助理说，我们所说的证据，就是受害人直接提供的证据，比如物证，比如口述事实，你要是能给我们提供受害者的口供，那就是另外一回事情了。

柳老四当然没有办法提供口供事实，尽管柳老四再三强调，他是把小白当他家的一口人养着的，可那畜生到底不是人的，说不出人话，柳老四这官司也就没有办法再打下去了。

到了这年的秋天，柳老四家的小白下了一窝黑白间杂的花狗崽子，满月过后，他用筐子装了，到集市上卖了，得了一笔收入。村人就嘲笑了他，说老四啊，没钱花了，咋就把你家外孙都卖了呢？这一次你那精神损失可找回来了吧。柳老四就厚着个脸，无耻地笑着去了。

中国当代西部文学文库

发生在边远小镇上的幽默故事

1.新立镇的马克思主义理论家牛克思说：朱家旺来当校长，这是历史性的错误。

那一年，新立镇就出了件怪事，河南庄朱老大家的老母猪下崽了。要说这女人坐月子母猪下崽，那是天经地义的事，原没有什么可奇怪的。奇怪的是那畜物下出来的不是一头小猪，而是一只像猪一样的怪物。那怪物有一个猪的身子，可一只鼻子就出奇地长，能够向上翻卷成一个圈儿，像一条狗的尾巴。怪物的出现，惊动了整个新立镇，人们纷纷放下手中的活儿去看稀奇，连镇上的领导也去了。领导到底是见过世面的，领导说这不是什么怪物，这是一头小象，要好好保护起来。

新立镇的人们都感到很惊奇，这猪怎么能下个象呢？在人们的意识里，那象可是个灵性之物哩。既然那朱老大的猪能下出一头象来，只怕是那老朱家门里吉星高照要发迹了呢。果然不出人们所料，过了不多日子，朱老大家的小儿子朱家旺就被"钦点"到镇中学当校长去了。消息一经传出，无疑地又给人们在茶余饭后增添了一道新鲜的话题。而新立镇中学的政治课教师，著名的马克思主义理论家牛克思却说：朱家旺来当校长，这是一个历史性的错误。

朱家旺原是新立镇兽医站的一名兽医，人虽然学的是兽医，可终因文化水平有限，没有本事给牲口看病，于是就专门研究了牲畜的变性手术。什么是牲畜的变性手术啊？听起来怪吓人的，其实说明白了就是劁猪骟驴啊。让这样的一个人来当校长，岂不是对教育工作的一种莫大的讽刺嘛？但在那年头，这也是没办法的事。那一年正赶上大批的"知青"回城，仅新立镇中学连校长带老师呼啦啦一下子就走了十几个，到了这时候，新立镇政府的领导们才意识到了问题的严重性：这些年的失误，就是没有培养自己的教育人才。于是，立刻在全镇范围内挑选了一批土生土长的回乡"知青"充实到教育岗位上去了。在任命校长这件事上，颇让他们费了一番心思。最终还是镇长提议说：这校长一职只有派朱家旺去了，他是全镇唯一的一个有中专文凭的人，他工作上很有魄力，是可以把学校的工作抓起来的。镇长就是朱家旺的姐夫，说话自然是有威势的。

新立镇中学的几位老教师围坐在一起，像回忆革命领袖少年时的闪光的生活逸事那样地来回忆了他们这位新任校长朱家旺当年在新立镇中学上学时的情景，但让他们失望的是，尽管他们搜肠刮肚地回忆了半天，也没有找出一件闪光的事来。末了，一位老师说：文化大革命刚开始那阵子，所有的学生都起来斗争老师，给老师写大字报，只有朱家旺不斗老师，也不写大字报，这是不是可以算作一条？另一位老师立刻反驳说：这并不能说明他的觉悟水平高，他不斗老师是因为他觉着斗老师远不如"逗"狗好玩儿，你不见他整日里领着一群狗满地里撵兔子，还偷过人家的鸡呢；他不写大字报那是他不会写，人虽然上了中学了，可他连小学课本上的字还没认全呢，就这水平，就是让他写他写得出来吗？

就在朱家旺春风得意走马上任时，姐夫镇长又一次语重心长地说：家旺，你去当校长了，首先要个思想准备呢，这些年，烂就烂了个教育，现在文化大革命虽然已经结束了，可流毒还远远没有肃清，教师不团结，学生娃儿捣蛋不听话，要想把这烂摊子收拾过来，没有点儿硬手段是不行的。这就好比赶大车，你要把手里的鞭子握紧了，时不时地在空中打几个响儿，看准了哪个调皮捣蛋的，就狠狠地往狗日的耳朵根子上打一鞭，给他一个警醒儿。啥叫个鞭策呀，这就叫鞭策。抓鞭子的手一定不能软，你一软，就打不准了。当好一个领导，没有三鞭子的功夫是不行的。

朱家旺原本就有点儿二杆子的脾性，听了姐夫的教导，果真就带了一根鞭子去学校了。那根鞭子很有特点，既不是赶大车的长鞭，也不是拦羊的短鞭，而是一根用荆条棍子做的教鞭。那教鞭的弹性很好，打到那些捣蛋的学生屁股上，手感好极了。

朱家旺手中的鞭子威力无比，极具有震慑作用，只几天功夫，就把新立镇中学搞平稳了。为此，朱家旺便也得了个"朱阎王"的绰号。

2.新立镇的名人牛克思。

朱家旺管教学生用的是"鞭策"之法，但对于教师,这"鞭策"之法就不适用了。在新立镇中学，有不少教师当年都是教过朱家旺的，俗话说一日为师终身为父，你总不能把你手中的鞭子往你父亲般的老师屁股上打吧？但朱家旺到底是朱家旺，朱家旺爱喝酒，他常借酒醉之时向老师们发难。他瞪着一双醉眼，专门在老师身上挑毛病，一旦抓住哪位老师的小辫子，他便小题大做，严加训斥。且说那些老师都是好面子的，无端地受了朱家旺的责斥，况且又是在众多的学生面前，那一张为师的脸面就不知该往何处放了。就有那么两位老师在朱家旺的尖刻的斥责声中含愤离去，但事后又被朱家旺拿着一张笑脸给请了回来。人虽然回来了，但也就此怯了朱家旺的手段。

在新立镇中学，朱家旺能把众多的老师都拿下马来，但有一个人是不怕他的，这个人就是牛克思。

牛克思原名并不叫牛克思，他是县城下乡的知青。那一年，牛克思正在县城上高中，文化大革命开始了。他便和几个要好的同学一合计，立刻揭竿而起，在县属几个中学里率先成立了红卫兵组织，他自封为司令。不知从哪儿弄了身军装穿上，腰里扎了条牛皮带，立马儿到照相馆照了张相，相片上头还题了一行字，是"胸中自有雄兵百万"，俨然就是一个青年革命家了。紧接着就开始大串联了，先是到北京接受伟大领袖的检阅，而后又到了延安，接下来又去了井冈山。这样一路走来，就被当年那些革命先辈们献身革命的精神激动得热血沸腾。本想着在这场大革命中也能轰轰烈烈地干一番大事业的，但他没有想到，不久形势大变了，真正的解放军开来了，他那个红卫兵团被解散了。这对他的打击太大了，学校不上课了，他就拿了爹的钱，买了许多书来。那些书大多都是马克思列宁毛泽东的著作。

他记忆力极好，很有些过目不忘的本领。待把那些书读完了，他的心性更高了。有一次他就埋怨他爹说：爹，你要把我早生四十年就好了，我也早成了职业革命家了。他爹一听就火了，指着他的鼻子骂道：放你娘的屁，你要早生四十年，我就不是你爹了，反过来我要叫你爹哩。说过这话以后，又过了不多日子，牛克思就下乡来到了新立镇。牛克思自小生长在县城，没干过庄稼活儿，刚下来时直觉着这广阔天地啥都是新鲜的，待几天的热乎劲儿一过，人就开始发懒了，日上三竿了他还不出工，队长来叫他，他却拉着队长要和队长一起学习毛主席著作。他给队长讲马克思列宁的革命理论，队长听不懂，但也只好耐着性子听他讲。他直讲得两嘴角冒白沫，而嗓子眼儿却干得要冒烟儿了。他对队长说：队长你先歇一会儿，我喝口水咱再接着讲。队长抬头看天时，天已经晌午了。队长说：小牛同志，你这娃儿行哩，肚子里装的文化水水多哩，你说的那个外国的马克思咱没见过，我看你娃儿比他老汉本事大哩，要不你就叫个牛克思吧，这样叫着好听哩。就这样，牛克思这名儿就叫起来了。

牛克思自己不干活儿，还常常要给干活儿的队长写大字报，批判队长是"只顾低头拉车，不知抬头看路"的黑典型。那时正值麦收大忙季节，龙口夺粮，刻不容缓的。队长说：娃儿，我也知道革命重要哩，可革命也是要吃粮食的，你要能把那个老天爷弄来批判着让他别下雨，让咱把麦子收到家里，你就是把你的大字报糊到我的肚脐眼儿上，我二话都不说。

牛克思闻说，立刻又写了几十张大字报，批判队长宣扬封建迷信，上纲上线地说队长是以生产压革命。队长没法儿了，就找到镇领导说：牛克思这娃儿文化水平高，政治思想好，在咱那乡村土窝窝里待着，实在是委屈了他了，听说咱那学校里缺少老师，让那娃儿去吧，我看顶合适哩。

就这样，牛克思被调到新立镇中学当了一名政治课教师，也真算是人尽其才了。又谁知这一干就是十年，十年中，和他一块儿下乡的知青，有的被招工走了，有的被推荐上了大学，还有的被提拔当了干部，唯有他到头儿也还是个乡村代课教师，这又让他平生了一肚子怀才不遇的怨愤。

知青返城那年，牛克思也是办了回城手续的，可到了县知青安置办公室，那里的负责人一看他的档案，知道了他是从事多年教育工作的老教师了，就专业对口地把他转到县教育局了，教育局的同志经过慎重研究，觉着这两年由于大批知青返城，县城各学校教师已经满员，而众多的乡镇学校却又师资匮乏，尤其是新立镇中学，连正常的课都没办法上了，于是，便又把他重新分派到新立镇来了。临到新立镇中学报道那天，牛克思是一路骂着大街来的：他妈的，早知还回到这新立镇，老子就不费那个劲儿回城了。

3.长跑冠军说：我的成绩是在驴子的引导下取得的

牛克思的那个班有个学生名叫金山娃儿，是金山墩子那边的人。金山墩子是新立镇最偏远的一个村落，距新立镇总有个二十多里地吧。那是一个半农半牧的村子，村里人家除了种地之外，多则是牧放得一群羊的，少则也养有两头大奶子的牛，金山娃家却养着的是一群驴子。上小学时，爹就让他骑着驴子去学校，到了学校便把驴子放开，那畜生认得路，就会循着道儿自个儿跑回来。放学时，没有驴子接了，他便一路跑着回来。上到初一时，一次骑了驴子去学校，人进了教室，驴子却没有回去。驴子是被两个乡间混混儿半路上拦截了去偷着卖了。打那以后，爹再不让他骑驴上学了，二十多里的路途，早出晚归，一天要跑一个来回，久而久之，那脚力就练出来了。

那一年的春天，学校里开运动会，班里的学生都是报了名的，唯金山娃啥项目也没参加，他自觉着自家啥也不会，就坐在操场边儿上树阴下面专意地给同学们看衣服。金山娃对自己的工作认真负责，深得同学们的信任。

运动会上有一个五千米的长跑项目，那是个顶费时又费力的活儿。聪明点儿的学生娃儿都不愿参加这个项目，但不参加又不行，学校规定了每个班至少要有两个人参加，否则就会影响整个班级的总分成绩。牛克思是金山娃他们这个班的班主任，事先牛克思就赶鸭子上架般地硬逼着两个学生娃儿报了名的，可一到比赛开始了，一名学生娃儿就闹了肚子疼，满头汗水地跑来给牛克思报告说他病了不能跑了，要求老师换一个人顶上。临时换将，到哪儿去找合适的人呢。这一下该轮到牛克思出汗了，牛克思嘴里一面骂着娘一面转着圈子满操场里找人，那几个能跑的学生娃儿都耍滑头躲起来了，情急之中，牛克思看到了正坐在树阴下发呆的金山娃，就一手拉着金山娃的胳膊说：金山娃，张朝辉病了，其他人都有项目，五千米长跑没人了，你去顶一下吧。

金山娃闻说便往后倒扯着身子说：牛老师，我不行，我跑不过人家的。牛克思说：跑不过人家没关系，只要你顶个数就行，学校就不会扣咱班的团体总分了。这可是关键时刻了，集体的荣誉高于一切，一个学生爱不爱班集体，就看他在关键时刻能不能站出来维护班集体的利益。你是班里的好学生，现在正是考验你的时候，你要好好为咱班争光哩。

牛克思的思想政治工作做得很有水平，到了这一刻上，金山娃再没啥好说的了，只好赤着脚片子上场了。只听发令的哨声一响，呼隆隆地，像打开了圈门的羊群，几十个学生娃儿便争先恐后地绕着操场跑起来了。刚跑了不到半圈儿，那些有经验的学生娃儿就开始抢道儿，专抢了里圈儿的道沿儿跑。金山娃不懂此道，嫌里圈儿人挤，就专意地在外圈儿道上跑，这样，就多少吃了些亏的。跑头两圈儿时，金山娃还一直是在后面的，牛克思就鼓着劲地喊道：金山娃追上去！班里的同学也都追着金山娃一齐喊道：金山娃加油！金山娃加油！

听到这喊声，金山娃回头笑了笑，显然是加快了步伐的。那五百米的跑道，原本是要跑十圈儿的，可刚跑了五圈儿，就有不少的学生娃儿已经累得东倒西歪开始扭起了麻花步，更有两个跑在后面的，自知拿不上名次了，就干脆中途当了逃兵。而这时的金山娃，面不改色，却依然保持了他起跑时的速度，超了一个又超了一个，在跑到第六圈儿时，就把所有参赛的选手都远远地甩到后面去了。这时候，整个赛场上人都看得呆了，牛克思更是高兴地嗓音儿都变了，跑着上去给金山娃递过一条湿毛巾，让他擦汗。金山娃接过毛巾只是在手里拿着，并不擦汗，金山娃头上还没有汗。待五千米跑完，冲刺过终点，回头看时，那几个平时跑得最快的同学还在第八圈儿上正挥汗如雨地挣扎呢。

牛克思他们这个班的同学一齐欢呼起来，围住了金山娃，这个给他端上一碗水，那个给他送上一根冰棍儿。金山娃吃着笑着对牛克思说：老师，我不累，我还能再跑几圈儿呢。

　　金山娃得了个长跑冠军，打那以后，再也没有人敢小瞧这个放驴娃儿了。

　　就在金山娃夺得冠军后第二年，县里举办了一次全县性的中学生运动会。在那次运动会上，金山娃力挫全县长跑强手，又夺了第一。一对照那成绩，竟然就打破了全省中学生长跑项目的最高记录。当广播员把这条振奋人心的消息播出去以后，整个赛场都轰动了。立时就有地区报社的一位记者前来采访。采访的第一个人当然应是新立镇中学的校长朱家旺，一个冠军的成长，那是与领导和组织的培养分不开的呀。朱家旺兴高采烈地说金山娃这个长跑冠军是新立镇中学的骄傲，也是全县人民的骄傲。然后又讲了学校是如何发现并培养了这个冠军人才的，朱家旺借此机会，是给自己脸上贴了一层金箔子的。

　　轮到记者采访金山娃了，记者说：金山娃同学，你从什么时候开始这项长跑活动的？金山娃说：从小就开始了。记者又问：你喜欢这项运动吗？金山娃说：说不上喜欢不喜欢，我家离学校很远，来回都要跑着走的，上学时总怕迟到了，迟到了校长是要打屁股的，所以就得狠着劲儿跑；放学了，就想着早一点儿回家，好帮家里多干点儿活儿。就这样，就跑出来了。

　　金山娃说到这儿，朱家旺就有点儿坐不住了。他干咳了两声，想说些什么，但终于又没说出来，那一张脸子就十分地难看了。

　　记者自然有记者的采访方式，他的问话总是带有启发性的，而这种启发又总是要被采访者朝着记者自己所设立的那个套儿上走。被采访者若是眼里有水头脑里有转轴儿，那就会顺着记者的意思走下去，于是，一篇很好的文章就写出来了。可金山娃又哪里懂得这些，偏又生得木讷，那话儿就很难说到点子上了。记者又问：金山娃同学，你取得这样好的成绩，有什么感想吗？金山娃摇了摇头说：没啥感想。记者还不死心，总想着能从这位小冠军嘴里再挖出一两句闪光的话来，就进一步启发说：金山娃同学，你能不能说说你是在谁的关怀引导下进行长跑训练的呢？金山娃想了半天，也没有想出到底是谁关怀了他又引导了他的，是爹吗？爹只会拿了放驴的鞭子吓唬人，动不动就说你狗日的学不成个人，看老子不熟了你的皮子。要说关怀，那可就是娘了，娘可真是知冷知热地疼了他的，每天早上去学校，娘都要在他的口袋里放一个煮熟的鸡蛋，那鸡蛋热热的，正像了娘的那颗热热的心。要说在前面引导了他的，那就只有他家的那群驴了。每次放驴，圈门一开，一圈的驴子便会争着抢着往草原上跑。驴在前面跑，他就在后面追，他竟然跑得比驴子还要快。一想到这些，金山娃就说：要说关怀我的，那是我娘，要说引导我进行跑步的，那就是我家的那群驴了。

金山娃的话一出口，让在场的人都笑了，那记者也笑了，只有朱家旺没有笑。朱家旺骂了句：丢他妈的人了。

记者的人物专访终未写成，只是草就了一篇几十字的新闻在地区报纸上发表了。但不管怎么说，金山娃这只鸡窝里的凤凰，却还是扑楞楞地飞起来了。

4.朱家旺自己不是人才，他便不懂得怎样爱护人才。

朱家旺自己不是人才，他便不懂得怎样爱护人才。全县中学生运动结束之后，他便对金山娃有了成见。他觉着金山娃在记者面前既揭了他的短又伤了他的脸，这让他心里老大地不舒服。这是这年秋天的事，到了来年的春天，省上也要开中学生运动会了，县上有关部门给新立镇中学来电话，点了名要金山娃去，并且说本县能不能在这次运动会上拿到好名次，希望就在金山娃那双光脚板上了。电话是朱家旺接的，他回话说：金山娃在家给他爹放驴，从驴背上摔下来，跌断了腿脚，眼下正休学在家，不能参加比赛了。

这事过了些日子，不知怎么就让牛克思知道了，牛克思凭着他的政治敏感，运用阶级斗争的观点，一下子就看出了朱家旺的险恶用心。朱家旺就是朱阎王，打倒阎王解放小鬼。牛克思满怀着一腔子的斗争义愤，把朱家旺批判得一脸青灰。朱家旺自知凭口才他远不是牛克思的对手，就一头扎到他的办公室里，把门窗关紧了，弄两截粉笔头儿把耳朵眼儿也堵了，任凭牛克思在门外满嘴白沫叫骂了半日，他硬是一句也没听着。牛克思一气之下，自顾领着金山娃搭车到县上去了。到了县上，县体委的人说本县的体育代表队在昨天就出发去省城了。牛克思又急忙回家拿了些钱，买了两张去省城的车票，风风火火地赶到了省城，好不容易才找到了本县代表队的住地，那带队来的县体委的王主任一见金山娃，真是又惊又喜，一连声地说本县在此次运动会上拿金牌又有希望了。然后又用疑惑的眼光看着牛克思说：你们校长不是在电话里说金山娃放驴伤了腿休学在家不能参加比赛了吗？怎么这么快就好了？

到了这一刻上，牛克思就不失时机地把朱家旺给告了一状，那王主任闻说立时就火了，拍着桌子说：这简直是胡闹嘛！我们的学校就是为国家培养人才的，这个朱家旺这样做就是埋没人才，不，不是埋没，简直就是扼杀！这就是犯罪呀……这也怪我们的工作没有做好，官僚主义，没有下去调查，就轻信了这个人，差一点儿误了大事，差一点儿误了大事啊！

王主任大发了一通火后，就急着找组委会给金山娃报名去了。牛克思这才定下心来喘口气儿，把两杯子的水喝下肚去，回过头来，这才发现那些进进出出的小运动员们，一个个都穿了崭新的运动服，脚上穿着洁白的运动鞋，煞是精神。再看金山娃时，那一身破旧的衣衫，着实让人感觉着寒碜。牛克思就手拉着金山娃说：走，咱也弄一身运动衣来穿上，不能让人家看着咱乡下来的人穷酸，笑话咱。金山娃说：牛老师，我不穿那衣服也能跑的。牛克思说：这可不是在咱新立镇学校操场上绕圈圈啊，穿上那衣服和不穿那衣服就是不一样哩。说着，就拉着金山娃上街去了。

要说这个牛克思，尽管有着一身的毛病，可有一点儿还是应该肯定的，他当教师十余年，在工作上是从来不含糊的，他有责任心，课又讲得好，学生娃儿都爱听，他担任班主任工作多年，对那些调皮捣蛋的学生娃儿，也打过骂过，可那些学生娃儿没有一个跟他结怨的。牛克思最大的优点就是善于发现人才，自打那次运动会以后，他就觉着这金山娃是个长跑运动的好苗子，若培养好了，没准儿将来是会有出息的。为此，他才不顾一切地和朱家旺大闹了一场，把金山娃送来参加这个机遇难逢的运动会。

王主任去了半日，才把金山娃的报名手续办好。回来后，眼见金山娃已是焕然一新，由不得心里又是一喜。待问明了情况后，就很感动地说：牛老师，若是金山娃这孩子将来果真出息了，成了千里马，你的功不可没，你就是伯乐啊！

5.朱家旺和牛克思的一场龙虎之争，最终是牛克思愤然而去

在那个万人瞩目的全省中学生运动会上，金山娃果真又跑出了好成绩，立时，就有省体委和省少年体校的领导同志找上门来，要求留下金山娃作重点培养，要对他进行正规性的训练，并一再说像金山娃这样的孩子是很有培养前途的。

事情到了这一步，自然让带队来的王主任和牛克思十万分地高兴了。末了，省体委和省少年体校的领导同志握着王主任和牛克思的手说：谢谢你们为我们送来了这么好的体育人才，省上要给你们颁奖，是要通报表彰你们的。领导的话说得热情洋溢，这就让牛克思激动得热泪盈眶了。

牛克思就这样热泪盈眶地回到了新立镇学校，那时，正赶上学校发工资，因自费进省城的牛克思正感手头拮据，就急忙忙地去会计那里领钱。待把工资袋拿到手时，就感觉出那纸袋儿比以往要轻薄了许多。那年头儿，五十圆百十圆的大票子还没出来，最大的票子也就是个大团结，拿惯了工资的人，领钱时先不用数，隔着纸袋儿一掂一捏，就知道了那钱够不够数儿。牛克思把钱从纸袋里抽出来数时，就发现那钱果真比以往少了一半。牛克思说：怎么才发了一半儿，那一半儿呢？会计就从抽屉里拿出了一张纸条儿说：在这儿呢，你看吧。牛克思拿过那纸条儿看时，头上就像挨了一闷棍似的，立时就蒙在那儿了。只见那纸条儿上写着：

牛克思无故旷工十五天，扣发半月工资，以示敬（这是个错别字，应该是个"警"字）告。

朱家旺

×年×月×日

看了那张纸条儿，牛克思咬着牙根子骂了句：我操他妈的！会计是个老会计，老头儿听牛克思说话不雅，就睁大眼睛说：你骂谁？牛克思说：谁扣了我的钱我就骂谁。老会计说：校长在他屋里呢，你去操他吧。老会计掉了半嘴牙，话说不清，不知他说的是"找"呢还是"操"呢，反正牛克思此时像一头愤怒的公牛一样直奔朱家旺的办公室冲了过去。

朱家旺这一次是作好了充分的思想准备的，办公室的门敞开成一个又大又长的"口"字，专意地等待着牛克思从那个"口"里闯进来闹事的。

牛克思一冲进朱家旺的办公室，把那张纸条儿往桌上啪地一拍，说：朱娃子，这条子是你写的？牛克思一向瞧不起朱家旺，在牛克思眼里，朱家旺只不过是一个酒囊饭袋而已，当人们在背后叫朱家旺为朱阎王的时候，牛克思就表示反对说：这绰号叫的不合适，朱家旺是个什么东西，怎么能把他和阎王联系在一起呢，阎王也是经过科举考试上去的，那是个很有学问的人哩。朱家旺除了会喝酒他还会个啥，他会喝酒却连个"酒"字都不会写，他把"酒"字写的是"洒"字，朱家旺喝的不是酒是"洒"，朱家旺是一个专门喝"洒"子的猪（朱）娃子啊。

牛克思的这些话不知怎么就传到朱家旺耳朵里去了，把朱家旺气得差一点儿没背过气去。朱家旺对牛克思可以说是气在眼里恨在心头，一直想找碴子来狠狠地整治一下牛克思的，机会终于让他等到了。

朱家旺看到气势逼人的牛克思闯进来，便把椅子往后挪了挪，身子往后一仰，把两只脚拿到桌上来，用一种不屑的眼光看着牛克思说：这条子是我写的，你想怎么样？

牛克思说：在我们这个共产党领导下的社会主义国家里，你随便克扣人民群众的工资，你知道这是一种什么行为吗？

朱家旺说：我不知道，你的水平高，你说吧。

牛克思便从马克思发现了剩余价值讲到了资本家剥削工人的残酷无情，然后又从列宁的十月革命讲到了毛主席领导被压迫人民闹翻身。牛克思的话高深得很，那哪里又是朱家旺所能听懂的呢。

朱家旺不懂马克思的理论，但朱家旺有他自己的一套说法，朱家旺说：

开着坦克去唐朝

牛克思同志，我问你，如果让马克思当一个单位的领导，有那么几个人不给他出工，却还要到他那里闹着要钱，你说马克思他又会咋样呢？

牛克思一下子反倒被问住了，牛克思万没想到朱家旺竟能说出这样的话来，能说出这样的话的朱家旺他就不蠢。牛克思这才意识到他以前的确是小看了朱家旺的，牛克思眯睁了一下，立刻就暴跳了起来，指着朱家旺的鼻子说道：你他妈的是说我不出工啊，我怎么没出工了？我送金山娃去省上，难道不算是出工吗？朱家旺说：你送金山娃去省上了，说得好听，谁派你去了？你一没有受组织委派，二没有向本校长请假，你这不是旷工是什么？朱家旺在耍他的权术，以权压人，这就让牛克思受不了了。牛克思自以为满有理的事情，怎么到了朱家旺这儿反倒没理了，他为了金山娃的事，既花了钱又出了力，到头来不但无功反而有过，朱家旺不是一个讲理的人，那就跟他不用讲理了。牛克思说：朱娃子，我操你妈的。朱家旺的理论水平不高，但他骂人的本事还是有的，于是两个男人便对着骂了起来。一开始他们就用最恶毒的语言辱骂对方的祖宗，把祖宗们骂得猪狗不如他们也不在意，然后便相互揭对方的短处。揭短就等于打脸，两个人都被对方揭露的受不了了，结果就撕打在一处。牛克思在朱家旺的上头打了两拳，朱家旺在牛克思的下头踢了一脚。结果是，黑衣人撕下了白衣人的白袖子，白衣人撕下了黑衣人的黑袖子。两个人各举着一条衣袖，像举着一面得胜的旗织。

经过这次争斗，牛克思深刻地意识到，在新立镇这地方，有朱家旺在，就没有他牛克思的立足之地了，于是便愤然而去。牛克思到底是读过《资本论》的，他懂得怎样去积累资本。牛克思和一个羊毛贩子搭伙去倒羊毛了，牛克思是属于第一批经商"下海"的那一茬人，只几年的工夫他就把生意做大发了。后来，他又创办了一个羊毛公司，分别在县城和省城开了两个牛羊毛绒加工厂，一跃而成了远近有名的私营企业家。当年，一心要彻底打倒资产阶级的红卫兵领袖牛克思，却最终完成了数千万元的巨额资本积累，成了一代名副其实的资本家了。

6.朱家旺酒醉之后一跤摔到了河里，爬起来看时，天还是一个，看月亮却成了俩。

朱家旺爱喝酒，朱家旺常要在酒桌上给领导汇报工作，朱家旺说的话没有一句不是兑了水的，兑了水的酒是假酒，可兑了水的话领导就爱听，听了还要说朱家旺说得好，有时候连朱家旺自己也不知道自己说得好在哪里。

那一日，朱家旺从镇上汇报完工作往家走，朱家旺又是带了一身酒意的，醉乎乎把一辆自行车骑得像扭秧歌。那是一个夜晚，一轮圆月明晃晃地照着，被凉爽的夜风一吹，朱家旺就兴奋得很，由不得就扯着嗓子吼了两声，在这样的夜晚那声音传得很远，当那声音从朱家旺嘴里喊出来又从远处返回来进入到他的耳朵里时朱家旺就吓了一跳。朱家旺还清楚地记得前面是有一条河的，河不甚宽，但河上却有一座很高的桥，这桥就叫高桥。高桥这地方文化大革命闹武斗时是打过一回大仗的，在那次武斗中是死过很多人的哩。据说在那些月黑风高的夜晚，便会有那些冤死的鬼魂出来作祟，弄一些歪风邪气来害人。

那一晚，朱家旺在高桥上并没有撞见什么鬼魂，但却看见了他的一位本家四叔。四叔穿着一身过时的黄军装，手里拿着一根擀面杖粗的棍子，站在桥上，看见朱家旺来了就说你是家旺啊？朱家旺说是四叔啊，这三更半夜的，你不在家待着，跑到这干啥呢？四叔说他在站岗呢。朱家旺说你站的什么岗？四叔说是"语录岗"。朱家旺说三十年前你在这里站"语录岗"，咋现在还在站那个"语录岗"？四叔说学习毛主席语录千年万年不动摇。朱家旺说都过去那么多年了，我都忘了不会背了，四叔你还是放我过去吧。四叔则把那根棍子横过来挡住朱家旺的去路说要斗私批修呢，你不会就到桥头上站着去，啥时候背会了我再放你过去。朱家旺说四叔我真的不会了，你能不能现教我一段让我过去啊。四叔说也行你就跟我学吧，学会了也算数的。四叔说着便收了棍子立正站好，大声背诵着说：马克思主义的道理，千头万绪归根结底，就是一句话，造反有理。朱家旺马上表示反对说：四叔啊，都啥年代了嘛，这句话早就过时了，不适用了，现在讲的是安定团结，谁再敢闹造反，那就是反革命了。四叔立刻变了脸子，指着朱家旺愤怒地声讨说：你说什么？你竟敢说毛主席的话过时了，我看你就是个现行反革命。凡是反动的东西，你不打他就不倒。说着举起棍子就打了过来，朱家旺没有防备，头上就重重地挨了一棍，那一时，朱家旺直觉着天旋地转，一头从桥上就栽下去了。好在这个季节里河里已经断水，河床上铺着一层厚厚的沙土，朱家旺躺在那松软的河床上昏睡了一个时辰，这才清醒过来。回想起刚才看到四叔的事情，吓得他出了一身的冷汗。朱家旺还清楚地记得，早在三十年前，他的这位四叔就死了。四叔原本是个复员军人，枪打得好，在高桥的那次武斗中，他冲锋陷阵，很是活跃，可后来还是被一颗流弹打中了心脏死了。但不知为什么，今天竟然又看到四叔了，而且依然是那个立场坚定斗志鲜明的四叔，这难道真的是见了鬼了吗？

朱家旺心里慌慌地从河里爬上来，抬头看天时天还是一个天，看月亮时却成了俩。朱家旺一时就愣住了，这天上咋就出了两个月亮了呢？

朱家旺是真的中了邪，刚才那死鬼叔叔的一棍，不知是动了哪一根神经的，原本很亲近的那一对眼珠儿，此时刻就兄弟不和分了家似的各自跑到两边眼角处躲着去了。那时刻，朱家旺眼中的物象就发生了变化，看什么都是双的，重影儿。把天地万物都看成双的那也没啥，最要命的是看人，你说这回到家里，一抬头竟然就看出了两个爹来，你说这该如何是好？好在朱家旺的爹已经过世，只留下了娘，娘不和他在一处过，这就省却了许多的麻烦。

一个人一双眼同时看见两个爹固然不好，看见两个娘也是不行的，可一旦看见的是两个媳妇睡在身边的时候，你说朱家旺他又会咋样呢？

朱家旺回到家时已是半夜，女人似乎已经睡熟，屋子里是一团地黑。朱家旺在一面墙上摸索了一阵便摸到了一根线绳，一拉，灯就亮了。在朱家旺的眼睛里，这家似乎也和过去有点儿不一样了，首先是那睡觉的床就宽了许多，床上睡着的分明是两个女人。朱家旺心里一惊又是一喜，他凑近了细看这一个时，就认得这一个是自家的婆姨桂子，再转到那一个近前看时，那一个竟也是婆姨桂子。朱家旺就迷惑了，自家何曾是娶过两个桂子的呢？再看那两个桂子时，不仅长相一样，就连睡觉的姿势也一模一样。

朱家旺怔了一会儿，就想起桂子原本是有一个双生妹子的，那妹子就叫个莲子。朱家旺上中学时和桂子姐俩是一个班的，莲子就坐在他的前面，桂子则坐他旁边的另一个座位上。莲子的性情活泼，桂子则很稳重，一副做姐姐的样子。朱家旺打心眼儿里喜欢的是莲子，就常在上课的时候看着莲子的脖子发呆。莲子的脖子很白，靠耳朵下面有一个绿豆大的痣，是红色的。就是那颗痣，让朱家旺做了许多个美好的梦。后来他又发现桂子耳朵下面也是有一个痣的，而且和莲子的那个痣长得一模一样，这姐妹俩若是穿了一样的衣服，就让朱家旺很难分清谁是谁了。

　　那还是朱家旺在地区畜牧学校上学的时候，爹给他去信说是给他订下了一门亲事的，女方就是高台子村何绍贤家的那个双生女儿。朱家旺就急忙回信问订下的是莲子还是桂子，他爹又写信说是莲子，朱家旺就高兴的很了。又谁知到了假期回家一看，竟然订的不是莲子而是桂子，莲子也已经定了亲了，男方是个现役军人，在部队当排长。朱家旺懊悔不迭，埋怨他爹说：不是说好的是莲子嘛咋又成了桂子了？他爹说：啥莲子桂子的，那俩丫头长得一个模样儿，连她自家的爹都分不清楚，你让我又咋看得出来呢？

　　事情到了这一步，朱家旺便也没话可说了，只好把桂子当作莲子娶了过来。婚后，他身边睡着桂子，心里头想着的却是莲子，一个人就当两个人用着呢。今日里看到床上睡着的两个女人，就断定了那另一个女人必定是莲子了，心里头就喜慌慌地，待往两个女人中间一坐，恰就坐在桂子的肚子上了，差一点儿没把桂子压得闭过气去。桂子急了，一下子就把朱家旺从床上推了下去，待朱家旺爬起来再看时，两个女人又合成了一个，真他妈的出了怪了。

7.女人一月一次的来红叫例假，朱家旺爱开会，一周一次叫例会。

　　新立镇学校是有一个校办农场的，置有三二十亩土地，种了些庄稼和菜蔬。夏天里，庄稼收回来，磨成面粉，放在学校食堂里，给老师们免费供应一顿午饭。因为是大锅饭，又是免费的，所以是要有一个定量的。朱家旺给大家定的伙食标准是：每餐两个馒头一个菜，绝对的平均主义。那一天，又赶上了个饭时，朱家旺一进食堂，就看到那饭桌比平时大了许多，桌上的饭菜比平时也多了一倍，变成了四个馒头两个菜。再看自己的面前，也是四个馒头两个菜，朱家旺立时就火了，骂道：咋就胡球冒料地吃起来了呢，都不想过日子了？把粮食吃完了，狗日的都喝西北去啊。

朱家旺在那里骂着时，大伙都不吭气，只是低了头把一餐饭吃得又香又甜。朱家旺见状也坐下来开始吃饭，一边吃着还一边骂个不停，骂到后来他又不骂了，最终他还是意识到了，这吃到肚子里的还是两个馒头一个菜，一点儿也不多的，眼里虽然没数儿了，可心里还是明白的。

朱家旺对这个校办农场很关心，没事了就常到地里转一转。农场离学校并不远，出了后门翻过一条排水沟就是了。那沟很深积满了水，管农场的老焦就放倒了一棵病树，搭了一座桥。桥是独木桥，可在朱家旺的眼里，一根木头就变成了两根，他又开始骂老焦，说老焦你他妈的连个桥也不会搭，你就不能把两根木头并到一起嘛，这一左一右离这么远你让人怎么走。朱家旺嘴里骂着就随意拣了一根木头要过桥去，不料想走的却是假桥，一脚踏空了，扑通一声，人就掉到沟里去了。

朱家旺的病眼给他的生活和工作毕竟是带来了许多的不便。朱家旺在学校里不带课，不会给学生上课的他总害怕别人把他忘了，于是，他就开会，只有在开会的时候才能充分显示出他校长的身份来。女人一个月一次的来红叫"例假"，朱家旺一个星期一次的会议叫"例会"。"例会"照例是要放在周末的下午开的，在那会上他又说不出个道道，就东扯葫芦西扯瓢地乱说上一通，没有说的了就念报纸。他在上面念的很认真，而其他老师却并没有听他念的是什么。那时正是农忙的季节，老师们想着的是这会能快一点儿散了，好早一点儿回家干活儿呢。

自从朱家旺的眼睛出了毛病以后，老师们都高兴得很，因为朱家旺能把一个人看成俩，再开会时，就有人偷偷地开了小差。一屋子的人，缺上三五个，朱家旺是看不出来的。有一次竟然就走了一多半的，在朱家旺的眼睛里虽然仍是满澄澄的一屋子人，但毕竟是缺少了许多熟识的面孔的，他立时就火了，拍着桌子把那些走了的人大骂了一通，然后就照着花名册点名，但凡没有应到的，扣一天的工资。朱家旺的手狠，一向是不讲情面的。经他这么一整，大伙就又不敢溜了。

8.牛克思懂得辩证法，他对朱家旺说：我能有今天的财富，首先要感谢的那个人就是你。

朱家旺万万没有想到的是他能在省城医院里遇到牛克思。

那时牛克思也是住了医院的，那些日子里，牛克思老是发低烧，到医院去查，也没查出啥毛病来，听人说癌症病人才常常发低烧的，牛克思害怕了，就要求住院。牛克思有钱，自以为是白领阶级了，就住进了高干病房。高干病房住的都是那些离休老干部，整日里和那些老干部在一起，他并没有忘记要利用这难得的机会和那些老干部们一起切磋学习马列主义理论的心得体会，研究苏联解体和东欧社会主义国家改制的重大问题。那些老干部大多都是抗日战争解放战争时期参加革命的老同志，阶级觉悟很高但文化水平有限，他们对苏联和东欧的问题很是愤慨，批评他们不能坚持革命立场，最终被帝国主义和平演变过去了。但对于马列主义的理论问题，他们知道的并不多。虽然在位的时候，为了工作的需要，常常要把马列主义毛泽东思想挂在口头上，用以教育群众指导群众。其实，对马克思列宁的著作到底读懂了多少，也只有他们自己心里最清楚。当牛克思向他们讲说《共产党宣言》讲说《资本论》讲说《国家与革命》的时候，他们脸上表现出的则是一片茫然的表情。这就让牛克思由不得大吃了一惊，这些头上罩着一层神秘光环的严肃的神圣的革命的老同志们，那理论的水平竟然如此地浅陋，不知道当年他们怎么就把日本鬼子和蒋介石给打败了的。

那几个老同志都不大爱读书，就常常聚到一堆儿下棋。牛克思也钻进去和他们一起玩，他们便联合起来共同作战，一起来对付牛克思。他们的棋艺太差，输了就要悔棋，牛克思不允，他们就把牛克思从棋堆里赶了出来；他们也喜欢打麻将，三缺一的时候就让牛克思和他们一起玩，牛克思的牌打得很精，老赢钱，赢得多了，他们心里就不高兴了，下次再玩的时候就不让牛克思上桌了。他们多少有点儿害怕牛克思了，怕牛克思赢他们的钱，也怕牛克思的"马列主义"。于是，他们就把牛克思从他们的娱乐圈里永远开除出来了。

医院里有一个疗养公园，种了些花草树木，开了一方水塘，亭台廊道，碧水映天，是病员们休闲疗养的一个好去处。牛克思自感寂寞了，就凭了他那高干病房的住院证便宜租了一根鱼竿去公园里钓鱼了。朱家旺就是在那个水塘边遇到牛克思的。此时刻，在朱家旺的眼里牛克思已是变了一个人的。牛克思是比过去胖了许多了，他穿着一身带蓝条纹的高干病号服，这就让他在其他病员面前显示出了一种与众不同的傲气。在一般人的眼里，但凡穿这种病号服的人，大多都是省上的市上的老干部，在医院里那是要享受特殊待遇的，就连医生院长见了，也是要毕恭毕敬地伺候着的。曾经有人去过那高干病房，回来就说：哎呀呀，那哪里是病房嘛，分明就是高级宾馆，地上铺的是地毯，桌上放的是彩电，睡的是席梦思，房子里还带着卫生间。什么是差别呀，这就是差别。那些老干部人们都还是见过的，大多都是上了年纪的人了，但像牛克思这么年轻的"老干部"，人们还是第一次见着的。人们向牛克思投去的都是羡慕和猜测的目光，不知道这狗日的是个什么人物，竟然也穿着的是这样的衣服了。

一群人围在水边上看牛克思钓鱼，他们看水里的鱼也看牛克思，牛克思就很得意了。水塘里生满了荷叶，团团连连的样子，有许多小鱼儿在水面上游来游去地戏耍，但不知为什么它们就是不肯上牛克思的钩儿，有一个小孩儿把手里的面包揉碎了，把面包渣儿扔到水里，那些小鱼儿便游过来抢面包渣吃，可那只水面上的浮漂却一动不动，有人就沉不住气了，说：你这是咋球搞的，这么多的鱼咋就不咬钩呢？牛克思则不慌不忙地说：咱这是姜太公钓鱼，愿者上钩。那人又说：你用的什么鱼饵？牛克思说：口香糖。那人就笑了，说：钓鱼要用蚯蚓用香油面团儿，哪有用口香糖的，口香糖钓女人可以，钓鱼可就不行了。围观的人便都笑了，朱家旺也笑了，朱家旺的笑声和别人笑声不一样，就是凭了那笑声，牛克思才看见了朱家

旺的。牛克思回头看见了朱家旺，朱家旺也认出了牛克思，两人都睖睁了
一下，朱家旺想走，牛克思却放下鱼竿，走上来拉住朱家旺的手，把肚子
挺得高高的，学着老干部的样子，哈哈地笑着，很大度地说：这不是朱校
长吗？朱家旺也笑着说：你是牛那个……牛老师啊。牛克思说：我现在在
省上工作了。好多年不见了，你还是那个老样子啊，你也住院了，在哪个
科呢？你这个眼睛是怎么搞的嘛，怎么净拿白眼看人呢，你这是对什么人
不满的吗？我说你这个小朱同志啊，做领导工作嘛，那是要有肚量的哩，
小肚鸡肠是不行的，你看看，咋就气成这个样子了呢，两个眼珠子都跑到
两边待着去了，这样瞻前顾后的样子，可不是咱们做领导工作的样子啊。

　　牛克思这么一说，好多人都盯着朱家旺的脸子看，看到朱家旺那白多
黑少的眼睛便都笑了，把朱家旺闹了个大红脸。牛克思收了鱼竿，就又拉
了朱家旺的手说：小朱同志，走吧，到我那儿坐坐去，我住在高干病房，
高干病房一号。朱家旺说：多年不见你是成了精了吗？咋就住到高干病房
去了呢？牛克思嘴里打着哈哈又说：我那还有一瓶好酒哩，咱俩也算是酒
逢知己了，今天咱俩可要好好地聚一聚的。

　　牛克思的这一段说辞，多少有一点儿即兴表演的味道。牛克思的表演
很成功，果真就把一群人给唬住了。牛克思和朱家旺走后，就听人们在背
后议论着说：这个人的官儿不小啊。可不嘛，你看那官腔儿拿得多足啊。
要不咋就住那高干病房了呢，一般的人，住得进去嘛。

　　牛克思果真是好肚量，把当年在新立镇的那一段恩恩怨怨，像扔旧酒
瓶子一样地都给扔到窗户外面去了，两人从此又成了好朋友。倒是朱家旺
每每想起过去的事来，心里就多少会生出一些愧疚之感。牛克思到底是学
过辩证法的，看问题和一般人就是不一样。牛克思说：我能有今天的辉煌，
首先是要感谢你的，就好比中国共产党要感谢那场抗日战争一样，要不是
日本人打进来，来了个全民族抗战，中国共产党的军队哪能发展得那么快
那么强大啊。毛主席说了，这就叫坏事变好事。什么是辩证法啊？这就是
辩证法。辩证法你懂不懂？你当然不懂，你是学畜牧的嘛。朱家旺说：你
这是什么话啊，你把我比成日本鬼子了，你是中国共产党？牛克思说：我

开着坦克去唐朝

不是那个意思，我是说要不是你当年给我来那么一下子，我还下不了那个决心去经商下海呢，到头来也还只是个老师嘛，干到老也不过就是个老教师而已。回想起来，当老师这活儿实在没啥干头了，不行了你就到我的公司来吧，我给你个业务副经理当上，充分发挥你的特长，专门陪着客商喝酒，你看咋样？朱家旺说：你快算球了吧，我不上你那个当，你让我那边辞了工职，到你这里来，干上个一年半载，你狗日的再找个借口把我开除了，那不是把我给晾到干滩上去了。牛克思说：你这个人世界观有问题，总是把别人看得那么坏，怪不得你的眼睛出毛病了呢，俗话说眼斜的人心都不正，一点没错。朱家旺说：在我们兽医行里也有一句话，给驴子骗过蛋的人，要小心蛋被驴子踢了。

9.眼科专家说：像这位患者这样的病例，也可以说是世界奇迹了。

一位眼科专家看了朱家旺的眼睛后说：他行医多年，对这样的疑难怪症，他还是第一次遇到，如果不是亲眼看到，说啥他也不会相信会出现这种现象。从医学的角度讲，这几乎是不可能的。但凡人的五官四肢都是相对应而生成的，在大脑意识的作用下，人的四肢甚至每一个指头都可以作出独立的自由的活动，唯有眼睛那是要做同位性活动的，只有这样眼中的物象才能是统一的。而这位患者的眼睛竟然能够独自活动，且眼中的视觉物象也是双重的，这恐怕在世界上也是罕见的。

那位眼科专家对朱家旺的病是很负责的，他召集了省城几乎所有的眼科方面的专家教授来进行会诊。那些从事了一辈子眼科疾病治疗与研究的老头儿们都还是第一次遇到这样的病例，他们像发现了一种新生的稀有动物一样地对朱家旺进行了认真地观察与研究，但最终也没能找到一个有效的治疗方案。一位老教授问朱家旺说：你是哪里人？朱家旺说：同德新立镇。老头儿就笑了，说：你们那个地方净出怪事，前些年咱们省城公园里来了一头猪一样大的小象，说是同德新立镇一家农民的猪生下的。招惹得满天下的人都来参观，连北京的领导也来了。其实，那哪里就是一头象了呢，还是一头猪嘛，只不过是长了个长鼻子而已。那个长鼻子是动物遗传过程中的一种异变现象，不值得大惊小怪的。不过，你这双眼睛的确是应该好好地研究研究哩。

老头儿说这番话的时候，朱家旺就很不高兴了，这老头儿大概是老糊涂了，说什么也不能把一个人和一头猪联系在一起的嘛，他妈的，这分明是说我比那个猪下的怪物还要怪的嘛。朱家旺心里尽管不高兴，但脸上却没有表现出来，毕竟人家是专家啊，对专家还是要尊重的。

几位专家在治疗朱家旺这一特异的病例上意见并不统一，有的主张要动手术，说要想把那两个变了位的眼珠子重新恢复到原位去，不动手术进行矫正是不行的。有的则说动手术危险性太大，还是用保守疗法好一些，他这毕竟是神经上的问题，可以考虑用中医针灸的方法进行治疗，如果效果不好，再进行手术也不迟。

就在几位专家正为了一个治疗方案争论不休的时候，一个护士跑来说：三号病室的那个病号不用手术了，他的眼睛已经好了。几位专家都不相信，急忙跑到病房一看，由不得都大吃一惊。只见朱家旺那一双分居了多日的眼珠子终又和好如初欢欢快快地团结在一起了。专家们问朱家旺用了什么方法把眼睛矫正过来了，朱家旺从枕头旁边拿出了一副望远镜，说：这几天就拿它对着外面看风景来着，不知怎么看着看着就看好了。专家们摇摇头说：真是不可思议。一位小护士把那副神秘的望远镜拿过来说：你都看到了些什么，我也来看一看。朱家旺说：我看的是马路对面的那家商店。小护士说：那商店有什么好看的啊。说着也拿着望远镜对着那家商店看了起来，商店的窗户开得很大，透过那面窗户，里面的事情可以看得很清楚的。那似乎是一家小型超市，货架上琳琅满目，有许多顾客在那些货架之间穿梭来往，有一位售货小姐，很认真地看护着那些货架，不停地招呼着顾客。那小姐很漂亮，下身穿了件超短的牛仔裙，裸露着两条大腿，很性感的样子，更为性感的是那位小姐上身的牛仔夹克也很短，就露出了一段白白的腰身。小护士就笑了，说：真是很迷惑人的，你是看到了那位漂亮的售货员小姐了吗？朱家旺便红了脸，说：不是，我看的是那货架上的酒。

朱家旺说的是实话，当他第一次拿起那副从同病室一位小病友那里借来的望远镜向窗外看时，眼前还是一片恍惚，后来待能看出点物象的时候，他首先就把视点瞄向了那家商店，他知道那里面有一位能让人迷醉的小姐，也有一瓶一瓶让人馋涎欲滴的酒。朱家旺多少有点儿望梅止渴的样子，望了那小姐又望酒。那副望远镜的倍数很高，既能看到小姐腰身上的那个鲜艳的肚脐眼儿，又能看到酒瓶上贴着的花花绿绿的酒的品牌。货架上的酒很多，一瓶挨着一瓶，朱家旺把两个眼珠子都装在了望远镜里，极力想数清楚那货架上的瓶数。就这样数着数着，就把两个眼珠子重新拉拢了过来，真是奇了怪了。

10.牛克思的无产阶级解放全人类的新理论。

在牛克思出院的那几天里，没有人陪朱家旺说话了，他便感到了一些寂寞。突然有一天牛克思又来了，牛克思是开着车来的，牛克思说是要接朱家旺到他的公司去参观的。一见面，牛克思就看着朱家旺的眼睛惊奇地说；朱娃子，这一下你可真是改邪归正了。气得朱家旺眼睛翻了几翻，就从衣袋里掏出一副变色眼镜戴上了。待上了车，牛克思又说：朱娃子你他妈的今天长了份了，让我这个总经理亲自给你开车，你知道你坐的这是啥车吗？这可是红旗轿车啊。文化大革命那几年，只有中央领导才能坐上这种车的，在北京，只要这车一上街，所以的车都得给他让道，连警察都得给它敬礼的。朱家旺说：你狗日的真的是成了精了，咋也坐上这种车了，我现在还没弄明白，你那个总经理到底是个啥级别啊？那一天你说你是省上的，口气那么大，我还以为你就是省长了呢。牛克思又哈哈地笑着说：啥级别啊，凡是伟大的人物都是没有级别的，马克思有级别吗？恩格斯有级别吗？我那个公司我说了算，我说多大就多大，别人谁也管不着，齐天大圣一个，是不在正册之上的。朱家旺说：闹半天你还是个没招安的梁山贼寇，那你还牛慺个啥。牛克思说：你土老冒不懂，眼下谁还讲那些，只要你生意做大了，钱挣多了，你也就有了身份了。朱家旺说：你现在手里有多少钱，快成资本家了吧？你那些钱是不是靠剥削工人挣来的？你整天研究马列主义呢，马克思可是最反对剥削的，你小心说不定那一天政策变了，把你狗日的当典型的整呢。牛克思说：你不懂马列主义，马克思的最终目的还是让天下的人民都过上幸福日子，一个国家要想尽快发展起来，还是要靠有钱人作经济支撑点的，有钱的人多了，富裕的人多了，国家也就强盛了。所以保护有钱人的利益，鼓励有钱人拿出钱来投入国家建设，那才是明智之举呢。

牛克思的公司原本离医院并不远的，如果坐公交车，两站路也就到了，可牛克思却偏要拉着朱家旺绕着这座城市整整兜了一个大圈子，从另一条路往回返的时候，朱家旺一眼就认出了医院的那个画着白方块儿的大烟囱了。朱家旺说：你他妈的这是欺负我眼神不好吗？咋就又回来了呢？话没说完，车子就拐进一个大门里去了。一个身穿警服的门卫急忙举手敬礼，牛克思向那门卫摆了摆手，就算是回过礼了。下车的时候，牛克思悄悄地说：看到那门卫了吗，威风吧，那可是我从特种兵部队招来的，受过专门训练的，真正打斗起来，十几个人也不是他的对手。

牛克思的公司就是一座大楼，四楼以下都是生产车间。牛克思是从贩卖羊毛起家的，牛克思现在依然做的是牛羊毛生意。牛克思领着朱家旺从一楼到四楼转着圈儿往上走，牛克思的办公室在五楼，五楼是牛克思公司的办公机关，几乎每一间房子的门上都写着字，朱家旺看着那些字时着实被吓了一跳，狗日的牛克思给他的下属办公室起的名字都大得吓人，财务室不叫财务室叫财务部，公关部不叫公关部叫外交部，其他诸如外贸部后勤部安全部那花样就多了，朱家旺看了一圈儿后说：你这是不是还缺少一个部哩？牛克思说：咱这是一个萝卜一个坑儿，一个也不缺了。朱家旺说：你这还缺少了个国防部哩，再加上个国防部你这就全齐了，如果再把你那个总经理办公室改成总理办公室你这就成了国务院了。你他妈的野心不小哩，你要是生在八十年前你不就成了另立中央的张国焘了吗？听了朱家旺的话牛克思故作惊奇地说：朱娃子你现在进步大了，你竟然连张国焘也知道了，真是应该让人刮目相看了。

牛克思的总经理办公室布置得果真是很有特点的，宽宽大大的两间房子，经过装修以后，多显庄重而简朴，据说许多大人物的办公室都是很简

开着坦克去唐朝

朴的，牛克思就极力把自己的办公室布置得也像个大人物的样子。一只很大的办公桌既不靠墙也不靠窗地摆放着，桌上摆放了些报纸和书籍，一个炮弹型的茶杯旁边立着的是一面小小的国旗，桌子的后面是一把黑色的能自由转动的皮转椅，再后面的那一面墙上则挂着一副很大的世界地图，站在那地图前面，由不得就让人会产生出一种胸怀全球放眼世界的大气概来。和这副地图相对着的那面墙上则悬挂着的是马克思恩格斯列宁斯大林和毛泽东的画像，桌子的一侧，一溜儿站着两个书架，书架上也多是革命领袖们的著作，那些书都是精装的，乍一看去便金光闪烁满屋生辉了。另有几组真皮沙发，很肥腴很舒适地卧在墙脚处，那大概是牛克思和他的那些部长们开会商议大事的地方。

牛克思招呼朱家旺坐下来，在茶几上拿起一盒烟抽出一支让朱家旺抽着，这时就有一个很漂亮很时髦的女人走进来，对着牛克思笑了一笑，说：牛总，客人来了？牛克思便指着朱家旺介绍说：这是我的一个老朋友，同德新立镇的朱校长。女人说：要安排饭局吗？牛克思说：给韩老大说一声，说我这里要摆擂台给他挑战哩。女人给他们各自泡了一杯茶水，便又对朱家旺笑了笑就转身出去了。朱家旺望着那女人的背影说：这是你老婆吗？牛克思说：哪里，这是我的后勤部长。朱家旺就笑了，牛克思好摆谱，一个烧茶倒水的竟也是后勤部长，那看大门的肯定是保卫部长无疑了，在牛克思的手下这官就好当哩。朱家旺望着那书架上的马列著作，说：你读的这是马列的书，走的是资本主义的路，挂羊头卖狗肉，只怕是头顶上这些老人家们知道了不饶你呢。牛克思仰着头哈哈地大笑着说：要真是老人家们在天有灵，不知道他们会怎样赞扬我哩，马克思创立的革命理论，在我牛克思这里得到了充分的发展，你说他们能不高兴？实话给你说，这些年我为社会为国家所做出的贡献是有目共睹的，每年我的公司给国家上缴税金五百万，五百万是个什么数目你知道不知道？五百万能再建你七八个新立镇中学。除此之外，为边远贫困地区扶贫募捐，我一次就拿出去了价值五十万元的物品，我还资助了二十名特困地区的大学生上学，这些都是上了报纸上了电视的，当然，你的眼睛不好使没看见这不怨你，你说这些事放到那些靠榨取工人血汗养肥自己的资本家头上，他能干吗？一个真正的马克思主义者和那些贪婪成性的资本家的根本区别就在这里。朱家旺接着说：你现在是不是还想着要去解放世界上的那些三分之二的劳苦大众啊？牛克思说：当然，一个马克思主义者是不能忘记自己的理想和义务的，不过，就目前和今后的发展形势来看，单纯的靠武装斗争的方法恐怕是不可能了，今后的斗争就是经济的物质的斗争，要靠钱哩。亚非拉的那些无产者，如今你再给人家枪让人家去搞武装暴动人家就不干哩，你穷光蛋扛着根枪杆子去说，来吧，咱们联合起来闹革命吧，人家理都不理你，人家会认为你是疯子。凭《国际歌》的旋律去寻找同志和兄弟的时代已经过去了，再说那些资本主义国家的无产者已经不再是原有意义上的无产者了，他们的生活条件都很优越，无产阶级革命的意识在他们的头脑中已经不复存在。我们过去有一句口号说，全世界无产者联合起来，可现在全世界的无产者越来越少，要联合起来谈何容易。你要想联合人家人家就会给你讲条件了，你没有钱没有资本人家就不会跟你搞联合，你富裕了你有钱了你就有号召力了，所以，我们现在尽快地创造出丰富的物质基础，让无产阶级都尽快地强大起来，到那时不用你说去解放全人类全人类也就自然得到解放了，不用你说去打倒资产阶级资产阶级也就倒台了，将来的人类具体要选择什么样的社会制度去生活，那就看哪一个社会制度能给人类所提供的生活条件更富裕更优越了，作为一个马克思主义者，这肩膀上的担子就更重了……不过这些都是很高深的理论问题，给你说你也不会明白的。朱家旺说：牛克思你快别喊那么响的口号了，鸡尾巴上插个红布条儿你就当大旗扛着走哩，你先不要去解放全人类了，我们现在讲的是实事求是，你要真是个马列主义者，你就先把咱新立镇中学和我朱家旺从水深火热中解放出来吧，到那时我才信服了你哩。

11.朱家旺醉死了一回，但终于为新立镇中学赢了半座楼回来。

新立镇中学的校舍，还是六十年代初盖的老房子，那时候，讲的是勤俭办学，校舍就建得十分简陋了。那墙都是土坯垒的，只有靠地面垫了几层砖头做墙基，三十多年风雨的剥蚀，那墙基已经碱化的难以支撑了，几个学生娃儿踢足球，一脚上去，竟在那墙根处踢了个窟窿出来。每遇刮风下雨，就让朱家旺胆战心惊的，生怕哪一阵风大了，把房子刮倒了，那可是人命关天的大事啊。那一年，上级有关部门拨来了一笔款子，是专门用于改建校舍的，上级也很困难，给钱只给了一半，另一半让镇上解决，并说这笔款项的使用是有期限的，如过期不用，那是要收回去的。朱家旺就找了镇长，新立镇是个穷镇，一下子拿出几十万元来那是不可能的，但他们也不想让这笔天上掉下来的钱再回到天上去。镇长虽然没有给朱家旺拿出钱来，但却给了他一个好主意，镇长说：你去先把教学楼的地基打上，上面先盖一层，也算是把这笔钱用上了，上面万一来人检查，你就让他们检查去，我就不信他们有日天的本事，就能把那半截楼房再搬回去。不过嘛，剩下的半截，等过两年镇上的经济好转了，咱们再往上盖，你看好不好？

就这样，新立镇中学的教学楼只盖了半截子，两年过去了，新立镇的经济一直没有好转，那座楼也一直没有盖起来。于是，就有人编了段顺口溜讽刺说：狗二球猪二球，两个二球盖大楼，盖了三年不见楼。狗二球指的是镇长苟有年，猪二球说的当然就是朱家旺了。

当牛克思听朱家旺说了新立镇中学的那半截楼后，便拍着胸脯说：朱娃子，你放心，你那半截楼就包在我身上了。说啥咱也是新立镇走出来的人，我在新立镇待了十好几年，新立镇也算是咱的第二故乡了，那里的父老乡亲没有亏待过咱，咱啥时候也不能忘了这个情分。如今咱的事业干大了，就想着要为家乡干点事情的，花点钱那不算个啥。这事情你以前没有说，咱不知道，要是我早两年知道这事儿，你那个楼也早就盖起来了。说到这里牛克思停了一下，在屋子里走了一圈，回过头来重又点了一颗烟抽着，又说：朱娃子我给你说，我把你那个半截楼给你盖起来，你那个学校也就有我的一半了，我不图别的，这个校长我可要当的。这狗日的牛克思，早在十几年前当他还是一名普通的代课教师的时候，就野心勃勃地想谋权篡位要当这个校长哩，那时候他的理想就是当校长，为此事他是很花费了一番心力的，毕竟牛克思在新立镇根基不深又没有背景，尽管他的课讲的好很受学生的欢迎，但他性情孤高傲慢，使得镇政府大院里的那些人，大多都对他没有什么好感。于是，新立镇学校校长一职却被朱家旺轻而易举地给夺走了。牛克思把没有能当上校长这件事当作自己人生历程上的一大憾事，如今有了这个机会，他是想着要从心理上把这一缺憾再补充圆满了的。

朱家旺听了牛克思的话，立时就睖睁住了，说：你来当这个校长，那我干啥去？牛克思说：你当你的校长，我当我的校长，我又不碍你的事你怕什么。朱家旺说：一个娃儿两个爹那到底听谁的？牛克思说：学校有我一半的投资，有一半应该听我的，咱来个民主管理，我当政的时候你在野，你当政的时候我在野，你看好不好？朱家旺说：你想轮流坐庄，那怕是不行哩。牛克思说：我不跟你争权，一年十二个月，我只要三个月就行了，其他的时间都还是你的。朱家旺说：照你这样说法，我同意。停了一会儿，朱家旺又说：咱不能空口说白话，是不是还应该签个合同啊？牛克思说：合同当然是要签的，不过今天是签不成了，过后咱在慢慢商议吧。今天我请你来是让你来喝酒的，我有一个生意上的对手，是从新疆那边过来的，他有个兄弟名字叫个韩四儿。这个人的酒量很大，也狂妄得很，自称是天下第一酒王，有拳打黄河两岸脚踢西北五省的本事，省城的几个高手都跟他较量过，但都败在他手下了。我知道你的本事，今天你要是能把他放倒，咱那个合同的事也就好签了。

一听说喝酒，朱家旺立时就活跃起来。这一次该轮到朱家旺拍胸脯充老大了，朱家旺说：要说起马克思主义来我不如你，要说起喝酒来，咱不是吹的，就你这样的，三个五个加起来，你也不是对手。实话跟你说吧，从我爷爷那辈起就是做酒的，听我娘说我三岁的时候就开始喝酒了，有一次跑到酒坊里偷酒喝，不小心掉到酒缸里了，肚子都喝圆了，才被我爷爷捞起来，我爹我娘都哭着说我被酒淹死了，我爷爷则倒提着我的两条腿，头朝下把一肚子的酒空出来，说没事了，让娃儿睡上一半天也就好了。从那以后，我还真的没有醉倒过哩。牛克思闻说立时就乐了，拍着朱家旺的肩膀说：你狗日的果真是经过酒精考验过的，这一下我心里就有底了。我这就打电话让那几个酒坛高手都过来观战，让他们也长长见识，看我们是怎么打败韩老大的。要说这个韩老大也他妈的太不是东西，生意场上老是和我过不去，酒场上又总想压我一头，这一次也给他点儿厉害让狗日的受着，也让他看看我牛王爷到底有几只眼。

朱家旺万没想到跟他对阵的那个韩四儿竟然是那么庞大的一个三人，当他往对面桌前一坐时，着实让朱家旺吓了一跳，那一对眼珠子慌乱地转了几转，像两只受惊的小鼠样的又要往两边眼角处逃跑时，立刻被两只手抓住了。朱家旺把两只手做成望远镜的形状，放在眼前，一个方面他要固定自己的眼睛，另一个方面他要拿着眼睛来观察对方，朱家旺也懂得知彼知己百战百胜的道理。那一时，在朱家旺的意识里，对手已变成了一头牛，一头雄健无比的牛，而自己只不过是一只绵羊，让一只绵羊和一头公牛对阵，那可不是好玩的。

牛克思看出了朱家旺的心事，及时上来俯在朱家旺的耳边鼓励他说：你别看他块头大，那是纸老虎，没啥可怕的，你好好干，喝一杯我给你一千元，这一场酒喝下来，你那个教学楼就盖起来了。

此时的朱家旺便也顾不得许多了，既然被推到了这个桌面上，那就再也没有退路了，不过嘛，倒是牛克思的那笔丰厚的赏金，一杯酒一千元实在是很诱惑人的。

应牛克思之邀前来观战的几位酒界高手也都已入座，他们坐在离桌子稍远的地方。桌子的近前除了两位参赛的对手之外，还有两位，则是负责监酒的裁判。那个长着满脸红毛胡子的韩老大就坐在他兄弟背后，用一种不屑的眼光看着朱家旺对牛克思说：牛老板，你不带一口缸来起码也得弄一只桶来，如今你弄了一把勺子只怕盛不了多少你也就又该趴下了。牛克思则坐在朱家旺的身后对韩老大说：韩老板你不要高兴的太早了，你的酒囊饭袋大是大，但没用，景阳冈的老虎大不大？还不是被人打死了嘛。就在两人斗着嘴的工夫，酒菜就上了桌了。酒无好酒，只不过就是那种普通的老白干而已；菜也不是什么好菜，一碟盐水花生豆，一碟蒜汁黄瓜，一碟酱猪耳，一碟酱牛肉，仅此而已。用这样的酒菜上桌，是不是有些过于寒酸了些。但牛克思自有他的道理，这是一种比赛，不是宴请，如果菜上得多了，两位选手只顾得吃菜，那酒就下不去了；自然，酒也不能用太好的酒，如果你用茅台用五粮液，那么两位选手就会争着往自己的肚子里灌酒，那样的话，也就失去了真正意义上的比赛了。

主裁判宣布比赛开始，两位选手隔着桌子握了握手，接着就开始划拳，第一轮比的是拳，第二轮才比的是酒。朱家旺毕竟是拳高一筹，很轻易地就把第一关拿下来了，接下来就是比喝酒，那韩四儿自恃身高量大，一向没有把朱家旺放在眼里，可以这样说吧，若是凭了身量来说，他韩四儿的肚子里能装一桶水，而朱家旺的肚子只能盛一瓢。用一瓢水的量去和一桶水的量去比，那还不是明显地是拿着鸡蛋硬往石头上撞吗？即便朱家旺不是鸡蛋是西瓜，可西瓜在石头上面也注定是要被撞碎的。这一次韩四儿似乎又错了，喝酒毕竟不是喝水，朱家旺尽管不能喝下一桶的水，但朱家旺却能喝下一桶的酒，这是一般的人无论如何也想象不到的。

开始比酒了，这才是真正的较量哩。韩四儿说酒杯太小了，要求用碗喝。自古豪饮的英雄喝酒时用的都是碗。当然了，用碗也是有讲究的，不能用太大的碗，你如果用的是新立镇人吃面条用的大海碗，那一碗就能把人淹死。两位裁判经过协商以后，拿来了两只喝茶用的盖碗，征求两位选手的意见，韩四儿点头表示同意，问朱家旺时，朱家旺回头看了牛克思一眼，牛克思则伸出了五根手指头晃了晃，那意思是说刚才是一杯酒一千元，现在已经加到五千了。朱家旺笑了笑说：能行。于是，两人开始弃杯换碗。这一场酒从中午直喝到晚间，韩四儿坐在那里纹丝不动，俨然一座撼不动的大山。而朱家旺则不同，几碗酒下肚以后，便开始出汗，汗水顺着身子往下流，把身下的凳子都洇湿了。待汗出尽了，便又不停地撒尿，一趟接一趟地往厕所跑。每出去一趟都要有一个裁判跟着，裁判怕他倒酒。按比赛规定，但凡酒喝下肚去，你可以用功力把它从汗毛眼儿里逼出来，也可以从胳肢窝里把它排出来，当然了，你若有本事直接把它尿出来也行，反正你不能呕酒，从嘴里喝进去又从嘴里倒出来你就犯规了。朱家旺的表现让所有在座的人都深感意外，韩老大就趁朱家旺去厕所的时候对牛克思讥讽地说：牛老板，你的这位选手尿尿这么多的，怕是能尿出一条河来呢。牛克思则笑着说：这才是真本事哩，你等着吧，有你好看的哩。

牛克思多少还是了解朱家旺的，按朱家旺的肚量，喝下去那么多的酒水，如不及时把它排泄出来，那肚皮早就涨破了。朱家旺的过人之处就在这里，但凡喝酒时，想让它醉的时候它就能醉，对于朱家旺来说，醉酒是一种美好的人生享受，其中的滋味妙不可言，朱家旺不想醉酒的时候，他就能用一种特有的本领，把那些酒水很快地排泄出来。这多少有点儿让人不可思议，这事儿最终还是让那个陪同朱家旺上厕所的裁判看出来了，因为从朱家旺的尿液中所散发出的是一种浓浓的酒味儿。裁判说：朱先生，你尿的是酒吗？朱家旺回头笑了笑，没有说话，系好裤子重又回到酒桌上坐下。这一次该轮到韩四儿上厕所了，韩四儿挺着一个硕大无比的肚子，艰难地站起身来，像一个人猿泰山似的，当他摇晃着巨大的身躯从楼道里走过的时候，整个楼道都发出了一种轰轰隆隆的响声。韩四儿的这一泡尿足足地尿了有五分钟，那才真正尿的是一条河呢。韩四儿的一泡尿还没尿完，只见他头一低，哇地一声，从嘴里呕出一滩秽物，韩四儿倒酒了。

那时天已经大亮了，一场持久的酒战就这样结束了。当韩老大等一干人都退走以后，朱家旺却还赖在酒桌上不肯下来。朱家旺的舌头似乎也僵硬了，涎水麻流地问牛克思说：我喝了多少了？牛克思说：整五十万，盖半截楼是足够了。朱家旺想了想又说：有了教学楼还差一道围墙呢，有了围墙我还想要个门房呢，说着就又自顾倒了一碗酒，一仰脖子喝了下去，说：我这喝的是围墙，说完又倒了一碗，说：我喝的这一碗是门房。朱家旺还要再喝时，就被牛克思把酒瓶夺了过去。牛克思拍着朱家旺的肩膀说：朱娃子你不能再喝了，你要再喝下去，你不倒我就倒了。朱家旺就哈哈的笑了，笑完了，身子一软，说：我要睡觉呢。牛克思说：你去睡吧，我在宾馆给你订了房间，你好好睡一觉，协议的事等你醒过来再说，说着把朱家旺送到房间里。朱家旺身子往床上一躺，却又坐起来不放心地说：你不会再变卦吧？牛克思说：一个真正的马克思主义者，啥时候欺骗过人民群众啊。朱家旺这才又重新躺下，脑袋一挨枕头，便鼾声如雷，这一觉好睡，直睡过了两天两夜方醒。

12.写在篇后的话，朱家旺下野以后，人们才想起了他的许多好处。

新立镇中学的教学楼终于盖起来了，新学期开学典礼的那一天，镇上的领导来了县上的领导来了牛克思也来了。牛克思是来当校长的，经过镇上的领导和县上的领导研究，一致同意牛克思来当新立镇中学的第二校长，并且给牛克思还发了一张聘书。牛克思拿着聘书站在主席台上发表了一番热情洋溢的讲话，牛克思先讲了马克思主义必定要在全世界取得最后胜利的大道理，接着又讲了只有用马克思主义武装起来的人才是战无不胜的，打仗他们能打胜仗，做生意他们能赚大钱。末了，牛克思又说他的公司还要拿出一笔钱来，在新立镇中学设立一个奖学金制度，用以奖励那些为新立镇的教育事业作出重大贡献的教师和那些学习优秀的学生，以此把新立镇中学的教学水平提高到一个崭新的高度。牛克思的话很能鼓舞人，激起了一阵又一阵热烈的掌声。牛克思便学着革命领袖的样子，挥手向台下的师生们表示致意。在牛克思的意识里，十月革命胜利的时候，列宁就是这样向那些欢呼的群众挥手的；中华人民共和国成立那天，毛主席站在天安门城楼上，就是这样挥手检阅百万大军的。牛克思对伟大人物的挥手是很有研究的，列宁和毛泽东挥手时，那手五指并拢，巍巍地向前伸出，很少摆动，那手势说的是"团结一心，立场坚定，永不动摇"；而江泽民总书记挥手时则又和列宁和毛泽东不一样了，江泽民总书记的五指分开不停地摆动，那手势说的是"改革开放，开放搞活"。牛克思是吸收了所有伟大人物的挥手方式的，那一时，牛克思的感觉真是好极了。

牛克思并不甘心于当一个挂名的校长，他想在新立镇中学实实在在地做一些事情，不为别的，只是为了满足于一种心理上的愿望。开学以后，牛克思果真在新立镇中学住了下来，一本正经地当起他的校长来了。按照二人协议的规定，牛克思主政期间，朱家旺则下野了。朱家旺百事不问，一切权力都交给了牛克思，让牛克思好好地过了一回当校长的瘾。当年牛克思还在新立镇中学当老师的时候，最反对的就是朱家旺的"例会"了，可一旦他当起校长来，就觉出了那个"例会"的重要意义了。也只有这个时候，牛克思才真正意识到了开会的好处了。但凡那些权力欲望很强的人，大多都是通过开会的方式来显示自己的权力和地位的。牛克思是真正地继承和发展了朱家旺的开会精神的，牛克思不仅给老师们开小会，还给学生们开大会。牛克思原本就是教师出身，知道该怎样抓教育质量，一抓就能抓到点子上。牛克思把朱家旺原先制订的那些规章制度从墙上撕下来一把火烧了，又重新制订了一套新的规章制度。牛克思的管理制度比朱家旺的更严格更实在，实实在在地像一条条的绳索，一下子就把老师们都拴死了。牛克思当校长也和朱家旺一样自己不代课，他不代课了他就有充分的时间去听别人的课。朱家旺当校长十几年很少听老师的课，因为一坐在课堂上他就要打瞌睡，一打瞌睡就趴在桌子上打呼噜，呼噜呼噜像只猫，逗得学生们不停地笑老师也笑，那课就没办法再上下去了。牛克思则不同，他很喜欢听老师的课，他一走进教室就多少有点一鸟入林百鸟无声的感觉，无论是学生还是老师看到他就都紧张起来，看着老师们在课堂上颤颤抖抖地讲课，他就在下面拿个小本子不停地记，老师们不知道他记的是什么，那心里就更紧张了。牛克思不仅听老师的课还要检查老师们写的教案，查完了老师的教案又查学生的作业，查学生的作业主要是检查老师批改作业的情况。这一查，就把老师们查得脸红心跳愧疚难当。在那段日子里，新立镇中学的老师们直紧张忙碌得连天上的太阳是红是白都搞不清了，他们废寝忘食早出晚归披星戴月，他们兢兢业业但却怨气连天。也只有在这时候他们才想起朱家旺的许多好处，说朱家旺这人虽然在教育上是个外行是个二球，但他性情直爽心眼也不坏，他当校长这么多年新立镇中学的老师们基本上还是很幸福的，不像这个牛克思，他虽然满嘴里都是马列主义，可实行的却是资本家的那一套管理方法，心狠手毒，阴险可怕。一位语文老师借用课本上鲁迅的话说"这是民国以来最黑暗的日子"。

　　新立镇中学的老师们也都知道牛克思当校长那是兔子的尾巴没有长性

的，说不定他哪一天走了，新立镇中学就又会是一片解放区的天空了。一位年轻的男老师终忍不住地问牛克思说：牛校长，你离开省城这么多日子了，难道你就不想回去看看吗？牛克思说：看什么，生意上的事有各部门的领导去管就行了，再说我带着手机呢，这叫全球通，别说省城就是纽约和伦敦一叫它也就通了，我就是通过它对我的公司进行遥控管理的。那位老师又说：牛校长，你的那些部门领导都还听话吗，他们会不会给你搞政变啊？牛克思哈哈地笑着说：我用的是马克思主义的科学的管理方法，哪里会有什么政变啊。那位老师又顶认真地说：现在闹政变的都是些社会主义国家哩，罗马尼亚变了，南斯拉夫变了，连苏联都变了，你不是不知道吧。牛克思说：那不一样，一个民营公司咋能和一个国家相比呢，在我的公司，所有的一切都是我的，那是受国家法律保护的，哪个人若是胆敢捣乱，不用我说话，公安局就把他收拾了，这就是社会主义条件下的私营企业的优越性，你懂吗？

牛克思在新立镇中学当了满一个月的校长，正当他余兴未足还想继续再当下去的时候，公司那边来了电话，说公司出事了，牛克思一听立马脸色都变了。朱家旺说：牛校长的公司有事啊？牛克思点点头说：是有点儿事。朱家旺又说：是不是那些工人们不满于资本家的残酷剥削闹罢工了？牛克思苦着脸子笑了笑，也没有说话，就急急忙忙打点行装准备上路了，临走时却又回头说：我的任期还没满呢，你先给我存着，到时候咱们本息一块算啊。

牛克思终于走了，牛克思是过了一把当校长的瘾走的。牛克思走后的第二天，朱家旺就把牛克思制订的那些规章制度从墙上撕下来，也用一把火烧掉了。新立镇中学又恢复了原有的平静，山水田野老牛破车不思进取，这就是新立镇中学的现状。事情已经过去了许多日子，老师们还常用忆苦思甜的口吻说：没有经过旧社会的苦就不知道什么是新社会的甜啊。每当这时候，朱家旺就会说：你们现在才知道什么叫做阶级压迫了吧？

朱家旺的话说得很幽默，不知道啥时候朱家旺也幽默起来了。